## Janine Montupet

Janine Montupet, née à Oran, en Algérie, arrive en France avec ses parents à l'âge de quinze ans. Après son baccalauréat, elle poursuit des études de lettres. En 1953, elle publie son premier roman, *La fontaine rouge,* suivi d'autres ouvrages ayant pour thème l'Algérie. *La dentellière d'Alençon* (1984), écrit alors qu'elle réside en Normandie, connaît un succès considérable tant en France qu'à l'étranger. Elle reviendra à l'histoire de l'Algérie avec *Couleurs de paradis* (1990). Ses fréquents séjours dans le Midi lui inspirent *Dans un grand vent de fleurs* (1991), une saga sur les parfumeurs de Grasse, qui a fait l'objet d'une adaptation télévisée en 1996. Pour être près de ses enfants, elle vit aux États-Unis, où elle se consacre à l'écriture et à ses recherches historiques. Elle est l'auteur d'une douzaine de romans.

# DU MÊME AUTEUR
## *CHEZ POCKET*

LA DENTELLIÈRE D'ALENÇON
LA JEUNE AMANTE
UN GÔUT DE MIEL ET DE BONHEUR SAUVAGE
BAL AU PALAIS DARELLI
COULEURS DE PARADIS
LA JEUNE FILLE ET LA CITADELLE

# DANS UN GRAND VENT DE FLEURS

JANINE MONTUPET



# DANS UN GRAND VENT DE FLEURS

ROBERT LAFFONT

ISBN 2-266-08959-5

*À ceux qui ont cultivé les fleurs de Grasse et de sa campagne,*

*À ceux qui ont extrait le cœur odorant de ces fleurs,*

*À ceux qui, de ce cœur, ont fait les plus beaux parfums du monde.*

« Une rose me dit : Devine.
Et je lui répondis : Amour. »

Victor Hugo
*Les Chansons des rues et des bois.*

# 1895-1900

# 1

À une lieue de Nice, dans un creux bien chaud de la côte, abritée des vents comme un bambino au fond de son berceau, était l'oliveraie San-Vitale.

Sur le chemin qui y menait, blanc de sa poussière cuite à tant de soleils, et, par endroits, doré comme la farine qui fardait les pains au sortir du four, courait la ribambelle d'enfants des ouvriers et domestiques du domaine.

On ne distinguait pas, au premier regard, la petite Sorenza parmi eux. Mêmes guenilles, mêmes pieds nus chez tous. Mais ceux qui passaient là, en prenant le temps de vivre, peu soucieux d'interroger sans cesse ciel et soleil pour y lire la marche des heures, finissaient par la découvrir. Et c'était, pour beaucoup, une étrange sensation que de voir alors, posés sur eux, ses superbes et graves yeux noirs.

Les enfants s'approchaient et mendiaient. Pas elle. Mais il semblait qu'à seulement regarder elle prenait plus que le sou dédaigné. Certains disaient qu'elle leur prenait peut-être l'âme.

D'autres, pressentant déjà la femme dans l'enfant, s'attardaient à contempler l'ovale parfait du visage, le teint mat de celles qui sont nées sur des terres ensoleillées, ou, encore, la rare beauté du dessin de la bouche.

Elle avait treize ans. Et, à la voir, tout à coup, partir en courant — ayant planté là ceux qui la dévisageaient — on pensait aux grâces, un peu gauches encore, d'un cabri.

Ce fut un dimanche d'avril 1895 que mourut la maîtresse du domaine San-Vitale. Et si on avait, alors, demandé à Sorenza pourquoi elle ne pleurait pas avec les autres domestiques au service de la vieille dame, elle aurait pu répondre : « Parce que je ne l'aimais pas. »

Mais personne ne lui posa la question.

Ils étaient tous à gémir ou à répéter que c'était le plus grand malheur qui puisse leur arriver. Même Tonico, ce paresseux, que la maîtresse avait fait fouetter quand il avait volé deux fiasques de vin, se lamentait plus que les autres.

Seul le baïle[1] restait silencieux. Sorenza l'aimait bien, lui. L'an passé, il avait rapporté des sucres d'orge de Nice et, comme elle était là lorsqu'il les avait distribués à ses enfants, il lui en avait donné un. Amédéo, son petit frère, avait été content de frotter ses gencives avec. Amédéo faisait ses dents et ce bâton de sucre était meilleur à sucer que la cuiller de corne trouvée dans le champ où des cueilleurs d'olives avaient dû la perdre. Elle ne voulait pas qu'il mâchonne, comme les autres bambinos, une branche de sureau. Il en avalait souvent un morceau et manquait s'étouffer.

Si le baïle ne disait rien, c'était parce qu'il ignorait toujours la décision des héritiers. Mais, à la cuisine, on continuait à affirmer qu'ils ne garderaient pas les serviteurs. Ils allaient vendre. Ils n'aimaient pas la terre.

Sorenza rechargea le feu sous la marmite de soupe. La grosse Lucia pleurait, gémissait et oubliait tout. La vieille maîtresse disait que sa tête était une calebasse vide.

Les flammes dansant à nouveau dans la grande cheminée, la fillette décida d'aller voir ce qui se passait ailleurs qu'à la cuisine un soir si différent des autres

1. Baïle : chef d'une exploitation agricole en Provence.

soirs, et où l'on pouvait se demander ce qu'il arriverait encore.

La famille de la maîtresse se tenait dans la chambre, autour du lit de la morte.

On pleurait et gémissait ici autant que là-bas.

Dans la salle à manger, il n'y avait personne. Mais le Tonico entrait, volait deux cuillers d'argent et s'enfuyait. Sans avoir vu Sorenza.

Elle referma le tiroir qu'il avait laissé ouvert. Tonico ne savait rien faire jusqu'au bout. Ni remplir les jarres d'huile au bon niveau, ni amener l'eau du puits sans inonder les tommettes, ni cacher assez bien des cuillers volées. Elles faisaient une bosse sous sa chemise.

Quand elle revint dans la cuisine, on s'y lamentait moins. Son père et sa mère se disputaient. Les hommes étaient pour Francisco, les femmes pour Marcella, sauf la Maria-Angela qui riait toujours avec les garçons.

Le père annonçait qu'il partirait pour Grasse avec sa femme et ses enfants dès l'aube, le lendemain. La mère voulait attendre l'enterrement, par reconnaissance, et aussi par bienséance. Mais le père savait les récoltes déjà commencées. On avait vu, c'était vrai, passer beaucoup de familles marchant vers la ville des parfums et on risquait de manquer les meilleurs jours de cueillette des fleurs d'oranger et des violettes si on s'attardait.

Le baïle ne prenait pas parti. Le père et lui ne s'étaient jamais accordés. Le père n'aimait pas recevoir d'ordres. Depuis toujours c'était comme ça.

Quand la mère se mit à gémir de nouveau, à dire qu'elle ne pourrait pas marcher si loin avec l'enfant dans son ventre et qu'Amédéo était trop petit pour faire ce long chemin, les femmes l'approuvèrent. Sauf Maria-Angela. Celle-là affirma, en regardant les hommes et en riant, que l'on s'entraidait entre cueilleurs. On rencontrerait des bras pour soutenir une femme grosse et porter l'Amédéo. Et Marcella eut envie de crever les yeux si pleins d'effronterie de la Maria-Angela.

La soupe était prête et ils parlaient encore et encore : « Et si on prêtait un mulet à Francisco ?... Ah ! si on se mettait à donner des bêtes à tous ceux s'en allant aux cueillettes !... Et les neveux de la vieille maîtresse ne le permettraient jamais, ils étaient déjà à compter et recompter chaque chose ici... » Pour les cuillers d'argent de Tonico, se dit Sorenza, ils ne sauraient peut-être rien. Mais que diraient-ils s'ils voyaient le cadeau que la maîtresse avait fait, la veille de sa mort, à sa lingère, à sa « chère petite Marcella » ? Sorenza regarda sa mère — qui gémissait toujours — mais tenait le col de son corsage fermé. On ne pouvait heureusement rien voir de la chaîne, ni de la croix.

Bientôt, il faudrait apporter, dans la salle à manger, le repas froid prévu pour la famille, alors ils s'apercevraient, à la cuisine, qu'ils n'avaient pas encore dîné et on en perdrait la tête. Sorenza décida de servir la soupe.

La grosse Lucia s'essuya les yeux, vit les écuelles remplies et dit :

— Cette petite ! Ah ! cette petite !...

Si on lui avait demandé, à la petite Sorenza, ce qu'elle pensait de ces changements s'abattant sur le domaine d'oliviers, elle n'aurait rien répondu. Elle ne voulait pas dire combien elle avait envie de partir vers les fleurs. Une envie qui cognait dans sa poitrine à lui couper parfois le souffle. Elle avait tant entendu de cueilleurs raconter les roses et les jasmins sortant de terre, là-bas, sur des étendues grandes comme la mer. Et c'était là-bas aussi que se faisaient les parfums vendus, si cher, par les colporteurs dans de jolies bouteilles.

Mais personne ne poserait de question à Sorenza.

Personne, depuis le départ de Tina, blonde comme le soleil, douce comme une coque d'amande verte et qui venait le soir, après le travail, s'allonger avec elle sous un arbre en disant :

— Que racontent-ils, aujourd'hui, les yeux si noirs de la petite Sorenza ? Que les feuilles des oliviers étaient si blanches qu'on croyait voir voler des pièces d'argent ? Non ? Sorenza n'a pas rêvé sous les oliviers ? Alors elle a couru les chemins jusqu'à la rivière pour s'y coucher dans l'eau fraîche. Et les cailloux luisants comme l'huile, et les herbes dansantes lui ont fait un lit de princesse... Non encore ?

Alors Tina avait perdu, elle n'avait pas deviné que Sorenza avait aidé son père au jardin, et Tina devrait donner l'un de ses boutons de nacre. De jolis boutons, en forme de boule, décousus d'un vieux corsage. Il y en avait douze. Mais Sorenza n'en avait gagné que six, et n'en aurait plus jamais d'autres. Un homme, un jour, était venu de Marseille. Un homme de la mer, avec son bonnet de laine rouge et son long sac à l'épaule. Tina avait lu aussi dans les yeux bleus de celui-là. Sans doute de belles choses. Et elle était partie avec lui. On ne l'avait jamais revue.

Seule Tina aurait su deviner que Sorenza avait envie d'aller vers les fleurs.

Pour les violettes, il était déjà tard, dirent des cueilleurs partis de Cannes et rencontrés en chemin. Le manque à gagner serait d'importance et Francisco Salvoni en eut beaucoup de contrariété. Un vieux, qui s'en revenait, de là-haut, à Grasse, de son pas tranquille, après avoir tressé de grands paniers pour y coucher les fleurs, tendit son outre de vin, le père y but trop et sa colère monta. Il criait qu'on aurait dû partir encore plus tôt et marcher encore plus vite. Des journées de cueillette perdues, c'était de l'argent jeté au vent. La mère disait que son ventre était trop lourd. Amédéo pleurnichait.

Tous quatre avançaient pieds nus dans la poussière blanche du chemin ou dans l'herbe, mais aussi, parfois, sur des cailloux. Sorenza prenait alors le petit sur son dos et il passait des larmes au rire, tirant sur le nœud du mouchoir à carreaux rouges des cheveux de sa sœur.

Ce fut au bord de la rivière, où ils s'arrêtèrent se rafraîchir, baigner leurs pieds et manger du pain frotté d'ail, que la dispute recommença. À cause de la chaîne d'or et de la croix données par la vieille maîtresse. Le père voulait les vendre et la mère disait : « Jamais ! » C'était le souvenir d'une morte, c'était sacré.

Depuis longtemps déjà, on parlait d'acheter un peu de terre. À ce qui avait été mis de côté en cinq ans de travail à l'oliveraie s'ajouterait le prix de la croix et on pourrait avoir dans les vingt acres. On savait trouver à vendre, vers Grasse, des terres à roses et à jasmins. Le père avait toujours été bon jardinier.

Comme ils étaient seuls au bord de la rivière, Francesco demanda à voir le bijou, encore une fois. Marcella voulut bien et entrouvrit son corsage. Dans le soleil, l'or et les éclats de diamants furent comme un feu. Et Sorenza pensa que c'était une croix de lumière si belle qu'on aurait pu la croire descendue du ciel.

Le père disait maintenant qu'une cueilleuse marchant pieds nus vers les champs de fleurs ne devait pas porter ces choses-là au cou. Alors la mère cria que si c'était la Maria-Angela on trouverait ça bien, mais qu'elle, pauvre malheureuse, on ne la jugeait pas digne d'être, pour une fois, comme une dame.

La rivière coulait, calme et douce. On voyait ses cailloux plats dormir au fond d'elle. Et l'eau luisante avait l'air de sourire de cette querelle. Mais l'arbre, qui laissait tomber ses longues branches, si légères, jusqu'à fleur d'eau, Sorenza savait qu'il se plaignait de ce bruit. Il avait l'habitude de baigner l'extrémité de sa chevelure dans le silence et le chant des petits oiseaux. Il attendait le départ de ceux qui criaient tant.

Ils reprirent la route. Les « Jamais ! jamais ! » de la mère avaient sonné aussi fort que des cloches et on les entendait encore.

Le père marchait vite, poussé par sa colère et on avait du mal à le suivre.

Il n'y avait plus de rencontre de cueilleurs. Ils étaient seuls et le chemin montait toujours. On voyait la ville, là-haut, avec ses toits rouges, ses maisons roses et les grandes cheminées des fabriques de parfum. La mère se mit à pleurer. Non plus en jalousie de Maria-Angela, mais de fatigue, comme Amédéo. Le père ne devait pas écouter. Il marchait trop vite. Il ne s'arrêta qu'en entendant le cri. Ce n'était pas un cri plus fort que ceux lancés par Marcella vers le ciel, pour le prendre à témoin de son infortune, mais différent. Et il y avait des taches de sang sur la poussière du chemin. Le père devint tout pâle en les voyant.

— Si tu prends Amédéo sur ton dos, moi je porterai la mère dans mes bras. Là-haut est un couvent. Les sœurs la soigneront.

Il n'y avait pas que l'Amédéo, il y avait aussi les balluchons. Mais elle répondit qu'elle pourrait le faire.

L'enfant ne vivait plus lorsqu'il sortit de la mère. Elle mourut deux jours plus tard. Les religieuses du couvent de la Visitation dirent qu'on n'avait pas pu empêcher le sang de s'en aller, malgré les infusions de plantes et les prières. Le père sanglotait, à genoux près du lit. Il se frappait la poitrine. C'était de sa faute, répétait-il, et il aurait un couteau planté dans son cœur à jamais. Il ne voulait rien manger, tenait, serré contre lui, Amédéo effrayé et ne pensait plus à la croix.

Lorsque la sœur Saint-Joseph lui dit d'aller embrasser sa mère une dernière fois, Sorenza le fit et retira le bijou du cou de la morte. Elle le cacha dans sa poche. Le père aurait sa terre à fleurs.

Tina, blonde comme le soleil et douce comme une coque d'amande verte, avait su que Sorenza et sa mère Marcella ne s'aimaient pas. Tina devinait mais, peut-être aussi, avait entendu la mère se plaindre :

— Vous l'avez vue, ma fille, me regarder sans

jamais rien me dire, avec les pierres noires de ses yeux tout aiguisées ? Pourquoi ne me parle-t-elle pas, comme les autres filles à leur mère ?

Maria-Angela riait alors pour dire : « Belle comme elle sera, les hommes, eux, sauront lui desserrer les dents et lui adoucir le regard. »

Quand la Maria-Angela disait ces choses, Marcella trouvait une bonne raison pour battre Sorenza. Mais elle avait des mains molles qui faisaient à peine mal, des mains justes bonnes à broder tout le jour, toute l'année, toute la vie.

Si Sorenza n'avait pas surpris sa mère, une nuit de la Saint-Jean, couchée dans l'herbe avec M. Orso Bianchini, le beau neveu de la vieille maîtresse, peut-être cela aurait-il été mieux entre elles. Mais ça ne pouvait s'arranger, parce que Orso revenait, et plusieurs fois par an. À son dernier voyage, il avait dit : « Elle est bien jolie, la petite », et il lui avait donné une pièce d'argent qu'elle avait jetée dans la rivière après avoir craché dessus.

Souvent, Tina avait dit :

— Pourquoi n'es-tu pas plus gentille avec la vieille maîtresse ? Si tu lui souriais, si tu savais lui dire des douceurs, elle aurait pu être bonne pour toi, parce que...

Là, elle s'arrêtait. D'autres fois, elle ajoutait : « Tu n'as pas envie d'aller voir la mer et la ville, ses belles rues, ses beaux magasins ? La maîtresse t'emmènerait, si tu voulais lui parler, lui sourire... »

Au père, Sorenza savait ce qu'il fallait dire. Amédéo et lui, elle les aimait.

Francisco Salvoni et les deux enfants pourraient coucher au couvent pendant les cueillettes. Pour remercier, le père et la fille aideraient ici entre le temps des fleurs d'oranger et celui des roses et des jasmins. On espérait qu'Amédéo serait sage et ne troublerait pas la paix de ces dames de la Visitation.

Sorenza appréciait que son père, dont la réputation

de bon jardinier était grande, cueillît sans honte avec les femmes et les enfants. Il était rapide en besogne, emplissant la poche de son tablier à belle allure, avec des gestes précis qu'elle admirait. Elle s'efforçait de faire, sinon aussi vite, du moins aussi bien.

Il fallait prendre la fleur d'oranger avec délicatesse, sans l'écraser ni la froisser, entre le pouce et l'index, comme on se serait saisi d'un papillon, en effleurant à peine la poudre de ses ailes.

S'il leur arrivait d'être côte à côte, près d'un même arbre, le père et elle, lui, haut perché sur l'échelle, elle travaillant aux basses branches, elle lui souriait, heureuse.

Le soir, elle aurait voulu dire sa belle joie à vivre ce temps des cueillettes. Mais elle n'osait pas.

Elle s'était sentie, tout le jour, pleine de son bonheur, pleine de fleurs, de lumière et de parfum, à ne plus savoir ce qui était fleur ou lumière ou parfum. Et le drap blanc étendu sous les orangers et qui recevait la cueillette était-il tache de soleil, tapis de pétales ou mer de parfum ? Elle se sentait prise dans tout cela comme dans une caresse. Il y avait longtemps, quand la grand-mère vivait encore et l'étouffait de baisers, c'était bon, mais vivre au milieu des fleurs, c'était meilleur encore.

Elle s'interrogea sur cette odeur de l'oranger. C'était un peu amer et très doux à la fois, et *ça vivait,* ça tombait de l'arbre comme une masse d'oiseaux parfumés qui vous tournaient autour, sans arrêt, et leurs ailes battaient ce vent de délices. Ou alors, c'était tout un blanc de plumes d'ange dans leurs senteurs de paradis, on ne pouvait pas savoir, seul Dieu, Lui, aurait pu dire...

Ce ne fut qu'au troisième soir de cueillette, en revenant avec le père et Amédéo, qu'elle s'arrêta, brusquement, en chemin et demanda :

— Pourquoi les fleurs sentent-elles si bon ?

Elle n'avait pas dû parler assez haut, le père ne l'entendit pas. Le petit Amédéo, qui s'accrochait à sa jupe, ivre de parfum, leva la tête vers elle et sourit. Elle l'embrassa. Elle était heureuse.

Ils s'étaient engagés à cueillir chez un jardinier de Plascassier, hameau de la commune de Grasse. Le maître vit, très vite, à qui il avait affaire et proposa aussi du travail à Francisco pour le temps d'après les derniers jasmins. Mais le père dit qu'il voulait posséder un peu de terre, avoir des fleurs à lui et être à son compte.

Le maître hocha sa tête blanche et soupira :

— Sûr, il en faut des comme ça ! (Et il ajouta :) Il ne faudrait pas qu'il y en ait trop !

Alors le père s'était redressé de toute sa belle taille et sa longue moustache, où jouait le soleil, était de la mousse d'or quand sa colère en sortit :

— Et pourquoi vous toujours et moi jamais ?

— Basta, dit le maître, je ne te veux que du bien, fils. Je dis seulement que beaucoup croient qu'ils pourront être roi d'un champ de fleurs et il arrive qu'ils ne soient que roi de leur cul.

— Si vous n'aviez pas le poil blanc, patron, on n'en resterait pas là !

En partant, Sorenza l'avait regardé, ce vieux. Encore un qui lui avait dit, en riant :

— Mais c'est des couteaux que tu as dans les yeux, petite !

On reparla de la vente de la croix. Il y avait un marchand bijoutier-horloger à Grasse. Il occupait le rez-de-chaussée d'une belle maison, place Aux-Aires. Derrière les carreaux de la fenêtre, on voyait une pendule et des bougeoirs tout brillants.

Le père prévoyait une visite prochaine à cet homme-là, pour lui présenter le bijou. Peut-être dès la fin du printemps, après la dernière récolte de roses. Il espérait atteindre les huit cents grammes à l'heure — ce serait dur, mais possible — et Sorenza comptait arriver à cinq cents, si Amédéo ne contrariait pas. Alors, on pourrait acheter des souliers et du linge pour que le marchand ne craigne pas d'avoir là, devant lui, deux voleurs de croix.

Ils devaient y aller ensemble. Sorenza avait appris le français avec Tina la Toulousaine. Elle parlerait à l'homme.

Mais ils durent agir plus tôt que prévu. Cela vint du jardinier du couvent de la Visitation au service de qui les sœurs les avaient mis. Un court petit vieux, tout en râblé et en vigoureux, emmailloté d'un tablier gros-bleu avec une barbe en coquetterie blanche dansant par là-dessus.

Ce Gaubert, pourtant vivace, ne pensait qu'à son cercueil et à son au-delà. Il lui fallait des sous pour son ambition de paradis. Et il avait un morceau de terre à vendre, qu'il tenait de son père. Dieu, vaincu par les bonnes sœurs, n'avait pas pu lui permettre de le cultiver jamais. Allez-vous-en lutter contre les sourires et les cajoleries de celles-là en cornette qui veulent vous garder à leurs carottes et leurs oignons. Ah ! la force de la douceur, il pourrait en parler lui, Gaubert, car il le savait, elle abattrait des chênes ! Bref, victime de l'affection des dames de la Visitation, il n'avait jamais pu être le maître de sa petite terre qui en attendait toujours un. Elle s'était faite sèche et sauvage, la malheureuse, mais elle ne demandait qu'à aimer qui l'aimerait. Deux, d'Opio et de Magagnosc, étaient déjà à discuter du prix et à vouloir s'occuper d'elle, mais Gaubert ne s'était pas décidé encore.

Ils allèrent la visiter un dimanche. Sauvage, elle l'était. Une sauvagerie qui dévalait en pente raide.

— Raide comme un coup de fusil, hein ? dit Gaubert. Mais quand on y aura taillé et accroché les terrasses[1] soutenues de pierres, ce sera bon pour la rose de mai ou le jasmin.

— Du gros travail !

— Oh ! fils, si c'était du tout fait ce serait du tout

1. Ou *planches*, terme plus communément employé dans la région.

cher aussi ! Et celle-là je te la donne dans les trois cents.

Ces trois cents francs il leur fallait les trouver vite, parce que cette terre, ils l'avaient aimée dans l'instant. On se sentait accroché là, entre ciel et plaine, et on voyait si loin, si loin, jusqu'à la mer. Sur un bateau on ne devait pas se croire plus maître du monde.

Ce n'était pas grand. On agrandirait. Ce n'était pas propre. On nettoierait. Et les tonnes de pierres qu'il faudrait amener pour soutenir les terrasses, on n'en craignait pas le poids.

— Elle m'a pris le cœur, dit Francisco à Sorenza.

Elle pensait comme lui et ajouta :

— J'aiderai.

La nuit tombait. Ils allaient monter dans la carriole qui les avait amenés. Les deux hommes attelaient le mulet, et Sorenza regardait encore là-bas, au loin, où les feux commençaient à s'allumer. Il lui venait, dans la douceur de cette promesse de bonheur, comme une tristesse soudaine. Un souvenir avait sauté sur son cœur. Et pourquoi ce souvenir ? Pourquoi se rappeler la grande table, dans la cuisine de la vieille maîtresse, où on se sentait le cœur plein de contentement ? Tous parlaient, riaient, mangeaient, et elle s'amusait à deviner ce qu'ils ne disaient pas et à lire sur leurs visages ce qu'ils voulaient cacher. Alors arrivait le mendiant, ou le colporteur, et on faisait place en se serrant. L'homme racontait la vie d'où il venait... On écoutait sa parole et on était là dans une grande amitié de rires, de bonne odeur de soupe et de belles histoires.

Comme son père l'appelait, elle se dit qu'un jour elle aurait une table toute pareille. Cette terre la lui donnerait. Alors elle se baissa, en prit une poignée et l'embrassa.

Elle en garda le goût pour en avoir croqué quelques miettes, au long du chemin. Elle mangeait sa joie.

Le vieux Gaubert parlait et elle l'écouta. Il disait :

— Même les bonnes sœurs en font, de la rose et du jasmin. C'est plus pour les fleurs que pour les poireaux qu'elles me voulaient, bien sûr. Et je me suis toujours demandé ce qui se passait dans leur tête à cornette. Parce que le parfum, c'est les Marie-Madeleine qui en usent. Alors quoi, on ferme les yeux à la Visitation ? On fait celles qui ne comprennent pas ? Dis-le-moi, Francisco, le parfum, c'est le péché ou pas ?

Le père, qui ne devait penser qu'à sa terre, disait :

— Gaubert, ne réfléchissez pas trop, c'est mauvais pour les cheveux. Et puis, qu'est-ce que ça peut vous faire ?

— Tu veux que je croie que, même ici, l'argent n'a pas d'odeur ? Tu n'y arriveras jamais, fils, notre ville pue l'argent et les parfums ! Savoir si c'est les parfums du péché ?... Eh ! tu as raison, qui s'en soucie ?

Après avoir vu la croix et admis qu'ils devaient être d'apparence convenable pour en obtenir le meilleur prix, Gaubert les avait aidés à se faire propres et, retrouvant de vieilles affaires de sa défunte, prêta à Sorenza ce qu'il lui fallait. Ils étaient partis sur une bonne parole du vieux :

— Ayez confiance, il y a longtemps que les roses cultivées ici sont sans épines ou presque ! Tout ira bien.

Tout alla bien, en effet. On vendit pour quatre cents francs. Se dire l'ami et l'envoyé du jardinier de la Visitation était comme tenir une clef d'or à la main.

Mais il fallut empêcher, ensuite, le père d'aller au cabaret célébrer la bonne affaire. Il voulait trinquer avec les Grassois et leur raconter le miracle. Parce qu'il y en avait un ! Il avait dans l'idée d'annoncer, en levant son verre :

— Et savez-vous, tous qui m'écoutez, ce qu'il a dit, le bijoutier, à Sorenza qui sait le français ? Il a dit : « Ces petits brillants-là, ça s'appelle des ROSES ! » Qui, de vous, je vous le demande, a jamais planté des roses sur une terre achetée avec des roses en brillants ? Qui ?

Il y avait peu de chance que les Grassois comprennent le patois sarde du père[1], mais des cueilleurs venus de Nice, ou d'Italie, pouvaient entendre. Alors elle murmura :

— S'ils devinent notre argent, nous suivent et nous volent ? Viens, allons raconter à Gaubert. Il sera content.

Elle ne lui dit pas encore ce qu'elle avait décidé : leur terre s'appellerait « la Croix-de-Lumière ».

Par ces fins de journée aussi roses que les roses et alors que sonnait l'angélus, le père Gaubert disait :

— Assez pour aujourd'hui. Prenez ma carriole, sans que celles à cornette le voient, et allez donc bêcher un peu chez vous, mais revenez-vous-en ici avant les matines.

Ils partaient dans les derniers embrasements du soleil comme dans l'or de leur fortune à venir et ils travaillaient, en ces beaux soirs de printemps et de grande douceur étoilée, dans la clarté bleue qui veillait là pour eux.

Bien avant le temps de l'épanouissement des roses partout alentour, ils avaient découpé trois terrasses sur leur terrain pentu.

Et ils couchaient là-bas, chez eux, avec les étoiles, sur le matelas de leur terre, enroulés dans une couverture, au pied des cyprès. Gaubert avait planté ces arbres sur deux lignes droites et fières, voilà vingt-cinq ans. La pente se riait ainsi des vents et les regardait passer sans en recevoir même une caresse.

Amédéo demandait à aider. Il transportait des petites pierres pour édifier les terrassements. On le laissait faire, juste pour ce qu'il fallait de bonne fatigue qui le mènerait au sommeil. Et lorsqu'ils se couchaient, ils le mettaient entre eux, pour le garantir du froid de la nuit.

Ce fut un dur travail. Et il ne fallait pas espérer

1. Nice fut au royaume de Sardaigne jusqu'en 1860.

pouvoir construire la cabane de bois avant les prochaines cueillettes. Mais Gaubert admirait qu'ils aillent déjà si vite en besogne et il complimentait Sorenza :

— Toi, ma fille, tu seras de l'or pour celui qui te choisira.

Elle ne répondait pas, mais se demandait pourquoi ce ne serait pas elle qui choisirait.

De ce dur travail, une crainte lui restait : n'avait-elle pas abîmé ses mains ? Seraient-elles en état de détacher les roses avec délicatesse ? La veille de la première cueillette, elle s'écrasa un doigt entre deux silex. Pourrait-elle faire les cinq cents grammes prévus ? Amédéo, qui la regardait panser sa blessure, vint y mettre un baiser. Il ne parlait pas encore, mais il était le seul auquel elle aimait, elle, parler. Elle lui dit qu'ils s'en iraient, le lendemain, vers les champs de roses et, bien qu'ils ne sachent compter, ni elle ni lui, elle prit plaisir à lui apprendre ce qu'elle savait depuis la veille : il fallait cueillir environ trois mille fleurs pour en avoir un kilo ! Ils rirent de ces mots, qu'elle répéta plusieurs fois. « Trois mille. Ah ! trois mille, ils disent que c'est beaucoup. »

Les Salvoni ne s'étaient pas engagés pour la rose avec le maître des orangers qui n'aimait pas ceux qui voulaient être à leur compte. Ils allaient, cette fois-ci, chez une propriétaire de Grasse, veuve et de bonne réputation. On la savait donnante et ne regardant pas à généreusement nourrir ceux qui travaillaient pour elle. Et un chien gardait les enfants des cueilleuses. On disait de lui qu'il les protégeait des vipères et avait empêché un pitchoune de se noyer dans la rivière. Aussi les mères avaient-elles toujours une gâterie pour lui dans leur poche. Il s'appelait Tokalon, un drôle de nom donné par l'artiste peintre auquel il avait appartenu avant d'être à la jardinière. C'était Tokalon qui accueillait la troupe des cueilleurs, et il aboyait de joie en voyant les enfants. Comme il était grand et noir, Amédéo en eut, tout d'abord, un peu de crainte.

Il avait raison, le vieux Gaubert, les rosiers de mai

étaient sans épines ou presque. L'entortillage et le couchage[1] avaient été bien faits, on circulait aisément parmi les rangées d'arbustes. Le père avait travaillé à cette préparation de la cueillette pendant une semaine et déjà gagné huit francs avant même d'avoir mis une seule rose dans la vaste poche de son tablier de jute.

Il était content, le père, de toute part on le voulait. Il en riait dans sa moustache dorée et disait qu'il n'avait, hélas, que deux bras. Cette moustache, Sorenza voyait combien elle plaisait aux femmes. Et aussi les épaules si larges et cet air de haut cyprès bien droit qu'avait le beau Francisco. S'engager chez des jardinières, plutôt que chez des jardiniers, serait toujours meilleur pour le père.

Les roses n'emplissaient pas l'air de leur odeur de la même manière que les fleurs d'oranger. On se penchait vers elles, on les écoutait, elles parlaient et leurs paroles étaient du parfum. Elles ne disaient pas toutes exactement la même chose, et c'était une longue conversation de senteurs.

La jardinière avait mis le père aux rosiers de sept ans où la récolte était belle et il allait bon train, la moustache joyeuse. Il disait, à celles-là qui l'entouraient, que l'an prochain il récolterait chez lui, mais que, cette année, il s'amusait à cueillir ici et ailleurs. C'étaient paroles pour plaire aux femmes, Sorenza le savait, mais ces bavardages et ces rires lui rappelaient ceux de Maria-Angela faisant ce qu'elle voulait des hommes. Une autre Maria-Angela, un jour, déciderait-elle de plaire au père ? Ce souci s'ajouta à la déception d'être mise aux rosiers de deux ans qui donnaient une maigre récolte. Elle ne ferait pas ses cinq cents grammes. Et Amédéo pleurait, là-bas où d'autres enfants, plus grands que lui, volaient son pain.

La maîtresse aussi se souciait. Elle venait voir les jeunes rosiers et soupirait sur tant de beaux boutons séchés avant d'avoir fleuri. Une femme lui disait que

1. Entassement et attachage des branches de rosier.

c'était l'air et les brouillards de ces derniers jours, une autre parlait de soleil trop vigoureux, une troisième de ce mystère de la terre où allez savoir comment y vivent les racines ! Ce soir, Sorenza demanderait au père ce qu'il en pensait. Il connaissait beaucoup de ces secrets des plantes, lui, et là-haut, sur leurs terrasses, il agirait au mieux pour leurs fleurs. Sûr, on ne pourrait pas, dans ces petits espaces, planter aussi large. Peut-être n'aurait-on pas la place, les cueillettes finies, de faire des légumes entre deux rangées de rosiers comme ici, alors le père disait déjà que la deuxième terre, quand on l'achèterait, plus tard, serait de belle taille et bonne à toutes les cultures. C'était bien, mais elle n'aimait pas l'entendre rire si fort avec les femmes.

Ce fut quand elle vida sa récolte, dans les grands sacs de jute pleins de roses où tous versaient leurs cueillettes, qu'elle eut sa plus grande joie. À couler mains et bras dans cette fraîcheur parfumée, sucrée, vivante, on en recevait deux caresses. L'une donnée, d'abord, comme par une eau toute de douceur, l'autre, venant vite donner à son tour une chaleur de senteur qui prenait au cœur. Les fleurs entassées là semblaient respirer sur sa peau. Elle s'attarda un moment à cette étrange sensation. C'était quelque chose de jamais ressenti. Quelque chose qui se passait maintenant dans son corps habitait soudain en elle. Elle pâlit, sa tête lui tournait, mais elle souriait.

Dans l'ombre de la grange, où s'alignaient les sacs emplis de fleurs, des femmes arrivaient. Elle se détourna afin de garder son plaisir pour elle seule.

Amédéo dormait. Ses joues, pointillées de piqûres de moustiques, étaient aussi rouges que les fleurs cueillies. Elle le prit sur son dos à la fin de la journée, encore somnolent, rapprocha sa tête de la sienne qui n'était que senteur de roses. Ce fut à cet instant qu'il prononça son premier mot. « Bon... » Et il écrasait son petit bout de nez dans ses cheveux. « Sent-bon... », dit-il encore.

Ils avaient cessé le travail quand les roses étaient devenues mauves dans le crépuscule tiède et doux.

Les cueilleurs regagnaient les hauteurs de la ville en longue file. Certains chantaient et on aurait cru être accompagné, protégé, par de grandes ailes de parfum.

Le père était impatient de planter chez eux. Il lui faudrait pourtant attendre novembre qui était le bon moment pour cela.

Ils n'allaient plus coucher sur leur terre dont les trois terrasses étaient devenues un immense escalier propre et net entre ces deux rampes de cyprès. Mais ils y venaient, à pied, le dimanche, quand ils n'étaient pas en époque de cueillette. Amédéo aimait cette promenade.

Ils emportaient les premières tomates du jardin de la Visitation et de grandes tranches de pain données par la sœur économe qui avait la clef de la huche pendue à sa ceinture.

À boire, ils auraient l'eau de la source. Elle était, avait dit le vieux Gaubert, en la leur montrant à la première visite, la couronne de perles de son terrain pentu. Mais le père achetait quand même, au dernier cabaret avant la sortie de la ville, le litre de vin rouge dont il disait : « C'est mon dimanche. » Et, quand il l'aurait bu, son humeur changerait. Il ne chanterait plus, comme sur le chemin, en portant l'Amédéo sur son dos et s'encolérerait de tout et de rien. On ramasserait l'herbe déjà drue que la bonne terre aérée et arrosée nourrissait en attendant ses rosiers, et il crierait que c'était peine bien inutile que de se fatiguer à une besogne de mendiant pour la poignée d'amandes sèches que donnerait la voisine en échange de cette verdure à lapins. Mais Amédéo aimait les amandes et Sorenza faisait le travail seule pour le contentement du petit. Lorsque vint le temps des cerises, puis celui des pêches, la femme fut généreuse de ses fruits parce qu'elle avait pris Amédéo en amitié.

En se courbant vers la terre et en lui arrachant sa toison verte, Sorenza se disait que le vin n'était pas seul à rendre le père méchant. C'était aussi le manque de rires des femmes. Il bâillait, dormait, s'éveillait, s'étirait, et elle pouvait deviner à quel moment il dirait :

— Rentre avec le petit. Moi, je vous rejoindrai plus tard.

Ce serait très tard. Le vieux Gaubert avait montré l'ébréchure du mur facile à escalader pour éviter les fureurs de la sœur portière et les réprimandes de la mère supérieure. Avec un clin d'œil, il avait dit : « Mets l'oreille à l'écoute de ce polisson de tas de pierrailles, et sûr qu'il t'en racontera de bonnes de ma part. Si, dans mon printemps, je ne l'ai pas sauté mille fois, gagnant de vitesse le premier soleil, je ne l'ai pas sauté une ! »

Ils reviendraient lentement, avant le crépuscule, Amédéo et elle, en se tenant la main. Le petit cueillerait des boutons d'or au long du chemin. Un soir, elle avait tenté d'échanger le bouquet, chez une épicière, contre un sucre d'orge, mais n'avait pas réussi. Comme l'enfant s'en était attristé, elle lui avait promis, pour bientôt, quand leurs roses auraient fleuri et seraient vendues très cher, l'un de ces beaux fruits ensoleillés de sucre qu'il aimait tant à regarder dans la vitrine du confiseur.

Elle ne se déplaisait pas aux cuisines du couvent où elle aidait aussi. Elle y travaillait de son mieux et même avec goût. Il y avait là deux converses qui auraient pu en remontrer à plusieurs illustres chefs de la région. Pour le petit ordinaire de la supérieure, dont l'estomac était délicat et ne s'accommodait que de nourritures fines, comme pour le grand apparat des jours de visite de ces messieurs du chapitre, elles faisaient ronronner sur leurs fourneaux de savantes et secrètes préparations dans des marmites, daubières ou poêlons de faïence vernissée.

Pour avoir été à l'école préparatoire de la grosse Lucia, de San-Vitale, Sorenza était prête à apprécier les recettes des deux sœurs, plus rondes encore que la Lucia, plus méfiantes aussi et appliquées à bien cacher ce qui faisait le mystérieux de certains mélanges d'épices et d'herbes, ou le dosage de précieuses liqueurs. Mais peu de chose échappait à Sorenza et les cuisinières eussent été stupéfaites de découvrir que leur fameux confit de daube au basilic, dont M. le chanoine d'Opio disait qu'il valait le voyage, pieds nus et la corde au cou, elle aurait pu le réussir à coup sûr, et aussi délectable.

Un dimanche, alors qu'Amédéo et elle arrachaient de l'herbe dans un terrain voisin — leurs terrasses étaient maintenant désherbées, rasées « au numéro zéro », comme aurait dit le tondeur de moutons —, une femme arriva et éveilla le père qui dormait, près des cyprès. Sorenza la connaissait, celle-là, elle s'appelait Rosa et on avait fait plusieurs jours de cueillette avec elle. Ce n'était pas celle qui riait le plus fort, mais elle regardait toujours le père comme s'il était à elle.

Dès lors, elle vint souvent. On la voyait arriver de loin, elle avait une jupe rouge. Sorenza détesta cette couleur.

Les trois terrasses de la Croix-de-Lumière n'étaient pas habituées aux rires et aux paroles de cette femme, ils empêchaient d'entendre chanter les oiseaux et la source.

Et la Rosa avait des yeux qui regardaient leur terre comme si elle voulait la manger. Elle mangeait tout.

Les nouveaux bocaux de salaisons seraient bientôt la grande affaire des cuisines du couvent. Et comme il en restait, cette année-là, quelques anciens à consommer encore, la sœur économe ajoutait parfois de belles olives vertes et salées aux tranches de pain. Rosa les aimait, les croquait goulûment l'une après l'autre, s'amusant à cracher les noyaux très loin. Le père s'en amusait aussi, riait et décidait de l'heure du départ pour lui et la femme de plus en plus tôt.

La jupe rouge et les rires de Rosa gâtèrent ainsi les dimanches jusqu'au temps du jasmin.

On commença, un soir de juillet, à en sentir les premiers effluves.

Sorenza perçut une douce odeur, inconnue encore, et délicieuse, alors qu'elle allait quitter les cuisines, son travail fini, et ouvrait la porte donnant sur les jardins. Comme elle restait immobile sur le seuil, hésitante et intriguée, l'une des sœurs lui dit :

— Hé oui ! ça y est ! *C'est la fleur*[1] ! Ça ne sentait pas ce matin, et ça arrive comme ça, d'un coup ! Tous disent que cette année elle sera superbe, la fleur. Ils seront contents, ces messieurs des fabriques. Savoir s'ils la paieront bien ! On compte, ici, sur l'argent de la récolte pour le voyage à Lourdes de sœur Ursule qui ne guérit pas...

Mais Sorenza n'écoutait guère. Elle courait vers le petit champ de jasmin attenant au jardin du couvent, comme au-devant d'une reine dont on vient de signaler le cortège. Le père Gaubert y était déjà. Il avait senti lui aussi et disait :

— Encore deux belles journées de soleil et il faudra mettre, là-dedans, la nichée des « petites ». Dès demain j'irai prévenir pour qu'elles se préparent.

Sorenza ne cueillerait pas ici. Ce serait, en effet, le travail des « petites », les orphelines de la ville, en uniforme bleu et bonnet blanc. Elles empliraient de jasmins leurs tabliers attachés à la taille en une vaste poche. Et les plus grandes, les plus délurées, riraient de cette grossesse de fleurs qui leur poussait là.

Le père et elle s'étaient engagés ailleurs, sur des terres appartenant à d'importants parfumeurs de Grasse, les Garlande.

Plusieurs hectares de jasmin à grandes fleurs, dit jasmin royal, étaient à dépouiller de millions de corolles crémeuses. On savait qu'il lui faut beaucoup d'eau, au jasmin qui aime à bien boire. On savait aussi que la fleur cueillie ne devait pas être mouillée pour éviter de rancir la pommade sur laquelle elle devrait déposer son parfum. Et on avait craint, la veille au

1. Nom que les Grassois donnaient au jasmin.

soir, qu'il ne plût, ce qui aurait empêché la cueillette. Mais, dès le milieu de la nuit, on sut qu'il ferait beau.

Ils quittèrent le couvent dans une obscurité que n'éclairait encore aucune lueur d'aube. Le père portait sur ses épaules un Amédéo somnolent.

Découvrir Rosa déjà là quand ils arrivèrent ne fut pas une surprise. Sorenza savait maintenant que cette femme et ses coquetteries accompagneraient le père partout. Les sourires qu'Amédéo rendait à ses cajoleries trop bruyantes étaient ce qui la peinait le plus. Mais très vite, dans ce vaste champ vert sombre piqueté de petites étoiles blanches d'où s'élevait comme une grande vapeur de parfum, elle oublia tout pour se demander, encore une fois, pourquoi certaines fleurs sentaient si bon. Ceux qui allaient à l'école avaient-ils réponse à cette question ?

On avait attendu que le soleil dissipe la rosée et sèche les fleurs, on avançait entre les espalières[1] et on allait pouvoir commencer à cueillir.

Dans la lumière neuve le vert des feuillages étincelait, le blanc des corolles éclatait, la fleur était en attente d'être enlevée à sa vie.

Comme les oiseaux, un instant effrayés par l'arrivée des cueilleurs, s'enhardissaient à nouveau, Sorenza les envia de voler dans ce ciel de parfum. Mais les oiseaux sentaient-ils, eux aussi ? Quand Amédéo — qui parlait de plus en plus — lui poserait ces questions, elle ne saurait pas répondre. Le père ne savait pas non plus ces sortes de choses. Personne peut-être ne les savait. Alors, à quoi servait l'école ?

Il y en avait qui disaient, autour d'elle, combien cette plantation était belle et qu'il ne pouvait en être autrement d'une propriété de gens si riches. Ils n'avaient jamais la pourridié[2], les jasmins Garlande, l'argent (sous forme de sulfate de fer) la faisait recu-

1. Allées qui séparent deux rangées de plantation de jasmin.
2. Vers du jasmin.

ler. Et leurs territoires à orangers, roses ou jasmins étaient les meilleurs, les mieux choisis et les plus soignés.

Sorenza apprit aussi que ces MM. Garlande père et fils aîné portaient toujours le même prénom de Guillaume, depuis 1752, depuis la création ici de leur première maison de gantiers-parfumeurs. Les produits Garlande avaient ainsi, sur leurs étiquettes et leurs papiers d'emballage, un bel entrelacs, orné de fleurs, des trois G, célèbre dans le monde entier. Était célèbre aussi, entendit-elle encore, ce à quoi ce G.G.G. avait donné naissance, au cours des ans, parmi les employés et ouvriers des fabriques. Cela était allé, selon les bons ou les mauvais esprits, d'un « Grande Gloire Garlande » à un « Grands Gaillards de Garlande » en passant, selon qualités, défauts ou particularités des Guillaume de différentes époques, par les Gibbons, les Grognons, ou les Grisons.

Dès qu'elle aperçut leur jeune héritier, Sorenza se demanda quel surnom on lui avait donné. Elle lui aurait accordé, sans hésiter, le plus beau.

Il était là, dans le soleil, M. Guillaume Garlande, vêtu de blanc, comme ses jasmins, monté sur un cheval roux cosse de châtaigne, et il tenait une badine dont le manche brillait comme de l'or, était peut-être vraiment en or. Il était nu-tête et le vent léger de ce matin-là, celui qui avait chassé la pluie, emmêlait les courtes boucles brunes de ses cheveux. Les femmes disaient qu'il avait eu dix-huit ans aux roses de mai. Et l'une d'elles s'avançait et venait lui tendre une poignée de fleurs. Il la prit dans le creux de sa main et l'approcha de son visage, puis il sourit.

Au ciel parfumé, aux oiseaux, aux fleurs, ou à ce prince, tout là-bas, et qui ne pouvait pas la voir, à qui Sorenza sourit-elle aussi, heureuse ?

On prenait les fleurs blanches une à une, en travaillant des deux mains. Elles faisaient un petit bruit en se détachant. Poussaient-elles un faible cri ? « Hé oui ! elle se plaint la fleur », dit une vieille cueilleuse. Elle ajouta : « Elles se plaignent toutes, nous les tuons, les pauvres ! Mais nous les tuons pour la Grande Gloire Garlande, et, peut-être, elles en sont fières, qui sait ? »

Sur les 8 heures, soufflant dans une corne marine, le régisseur donna le signal de la mérenda, ou collation. On la prenait assis dans l'herbe. Ceux qui avaient l'habitude des chaleurs de ces journées de juillet disaient : « Profitez de la trêve parce que maintenant ça va taper dur. »

On chantait, à la cueillette du jasmin plus qu'à celle des roses ou de l'oranger. Pour se donner du courage dans le soleil qui montait.

Du côté de Sorenza, on racontait aussi des histoires. Deux cueilleuses, célèbres par leur répertoire, deux sœurs déjà d'un bel âge, Mlle Honorade et Mlle Lazarie, en savaient d'inoubliables, d'ici ou d'ailleurs, et en régalaient leurs voisins. Beaucoup voulaient être de leur entourage pour bien les entendre. Ce ne fut pas par hasard que Sorenza se trouva près d'elles, mais par décision péremptoire des conteuses. Mlle Honorade, en donnant le bonjour à tous — les deux sœurs arrivaient les dernières, en souveraines —, Mlle Honorade, donc, avait croisé le beau regard attentif et avait dit :

— Toi, petite, tu as des yeux à les aimer, les belles histoires, viens-t'en donc de mon côté !

On s'était alors écarté pour faire place à cette fillette à la robe délavée, ravaudée, et aux pieds nus. On savait que ces demoiselles-conteuses avaient ainsi des caprices de prima donna. Elles avaient aussi des voix superbes qui s'élevaient dans le soleil pardessus les fleurs, avec les vapeurs de parfum comme de grandes prières. Mais de drôles de prières qui faisaient rire ou pleurer, parce qu'elles parlaient de la ville et de ceux qui y vivaient, parmi des fleurs magiques, des olives royales et des fruits confits de paradis.

On n'applaudissait jamais. Il ne fallait pas distraire les mains de leur occupation. Mais on criait « Bravo ! Bravo ! » Et le plus fort était que ces demoiselles Honorade et Lazarie soient les meilleures cueilleuses !

Elles se faisaient leur bon petit kilo à l'heure, tout en laissant marcher leurs langues à belle allure. Et on aurait pu croire que ces divas ne se produisaient que sur les plantations les plus prospères. Non pas, elles mettaient le plus fin de leur coquetterie à arriver, impromptu, là où ça leur chantait. Et quel propriétaire de terres à fleurs ne les eût accueillies avec enthousiasme ? On savait qu'à maintenir ainsi la bonne humeur chez les cueilleurs elles en augmentaient le rendement. Et dans le jasmin, tous le savaient aussi, cueillir vite, livrer vite et traiter vite la fleur était la grande affaire.

Mlles Honorade et Lazarie ne « faisaient » d'ailleurs que *la fleur* et quand elles le précisaient, on croyait les entendre dire : « Nous ne servons que la reine de Grasse. »

Comme les duettistes se partageaient leur répertoire, l'une maîtresse du tragique, l'autre du comique, Sorenza sut qu'elle découvrait là toute la vraie vie, dans la lumière, les fleurs et les parfums. Et chaque fois qu'il était conté l'histoire d'un prince grassois — ces demoiselles aimaient assez à anoblir leurs personnages —, il avait pour elle le visage et la fière allure de M. Guillaume Garlande.

Pour ajouter à ces bonheurs, le père et Rosa étaient loin, là-bas, et n'entendaient rien.

Mlle Honorade — à moins que ce ne fût Mlle Lazarie, Sorenza ne savait pas trop — l'avait prise en amitié.

— J'aime raconter pour toi, petite, tu as des yeux qui disent beaucoup de belles choses, eux aussi.

Le dernier jour de cueillette commença mal. Sorenza s'était blessée au pied la veille, elle boitillait, et Amédéo perdit en route sa vieille cuiller en os. Il perçait une grosse dent, se plaignit tout au long du chemin et lorsqu'elle dut le laisser, dans le champ où une vieille gardait les tout-petits, il s'accrocha à elle. Il ne voulait pas qu'elle le quitte. Elle promit de revenir très vite.

Ne l'entendant plus pleurer, sûre d'ailleurs qu'il jouait maintenant avec les autres enfants et avait oublié sa douleur, elle fut pleinement à son travail. Elle voulait, ce dernier matin, faire encore mieux que la veille et atteindre les six cents grammes à l'heure. Tout à l'écoute de Mlle Honorade, elle ne vit pas arriver vers elle cette femme si pâle, au visage défait et qu'elle entendit, soudain, lui dire :

— Viens vite, vite... le petit...

Un médecin, que le régisseur alla quérir, confirma ce que plusieurs avançaient : Amédéo s'était empoisonné avec de la ciguë. Privé de sa cuiller, il avait dû mâchonner quelques tiges de plantes et l'une d'elles...

De tous les regards noirs qu'elle avait reçus de Sorenza et jamais pardonnés, Rosa se vengea, d'un seul coup de poignard :

— C'est de ta faute. Si tu l'avais surveillé !...

Et le père n'intervint pas.

Après l'enterrement, Rosa, qui n'avait pas quitté le père, mit son bras autour de ses épaules et dit :

— Viens, partons.

Ils partaient, en effet. Francisco l'avait décidé. Ce pays était maudit pour lui. Il vendait ses terrasses et, avec ce que M. Garlande lui avait donné pour « l'aider dans son grand malheur », ils allaient, Rosa et lui, pouvoir acheter un petit cabaret à Nice.

Sorenza n'aimait ni les cabarets ni Rosa. Elle aurait voulu rester ici, près de la tombe de son Amédéo. Qui y mettrait des fleurs si on s'en allait ?

Mais il n'avait jamais dû être prévu qu'elle vienne à Nice. Le père disait :

— Au couvent on te garderait, si tu le demandais. On t'aime bien, là-haut.

Elle n'avait rien répondu encore, quand Rosa ajouta, en haussant légèrement les épaules :

— Et puis, tu dois bien t'en douter depuis longtemps, qu'il n'est pas ton père ?

Mlle Honorade lui dit, en revenant du cimetière où tous les cueilleurs avaient accompagné Amédéo :

— Nous ne sommes pas riches, ma sœur et moi, mais nous t'offrons, de bon cœur, une petite place dans notre maison. Nous nous faisons vieilles, tu t'occuperas de nous. Et nous de toi.

Elle faillit leur répondre : « Oui, je viendrai avec Amédéo. »

C'était peut-être toujours ainsi, ceux qu'on avait aimés ne vous quitteraient jamais le cœur et on continuerait à vivre avec eux. Les autres, qui n'avaient pas voulu de vous, ils étaient comme la grande mare de San-Vitale, à briller dans le soleil, sans qu'on sache jamais ce qu'il y avait au fond de l'eau.

Mlles Honorade et Lazarie Beauval habitaient au bas de la rue de l'Oratoire. Une rue en pente, comme beaucoup de rues grassoises. Leur maison, haute et étroite, faisait face à une fontaine de pierre en forme de conque joliment sculptée.

Au temps de leur enfance, ces demoiselles avaient reçu le sobriquet de « petites de la Muscade », du nom de l'épicerie que tenaient leurs parents, au rez-de-chaussée de cette maison. Elles avaient cédé le fonds, dès qu'elles en étaient devenues propriétaires, se sentant peu de goût — et encore moins de talent — pour le commerce. Un M. Félix Dolambel, très jeune homme aux yeux pleins de courage et de rêve, l'exploitait et se contentait d'habiter au second étage. Elles avaient gardé le premier, où elles avaient toujours vécu. Le seul inconvénient eût pu être l'escalier commun qui passait par leur antichambre. Mais toutes deux avaient décidé que ce successeur ne les gênerait guère et même qu'il était bon, pour des femmes seules, qu'on ne les sût, précisément, point seules.

Le jeune M. Félix avait vécu ainsi avec elles dix

années de cohabitation. Et beaucoup, dans le quartier, le soupçonnaient de ne s'être jamais marié parce qu'aucune de ces demoiselles ne l'avait agréé. Mais rien n'accréditait vraiment cette supposition.

Il n'y avait que trois pièces par étage, deux chambres et une grande cuisine, dénommée la salle. Ce fut dans un coin de cette vaste pièce, où trônait une cheminée, que les deux sœurs décidèrent d'installer leur pensionnaire. Une tringle, un rideau, un lit, et voilà une bonne chambre. C'était l'avis de Sorenza, elle n'en avait jamais tant eu. Et lorsque tout fut prêt, elle faillit dire encore : « Amédéo sera bien là, lui aussi. »

Elle n'avait pas pleuré depuis l'accident. « Tu la vois ? tu la vois, elle n'aime personne », avait dit Rosa au père en montrant du doigt ses yeux secs.

M. Félix passait, montant chez lui, il s'arrêta pour lancer joyeusement :

— Cette fois-ci, je crois que j'ai trouvé !

— Encore ! s'écrièrent ensemble Honorade et Lazarie.

Et, pour Sorenza, elles expliquèrent :

— Quelques importants parfumeurs de Grasse offrent mille francs et une médaille en or...

— Grand modèle ! coupa M. Félix.

— Grand modèle, si vous voulez, encore que l'on ne sache pas trop ce que cela veut dire. Donc, mille francs et une médaille d'or à qui inventera un moyen, simple et efficace, pour sécher les fleurs de jasmin humides sans les détériorer ni leur enlever une partie de leur arôme. Et M. Félix cherche.

— Et trouve ! Je suis sûr que j'ai trouvé !

— Eh bien, nous en reparlerons demain !

M. Félix avait à peine le dos tourné que Lazarie ajoutait :

— Voilà deux ans qu'il cherche, pourquoi aurait-il trouvé ce soir plus qu'hier, où il avait soi-disant trouvé aussi ?

— C'est comme dans l'histoire que vous avez racontée à la cueillette ?

— Bravo petite ! Tu as donc déjà compris que nos contes sont toujours vrais ? Hé oui ! Nous aimons, Honorade et moi, parler des gens d'ici. Il se passe tant de choses, à Grasse !

— Et vous en avez encore, des histoires ?

— Des panières pleines !

— Amédéo aussi, vous le raconterez ?

— Tu aimerais, ou tu n'aimerais pas ?

Elle aimerait. Et elle leur dirait comment il était et ce qu'il lui disait. Elle lui avait appris *jasmin* et *rose*...

Elle était arrivée à la nuit tombante chez les demoiselles Beauval, après être allée faire ses adieux aux dames de la Visitation et à leur jardinier. Elle ouvrit la fenêtre, le lendemain matin, sur le soleil d'août, la rue de l'Oratoire et sa fontaine. Et elle regardait, avec intérêt, nager trois gros poissons sans tête dans l'eau claire de la vasque de pierre.

— Ne crois pas que tu rêves, dit Lazarie. Ce sont les morues de M. Félix qui trempent là. C'est commode, pour ceux qui se décident à faire un aïoli au dernier moment, de les acheter déjà dessalées. Ce Félix, il a au moins dix idées par jour ! Il vend aussi ses haricots et ses pois secs attendris de la veille pour ceux qui sont pressés. Il dit être sûr que viendra le temps où il faudra tout présenter tout cuit parce que les gens seront encore plus pressés. L'ennui, c'est ce qui lui reste sur les bras de ramolli dans la fontaine. Il doit manger ses invendus. Aussi, tu l'as vu, il est assez rondouillard. Et va savoir ce qu'il inventera demain !

— Cette petite, disaient Honorade et Lazarie, c'est le ciel qui nous l'a envoyée.

Elles crurent aussi qu'il la leur avait reprise. Elle disparut une journée entière et ne rentra qu'à la nuit.

— Où étais-tu partie, comme ça, sans prévenir ?

Elle était allée à la Croix-de-Lumière.

Elle y avait couru, soudain. Morues, haricots, pois chiches, tout cela ne l'intéressait pas beaucoup. Elle, c'étaient les fleurs qu'elle aimait. Sur la terre à roses, là-bas, sur les trois terrasses entre les deux rampes de cyprès, c'était là qu'elle était chez elle, avec Amédéo dans le cœur, à attendre d'y planter et d'y cueillir.

Le temps était en belle clarté, on voyait, au loin, jusqu'à la mer. Trois poules vinrent déterrer des vers et lui tenir compagnie. Elle ramassa de l'herbe échangée contre cinq figues. Et elle décida de coucher là, tout contre les cyprès, comme autrefois.

Mais, alors que l'angélus sonnait, une carriole s'arrêta à dix pas d'elle. Un homme, une femme et deux enfants en descendirent. Ils étaient chez eux, et lui demandèrent de partir. Elle semblait ne pas entendre et ne bougeait pas, l'homme et la femme haussèrent les épaules et s'éloignèrent. Plus tard, les enfants lui jetèrent des pierres. De ces pierres que l'Amédéo et elle avaient amenées là pour border les terrasses. Alors, elle s'en retourna.

Elle savait qu'elle reviendrait. C'était *sa* terre, quoi qu'ils disent.

Les demoiselles Beauval « s'occupaient » à la Maison Nègre, fabrique de fruits confits. Elles tenaient beaucoup à cette façon de dire : s'occuper, et non pas travailler. Et elles s'en expliquaient. Dans la vie, il y avait deux sortes de gens, ceux qui soupiraient dès le réveil et enduraient la journée à venir, et ceux qui, respirant dans la joie, la fêtaient. Elles étaient de ces dernières et décidées à le rester jusqu'à leur mort. Mais encore fallait-il, pour cela, avoir une occupation choisie de plein cœur. Et elles avaient choisi, avec des intermèdes de cueillettes de jasmin, les fruits confits et les fleurs sucrées. Pas n'importe lesquels. Les plus beaux, les meilleurs, célèbres dans le monde entier. Ceux de la Maison Joseph Nègre et fils, 16, rue des Suisses, à Grasse, Alpes-Maritimes.

Lazarie était employée à la mise en boîte et Honorade aux expéditions. C'était là, disaient-elles, les postes les plus plaisants. À Lazarie arrivaient les fruits, en grand apparat de belles couleurs et de scintillements de sucre. Et certains matins, dans le soleil qui illuminait les plateaux où ils étaient groupés par espèces, ils lui apparaissaient si superbes qu'elle ne pouvait s'empêcher de s'extasier à haute voix et en joignant les mains. « Ah ! merci, Seigneur, de nous mettre tant de belles choses sous les yeux ! », disait-elle. Et elle couchait chaque fruit dans sa papillote de papier plissé avant de le ranger dans une boîte de bois. Le soir, quand les deux sœurs se racontaient leur journée, on pouvait entendre :

— Ah ! Ma fille, si tu l'avais vu ce plateau de chinois[1] confits ! La merveille des merveilles ! De vrais petits soleils ! Qu'aurais-tu fait à ma place, tu leur aurais mis une garniture de violettes au sucre, ou de feuilles bien vertes, découpées dans l'angélique ?

Et Honorade, dans son rêve à elle, disait :

— Aujourd'hui encore, j'en ai fait partir un envoi pour la cour de Russie. On dit que le tsarévitch adore les chinois !

Alors elles se racontaient — parce que *sûrement* cela devait se passer ainsi — la joie de l'enfant du tsar, de faible santé, le pauvre. Il s'extasiait, dans sa froide et neigeuse Russie, à recevoir ces boules d'or, ces petits soleils de Grasse. Il se réchauffait à les croquer et c'était si bon pour lui, cette coulée de chaleur sucrée, que l'impératrice ne devait pas manquer de s'agenouiller devant les icônes et de remercier les Grassois.

Il naissait ainsi, peu à peu allongée, embellie, une histoire appelée *Du soleil pour le tsarévitch*, à raconter aux prochaines cueillettes du jasmin, où ces demoiselles ne manqueraient pas, ne voulant oublier ni les fleurs ni les parfums, de conclure par l'une de leurs exclamations favorites : « Seigneur, grâce à Vous,

1. Fruit du bigaradier, sorte de petite orange de Chine que l'on fait confire.

c'est ici, chez nous, que se préparent tous les délices du monde ! »

Lorsque le tsarévitch mourut, à Nice, elles en furent affectées, étonnées aussi que la cour de Saint-Pétersbourg commandât encore des fruits confits, et surtout des chinois. Mais elles décidèrent que c'était « en souvenir » et leur histoire en reçut un ajouté où l'on voyait l'impératrice découper, dans une assiette d'or, avec un couvert de même précieux métal, son chinois qu'elle mangeait en pleurant et en pensant à son enfant. La Maison Nègre, elle aussi, gardait un souvenir de ce malheur. Le fils aîné, M. Charles[1], si savant dans ce qu'on appelait maintenant la photographie, avait pu prendre, le premier au monde, un véritable *instantané* — c'était le mot nouveau — du convoi funèbre du jeune prince, à Nice.

De la cour d'Angleterre arrivaient aussi des commandes et, on pouvait bien le dire, tout ce qui comptait sur la terre, le gratin de l'univers, se délectait des fruits confits et fleurs sucrées de Grasse. On pourrait donner à Sorenza une bonne leçon de géographie et lui apprendre l'Europe et même l'Asie et l'Amérique, à énumérer les confiseries les plus goûtées des têtes couronnées qui se partageaient le monde civilisé. Ce fut à propos de la cour de Roumanie et des préférences de Sa Majesté la reine Carmen Sylva pour les abricots gonflés de leur chair odorante, sucrée et dorée, de vrais morceaux de reine, précisément, que l'on découvrit l'ignorance de Sorenza. Elle ne savait ni lire ni écrire et encore moins où pouvaient bien se trouver la Russie et la Roumanie. Dès qu'on en aurait le temps, on s'efforcerait de l'instruire un peu. On lui apprendrait l'alphabet dans *L'Almanach de Gotha* qui était la lecture préférée de ces demoiselles. Ne fallait-il pas savoir — la ville de Grasse recevait tant d'illustres personnages — qui étaient ces rois, reines et altesses intéressés à ce qui se préparait dans les bassines de cuivre du confiseur et les alambics, de cuivre

1. Charles Nègre, peintre et photographe né à Grasse en 1820.

aussi, des parfumeurs ? Pour l'heure, il fut entendu, le ménage du premier étage ne demandant pas tout le temps de Sorenza, qu'elle aiderait M. Félix, moyennant une petite rétribution. Celle-ci s'ajouterait aux cinq francs donnés par Honorade et Lazarie.

La fabrique de fruits confits était à deux pas de chez elles, mais ces demoiselles ne s'y seraient pas rendues sans chapeau et sans gants. M. Félix, tout à la trempette de ses morues et de ses pois chiches, n'avait garde d'oublier, lorsqu'elles passaient par le magasin pour gagner la rue, de faire compliment de ce qu'il appelait leur élégance et elles leur dignité.

Sorenza aussi les regardait partir le matin, ses vieilles amies, le buste fier, la tête haute, elles trottinaient vers les fruits confits. Leur petite taille ne diminuait en rien une noble prestance reconnue par tous. Et qui tenait, sans doute, à un corsage assez rebondi — rendu plus avantageux encore par la mousse neigeuse de jabots de dentelle — et qu'elles portaient avec la superbe de pigeonnes. Aux nombreux saluts et souhaits, reçus en chemin, elles répondaient d'un bref signe de tête dont la raideur n'était voulue que par le maintien en bel équilibre de leur chapeau cabriolet, de paille ou de velours, selon la saison. Raideur qu'elles compensaient par le sourire de petits yeux chocolat pleins de malice et paraissant toujours égayés par quelque réjouissante pensée. Peut-être celle qu'il faisait bon vivre, là où, précisément, elles vivaient, et ne l'ignoraient pas.

Elles avaient pour règle première de ne pas dépenser plus de la moitié de leurs modestes revenus. Qui savait de quoi demain serait fait ? Mais elles s'accordaient ce qu'elles appelaient « une coquetterie dans la chaussure », n'aimant que les « façon bottier » du cuir le plus fin. Il leur fallait toujours en trouver deux paires semblables car depuis l'enfance elles aimaient à se regarder marcher à quatre pieds identiques. Pour compenser ce luxe et faire durer richelieus et escarpins le plus longtemps possible, elles les échangeaient entre elles chaque semaine. Elles avaient exactement la même pointure mais l'une souffrait d'un œil-de-perdrix à droite et l'autre à gauche. En fatiguant équitablement les quatre souliers, elles en prolongeaient l'existence avec grande satisfaction. Sorenza s'habitua vite à leurs petites manies et même les aima. L'ordre parfait, l'observance de règles de vie immuables lui plaisaient, c'était ainsi qu'elle voulait sa propre vie. Mais lui plaisait aussi l'éclatement de cet ordre et de cette rigueur lorsque les deux sœurs s'élançaient à bride abattue dans l'exubérance de leurs grandes histoires. C'était aussi inattendu, aussi incongru qu'un majestueux cyprès, haut dressé, droit et raide, qui fût soudain couvert de fleurs de jasmin ou de boutons de rose. Et puis chaque chose reprenait sa place. Jamais une miette de pain oubliée après le repas sur la toile cirée à carreaux bleus et blancs. Jamais la bobine de fil noir à la place de celle de fil blanc. Ce qui n'était pas de règle chez M. Félix. Pourtant, elle l'aimait bien aussi. Elle avait appris, grâce à lui, à faire, en peu de gestes, précis et rapides, de beaux cornets dans cet épais, raide et jaune papier d'épicier et à y peser, avec célérité, les olives noires ou vertes et les légumes secs, trempés ou pas.

Elle savait aussi présenter avec art les sacs de jute emplis de farine de froment, de maïs ou de châtaignes. Elle roulait leurs bords pour en faire une épaisse couronne de tissu et, en son centre, s'étalaient les moutures blanches, jaunes ou rosées du plus bel effet. Quand il n'avait plus rien à lui donner à faire, M. Félix la faisait asseoir sur le rebord de la fontaine avec mission de surveiller, tout en triant lentilles ou pois cassés, les garnements qui venaient volontiers pêcher ses morues sans les payer.

Il arriva qu'un matin, deux de ces malandrins, trompant sa surveillance, s'emparèrent du plus beau des poissons, flottant, paisible et sans tête, dans la fontaine. Elle se déchaussa avec rapidité — elle portait maintenant des sabots mais courait mieux pieds nus — et donna la chasse à ces chapardeurs.

Ils étaient plus âgés et plus grands qu'elle, mais elle

était agile et décidée à les rattraper. Après une longue poursuite, escortée de ceux qui, à ses cris de « au voleur », lui avaient emboîté le pas, elle se précipitait sur sa proie, lorsque M. Guillaume Garlande fils, sortant à cet instant de chez lui, reçut, en pleine poitrine, le poisson que l'un des fripons, voyant l'affaire perdue, balançait par-dessus son épaule.

Ce prince, celui qu'elle introduisait dans les contes des demoiselles Beauval — sans qu'elles s'en doutent un seul instant ! —, celui qu'elle guettait, pour l'apercevoir enfourchant son cheval, montant en voiture, entrant ou sortant de l'église, ce seigneur, venait de recevoir une morue salée et dégoulinante sur son bel habit !

Ce fut la chance des maraudeurs, que leurs poursuivants délaissent le premier acte de cette aventure pour ne vivre que le second, supérieur en qualité.

Les héritiers des fabriques, les jeunes patriciens de la ville intéressaient beaucoup. Qui épouseraient-ils, quelles alliances ajouteraient plus d'éclat encore à leur couronne ? Et quelles fredaines, en attendant, leur jeunesse dorée s'octroyait-elle ?

La morue salée, tombée aux pieds de Guillaume, y restait, reléguée à son rang d'accessoire. C'était le jeune homme que tous regardaient, ayant intercepté la surprise admirative que ses yeux reflétaient à contempler la vendeuse de M. Félix. Puis l'intérêt se reporta sur elle.

C'était là comme si un grand et célèbre acteur, condescendant à apparaître sur scène avec une débutante, la faisait découvrir. Le face-à-face de Guillaume Garlande et de cette jolie inconnue passionna la rue.

Guillaume, lui, se demandait d'où jaillissait cette diablesse à la toison en bataille et au regard de feu. Il semblait bien qu'il lui dût, en grande part, d'empester le poisson et l'obligation d'aller changer d'habit. Mais elle n'en paraissait ni contrite ni repentante. Elle se dressait, dans le soleil, superbe et triomphante. Et modeste aussi ! Impressions contraires assez déroutantes. Le jeune homme s'accorda quelques secondes, avant de rouvrir le portail devant lequel il était toujours, pour examiner un peu plus cette belle fille.

La course lui avait fait perdre ce bonnet blanc que Mlles Beauval s'entêtaient à lui imposer. Ses longues et épaisses boucles s'entremêlaient sur ses épaules en une sombre et soyeuse luxuriance dont l'exubérance sentait l'insouciance, l'indiscipline et, même, un joyeux mépris des convenances. Mais la gravité du regard ne s'accordait pas avec la désinvolture de la chevelure. Ni la retenue des belles lèvres pourpres.

Et soudain, tout s'assortit, s'unifia. Ce fut l'éclosion orgueilleuse, radieuse, d'une fleur inconnue à Grasse. Elle naquit du rire qui vola, en éclats aussi gais qu'irrespectueux, devant la belle demeure XVIIIe siècle, devant ses pierres sculptées, ses balcons de ferronneries élégantes, sa grande respectabilité et devant celui qui hériterait de ces richesses.

Le noir flamboiement des prunelles de Sorenza, l'éblouissement nacré de son rire fascinèrent Guillaume. Pour se donner le temps de se remettre, il envoya un preste coup de pied dans la morue qui maculait le seuil de sa maison. Puis il disparut derrière le lourd vantail de chêne après avoir, d'un petit sourire adressé à tous pour ne pas le donner à une seule, paru classer l'affaire.

Sorenza ramassa son poisson, et s'en fut le replonger dans la vasque de la fontaine. Son cœur battait trop vite, et ce n'était pas seulement la folle poursuite à travers les tortueuses et grimpantes rues de Grasse qui en était la cause.

## 2

Alexandrine Garlande, née Orlandini, femme et mère des Guillaume cinquième et sixième du nom, descendait d'une famille franco-sarde de Nice. Elle était venue au monde en ce mois d'avril 1860 où le traité de Turin, signé entre le souverain de Sardaigne et Napoléon III, redonnait sa ville natale à la France. Et elle disait, lorsqu'elle ne risquait pas de froisser des oreilles italiennes, que c'était là son plus beau cadeau de naissance.

Les Orlandini s'étaient alliés aux Ronqueray, arrivés de Normandie en 1856, à la suite de leur ami Alphonse Karr[1]. Ce dernier, dès son installation sur la Riviera, leur avait écrit : « Venez me rejoindre. Vous planterez votre canne dans ce sol magique, et le lendemain elle deviendra rosier. »

Emmanuel de Ronqueray, le grand-père d'Alexandrine, était venu, avait planté et, dans le sillage d'Alphonse Karr, vendu lui aussi des fleurs coupées envoyées à Paris, Vienne ou Londres dans les temps les plus brefs grâce à l'essor du chemin de fer. Moins jardinier dans l'âme que l'enthousiaste Alphonse, Emmanuel s'était vite lassé d'expédier mimosas et violettes à une clientèle cosmopolite et élégante mais insuffisante. Il avait préféré garder ses fleurs, en

1. Journaliste et écrivain français (Paris, 1810-Saint-Raphaël, 1890). Fut directeur du *Figaro*. Se retira à Nice — alors sarde — après le coup d'État de 1851 qu'il n'approuvait pas et s'y livra à la culture des fleurs avec passion tout en écrivant des romans et en dirigeant sa revue mensuelle *Les Guêpes*.

extraire des produits odorants et créer, en 1865, Les Essences Naturelles de Nice. En fournissant ainsi aux parfumeurs des matières premières nécessaires à leur industrie et non plus aux têtes, plus ou moins couronnées, de quoi embellir leurs salons, leurs tables et leurs boutonnières, il raya de sa vie ces nuits blanches passées à se demander comment payer les ouvriers agricoles de son domaine et le pain de sa famille. Et il était ainsi parvenu, non seulement à dormir en toute quiétude, mais encore à retirer les bijoux de sa femme du mont-de-piété, à confier sa fille Alexandrine au meilleur couvent de Nice, puis à une gouvernante anglaise, personne distinguée qui veillerait sur elle jusqu'à son mariage. Mariage que chaque bilan de fin d'année pouvait faire espérer de plus en plus superbe.

Miss Dodds, de la branche déchue mais néanmoins toujours honorable des Dodds du Lancashire, avait pour principe — Alexandrine était la quatrième brebis placée sous sa houlette — que le plus grand service qu'une institutrice puisse rendre à une jeune personne était de la préparer à tenir tête au mari que son destin de femme l'obligerait, hélas, à supporter. Car Miss Dodds savait, n'ayant pourtant pas été mariée elle-même, combien il serait dangereux de laisser à cet *étranger* le soin de diriger l'âme innocente de sa petite épousée. Bien qu'elle n'abordât jamais ce sujet, elle déplorait que l'éveil des sens dût, de surcroît, dépendre d'un monsieur que l'on connaissait à peine.

Alexandrine apprit donc, en quittant les dames de Sainte-Marthe, à prendre conscience de sa personnalité pour éviter d'être façonnée à son égoïste convenance masculine par l'élu de son cœur et à tenir tête, dès les premiers jours de son esclavage, à celui qui aurait la prétention de l'asservir.

Par chance pour Alexandrine et la paix de son futur foyer, on découvrit assez vite que Miss Dodds employait son jour de sortie hebdomadaire à jouer à la roulette la totalité de ses émoluments. Il fallait voir, là encore, une belle hérédité Dodds, car on découvrit aussi un vieux père, niché dans une soupente et aussi assidu que sa fille au casino.

Alexandrine, privée de son mentor, fut peut-être moins armée pour les futures luttes conjugales, mais n'en fut que plus charmante et séduisit Guillaume Garlande, arpentant lui-même fréquemment la Promenade des Anglais.

En épousant le beau Guillaume, gendre souhaité par tant de mères grassoises, parisiennes ou étrangères en séjour à Nice, Alexandrine Orlandini épousait aussi les Établissements Garlande, l'entreprise industrielle la plus importante de production de matières premières odorantes destinées à la parfumerie, et déverserait entièrement Les Essences Naturelles de Nice, dont elle était la seule héritière, sur la maison dont elle allait être la nouvelle souveraine.

Les Garlande, depuis la création de leurs fabriques en 1752, avaient, quand le destin avait bien voulu s'y prêter, apprécié d'épouser des filles uniques et se félicitaient d'unir souvent l'inclination de leur cœur aux intérêts de leur affaire. Un ancêtre avait écrit, dans le livre de raison que s'honorait de recevoir chaque aîné, au soir de son mariage — et sans doute dans l'attendrissement où le mettait une union très souhaitée —, qu'une bonne entreprise familiale se portait mieux si l'amour présidait à ses alliances.

Mmes Garlande n'avaient pas toutes eu la fierté d'apporter usines à matières odorantes ou terres à fleurs aux jeunes, beaux et riches Guillaume se succédant sans interruption à la tête de leurs établissements. Mais toutes avaient, sous une forme ou sous une autre, augmenté la fortune de la maison, avaient été belles, jolies, ou, au moins, séduisantes. Une seule avait été laide, mais, on ajoutait vite, si spirituelle, si entendue à la marche de la maison, si précieuse, en un mot, à son époux et aux affaires qu'elle resterait la plus célèbre. Son portrait, par M. Ingres, était majestueux et superbe et, ne serait-ce que par la taille, s'imposait dès le premier regard, rejetant au deuxième plan tous ceux qui ornaient aussi les murs du salon.

Et, à contempler cette imposante dame aux yeux trop petits, au nez et à la bouche trop grands, dominant de sa prestance hautaine et drapée de satin rose les séduisantes personnes qui l'entouraient, on se demandait si son Guillaume avait été aussi heureux que ses descendants le prétendaient. Mais la tradition Garlande était inattaquable et si le petit livre disait « Elle fut le bonheur et la joie de son époux », il ne venait à l'esprit de personne d'en discuter.

C'était l'ancêtre, Guillaume Ier, qui avait donné le ton et inauguré le rite des portraits. Il avait été contemporain et ami du peintre Honoré Fragonard. Ils avaient joué ensemble dans les rues de Grasse et, soit que Guillaume Garlande ait été un délicieux bon vivant, soit qu'Honoré Fragonard ait voulu laisser la trace, sur le visage de son compagnon, de ces gais moments passés ensemble, c'était un homme au sourire joyeux et au teint fleuri qui faisait face à la dame en rose. Autour d'eux s'égayait, sur le gris pâle à rechampis blancs des boiseries Louis XV, l'arrière-grand-mère Marie-Armande dont M. David avait su rendre tout le piquant d'un ravissant visage de brune aux yeux verts. Elle souriait là, cette jolie dame, sans se douter combien demain lui serait horrible. Son petit Guillaume, âgé à peine de trois ans, mourrait du croup. En souvenir de son bien-aimé, elle avait créé la crèche, attenante à la fabrique, où les bébés des ouvrières étaient gardés et soignés pendant les heures de travail de leurs mères. À Julie, la belle aïeule arlésienne au chaud et tendre regard, la ville devait la Fondation Garlande pour les vieillards. Et les descendants de Fragonard lui devaient, eux, d'être devenus les peintres de la famille. Ce fut elle qui décida qu'un Grassois se devait, à nouveau, d'être portraituré par un autre Grassois. Ainsi Alexandre-Évariste et Théophile, fils et petit-fils du grand Honoré, scrutèrent des visages Garlande et firent de leur mieux pour en rendre ce que l'on voulut bien laisser transparaître de soi.

Lorsque Alexandrine entra dans la famille, elle

regretta, en découvrant ainsi l'exquise bonté du sourire de sa belle-mère, qu'elle fût morte deux ans auparavant. Mais elle se félicita que la digne et hautaine grand-mère de son époux ne fût plus de ce monde. Car celle-ci paraissait, dans le rouge de sa robe de velours et le noir des sévères bandeaux de son opulente chevelure, apostropher ceux qui pénétraient dans le salon et peut-être même leur redire ce qu'elle avait dit tant de fois aux ouvriers des fabriques, la veille de Noël, en leur faisant distribuer, par ses filles et femmes de chambre, des morues salées : « Rien n'est meilleur pour la santé que le poisson !... » Ce à quoi, racontait-on en ville, une ouvrière délurée et regrettant la pièce de cinq francs de tradition désormais supprimée aurait répondu : « Madame, permettez-moi de vous offrir le mien pour vous fortifier après votre grippe de cet automne. »

Ce matin-là, alors que Sorenza poursuivait ses voleurs jusque devant ses fenêtres, Alexandrine était étendue sur le sofa recouvert de damas blanc et sous un grand portrait d'elle par Giovanni Boldini, qui savait donner tant de luisant aux satins, aux perles et aux prunelles des jolies dames.

Le tableau datait de l'année de la naissance de son fils Guillaume. On lisait dans son regard bleu sa tristesse de savoir qu'elle n'aurait jamais d'autres enfants. Et ce teint trop transparent, comme cette langueur dans l'attitude que le peintre italien — et si parisien — avait fort bien rendue, disait combien sa santé resterait fragile.

Dix-sept années avaient passé. Les joues d'Alexandrine Garlande étaient plus pâles encore, et l'alanguissement devenu fatigue intense et constante. Ce qui fit dire à Miss Dodds arrivant avec une tasse de lait chaud :

— Buvez-moi cela, vous en avez besoin. Et j'y ai mis, comme vous l'aimez, de la vanille du dernier arrivage de vos plantations de Madagascar.

Car Miss Dodds était revenue. Quatre ans après le

mariage d'Alexandrine et alors que le petit Guillaume en avait trois.

Elle était arrivée à Grasse, par un matin de janvier, hagarde, échevelée, le nez et les yeux rouges. Son vieux fripon de père venait de mourir sans avoir eu le temps de mettre au point la célèbre martingale Dodds pour laquelle il avait quitté Londres pour Nice. Et, n'ayant même pas les trois francs nécessaires au parcours en train, elle était venue à pied affrontant des rafales de pluie et de vent dignes de celles qu'affrontaient, elles aussi, inévitablement et aux moments les plus tragiques de leur vie, les héroïnes de ses chers romans très anglais.

Alexandrine s'était apitoyée. Où était la fringante amazone héritière de la fameuse assiette Dodds ? Où étaient ses belles couleurs dues aux régimes lactés et aux cures de fruits ? Où était la péremptoire, l'intransigeante Miss Dodds, armée de toute la perspicacité Dodds ? Alors, Alexandrine s'était revue, soudain, marchant à ses côtés par ces éblouissants matins niçois, et lisant qu'elle était belle dans tant de regards d'hommes entrevus sur fond de mer, de ciel bleu, de palmiers. Puis elle avait regardé celle qui lui rappelait ce temps de rêve et d'espérance. Seigneur, avait-elle changé à ce point elle aussi ? Elle n'avait, grâce à Dieu, ni ce nez rouge ni ces yeux roses de lapin blanc, elle ne tirait pas sporadiquement sur sa jupe pour cacher des bottines éculées et trouées, et n'était pas surmontée d'un invraisemblable chapeau dont les plumes vertes, trempées, dégoulinantes, donnaient à la pauvre femme qui lui faisait face un air de noyée grotesque. Elle avait la chance d'être la belle, la riche Mme Garlande, de Grasse. Mais en était-elle plus heureuse pour cela ? Et, pendant que Miss Dodds ne lui épargnait aucune des étapes de son malheur, c'était le sien qu'elle vivait. Elle entendait : « ... Alors ils se sont emparés de mes malles et ils ne veulent plus me les rendre. Ils m'ont dit : Miss Dodds, malgré tout le respect dû à votre honorable père et à vous-même, vous nous devez trois mois de pension. » Elle entendait aussi les sanglots qui accompagnaient ces litanies, mais ne pensait qu'à se demander, pour la vingtième fois depuis son réveil, quelle était la femme qui, en ce moment, consolait son Guillaume d'avoir une épouse toujours souffrante, vivant enfouie sous ses châles, ses plaids et ses couvertures de fourrure, potions et pilules toujours à portée de la main. Était-elle joyeuse et en éclatante santé, cette inconnue rencontrée à Nice, Cannes, Paris... ou peut-être même dans cette Algérie dont il revenait ? Car son mari avait la délicatesse, il fallait le reconnaître, de ne courtiser aucune fille de Grasse.

Elles pleurèrent. Elles s'embrassèrent. Et Alexandrine dit : « Restez, ma bonne Dodds, j'ai tant besoin de vous ! »

Redevenir elle-même avait pris aussi peu de temps à Miss Dodds qu'il en fallut aux plumes de son chapeau pour sécher et reprendre belle apparence.

Il fut décidé qu'elle serait appelée désormais par son prénom. Et ce fut une Emily qui entra au service de la famille Guillaume Garlande, de Grasse.

Emily comprit — tous les Dodds étaient fins comme l'ambre — qu'elle ne serait plus institutrice. Elle serait à la fois gouvernante, infirmière et femme de chambre. Mais aussi, et surtout, confidente. Être assurée d'un bon salaire lui parut alors moins important que d'obtenir d'être appelée encore miss par la domesticité. Il faudrait aussi être assurée d'un droit de regard sur l'éducation du jeune Guillaume VI et pouvoir tenter ainsi d'en faire un homme moins redoutable que les autres. Elle ne s'était jamais occupée encore de former une âme masculine. Ce serait là une tâche particulièrement intéressante et nouvelle. Les Dodds avaient toujours apprécié d'avoir à innover. Quant à M. Guillaume Garlande senior, ah ! elle ne se laisserait pas faire, et elle la défendrait, sa chère Alexandrine !

C'est alors qu'étaient intervenus de grands bouleversements dans le cœur et l'esprit d'Emily. Elle s'était plu, par la suite, à analyser ce qui s'était passé en elle et se souviendrait toujours que cela avait commencé alors qu'un valet solennel la conduisait à son appartement. Vaste chambre et salle de toilette du dernier confort. Et là, dans un bon bain chaud, elle s'était mise à nouveau à pleurer. À pleurer de soulagement et de bonheur. Elle avait trouvé son havre. Elle ne remercierait jamais assez Alexandrine, ne se dévouerait jamais assez pour elle et sa famille. Et en se savonnant — *Savon Guillaume Garlande, Grasse* —, en se frictionnant — *Eau de rose Guillaume Garlande, Grasse* —, en se lustrant les cheveux — *Huile de lavande Guillaume Garlande, Grasse* — et en mesurant tout ce qui la séparerait désormais des pensions sordides, des angoisses du lendemain et de l'accélération de sa déchéance, une reconnaissance éperdue lui était tout à coup venue, non plus pour son ancienne élève, mais pour la puissance de ces énormes Établissements Garlande grâce auxquels elle n'allait plus craindre l'avenir.

Quand elle était redescendue, par l'imposant escalier, vers les pièces de réception, elle s'était sentie enveloppée par l'ambiance feutrée de cette demeure fastueuse. Ce chaleureux, ce ouatiné, ce sécurisant que donnait la fortune noblement employée, voilà ce qui sans doute — il fallait avoir l'honnêteté de le reconnaître — était un des bonheurs de la vie terrestre et valait de supporter la férule masculine. Et, continuant à descendre les marches recouvertes d'épais tapis rouges, à petits pas, Emily en franchissait de grands par-dessus ses principes et ses croyances. Sans le savoir encore, elle allait à la rencontre de M. Guillaume Garlande en ayant déposé ses armes de combat contre l'ennemi. Quand elle prit la main qu'il lui tendait, et ne l'ayant pourtant qu'à peine regardé, elle avait déjà perdu. Elle avait là, devant elle, un homme contre lequel elle n'aurait jamais envie de se battre. Qu'il fût grand, beau, et d'une souriante courtoisie, n'était pas ce qui comptait. Elle sentit, avec autant de plaisir qu'elle avait senti son eau de rose, qu'il était bon. Et plus encore, qu'il allait devenir maître de sa vie et qu'elle serait heureuse de la lui confier. Étonnée, incrédule même, car elle n'était pas préparée à ce qui lui arrivait là, elle le regarda alors de tous ses yeux, qu'elle avait déjà un peu exorbités de nature.

La noblesse virile des traits du visage de Guillaume V évoqua pour elle les plus beaux marbres antiques. Le teint, celui du cavalier parcourant quotidiennement ses hectares de territoires inondés de soleil ou chassant à courre. Et le regard brun, à la fois perçant et soyeux, débordant de chaleur humaine, était, se dit-elle, celui des puissants de ce monde qui n'oublient jamais qu'ils ont des hommes et non des machines sous leurs ordres. C'était là un grand seigneur de l'industrie. Et de quelle industrie !

Ce qu'il lui dit, elle l'entendit à peine, tant elle était émue. Elle comprit pourtant qu'il approuvait la décision de sa femme. Et elle allait se retirer — Alexandrine lui évitant de prendre ses repas dans la salle des gens lui ferait servir un plateau dans son appartement — quand Guillaume Garlande l'invita à rester déjeuner en leur compagnie. Elle interrogea Alexandrine d'un regard. Celle-ci eut un sourire approbateur. Mais Emily, malgré son trouble, le perçut un peu forcé. Ce fut d'ailleurs l'unique fois où Miss Dodds, des Dodds du Lancashire, eut l'honneur de partager le repas de M. et Mme Guillaume Garlande, de Grasse.

Alexandrine lui fit faire deux robes de lainage noir. Et Emily fut toujours persuadée que c'était le maître de maison qui lui avait évité l'humiliation du bonnet et du tablier blancs.

Elle le rencontrait souvent, soit dans la maison, soit dans la rue. Ou bien elle l'apercevait traversant la cour qui séparait l'habitation de la fabrique. Elle admirait alors son élégante tenue de ville et de travail. Habit sombre, gilet clair, chemise immaculée, cravate de soie grise piquée d'une perle. Étrangement, il lui vint un jour à l'esprit, en le contemplant ainsi, qu'il porterait avec magnificence le domino de soie noire qu'endossaient, à Nice, ceux qui ne voulaient pas se costumer plus les soirs de carnaval. Elle avait parfois pensé, à regarder évoluer ces personnages masqués, que seuls les êtres de parfaite noblesse d'allure étaient capables de se mouvoir avec grâce et superbe dans ce grand déploiement de taffetas bruissant qui les enrobait de mystère. Et il arriva alors à Emily, si intransigeante jusqu'alors dans ses jugements sur les hommes, sinon d'admettre, du moins de comprendre qu'un tel beau spécimen humain eût besoin d'autre chose que d'une femme gémissante, toujours entre deux migraines ou deux vapeurs. Il lui arriva même, à cette Emily-là, de se complaire à imaginer comment devaient être ces créatures suppléantes et, en quelque sorte, consolatrices, sûrement très belles, affolantes même. Et, lorsqu'il revenait de voyage, ne serait-ce que de Nice ou de Cannes, elle ne pouvait s'empêcher de lire dans son regard, qu'elle qualifiait de lointain, combien le souvenir encore brûlant d'une merveilleuse personne tantôt superbement brune, tantôt divinement blonde — il n'avait, c'était sûr, qu'à choisir — l'occupait encore tout entier. Elle admirait alors qu'il parvînt à prendre, avec tant de sollicitude, des nouvelles de la santé de sa pauvre femme. Et confuse de s'être, une fois de plus, laissée entraîner à ce qu'il lui arrivait d'appeler sa complicité coupable, elle redoublait de prévenance et d'attention envers Alexandrine. Que de verres de lait chaud et vanillé, que de tasses de cacao crémeux servis avec affection, que d'heures passées à écouter les jérémiades de la malade ! Mais cela ne lui coûtait guère, la vie chez les Garlande, de Grasse, était la plus passionnante qui soit. Parce que Emily avait fait une autre découverte, celle de la fabrication des matières odorantes. Comment avait-elle pu vivre si longtemps en ignorant cette industrie ? Les Ronqueray, à Nice, distillaient et enfleuraient eux aussi, pourquoi cela ne l'avait-il pas intéressée alors ? Peut-être, tout simplement, parce que là-bas la fabrique était loin de la maison alors qu'ici on vivait dans le parfum. Et aussi, sans nul doute, parce que ce brave M. de Ronqueray, rond et bedonnant, il ne serait jamais venu à l'esprit de personne de se le représenter vêtu d'un large et bruissant domino de taffetas noir. Les fleurs et les essences odorantes, elles aussi, n'allaient bien qu'au seigneurial Guillaume Garlande. Et le jour où elle le vit, vérifiant l'arrivée de plusieurs tonnes de roses, haut, droit, superbe au-dessus de cette mer de pétales étalée à ses pieds, à même le sol, et recevant l'hommage de leur enivrant parfum, elle sut qu'elle n'admirerait jamais rien de plus beau.

Ce soir-là, elle demanda à Alexandrine de lui parler de la fabrique, de lui dire ce qu'elle savait de la mystérieuse alchimie à laquelle les fleurs de la région étaient consacrées. Et, comme celle qui aurait dû tenir son rôle de reine dans cette belle aventure montrait, par son petit geste de la main, combien cela l'indifférait, Emily n'insista pas et se promit de se renseigner ailleurs. Ce fut dans ce même temps qu'apparut, revenant de Russie où l'inspection des usines Garlande de Moscou l'avait retenu plus de trois mois absent, Delphin, le frère cadet de Guillaume, qui ne demandait, lui, qu'à tout raconter de la fabrication. Si « le patron » le permettait, et il permettrait très vite, dit-il, Miss Emily verrait, sur place, dans l'usine même de Grasse, comment des millions de pétales on tirait des essences divines.

Personne ne pouvait être plus différent de Guillaume que son frère Delphin. Emily ne s'en étonna pas. *Personne* ne pouvait ressembler au maître des Établissements Garlande dont la direction se transmettait toujours aux fils aînés.

Delphin, veuf depuis dix ans, était plutôt petit, fluet presque. Bien qu'il portât monocle avec une distinction suprême et fût d'une élégance de parfait bon ton, il paraissait assez modeste et apparemment décidé à se contenter, avec esprit et bonhomie, de la seconde place qui était et serait toujours la sienne. La ville l'avait surnommé « Demi-lunettes », admirait sa grande courtoisie et déplorait qu'un « si brave monsieur » se soit vu enlever, à peine marié depuis deux ans, sa jeune et jolie femme par cette redoutable phtisie qui n'épargnait ni riches ni pauvres.

Delphin et Emily se découvrirent esclaves du même maître et consolateurs de la même maîtresse. Emily apportait à Alexandrine ses laits vanillés et ses cacaos crémeux et Delphin lui servait, tout chauds aussi, les récits détaillés de ses randonnées à travers le monde de voyageur en matières odorantes. Emily tricotait à ses côtés des écharpes de grosse laine rouge ou bleue pour les pauvres de Grasse, Delphin lui parlait de la nouveau-née chez M. Guerlain. On l'appelait *L'Eau de Cologne du Coq*. C'était un frais mélange d'orange, de citron et de bergamote. Et ce serait sûrement encore une grande réussite de cette maison. Tout ce qui comptait de beau, d'élégant, de célèbre, à Paris, s'en délectait déjà. Il y entrait, bien sûr, des essences de néroli Garlande. Voulait-elle l'essayer ? Il en avait rapporté deux flacons. Elle voulait bien, admirait, sentait, fermait les yeux, rêvait un moment dans l'exquise odeur, puis retombait dans sa mélancolie. Seule la venue de son fils, lorsqu'il était à Grasse, pendant ses périodes de vacances, parvenait à la distraire vraiment.

Elle avait pour lui cet amour maternel excessif dans la composition duquel entraient tous les sentiments, bons ou mauvais, du cœur humain. La beauté de son enfant était sa joie, son orgueil et aussi son tourment. On le lui prendrait, ce fils, et très bientôt sûrement, lui aussi, se disait-elle. Elle aurait voulu qu'il fût laid, contrefait même, pour être la seule à l'aimer, ou bien elle ne savait que faire pour l'embellir plus encore, le pressait de commander d'autres vêtements à son tailleur, lui faisait rapporter de Paris, par Delphin, tout ce qu'un homme élégant peut se permettre de colifichets, ou hésitait des heures à décider de la longueur la plus seyante pour la coupe de ses cheveux.

Ce matin-là, lorsque son fils, après s'être changé d'habit, entra chez elle, Delphin et Emily s'y trouvaient aussi. Trois paires d'yeux convergèrent sur le jeune homme qui traversait le grand salon. Une fois de plus, le cœur d'Alexandrine se dilata de bonheur. Elle y aurait presque perdu la vie, mais elle leur avait donné, à tous ceux dont les portraits étaient là, à la regarder s'affaiblir, mourir peut-être, le plus magnifique des héritiers. Ah ! s'il ne la quittait pas sans cesse, lui aussi, comme elle serait heureuse ! Elle était sûre qu'elle guérirait si elle l'avait toujours auprès d'elle.

Aussi grand que son père et d'une belle carrure déjà, le dernier des Guillaume avait une longue et souple silhouette à laquelle la pratique de nombreux sports n'était pas étrangère, et de beaux traits d'une régularité classique. Ses yeux, d'un bleu outremer, étaient gratifiés par sa mère « d'un ardent magnétisme », expression qui le faisait sourire et gentiment hausser les épaules. En revanche, il aimait assez qu'Emily, lorsqu'il piquait une belle colère contre elle — les sujets de dispute ne manquaient pas entre eux et ils se chamaillaient avec ardeur —, lui dise que la « dureté sauvage » de son regard faisait peur. Il savait l'exagération de Miss Dodds, mais il espérait, quand même, qu'elle avait un peu raison. Aurait-il dû y avoir trace de cette dureté sauvage dans son œil, quand il avait reçu une morue en pleine poitrine ? Peut-être eût-il impressionné alors la jolie fille.

Soudain soupçonneuse, Alexandrine demanda :

— Tu as changé de vêtements ?

Il rougit et s'en irrita. Jusqu'à quand lui faudrait-il supporter cette inquisition ? Puis il se calma vite. Il allait être libre. Personne ici ne savait encore que son père l'enverrait l'an prochain en Amérique faire un stage dans leurs établissements de New York. En attendant, il partait passer trois mois à Londres. Seul, pour le moment, le séjour en Angleterre était officiel et prenait déjà des proportions considérables. Que serait-ce de l'Amérique, où il comptait bien rester au moins une année ? Et il savait qu'un autre projet de son père était de lui faire visiter ensuite leurs plantations d'Algérie où il voulait étendre les cultures et moderniser les usines.

Il sourit. Les trois mentors étaient toujours si comiquement inquiets à son sujet ! Lorsque le bruit — non fondé — qu'il y avait le choléra à Marseille était monté jusqu'à Grasse, s'ils avaient pu l'enfermer dans sa chambre, ils l'auraient sûrement fait. Et quand cette princesse russe, à demi folle, l'avait poursuivi de ses ardeurs jusqu'ici, après le dernier carnaval de Nice, ils lui auraient, sans doute, élevé un rempart de leurs trois corps pour empêcher qu'elle ne l'approche. Il était, par chance, déjà reparti pour son collège à Paris quand cette exaltée avait réussi à obtenir son adresse, en faisant enquêter son valet de chambre, un grand gaillard russe haut d'au moins deux mètres, qui avait révolutionné la ville.

Comme sa mère voulait, à nouveau, savoir pourquoi il avait mis un second habit un quart d'heure à peine après avoir endossé le premier, il se contenta de répondre qu'il s'était malencontreusement taché. Il n'avait pourtant rien à cacher de l'incident qu'il venait de vivre, mais il préférait ne pas en parler, ni de la jolie fille. Il se demanda une fois de plus qui elle pouvait être, pendant que sa mère s'informait de ce qu'il avait pris à son petit déjeuner. Avait-il, au moins, mangé tout ce qui avait été préparé pour lui ? Il l'apaisa en précisant qu'il avait même redemandé des toasts et, poussant un involontaire soupir, prit un fauteuil et se prépara à s'entendre répéter, sur trois tons — chacun avait le sien —, combien il lui faudrait être prudent à Londres, plus redoutable encore que Paris. Ne jamais oublier que c'était une ville où le poing remplaçait l'épée et ne se prendre de querelle avec personne au risque d'être entraîné dans l'un de ces infâmes combats de boxe. Promettre aussi de ne pas aller attendre, à la sortie de Covent Garden, les belles actrices. C'était le meilleur moyen de se faire voler sa bourse par l'armée de pickpockets qui sévissait là. Envoyer de très belles fleurs à Mrs. Atkinson, la femme du plus célèbre parfumeur d'Angleterre, chez qui il serait invité plusieurs fois.

Il les laissa ainsi s'agiter tous trois et n'écouta plus.

Il se demandait pourquoi l'idée de partir pour Londres et le plaisir qu'il se faisait de visiter là-bas des usines de parfum étaient soudain ternis. Avec une parfaite mauvaise foi il accusa la famille de lui gâcher la vie par tant de conseils inutiles. Mais il savait très bien qu'il regrettait, soudain, de n'avoir pas le temps, d'ici demain, de rechercher sa jolie jeune fille.

## 3

Lazarie racontait à Sorenza :

— Alors, ma fille, imagine-toi une petite, peut-être dans les dix ans, et qu'on appelait ici Marie-des-chagrins parce qu'elle n'avait jamais connu que ça. Elle était descendue de Castellane, avec mère, frères et sœurs. Là-haut, en montagne, ils avaient distillé la lavande. Et le père était mort, un matin, comme ça, d'un coup. D'un de ces coups de bâton du destin qu'on ne sait pas d'où on vous les envoie, mais qui ne vous ratent pas.

« Ils avaient fait ce long chemin parce qu'on leur avait dit qu'en morte saison il y avait, en ville, une soupe gratuite, alors que chez eux, dans leurs vents et leurs froidures, même allumer du feu c'était la croix et la bannière. Tu me suis ? Donc, ils s'installaient, à six, dans une chambre de la ruelle Doze. Tu la connais celle-là, un cloaque, et noire comme si le soleil n'existait pas sur la terre. Bref, la tristesse. Mais cette pauvre Marie-des-chagrins, tu l'aurais vue, c'était une pinsonnette, chantant par-ci, chantant par-là. C'était pas du sang qu'elle avait dans les veines, c'était de la belle joie toute dorée.

— Alors pourquoi tu l'appelles pas Marie-de-la-joie ? intervenait Honorade, qui, pourtant, savait l'histoire.

— Parce que son nom c'était Marie-des-chagrins, voilà pourquoi !

— Bon, concédait Honorade.

— Elle m'a coupé le sifflet, celle-là. Où j'en étais, ma fille ? demandait Lazarie.

Et Sorenza répondait en souriant :

— Marie-des-chagrins avait un sang tout doré de joie.

— Là, qu'est-ce que je disais ! La petite aussi te met le doigt dessus, tu es en pleine contradiction ! Elle tient debout que sur une patte ton histoire.

— Si seulement vous attendiez la suite ! Donc, malheureuse mais gaie quand même, cette enfant, et faisant son bonheur de rien. Elle avait trouvé, sur le chemin, un brin de géranium. Combien on en ramasse des comme ça, derrière les grands charrois qui amènent aux fabriques, après la coupe, ces chargements de fleurs, de menthe ou de mousse de chêne, vous le savez aussi bien que moi. Mais elle, elle ne connaissait là-haut, sur Castellane, que sa lavande, alors toute contente, elle apporta la bouture dans la chambre, avec ses hardes. Hélas, je vous l'ai dit, ils allaient vivre dans la ruelle Doze et dans une vieille maison, et dans une seule pièce avec une seule lucarne. Ils allaient vivre là, les malheureux, comme au cœur d'une olive noire. Et son géranium, qu'elle avait pourtant bien planté dans un pot, et arrosé juste ce qu'il fallait, il devenait aussi blanc qu'un blanc de poireau.

« La mère de Marie-des-chagrins balayait dans une fabrique, peut-être en attendant de trouver mieux à faire, la pauvre, mais c'était une mère et donc elle savait ce qui était bon pour sa fille. Aussi, elle lui dit de sortir la plante et de la promener au soleil, comme un petit chien.

« Les vieux d'ici le racontent encore, on riait, en toute gentillesse, à voir cette enfant avec une ficelle et son pot de géranium attaché en ceinture à sa taille. Mais voilà que l'un de ces néfastes — qu'on ne sait pas qui a pu obliger le bon Dieu à les mettre aussi sur terre —, l'un de ces destructeurs qui ne savent que lancer des pierres, des pierres aussi dures que leur cœur, un de ceux-là visa, un matin, juste bien, le géranium qui était redevenu vert et allait offrir sa première fleur à la Marie-des-chagrins. Et crac ! Ça casse comme du verre cette plante-là.

— Et alors ? demanda Sorenza.

— Et alors ? Hé, la petite Marie en mourut.

— Tu ne peux pas terminer comme ça, Lazarie, réfléchis, dit Honorade.

— Et pourquoi ?

— Parce que la ville entière sait que la petite crachait le sang *avant* le géranium.

— Bien sûr qu'elle le crachait, mais sa joie, c'était sa fleur. Et tu le sais, toi, de quelle manière on meurt vraiment ? On te dit, c'est la poitrine, ou c'est le foie ou la rate, mais qu'est-ce qu'ils y connaissent, même les médecins ? De l'âme blessée on peut mourir plus vite encore que de la maladie du corps.

C'était à ce moment que Sorenza, soudain, avait raconté son histoire à elle. Celle de la Croix-de-Lumière. Toute l'histoire, depuis la mort de la vieille maîtresse du domaine San-Vitale, et le bijou, et les terrasses du père Gaubert et la Rosa. Depuis, les demoiselles Beauval savaient où allait leur petite le dimanche. Mais ce soir-là, Honorade avait dit encore :

— Lazarie, gâte-nous un peu d'un bol de cacao. Je me sens refroidie de tristesse avec tant de malheurs de par le monde. Et aussi parle-nous de « M'enculotti », ça, ça me réchauffe toujours.

— Mais tu le connais pas cœur, avançait Lazarie, pour la forme, parce qu'elle adorait en dire et en redire sur celui-là.

— Eh ! pardi, c'est bien pour ça, parce que je le connais et que je sais le bien qu'il me fera.

— Bon. Donc, on appelait M. Girard, le parfumeur, du quartier des Capucins, M'enculotti pour la raison qu'au travail, dans son bureau, il laissait toujours tomber son pantalon afin d'être plus à son aise et aussi pour économiser ses fonds de culottes. Ce M'enculotti, vois-tu, c'était un homme du genre à pas se gêner, à prendre la vie en simplicité. Mais il ne fallait pas croire, il était délicat quand même. Un jour, je l'ai rencontré sur le chemin. Il revenait à pied de Magagnosc. C'était en juillet, au plein du jasmin et ça sentait tous les délices à en avoir envie, à chaque pas, de dire merci. Et qu'est-ce qu'il m'a dit, M'enculotti, avec son meilleur salut ? Il m'a dit exactement ce que je pensais, il m'a dit : « Celui qui n'a jamais respiré dans sa vie ce que nous respirons en ce moment, mademoiselle Lazarie, je le plains de grand cœur. Il lui aura toujours manqué quelque chose de beau et de bon. On peut même dire qu'il sera passé à côté du meilleur et n'aura pas eu de quoi penser au moment de dire adieu à la terre, le malheureux. » Tu vois comme il était, M'enculotti, débraillé, mais pas de l'âme.

« Bref, d'un côté on avait ici le M'enculotti, et de l'autre le Parpailloun. C'était M. Merle, celui-là, et parfumeur aussi, maître de la Maison Bruno Court[1]. Plus belle cravate en forme de papillon, on n'avait jamais vu. C'était de la grande subtilité de cravate. Et celui-là, ce M. Merle, c'était le jour et la nuit avec M'enculotti. De même que ces M. Guillaume Garlande et Léon Chiris[2], on faisait pas plus élégant dans la ville.

— Pourquoi tu nous répètes tout ça de leur élégance qu'on connaît de naissance ?

— Toi, tu le sais. Et Sorenza aussi, maintenant. Mais je viens de penser à le rajouter pour qui n'est pas d'ici. Ça fait quelques jours que je me dis que ceux qui viennent cueillir nos fleurs, qui nous arrivent d'ailleurs et qui nous écoutent, ne savent pas ces détails sur l'allure et la distinction de nos grands parfumeurs. Rappelle-toi ce cueilleur, qui nous était tombé dessus de Bulgarie. Tu t'en souviens, il disait que les roses de mai poussaient aussi bien chez lui — ça on n'a pas vérifié ! — et il voulait sentir celles de chez nous. Eh bien, celui-là, qu'est-ce qu'il savait de la cra-

1. Industrie de matières odorantes existant toujours.
2. Célèbre famille grassoise. Les Chiris, depuis 1758, ont été les plus grands fabricants de matières odorantes.

vate en forme de papillon de l'un, et du monocle de l'autre ? Parce que je devrais le dire aussi, je crois, que M. Delphin Garlande porte le monocle avec plus de majesté encore que ce grand-duc Vladimir qui est venu visiter, une année, la confiserie. Et, justement, c'était à propos de visites qu'entre M'enculotti et Parpailloun ça grinçait des dents. Il faut dire que chez Merle toute l'Europe couronnée se présentait pour voir et sentir. C'est pas croyable ce qui leur arrivait de monde fastueux. Mmes Merle avaient dû répéter tant de fois leurs révérences devant les alambics qu'elles devaient regretter qu'on soit en république, elles auraient fait impression superbe à la cour, autrefois. Compter tout ce qui a, souverainement, pompé l'air chez les Merle, c'est pas possible. Je vous dirais seulement que sont venus, par exemple, en 72 le prince Christian de Schleswig-Holstein, en 74 le comte et la comtesse de Paris, en 87 le prince Ferdinand de Bulgarie, histoire pour celui-là de vérifier que nos roses sentaient meilleur que celles de son pays ! Bref, tout était pour Parpailloun et rien pour M'enculotti. Dommage, les souverains auraient été intéressés de voir celui-là se dépêcher de se reculotter quand on lui criait : “Oh, M'enculotti. Hâte-toi, une poignée de majestés et une pincée d'altesses attendent que tu n'aies plus le cul nu !”

— Ah ! il était brave celui-là, soupirait Honorade, et sa femme bien pareille... Ce n'est pas elle qui aurait fait le *coup des cerises* ! Oh, Lazarie, est-ce qu'elle le connaît ce coup-là, notre petite ?

Sorenza le connaissait, mais ne le disait pas, Lazarie avait trop de plaisir à enjoliver son récit un peu plus, chaque fois qu'elle le faisait.

— Cette histoire-là, ma fille, disait-elle, c'en est une pour raconter que certains peuvent avoir le cœur vide. Tu vois ce que je veux dire ? Tout à fait vide sans même une goutte de bonté dedans pour donner à boire à un pauvre. Eh ! je le garderai pour moi le nom de celle de qui je vais parler, parce que ça me ferait honte pour elle de la nommer. C'était une parfumeuse, patronne de fabrique. Et là, comme partout, il y a du bon et du mauvais monde. Les uns te donnent des hospices, des crèches, les autres te refusent le verre de limonade en pleine canicule. Cette vieille dame que je vais montrer était du côté du mauvais. Mais, par une erreur de plus de Là-Haut, tu me croiras si tu veux, c'était celle-là qui, à chaque printemps, avait la récompense — pourquoi, je te le demande ? — de voir devenir de plus en plus rondes et de plus en plus rouges les cerises de son cerisier. Les plus belles cerises de la ville étaient chez elle. Si belles que les oiseaux en étaient fous d'envie. Ces cerises-là étaient pour eux quelque chose d'aussi beau que pour nous les gourmandises de la Maison Nègre. Et ils étaient un bataillon entier à guetter l'heure où elles seraient mûres. Même des merles étrangers en avaient entendu parler et arrivaient, comme les majestés et les altesses, qui savent le goût de nos petits chinois et de nos abricots confits et s'amènent ici. Alors la vieille, à la pensée des festins qu'allaient s'offrir, à son compte, tous ces gueux à plumes, elle enrageait et suppliait qu'on lui envoie trois ou quatre fillettes de l'usine pour l'aider à vite cueillir avant qu'il ne reste que des noyaux et des queues accrochées aux branches. Note que les queues, en infusion, c'est bon pour la vessie et, avec sa figure jaune, je suis sûre que cette vieille en était une à en avoir besoin. Son mari, lui, il n'aimait pas qu'on emploie ses ouvriers hors de la fabrique. Aucun patron n'aime ça. Ils disent qu'il ne faut pas mélanger l'usine et la maison. Ça se défend. Mais les oiseaux étaient de plus en plus nombreux et il y avait urgence. Alors le patron cédait et il dépêchait trois fillettes retirées au triage des roses. Jamais les mêmes, lui recommandait sa femme, pour qu'elles ne prennent pas de mauvaises habitudes de festins de cerises. Parce que le danger était là aussi : les petites filles, ça aime autant les fruits que les oiseaux et la vieille avait beau monter la garde, chaque année la récolte diminuait. Bon, il lui fallait faire quelque chose, mais quoi ? Parce que guetter trois à la fois de ces gamines dans les dix à treize ans et gourmandes et malicieuses en plus, c'était difficile.

« Et voilà qu'un matin, la vieille est réveillée par le diable, qui lui souffle une idée digne de lui : "Pour être sûre que les enfants ne croqueront pas la moitié de ce qu'elles cueillent, faites-les donc siffler sans arrêt."

« Qui peut siffler la bouche pleine ? Ah ! ne me dis pas que c'était une idée de chrétien, ça ! Bon, en fait l'histoire n'est pas là, l'histoire elle est chez les oiseaux parce que chez eux les cerises c'est l'une des grandes fêtes de leur vie. Les merles étaient donc là, cachés à guetter. Ils attendaient que les petites s'en aillent pour terminer les restes, elles leur laisseraient bien quelque chose à picorer ! Et tout à coup, les voilà stupéfaits, les merles, ils voient trois jolies petites bouches, toutes rouges, toutes rondes, des cerises vivantes, qui se mettent à chanter !

— Qu'est-ce que tu dis de ça ? Eux ils ne savaient plus où ils en étaient, *les cerises sifflaient comme eux* ! Tu me croiras si tu veux, ils n'en sont jamais revenus. La vieille, il y a longtemps qu'elle est morte, mais les merles, de père en fils, ils se racontent la chose.

— Ça, dit Honorade en riant, c'est une nouvelle conclusion de l'histoire ! Je me demande si je n'aimais pas mieux quand tu disais que jusqu'à sa fin dernière la dame a eu, sous ses fenêtres, des garnements qui venaient lui donner des concerts de sifflet à tout propos. Même au jour de sa mort, elle s'en est allée au purgatoire en musique. J'espère bien que là-bas, ça lui siffle encore aux oreilles. Petite, quelle fin tu préfères ?

Sorenza aimait les deux et sûrement aussi la troisième qu'inventerait Lazarie demain.

Elle vivait avec ses demoiselles-conteuses depuis deux ans maintenant. Le temps passait, mais ce qu'elle n'aimerait décidément jamais, c'étaient les morues salées et les légumes secs. Elle ne pensait qu'au retour des cueillettes. Et le dimanche, c'était vers les jardins et les terres à fleurs qu'elle allait se promener. Seule, toujours. Honorade et Lazarie employaient ce moment de repos aux ravaudages. Il leur fallait bien les faire, puisque Sorenza avait déçu sur ce point et se refusait à tenir une aiguille. Alors, un œuf de bois bosselant leur bas, les sœurs s'activaient sans plaisir et demandaient :

— Et où tu vas encore ?

— Là-bas.

Comme elles savaient maintenant ce que cela voulait dire, elles haussaient les épaules sans rien ajouter. Parfois, pourtant, l'une ou l'autre risquait :

— Ma fille, il faut t'y faire, ce n'est plus et ne sera plus jamais à toi. Tu as quand même bien compris que ton père l'a vendue, cette terre ?

Sorenza ne répondait pas. Et les sœurs Beauval ne savaient pas si cette façon qu'avait la petite de baisser la tête cachait le chagrin de ne pas connaître son vrai père, ou celui de ne plus être chez elle à la Croix-de-Lumière.

Ceux qui avaient acheté les terrasses la connaissaient maintenant. Sans donner beaucoup d'explications, elle avait dit avoir remué cette terre autrefois. Ils comprenaient et ils la laissaient venir regarder pousser les roses qu'ils avaient plantées. Un jour, elle aida au désherbage, puis à l'entortillage. Elle vint aussi pour la cueillette. Et lorsqu'on voulut la payer, comme les autres femmes et enfants, elle refusa. Elle l'avait fait pour le plaisir, dit-elle. Elle emporta une poignée de fleurs à montrer à Honorade, à Lazarie et à M. Félix : c'étaient des fleurs nées de la terre travaillée avec son petit Amédéo.

— Tu la vois, la délicatesse de cette petite ? dit Lazarie à Honorade.

— Si je la vois !... Mais j'aimerais qu'elle apprenne à lire et à écrire.

— Voilà comme tu es ! Tu gâtes le plaisir. En ce moment on est heureuse que la petite soit délicate et toi tu parles de lire et d'écrire. Garde ça pour un autre jour.

— Tu as raison, concédait Honorade.

Ce fut ce soir-là que choisit Félix Dolambel, entre deux accrochages de chapelets de saucisses sèches aux poutres de son épicerie, pour parler de sa terre à roses. Parce qu'il en avait une, lui aussi. Pas grande, guère plus de quinze acres, mais bien exposée et à proximité d'un point d'eau. Le cachottier ! Mlles Beauval n'en revenaient pas. Et quand y travaillait-il ? Eh bien, il n'y travaillait, justement, jamais. Il l'avait louée à celui qui lui enlevait, chaque saison, sa part de fumier de la cour.

Ah ! ce fumier ! C'était là encore toute une histoire, mais celle-là, on n'avait aucun plaisir à la raconter.

Lorsqu'il avait signé son bail avec Mlles Beauval, Félix n'avait pu, malgré leurs supplications, parvenir à faire cesser ce qu'elles appelaient « leur souffrance ». Il s'agissait de l'affaire de la cour arrière de leur maison, commune à trois habitations et dont les deux autres propriétaires n'avaient fait, ni plus ni moins, qu'une fosse à purin. Le sol de ces quelques mètres carrés était jonché d'une très épaisse couche de paille et, là-dessous, on jetait les immondices des trois familles. Lorsque arrivait le temps d'enrichir leurs terres à fleurs, les trois voisins pouvaient se partager un superbe fumier. Aux parents Beauval qui ne cultivaient pas et n'avaient guère besoin d'engrais, cette cour était insupportable. Mais les deux autres, moins délicats sans doute, ne voulaient renoncer ni à ce qui ferait leurs roses si belles ni, d'ailleurs, à cette commodité d'évacuation de leurs ordures. Alors Félix, voyant qu'il ne pourrait rien changer à une vieille institution, malgré la force de persuasion que ces demoiselles lui avaient décernée et en laquelle elles avaient mis leurs espoirs, avait décidé de profiter du tiers de ce bon fumier auquel avaient toujours droit Honorade et Lazarie et qu'elles lui abandonnaient sans regret. Il l'avait donc, jusqu'à maintenant, fait enlever par celui qui cultivait chez lui. Ces jours d'enlèvement, Mlles Beauval tenaient portes et fenêtres fermées, soupiraient et se consolaient un peu en pensant que

M. Félix, si attentionné — un vrai fils ! —, tirait quelque argent de cette calamité.

Et voilà que non seulement il n'avait jamais vendu ce purin, mais encore, depuis des années, il en fertilisait une terre dont il s'était bien gardé de parler !

Elles se lancèrent un regard qui voulait dire : « Nous étudierons ce soir, lorsque nous serons seules, et à tête reposée, cette duplicité de M. Félix. » Pour l'heure, elles l'écoutaient dire encore :

— Ah ! tout marchait trop bien ! Ce Désiré Mativel me faisait des roses de mai superbes. Les Établissements Garlande, si intransigeants sur la qualité, les achetaient les yeux fermés. Et, malan de sort, le Désiré se met à son compte !

M. Félix torréfiait du café en compagnie de ces dames. Et dans l'exotique parfum qui mettait la rue à l'heure orientale, il prenait à Lazarie l'envie de raconter l'histoire du sultan de Turquie visitant la confiserie et voulant emporter chez lui des kilos de pétales de roses confits. Lazarie se délectait toujours à dire : « Ce devait être un cadeau, pour sa favorite, choisie parmi les centaines de beautés qu'il possédait, et il voulait, à l'heure de l'apéritif, prendre plaisir à la voir croquer des pétales de roses comme nous croquons, nous, des pommes de terre frites ! »

M. Félix, lui, n'était pas à Constantinople, malgré son café, il était rue de l'Oratoire, à Grasse, et dans le souci. Et il disait :

— Il me faut trouver quelqu'un pour ma petite terre à roses. Mais avec tant et tant qui veulent travailler aux fabriques et les autres qui ont tous un morceau de jardin à eux pour faire de la fleur, qui va m'obliger ?

— Moi, dit Sorenza.

Elle avait parlé avec calme, la voix nette. Ils la regardèrent, médusés. Alors elle rit et répéta :

— Oui, moi.

Ils la regardaient toujours et il leur semblait la découvrir. Elle avait beaucoup grandi ces derniers mois, et relevé ses cheveux, moins par coquetterie que par commodité. Elle semblait ainsi avoir plus que les seize ans qu'elle atteindrait bientôt ! Elle avait encore embelli et leur apparut, dans la demi-clarté de l'épicerie, sur fond de bocaux d'olives, de tresses d'ail et de tonneaux de sardines salées, presque surnaturelle, tant elle semblait mal accordée au décor et au sort que le destin lui avait dévolu. Et ils en ressentirent une étrange impression faite à la fois de gêne et d'une espèce de culpabilité, effleurés par la pensée que, peut-être, ils n'avaient pas fait pour cette enfant tout ce qu'ils auraient dû faire.

Le feu noir de ses yeux pétillait parce que la stupeur de ses trois amis l'amusait. Et aussi parce qu'elle était bien décidée à aider M. Félix et ses roses. Elle le connaissait suffisamment pour savoir qu'elle pourrait agir à sa guise et déciderait seule de la bonne marche de la petite exploitation. Elle venait de comprendre comment lui rendre service, tout en avançant d'un grand pas vers ce qu'elle voulait : abandonner l'épicerie et devenir cultivatrice.

Ils se gardaient de dire que ce n'était pas un travail de femme. Ils savaient combien étaient nombreuses, ici, celles qui, pour apporter un supplément au salaire du père ou du mari, faisaient de la fleur. C'étaient sa détermination et cette résolution qu'ils lisaient maintenant dans le durcissement de son regard qui les étonnaient le plus.

Elle disait qu'elle aurait le temps de s'occuper du ménage et du magasin, tout en veillant aux roses. Et elle décomptait les heures de ses journées, détaillant comment elle les emploierait au mieux en menant chaque chose à bien.

Comme ils ne répondaient toujours rien, elle s'inquiéta. Allait-elle perdre cette chance inespérée qui s'offrait là ?

Ils lui avaient, depuis longtemps, accordé ce qu'elle voulait, et plus encore, mais se remettaient lentement de cette découverte qu'ils venaient de faire de sa personnalité. La petite fille, adoptée un jour de cueillette de jasmin, n'était plus. Une jeune personne décidée, résolue, maîtresse d'elle-même, et si belle, leur faisait face.

Ce fut ce matin-là, au moment même où les cloches de la cathédrale carillonnaient midi, et alors qu'il s'apprêtait à faire nager, dans le bassin de la fontaine, trois morues salées, que Félix sut qu'il aimait Sorenza.

Il n'y aurait jamais, avait-il toujours cru, de place dans sa vie, entre son épicerie et ses inventions, pour ce que tant de gens appelaient l'amour et dont il ne connaissait pas grand-chose. Il ne se demanda guère comment il s'arrangerait de ce qui lui tombait, tout à coup, sur le cœur. Il se contenta de l'enregistrer, comme il avait noté, la veille, le temps d'ensoleillement auquel, sans détériorer la fleur cueillie, on pouvait laisser sécher du jasmin étendu sur un drap. Il continuait à essayer de gagner sa médaille d'or, grand modèle. Néanmoins, cette découverte, dont les conséquences n'auraient pas à se traiter, elles, dans son laboratoire, occupa désormais ses pensées, et plus qu'il ne l'aurait souhaité.

Les violettes poussent sous les oliviers.

À l'ombre protectrice des arbres, on plantait la *Viola odorata* — violette de Parme — et, dès le mois de décembre, Sorenza guettait l'apparition des premières fleurs.

Elle n'avait plus le temps d'aller se promener à la Croix-de-Lumière. Mais, tout à côté de la terre à roses de M. Félix, il y avait un champ d'oliviers qui se doublait d'un champ de *Viola odorata*. C'était là qu'elle s'asseyait, à l'heure de midi, pour prendre sa collation et se reposer après avoir travaillé aux rosiers depuis l'aube.

Elle s'installait entre deux rangées de plantes, là où, au moment des cueillettes, s'agenouilleraient les femmes. Et elle rêvait. Elle n'avait jamais revu Guillaume Garlande. On disait en ville qu'il était en Amérique. Elle essayait de s'imaginer ce que cela voulait dire. À quoi pouvait bien ressembler ce pays. Il y poussait sûrement des fleurs, puisque les Établissements Garlande y avaient une usine. Lazarie avait raconté les dames américaines qui avaient visité la confiserie Nègre, après les fabriques à parfums, et les disait riches au point de ne jamais demander le prix de ce qu'elles achetaient et de vouloir tout acheter. Lazarie disait aussi que les mines d'or de ce pays leur permettaient de s'offrir le monde entier et qu'elles aimaient assez donner leur fortune à de jeunes messieurs de chez nous pour les épouser, parce qu'elles adoraient porter les beaux noms français. Guillaume Garlande se marierait peut-être là-bas et il reviendrait ici avec une jolie étrangère que la ville admirerait.

Elle aperçut sa première violette. Elle n'avait pas encore le plein parfum de celles qui seraient cueillies au printemps où elles apparaîtraient alors par milliers, comme si elles voulaient se dépêcher d'être emportées toutes ensemble vers les alambics. L'an dernier, une fille qui avait cueilli avec elle l'avait entraînée à la fabrique où elle travaillait au triage. Elles étaient entrées dans une salle où le sol n'était qu'un immense tapis mauve d'où s'élevait une senteur à vous étourdir. Et la fille avait dit qu'une dame, très riche, s'était fait apporter à son hôtel, à Cannes, des sacs et des sacs de violettes pour en couvrir son lit et faire l'amour dessus. Et la fille riait, d'un rire que Sorenza n'aimait pas. Elle n'avait d'amies ni parmi les ouvrières ni parmi les cueilleuses, elle leur préférait ses deux vieilles demoiselles.

Les rosiers de M. Félix avaient sept ans. Ils étaient en pleine vigueur et elle avait du plaisir à s'en occuper. Elle parlait d'eux à l'épicier, mais il lui donnait l'impression de mal comprendre ce qu'elle disait. Il la regardait d'étrange manière, et elle se demandait si ces expériences faites dans cette cave appelée son laboratoire ne lui égaraient pas la tête. Elle trouvait aussi qu'il devenait de plus en plus distrait. N'avait-il pas oublié, pendant plus d'un mois, dans une autre cave, une caisse de morues salées tout juste ouverte ? Les rats s'étaient fait un tel festin de carême qu'ils devaient, disait Honorade — sans sourire, selon cette habitude qu'elle avait de raconter toujours avec un air sérieux —, avoir tant bu après qu'ils étaient gonflés d'eau à en éclater. Et la ville avait dû voir, un peu partout, des cadavres de rats énormes et les examiner avec une perplexité inquiète. Pourtant, Jules-César avait annoncé une surprise de ce genre. Et beaucoup croyaient en chacune de ses prédictions. Il était l'oracle de la région.

Ce Jules-César était le plus célèbre mendiant de Grasse. La plupart de ses confrères ne faisaient que passer par la ville, lui y vivait. Mais on ne pensait pas qu'il y fût né. Certains, à l'écouter parler de l'escalier à double révolution de la cathédrale où il se tenait du petit matin à l'achevée du jour, étaient portés à le croire ancien marinier. Car il disait occuper, pour suivre le soleil, tantôt le côté *royaume*, tantôt le côté *empire* des marches, ainsi que ceux qui faisaient métier de naviguer sur le Rhône nommaient les deux rives du fleuve. D'autres le prétendaient venu, non pas de l'eau, mais de la terre, à l'entendre raconter les sillons qu'il aurait tracés autrefois, on ne savait trop où, mais qui, assurait-il, étaient aussi droits que les regards de Dieu. Et d'autres, encore, le donnaient pour un qui avait su lire, écrire, et même peut-être enseigner et qui avait eu des avanies.

Quoi qu'il en fût, il n'était pas de Savoie ! Dix fois par jour, au moins, il criait vers le ciel, s'adressant aux hirondelles, aux martinets ou aux aigles : « Viva parte velfa[1] ! » Mais, pour presque tous, il avait un don, celui de savoir. Savoir quoi ? Savoir des choses, tant de choses que personne d'autre que lui ne voyait, ne sentait. Quelques-uns, même, venaient le consulter : « Jules-César, dis-moi un peu ce que tu aperçois

1. Cri poussé à Nice par les adversaires de la maison de Savoie.

derrière moi et devant moi. » Et assis, toujours sur sa troisième marche, côté *royaume*, ou *côté empire*, selon l'heure, il relevait les ailes de son grand chapeau, pour mieux l'apercevoir, sans doute, ce devant ou ce derrière de son consultant, et écartait ceux qui auraient pu se trouver là, à tendre une oreille trop curieuse vers ce qui ne les concernait pas. Alors, en parlant très bas, à la chut-chut, comme il disait, il dévoilait des choses. « Des choses, d'on ne savait pas d'où il les tirait », mais qui paraissaient contenter son client puisqu'il mettait une belle pièce dans la sébile avant de s'en retourner. Il la mettait doucement, pour qu'elle ne fasse pas de bruit, pour qu'on ne sache pas qu'il venait de « savoir ». Les autres, ceux qui donnaient leur sou pour rien, juste pour faire plaisir à Dieu, ceux-là, disait le vieux en ricanant, ils voulaient que ça sonne.

Pour Honorade, le vieux n'était qu'un gueux paresseux, un pelandroun, laid, sale et menteur, qui avait le toupet d'avouer qu'il faisait trop chaud ici pour travailler, mais que le froid lui était contraire aussi.

Il y avait eu, bien des années auparavant, une cassure nette et définitive entre Honorade et Jules-César. Parce qu'elles avaient attrapé des poux, les « petites de la Muscade » avaient jadis, vers leur dixième année, été tondues. Tondues à vif, au double zéro, par le tondeur de moutons qui « faisait » aussi les enfants. Et, par malchance au sortir de la messe, un dimanche, sa capeline s'était envolée, et Honorade, le crâne nu comme un œuf, avait été baptisée *ratapignata* (chauve-souris) par celui qu'elle avait, de ce jour, appelé « le vieux fou ».

Lazarie ne s'offusquait guère d'avoir été baptisée *fourfui*, qui signifie à peu près pagaille ou fouillis en patois nissard. Elle en riait. Si ça faisait plaisir au pauvre homme de donner des surnoms à tous ceux de la ville ! Il avait dû assez manger de misère, le malheureux, il pouvait bien s'amuser un peu ! Et elle continuait à lui apporter, chaque dimanche, une fougassette. Pas n'importe laquelle, il n'aimait que celles du meilleur boulanger-pâtissier de la ville.

Jules-César avait donné, autrefois, un vieux cerceau au petit Amédéo. Sorenza n'oublierait jamais la joie de l'enfant et elle aimait bien le vieux qui lui avait dit, un jour où il se chauffait au soleil avec un évident bonheur, côté *royaume* de son escalier :

— Il y en a qui, à ne vouloir rien, veulent plus que les autres.

Elle ne lui avait pas demandé de s'expliquer plus.

## 4

De New York, Guillaume avait écrit à sa mère. Des lettres lues et relues et dont Alexandrine ne savait si elle devait s'en réjouir ou s'en inquiéter.

Elle n'était jamais allée en Amérique et disait n'en avoir nulle envie. Et ce pays tenait pour elle, désormais, tout entier, dans cet hôtel où vivait son fils. La description qu'il lui en avait faite ne cessait de la tracasser. Il lui apparaissait comme un redoutable caravansérail où, d'après elle, Guillaume courait les plus grands risques d'être arraché à son pays, à ses usines et à sa famille.

L'hôtel Waldorf, propriété de M. Astor, le milliardaire américain, était, disait le prospectus qu'il lui avait envoyé : « Un établissement du plus haut luxe, comme il n'en existe pas en Europe. On peut y vivre dans des appartements Renaissance, Louis XIV, Louis XV, Louis XVI, Empire, où les meubles sont authentiques. On peut y dîner à la lumière des bougies ou à celle de l'électricité, sur du linge de Flandre, sur de la soie et de la dentelle, dans de la porcelaine de Sèvres ou de Dresde, dans du vieux Vienne ou du vieux Chine et avec de l'argenterie aux poinçons anciens. On y peut boire les vins de tous les grands crus dans les verres de baccarat les plus fins, dans les cristaux de Bohême les mieux taillés. Les chefs sont des artistes qui possèdent de sublimes recettes. La plupart des altesses et des princes de passage à New York ont logé dans cet hôtel de la Cinquième

Avenue et lui ont donné son prestige de “comme il faut[1]”. »

Et Guillaume ajoutait :

« En ma qualité d’héritier du “plus important établissement de matières odorantes du monde”, j’ai eu les honneurs de la presse dans le *Scribner’s* où je suis qualifié de “grand et beau jeune homme très sympathique” !

« Notre directeur à New York, m’a retenu, au Waldorf, l’appartement Empire, à l’angle de la Cinquième Avenue et de la 33e Rue, pensant, m’a-t-il dit, que le siècle de Napoléon avait été, en décoration, ce qui lui paraissait le plus viril ! Je regagne ma chambre, chaque soir, comme si j’arrivais d’Austerlitz ou de Waterloo selon que j’ai réussi ou pas ma journée. La vie est exaltante ici ; on gagne ou on perd vite, et on vit intensément. Côté repos et distraction, tout est aussi excessif. Je suis invité, chaque soir, chaque week-end. Je vais devoir donner un grand dîner dans la superbe salle à manger, dite *Astor*, pour remercier ceux qui ne cessent de se dire si heureux de me connaître.

« Il y a beaucoup de jeunes et jolies Américaines présentées cette saison. Car il y a une saison pour celles que l’on appelle ici les “belles”, comme il y en a chez nous pour les roses et les jasmins. On exhibe ces demoiselles dans les bals les plus élégants de la société new-yorkaise, bals donnés dans les fastueuses demeures qui bordent Central Park ou bien au Waldorf.

« Une “belle”, ma chère maman, au cas où vous ne le devineriez pas, est une très séduisante créature qui tient ici, dès qu’elle est déclarée l’une des reines de la société, quelque chose comme un sceptre magique ayant le pouvoir, par un simple petit coup donné au cœur du bel Américain arrivé tout droit de Harvard ou d’ailleurs, de l’asservir de la tête aux pieds et cela

1. *Mariages américains*, Pierre de Coulevain, 1897.

pendant une saison ou deux, pas plus. Il y a d'autres belles qui piaffent et attendent leur tour.

« Plusieurs jeunes hommes, intelligents, sympathiques, et riches, très riches, traînent ainsi le char d'une jolie personne qui les mènera, si elle le veut, jusqu'où elle voudra. Je n'ai jamais vu chez nous envoyer autant de fleurs et rendre autant d'hommages à des jeunes filles. Je n'ai jamais vu personne être asservi de la sorte. Et cela m'a laissé perplexe. Voilà ces grands gaillards de belle race, intelligents, travailleurs et splendides sportifs — je rame, tire à l'épée, cours avec eux et il me faut m'accrocher ferme si je veux les égaler —, voilà donc les gaillards les plus supérieurs qui soient, et qui n'aspirent qu'à mendier sourires et faveurs desdites "belles". Je regarde cela avec intérêt, mais, rassurez-vous, un intérêt d'entomologiste. »

Rassurée ? Alexandrine prétendait ne pas l'être du tout. Son mari riait et elle lui en voulait.

— Vous, cela vous amuse bien sûr, disait-elle. Mais si votre fils nous revient entiché de l'une de ces redoutables créatures, vous ne rirez plus autant. Et ce qui est grave, c'est qu'il adore votre Établissement là-bas. De là à vouloir vivre en Amérique avec l'une de ces soi-disant « belles » il n'y a qu'un pas. D'ailleurs, il y vit déjà beaucoup trop. Avait-il besoin de donner une soirée aussi superbe. Vous avez lu ce qu'il en a écrit ?

— Il pensait que vous en seriez heureuse et fière.

— Fière ? Parce qu'il a dépensé une fortune en orchidées pour décorer sa table et fait servir, entre autres folies, cette fameuse « salade Waldorf » dont il m'envoie la recette, comme si cela m'intéressait de savoir comment il engraisse ces jolies dindes ! De quoi devrais-je être fière, selon vous ? De la vieille Américaine « si distinguée », si pleine d'humour — et d'origine hollandaise ! — à qui il a demandé de lui faire l'honneur de remplacer sa mère et de recevoir avec lui ? Et, bien entendu, toutes les fameuses

« belles » étaient invitées ! Vous verrez qu'il restera là-bas. Et le voilà, aussi, entiché du Far West. Avez-vous lu ce qu'il a écrit ?

— J'ai lu.

— Et cela ne vous émeut pas ? Vous ne tremblez pas de savoir votre fils parmi les Peaux-Rouges ?

— À ma connaissance, il n'a pas quitté New York.

— C'est ce qu'il dit. Mais à l'heure qu'il est, je suis sûre qu'il est chez les Indiens. Lisez, lisez cette dernière lettre.

En souriant, « très affectueusement », jugeait Emily, Guillaume lisait :

« ... Un personnage assez étonnant est venu nous voir à nos bureaux pour y passer une extravagante commande. Imaginez un grand diable d'homme, long, maigre, décharné presque, avec un visage de Christ surmonté d'un chapeau haut de forme poussiéreux et fatigué autant que son habit. Notre élégant portier avait hésité à nous l'annoncer, puis, avec ce "on ne sait jamais" qui sommeille dans la tête de chaque Américain habitué aux miracles incessants que leur pays fabrique, il l'a introduit. Le vieux monsieur m'a lancé un coup d'œil incisif et m'a dit :

« — Jeune Français, j'en voudrais mille flacons, au plus vite.

« — Mille flacons de quoi ?

« — De ce que vous voudrez. Mais il faut que ce soit agréable à respirer pour les dames et bon à boire pour les hommes... enfin, surtout pour les Indiens. Bien sûr, il faut que ça guérisse aussi. Mais ça, je m'en arrange moi-même.

« Je vous passe notre dialogue de sourds. Nous, disant que nous ne fabriquons que des essences, des pommades ou des eaux de fleurs destinées à la fabrication des parfums, lui, balayant, d'un air fatigué, nos explications. Il savait tout ce que nous pouvions lui dire. Au bout d'un petit quart d'heure — il était apparemment pressé de repartir en Californie et en Arizona —, les Établissements Garlande, de New York, s'engageaient à lui fournir mille flacons d'un mélange d'eau de rose, de fleur d'oranger, de violette, de vinaigre de romarin, de menthe rectifiée et d'un soupçon de néroli bigarade !!! Nous étions priés de ne remplir les flacons qu'aux trois quarts. Le dernier quart étant rajouté par lui... en alcool ! Il payait comptant à la commande cet ahurissant mélange qu'il avait composé lui-même d'après la liste de nos produits qu'il consulta quelques secondes. Ce serait là, dit-il, un parfum de dames, un élixir guérissant maux de dents, cors aux pieds, bronchite et le reste, tout en étant une boisson délectable pour trappeurs et Indiens.

« Notre directeur de New York paraissait anéanti. Il devait penser que nos respectables — et fort élégants — bureaux de la Cinquième Avenue se déconsidéraient à recevoir une telle commande d'un bonimenteur du Far West. Il parvint d'ailleurs à me murmurer, dans le dos poussiéreux de notre client : "Seigneur, si ces MM. Garlande voyaient cela !" Et je suis sûr qu'il voyait alors, lui, tous ceux dont les effigies ornent notre salon et dont il me parle souvent avec respect. J'ai dû lui affirmer que je prenais la responsabilité d'une telle extravagance.

« J'ai réussi à bavarder avec mon étonnant client pendant que la comptabilité rédigeait le reçu de son argent. Ce territoire d'Arizona m'intéressait. Il n'est fédéral que depuis 1863 et pas encore de tout repos, bien que les luttes avec les Indiens Apaches soient terminées depuis presque huit ans. Ce pays deviendra sûrement un État de l'Union, un de ces jours, et, en pensant à grand-père qui avait acheté de l'Algérie en 1835 et où se trouve maintenant l'une de nos plus belles usines, je viens d'acquérir dix mille acres d'Arizona. Rassurez-vous, cela ne nous a pas coûté plus cher que le dîner que j'ai donné au Waldorf. Je ne sais pas encore ce que mes petits-enfants pourront faire pousser là-bas, mais, selon la formule américaine, "on ne sait jamais". »

— Vous le voyez, il parle de ses enfants ! Je suis sûre qu'il va se marier en Amérique. J'en mourrai !

Emily plaignait Guillaume Garlande et comprenait qu'il ait de plus en plus de voyages à faire à Paris ou à Londres. Elle profitait de ses absences pour demander à Delphin de passer un moment à l'usine avec lui.

Depuis qu'autrefois elle avait été invitée à assister à la fabrication des pommades, essences ou eaux florales, le temps n'avait rien émoussé en elle des plaisirs que lui procurait ce prodige, sans cesse renouvelé : prendre à la fleur tout ce qu'elle contient de parfum. Elle ne se lassait pas d'assister aux arrivages de ces montagnes de roses, de violettes et de jasmin, moissons fabuleuses venues, d'après elle, d'un monde mystérieux, chargées de leur sublime et capiteuse mission. Elle aimait le vertige qu'elle en ressentait, fermait les yeux, et pensait que M. Delphin était aussi ému qu'elle.

Elle aurait voulu s'asseoir devant les grandes tables de triage, avec les femmes qui décidaient de ce qu'il fallait garder de la fleur et en rejeter. Elle était sûre qu'elles étaient, peu à peu, ensorcelées par le parfum et se demandait jusqu'à quel point ce travail était possible longtemps. N'y en avait-il jamais aucune qui s'évanouisse, prise, enveloppée dans tant d'effluves ? M. Delphin disait qu'à sa connaissance il n'y avait guère de problème de ce genre. Alors elle lui demandait encore s'il savait de quoi elles parlaient en faisant ce travail de déesse qui devait les soulever au-dessus de terre. Il riait.

— Ma chère Emily, que croyez-vous donc ? Elles s'entretiennent du prix du pain et des coliques de leurs bébés... Quand elles ne se disputent pas leurs maris. Comme partout.

Guillaume allait arriver d'Amérique. Mais Alexandrine, maintenant, s'inquiétait d'autre manière. Il aurait un mois de vacances à passer ici et on devrait s'ingénier à l'occuper pour éviter qu'il n'aille courailler à Nice et à Cannes où, sans compter la société féminine cosmopolite dont la moralité était des plus douteuse, tant de cocottes de haut vol, venues de Paris et d'ailleurs, ne vivaient là que pour traquer les jeunes gens de bonne famille et tenter de se faire épouser ou, du moins, entretenir par eux sur un pied de faste oriental. Il fallait, de toute urgence, découvrir la jeune fille parfaite — grâce à Dieu, il en existait encore ! — et régler le mariage au plus vite.

— Laissez-le donc vivre un peu.

— Et réveillons-nous, un matin, en plein drame.

— Il va être très occupé à l'usine.

— Hormis aux époques d'arrivages de fleurs, on n'y travaille pas de nuit, que je sache.

Ce fut Delphin qui eut l'idée d'initier son neveu à la peinture. Ce serait une excellente distraction et c'était aussi une nécessité. Sans compter ce que les murs de la demeure Garlande offraient déjà de portraits de famille des meilleurs artistes, son frère ne cessait d'acheter, ici et là, ce que les nouvelles écoles produisaient. Le jeune homme hériterait d'une collection dont il était bon qu'il commençât à prendre goût.

Alexandrine leva les bras au ciel.

— Delphin, vous n'allez pas me dire que ce que votre frère appelle « découvrir » a une valeur artistique !

Elle détestait les œuvres de cet Auguste Renoir, que son mari adorait. Ces femmes si rondes, si roses, si charnues — tout ce qu'elle n'était pas — l'écœuraient. Quant au reste ! Elle avait vu revenir Guillaume un matin, ému et attristé. Il venait d'assister — ou presque — au suicide d'un artiste totalement fou, qui, après s'être peu auparavant coupé une oreille, venait de se tirer un coup de revolver en pleine poitrine ! Entre ces deux drames, ce Vincent Van Gogh avait trouvé le temps de faire le portrait de son mari. Guillaume était allé en Arles et avait posé, plusieurs jours durant, devant ce dément ! Quant à ce qu'il rapportait aussi de Paris, mieux valait ne pas en parler. Et, jetant un regard autour d'elle sur les portraits de famille, comme pour les prendre à témoin, Alexandrine répéta :

— Delphin, ne me dites pas que ce que votre frère achète depuis deux ou trois ans a quelque valeur.

Delphin enlevait son monocle, en faisait briller le verre avec un mouchoir immaculé — il prenait toujours ainsi un temps de réflexion — et disait :

— Ma chère amie, votre fils l'a écrit plusieurs fois ces temps-ci : « On ne sait jamais. »

— Je ne veux pas que Guillaume s'intéresse à cette peinture-là.

— Rassurez-vous. Mon idée est de le faire profiter de ce que notre ville offre si généreusement. Nous avons ici — à commencer par les Fragonard — de quoi l'occuper pendant un bon mois.

Si les Garlande avaient connu les demoiselles Beauval, autrement que de vue, Alexandrine eût pu écouter d'Honorade, dont c'était l'un des monologues favoris, cette anecdote sur le peintre Fragonard. Et elle eût entendu :

« Nous pouvons dire que l'épicerie, même parfumée à la muscade, ce n'était pas trop notre affaire. Les Beauval étaient autrefois postillons de père en fils. Il en avait farandolé des spectacles et des paysages sous leurs yeux ! Il leur en était tombé dessus des aventures ! À la dernière, le pauvre arrière-grand-père Célestin eut la jambe brisée par des malfaisants de grand chemin, dans les environs de Cabris, en défendant un chargement de petits pots de pommades de fleurs. C'est alors qu'il pensa à la muscade : on peut vendre des épices même en boitant. Et, un jour, il pendit son fouet derrière la porte de la cuisine. Il y est encore. En dessous est écrit : "Il y avait sept mille postillons en France. Aujourd'hui, où j'accroche ici mon vieux compagnon, il n'y a plus que 6 999 chevaucheurs de Sa Majesté qui, à pied, vont plus vite que les oiseaux et, sur des chevaux, plus vite que le vent." Signé Célestin Beauval, du service de coche de Draguignan-Grasse. Et c'était le grand-père de ce Célestin-là, le Jean-Baptiste Beauval, qui racontait l'histoire des peintures de M. Fragonard, Honoré pour les Grassois.

« Donc, le Jean-Baptiste, qui était brave à porter son cœur sur sa main et à rendre service chaque jour de sa vie entre les deux soleils, et même sous la lune, faisait déjà le Draguignan-Grasse qui chargeait ceux arrivant de Paris, tout fourbus de huit jours de sauts de carpe sur les grands chemins.

« On était au plein de la Révolution. Il y avait partout tant de sang versé et de bonnets rouges qu'on se demandait comment nos jasmins osaient encore fleurir blanc. Bref, de la diligence de Paris, le Jean-Baptiste regardait ce soir-là descendre un vieil homme. Ce citoyen, comme il fallait dire, lui rappelait quelqu'un. Pardi ! C'était le peintre de Grasse, M. Honoré Fragonard. Maintenant il le remettait. Qu'il était changé ! Et il avait faim et soif, le pauvre homme. Il disait que là-haut, le pain, on ne savait plus quel goût il avait. Alors, le Jean-Baptiste avait sorti celui qu'il avait gardé de la distribution gratuite du matin même, à Grasse, et sa bouteille de vin de sa jolie vigne qui riait à flanc de colline. Un petit blanc à vous faire oublier tout le rouge de cette vie où les calendriers ne fêtaient que sainte Guillotine.

« Notre Fragonard, le verre à la main, s'était laissé aller, peu à peu, à dire ses derniers malheurs. Oh ! il avait sauvé sa tête, c'était déjà ça, mais il rentrait chez lui plus pauvre qu'il était parti. La favorite du feu roi Louis XV lui avait commandé quatre grands panneaux pour le salon de son château. *L'Évolution de l'amour chez la femme* ou *Le Roman d'amour de la jeunesse*, le titre ne serait sans doute jamais définitif. Rien de plus exquis à faire et il avait fait de son mieux. Sans aller à grande allure, en se retenant les pinceaux qui voulaient toujours galoper, "comme tes chevaux", disait-il à Jean-Baptiste, en riant. Eh ! ça lui était égal qu'on dise qu'il peignait trop vite puisqu'il faisait aussi bien que ceux qui allaient leur train de sénateur. Bref, ils étaient là, dans ce long et lourd paquet, les panneaux de cette Mme Du Barrygirouette qui, après les avoir commandés, les refusait ! Roulée là-dedans il y avait cette jolie histoire d'amour parmi les roses. Mais dans ses poches, le pauvre Fragonard n'avait pas un sou, et dans son cœur grinçait l'amertume de s'être vu préférer un autre artiste.

« En cette époque de sans-culottes, d'espions et de malveillants, il ne faisait pas bon s'attarder en ville et Jean-Baptiste avait proposé de prendre le paquet sur son épaule et d'accompagner le peintre chez son cousin, M. Maubert, qui le recevait. Mais voilà qu'il se mit à tomber, tout à coup, une pluie à bigrement rafraîchir les surexcités en bonnets rouges, et peut-être même, si le bon Dieu voulait intervenir enfin dans cette Révolution, à les noyer !

« Il fallait sauver les peintures de ce déluge et la maison Maubert était encore loin. Alors Jean-Baptiste avait proposé un arrêt chez lui ; on y arriverait bientôt : et on attendrait la fin de cette grande générosité de l'eau du ciel.

« Or, à courir dans les rues, l'un chargé de cet immense paquet, voilà qu'ils se faisaient remarquer par deux ou trois de cette maudite "Société populaire et républicaine des sans-culottes de Grasse". Ce club de fanatiques exaltés et impatients qui pourchassaient les émigrés, les artistes, les prêtres en soutane et, même, les sonneries de cloches que leurs oreilles s'effarouchaient d'entendre. C'étaient des gens de haine et de malheur. Plus encore que de la pluie, il fallait s'en préserver. Ils y arrivèrent, non sans mal, et les Beauval durent garder le peintre et son œuvre pendant huit jours chez eux, parce que la rue était surveillée par ces malfaisants écarlates.

« Le Jean-Baptiste avait une brave petite épouse. Elle régala son hôte d'aïolis et de tourtes aux olives. Il se trouvait bien là, M. Fragonard. On avait déroulé ses toiles pour les sécher et la famille Beauval vivait au milieu de ce *Roman d'amour de la jeunesse*, avec de jolies dames en robes de soie et guirlandes de fleurs, avec de beaux messieurs galants, comme si elle était née là-dedans. Les pièces n'étaient pas grandes et les panneaux les occupaient tout entières.

« Un soir sans lune, où Jean-Baptiste dit qu'il était temps de profiter d'une absence de la sentinelle des sans-culottes, on roula à nouveau les toiles. Tous les Beauval, petits et grands, étaient tristes. On s'était habitué à vivre dans ce beau monde en satin et en rubans courant et riant parmi de grands arbres, plus majestueux encore que les vrais. Alors M. Fragonard avait dit : "Mes peintures vont rester à Grasse, vous viendrez les voir chez le cousin Maubert où je vais habiter. C'est à lui que je vais les donner. Il saura que vous les avez sauvées de la barbarie et il vous ouvrira toujours ses portes de grand cœur."

Le triomphe d'Honorade était de dire alors, en conclusion magistrale et superbe :

— Et depuis, jamais aucun Beauval n'a laissé passer une année sans aller rendre visite au *Roman d'amour de la jeunesse*, et jamais aucun descendant des cousins Maubert ne leur a refusé l'entrée de son salon ! C'est comme ça qu'on est, chez nous, à Grasse. Et on n'avait pas besoin de la Révolution pour que les grands soient aimables avec les petits. Il y avait longtemps qu'on savait vivre, nous tous.

Elle ajoutait, rêveuse :

— C'est peut-être, voyez-vous, parce que nos fleurs, notre richesse commune, nous remplissent le cœur.

Lazarie devinait qu'Honorade cherchait à associer la splendeur des fruits confits à sa péroraison, mais qu'elle n'avait pas encore trouvé une liaison qui la satisfît.

Alexandrine, n'ayant, évidemment, rien su de tout cela, entendit seulement Delphin lui dire :

— Les Maubert seront ravis que Guillaume aille admirer leur collection. Le salon des Fragonard, dits de la Du Barry, est parmi ce qu'il y a de plus beau dans la ville.

Lazarie disait :

— Et si, juste avant Pâques, on faisait visite aux Maubert ? On irait un peu regarder les jolis jeunes gens de Fragonard se conter fleurette. Et on les montrerait à Sorenza ?

— Tu vas pas les déranger, en plein carême, M. et Mme Maubert ?

— Tu sais bien qu'ils ont dit qu'on ne les dérangeait jamais !

Apparemment, pourtant, leur arrivée dérangea. Non pas M. et Mme Maubert, absents de chez eux, mais deux messieurs qui, dit la domestique, étaient là, eux aussi, pour les peintures.

L'un de ces messieurs, le plus jeune, s'ennuyait. Il contemplait, depuis plus d'une heure, les fameux panneaux et savait tout ce qu'il voulait savoir d'eux et de leur auteur. Il regarda, avec intérêt, s'ouvrir la porte du salon sur cette distraction imprévue. Et si inattendue ! Encadrée par les deux cueilleuses de jasmin les plus célèbres de la ville, il y avait là sa belle jeune fille apparue un matin de printemps égayé d'une chasse à la morue salée !

Delphin ajusta son monocle. Qu'était-ce donc que ce trio qui interrompait son cours sur la peinture galante et joyeuse du XVIII^e^ siècle ? Il reconnut, lui aussi, Mlles Beauval, mais n'avait jamais vu encore Sorenza. Il retira son monocle, l'essuya, l'ajusta mieux encore. Sapristi ! Voilà une jeune personne qui valait que l'on eût la vue claire !

Aux quatre panneaux commandés par Mme Du Barry, *La Poursuite, Le Rendez-vous, L'Amant couronné,* et *La Lettre d'amour,* le peintre en avait ajouté un cinquième, pendant son séjour chez son cousin : *L'Abandon* ou *La Désillusion.* Et pour achever la décoration de la pièce, il avait fait batifoler de rondouillards petits amours sur les dessus-de-porte et jaillir de hautes roses trémières sur les entrefenêtres.

Sorenza ne vit, de tout cela, qu'un fond de feuillages de rêve devant lequel apparaissait Guillaume Garlande. Il lui souriait. Et n'était-il pas un rêve aussi ?

Il était plus beau encore que dans son souvenir. Peut-être parce qu'il avait l'air bien content, comme si Honorade, Lazarie et elle étaient celles qu'il attendait, précisément ici, cet après-midi-là. Il faisait asseoir ces demoiselles, près de M. Delphin et, elle, il l'emmenait devant l'une des fenêtres donnant sur le jardin, lui désignait un fauteuil qui était là et en attirait un autre pour lui, à côté d'elle. Il paraissait très satisfait de cet arrangement, poussait un petit soupir de satisfaction, comme M. Félix quand il l'installait au bord de la fontaine avec des lentilles à trier, tout en surveillant la nage placide des morues sans tête, lui disait : « Ne bouge plus d'ici », et s'en allait. Le jeune monsieur, lui, ne s'en allait pas.

Elle avait envie de rire. Elle se demandait ce qui, maintenant qu'ils étaient assis en rond devant tant de peintures, allait se passer.

Il y avait depuis longtemps, chez Honorade, l'envie insatisfaite de dire son monologue devant les panneaux de Fragonard eux-mêmes. Et comme ces messieurs Garlande, bien que fort courtois, avaient néanmoins le fond de l'œil interrogateur, elle sut que l'instant était propice et ne se présenterait pas deux fois. Elle allait justifier leur visite en contant l'histoire Beauval-Fragonard à MM. Delphin et Guillaume, dans le cadre où elle avait toujours rêvé de le faire.

Delphin trouvait bonne façon à ces vieilles demoiselles. Il écoutait, attentif, celle qui paraissait être l'aînée et détenir l'exclusivité de cette légende familiale, mais n'en surveillait pas moins son neveu. Voilà un gaillard plein de feu et d'ardeur auquel il venait, pendant une bonne heure, de parler d'un artiste s'étant toujours élancé avec joie vers les thèmes du plaisir et de la volupté. Il achevait de lui démontrer qu'il était

« l'évocateur le plus parfait du triomphe de la chair heureuse » et, au moment où, pour tout dire, ils étaient assez émoustillés l'un et l'autre, il leur arrivait le plus joli modèle de femme, bien réelle celle-là, et bien troublante à contempler devant les très évocatrices scènes galantes qui les entouraient. Nul doute que son beau neveu ne fût en ce moment quelque peu troublé.

Et Guillaume l'était, mais pas comme l'imaginait Delphin. Il venait, soudain, de comprendre ce qui avait laissé si vivace en lui le souvenir de la jeune fille. C'étaient, certes, cette gravité du visage, et la profondeur de son regard, mais surtout ce quelque chose d'apparemment invincible qu'elle portait en elle, quelque chose aussi qu'après réflexion il se décida à appeler de la dignité, en ayant le sentiment de donner sa vraie valeur à ce mot.

Il avait rencontré beaucoup de jeunes filles et jeunes femmes — Dieu sait si l'Amérique lui en avait offert ! — mais jamais il ne s'était trouvé face à une aussi étonnante présence. Et, pendant un moment, comme ensorcelé, Guillaume regarda Sorenza.

Elle n'en semblait pas émue. Elle examinait, autour d'elle, ce qui couvrait les murs, en ne paraissant pas y attacher plus d'importance qu'elle ne devait en accorder à ce qui ornait l'église, quand elle y priait.

À quoi pensait-elle ? se demandait-il et il s'aperçut, étonné, qu'il donnerait beaucoup pour le savoir. Elle lui paraissait être, ici, à la fois à son aise et déplacée, bien qu'empreinte d'une parfaite sérénité.

Il ne lui était pas habituel de se poser tant de questions sur une jeune fille. Celles qu'il voyait dans les salons amis lui plaisaient ou pas, d'emblée, sans approfondissement superflu. Celle-ci était la première qui bousculait ses tranquilles habitudes. Il se dit qu'il lui fallait, absolument, entrer dans sa vie et dans son cœur.

À cet instant, par un geste d'une singulière beauté, elle releva une mèche de ses cheveux que le vent léger, venu de la fenêtre ouverte, avait dérangée. Et ce fut ce geste, un bras tendu, une gorge soulevée, qui lui révéla le désir qu'il avait de cette fille. À la bonne heure ! Il préférait cela. Il serait certainement plus facile de l'avoir dans son lit que de savoir ce qu'elle avait dans la tête. Elle paraissait être pauvre, elle céderait au prix qu'il mettrait à sa conquête.

Comme si, par magie, elle venait de deviner ce qu'il pensait, elle le regarda à son tour, autant qu'il l'avait regardée. Puis, brusquement, elle se leva, dit quelques mots à l'une des vieilles demoiselles, adressa un petit salut, à la fois digne et charmant aux deux messieurs, et s'en fut, les laissant tous quatre en proie à leurs réflexions personnelles, entourés de jolies dames et de galants messieurs qui rêvaient d'amour parmi les fleurs.

Honorade et Lazarie crurent ce que Sorenza leur avait dit : elle allait s'occuper des roses de M. Félix.

Delphin pensa qu'elle était belle, mais sans doute peu sensible à l'art et, ce qui l'étonna plus, aux beaux yeux de son neveu.

Guillaume se jura de la retrouver avant ce soir. Et il s'aperçut qu'il n'avait encore jamais entendu le son de sa voix.

Elle était allée, en effet, vers ses rosiers. Elle devait les préparer à recevoir le fumier de la cour qu'elle apporterait là dans la soirée. Ce travail avait été prévu pour ce jour-là et ces demoiselles Beauval l'avaient retardé en l'obligeant à les accompagner voir ces peintures. C'était du temps perdu. Elle n'aurait jamais rien à faire dans des salons de ce genre qui n'étaient pas pour elle. Pas plus que le beau et riche Guillaume Garlande. Rien ne l'empêchait de l'aimer, mais sans l'approcher plus. Ce qui venait de se passer n'était pas bon pour elle. C'était comme si son cœur avait été brûlé par trop de soleil.

Comme elle était restée longtemps à s'occuper des rosiers, Guillaume ne la retrouva, sans avoir eu trop à chercher, qu'au moment où sonnait l'angélus, devant la porte de l'épicerie. Elle achevait de remplir le dermer des trois tonneaux de fumier déjà chargés sur la charrette de M. Félix.

Ce n'était plus la jeune fille en robe de toile claire qu'il avait vue dans le salon des Fragonard, les cheveux bien lissés et les mains sagement croisées sur sa jupe. C'était une ouvrière au travail, un mouchoir noué sous le menton et un tablier de toile bleue descendant jusqu'à ses sabots.

Elle eut un imperceptible temps d'arrêt à sa vue et il pensa que, honteuse d'être surprise ainsi, elle allait s'enfuir. Mais elle continua à remplir, calmement, son tonneau avec sa fourche.

Comme il ne disait rien, ce fut elle qui dit enfin :

— Poussez-vous, monsieur, ou je vais encore salir vos vêtements.

C'était les premiers mots qu'il entendait d'elle. Elle avait une voix belle et grave qui lui allait bien.

Vraiment, il ne savait pas ce qu'il devait faire. Cette diablesse le mettait toujours dans des situations ridicules. Pourtant, il ne bougeait pas.

Quand elle eut fini de charger sa carriole, elle monta sur le siège, fouetta son âne et partit.

Il avait attendu, pour ne pas avoir l'air de fuir cette horrible odeur de fumier. Il ne s'éloigna que lorsqu'il ne vit plus la grosse natte de cheveux noirs et brillants qui dansait, dépassant du mouchoir à carreaux rouges, dans le dos de cette déroutante créature.

L'été de 1897, il se produisit à Grasse un petit événement qui passa presque inaperçu mais se révéla, par la suite, comme ayant été la première phase de la grande affaire.

On vit, un soir, descendre du coche Draguignan-Grasse un monsieur jamais venu ici encore. Il était chargé de deux sacs de voyage et il se dirigea, après avoir demandé son chemin, vers la maison Maubert. Il venait de Lyon, il s'appelait M. La Brély.

On lui ouvrit les portes de la demeure, il entra, on referma. Et on entendit à peine parler de ce voyageur pendant plusieurs mois. Certains pourtant l'aperçurent, se promenant par la ville. On lui souhaitait le bonjour ou le bonsoir, il répondait avec courtoisie. On disait : « C'est un ami de M. Maubert et de son petit-fils, M. Malvilan » et il n'intéressait pas outre mesure, bien qu'on s'étonnât un peu de la longueur de son séjour ici. Lazarie le croisa, trois ou quatre fois, alors qu'elle faisait ses emplettes. Il ne lui apparut pas comme une célébrité digne de venir visiter, en grande pompe, la confiserie Nègre.

En février 1898, et pendant une semaine, un ébéniste, venu de Nice, travailla chez les Maubert-Malvilan à la réfection des boiseries du salon.

En avril 1898, un second personnage, inconnu aussi des Grassois, descendit du coche Draguignan-Grasse, et se dirigea, encore, vers la demeure Maubert-Malvilan. Ce monsieur-là était anglais et arrivait de Londres.

Lorsque l'affaire éclata, il fut alors facile de lier ces deux visites et de comprendre ce qui s'était passé : le monsieur de Lyon était peintre et avait fait une copie des tableaux de Fragonard. Le travail fini, on avait remplacé les originaux par les copies que l'ébéniste de Nice était venu poser et encadrer. Et, comme en 1790, *Le Roman d'amour de la jeunesse*, d'Honoré Fragonard, était de nouveau prêt à voyager encore, mais, cette fois, avec le second visiteur — l'Anglais — venu pour l'acheter.

Le personnel des Maubert-Malvilan avait été discret, rien n'avait transpiré depuis un an, et la surprise était totale devant cette découverte : *Le petit-fils des Maubert, M. Malvilan, vendait le trésor familial !*

La ville de Grasse allait perdre l'un des fleurons de sa couronne et les demoiselles Beauval voyaient disparaître, en quelque sorte, des souvenirs de famille.

Honorade écoutait avec attention ce qui se disait sur l'affaire et, lorsqu'il fallut bien la considérer comme close, elle en tenait chaque détail. L'ajouté à l'histoire Fragonard-Beauval était prêt.

Ce fut M. Félix qui en eut l'étrenne. Entre son épicerie, un voyage à la foire de Beaucaire, son invention dernière d'un concentré de légumes — dit par lui « révolutionnaire » — et son amour secret pour Sorenza, « l'affaire » n'avait pas pu trouver chez lui de temps d'écoute, malgré le bruit de trompette qu'elle faisait. Honorade obligea, péremptoirement, M. Félix à se tenir au courant de l'actualité grassoise :

— Vous ne vous rendez pas compte de la gravité de la chose ! Mais c'est comme si, demain, il n'y avait plus de confiserie Joseph Nègre ici, où plus de M. Chiris, ou plus de M. Garlande, ou même plus de roses, ni de jasmins ! C'est notre patrimoine qui s'en va ! L'argent, ah ! l'argent, quelle malédiction du ciel ! Parce que vous ne savez pas combien ils ont été vendus, les Fragonard ? Dites voir, un peu, un chiffre ? Eh ! vous ne pouvez pas, pardi vous ne savez jamais rien. Bon. Je vous raconte, voilà ce qui s'est passé : un acheteur de Londres, M. Wertheimer, le plus grand marchand d'Angleterre et d'Europe, passe son temps à rechercher partout des chefs-d'œuvre pour les Américains. Parce que ceux-ci, chez eux, ils n'ont rien que de l'argent, et les bank-notes, ça décore pas les murs. Bref, le plus important banquier de là-bas, M. Pierpont-Morgan, a, un jour, entendu dire du bien de nos Fragonard. Ça, c'est l'ennui de notre célébrité dans le monde, on parle de nous en confiserie, en fleurs, en parfums. L'humanité entière vient nous voir, et ça lui donne des idées de concupiscence. Alors, ce Pierpont-Morgan a voulu nos Fragonard et il a envoyé cet Anglais avec l'offre — tenez-vous bien, monsieur Félix ! — de *un million deux cent mille francs* ! Qui peut résister à ça ? Même pas la Vierge Marie. Dans sa sagesse, elle aurait vu, tout de suite, ce qu'elle pouvait faire de cette fortune, rien de moins que le bonheur autour d'elle. Alors M. Malvilan, le petit-fils de M. Maubert, comment voulez-vous qu'il résiste, lui, pauvre pécheur, à *un million deux cent mille francs* ?

Ah ! ces mines d'or du Colorado, monsieur Félix, ces rivières d'or, dit le journal, où on marche sur les pépites tant il y en a partout, qui nous dit que, demain, elles vont pas venir tout acheter ici ? Et nous, on restera tout nus, une main devant, l'autre derrière. Oh ! ils ont lutté, MM. Garlande, et MM. Chiris, et le gendre de M. Chiris, le fils du président de la République, M. François Carnot. Ah ! il a tout essayé celui-là, mais le million deux cent mille francs était contre lui, aussi solide que les pierres de notre cathédrale. Et il n'a pas pu l'abattre. Notre ville, monsieur Félix, est victime de cette erreur, ou peut-être, va savoir, d'une plaisanterie du bon Dieu qui a versé des pépites dans l'eau du fleuve Colorado, au lieu de nous les jeter dans celle du Riou Blanquet ou de la Foux[1]. Alors, pauvres de nous, il nous reste que les yeux pour pleurer. Je vous le dis, moi, ce M. Pierpont-Morgan, le banquier d'Amérique, s'il lui prend l'envie, un jour, de venir sur place goûter notre confiserie ou respirer nos parfums, sûr qu'on ne soulèvera pas le chapeau sur son passage. Qu'est-ce que vous en dites, monsieur Félix ?

M. Félix n'en disait rien. Il regardait Sorenza, perchée sur un escabeau, rangeant des pains de sucre. Elle faisait une ligne bien régulière des cônes emmaillotés de papier bleu, mais, ce qui, à la réflexion, l'étonnait, c'était qu'elle la défit ensuite, pour la refaire encore, et la défaire à nouveau. Souvent distrait lui-même, M. Félix était assez attentif, ce matin-là, pour s'apercevoir que c'était Sorenza qui était distraite à son tour. Était-ce l'histoire des tableaux qui la préoccupait ? Il ne voyait pas pourquoi le fait qu'un riche Américain les ait achetés pût la troubler. Elle avait sans doute d'autres sujets de réflexion plus personnels. Il s'inquiéta. Était-elle amoureuse ? De qui ? Il se rassura vite, elle n'avait pas une minute à elle tant elle travaillait, quand aurait-elle trouvé un moment pour se faire conter

1. Source et ruisseau alimentant la ville de Grasse.

fleurette ? Et, à l'exception des heures qu'elle consacrait à ses rosiers, il l'avait toujours sous les yeux. Alors ? Alors, se dit-il avec mélancolie, il ne savait toujours pas grand-chose d'elle. Elle se livrait si peu !

Comme elle redescendait de son escabeau, sa jupe se souleva. Elle avait de bien jolies jambes ! Il soupira, comment pouvait-il espérer que cette merveille serait pour lui ?

— Voyez-vous, monsieur Félix, concluait Honorade, nous vivons des moments bien pénibles.

— Oui, bien pénibles, mademoiselle.

Lorsque Alexandrine écrivit à son fils, en Algérie, où il se familiarisait avec la culture des orangers sur ces territoires achetés par son grand-père dès le début de la conquête, elle fut étonnée de la réponse qu'elle reçut.

— Imaginez-vous, dit-elle à Delphin, que Guillaume est furieux. Il nous en veut de ne pas avoir acheté les Fragonard ! Voilà bien la preuve qu'il n'a aucune conscience de la valeur de l'argent. Un million deux cent mille francs ! Croit-il qu'il n'y a qu'à se baisser pour les cueillir, comme une poignée de roses ?

Et en souriant, car elle paraissait être dans un bon jour, elle ajouta :

— En tout cas, compliment, mon cher, vous lui aviez fait aimer ces peintures-là.

Delphin souriait aussi. Il se souvenait du beau regard qu'une jolie fille promenait sur *Le Roman d'amour de la jeunesse* avec calme, sans étonnement, peut-être même sans plaisir. Une bien jolie fille mais qui semblait penser à tout autre chose qu'aux autres jolies filles qui s'ébattaient sous ses yeux. Étrange créature. Il l'avait revue, assez souvent en ville, paraissant toujours pressée. À son bonjour, elle répondait par un petit salut de la tête, accompagné d'un discret sourire. Un sourire d'un tel charme qu'on en restait un moment troublé.

Et, peut-être parce qu'il venait de lire un roman très

sentimental pendant une grande partie de la nuit, Delphin Garlande se demanda si son neveu n'associait pas le souvenir de ces tableaux au troublant sourire de la jeune fille.

Ce fut Emily qui, arrêtant un moment la marche de ses aiguilles et posant sur ses genoux l'écharpe rouge qu'elle tricotait, conclut cette affaire en disant :

— En fait, tout est presque pareil. Le salon Maubert-Malvilan est toujours décoré du *Roman d'amour de la jeunesse*. Simplement, ce n'est pas le même peintre qui l'a fait.

— *Simplement !* répéta Delphin en frottant son monocle avec l'un de ces mouchoirs d'une grande finesse qu'Emily commandait en Angleterre et sur lesquels elle brodait ses initiales. Elle lui en offrait deux à chacun de ses anniversaires.

Le ton de M. Delphin, l'ironie qu'elle y sentit plurent à Emily. Elle s'entendait parfaitement avec le frère de Guillaume. Il avait compris, avec sa grande délicatesse, qu'elle ne pouvait guère se faire d'amis parmi leurs relations et encore moins parmi leur personnel. Elle se situait entre ces deux mondes et sa position était ambiguë. Aussi l'avait-il présentée aux demoiselles Beauval. Avec cette courtoisie qu'elle appréciait tant, il leur avait dit : « Voici notre amie, Miss Emily Dodds, une amie très chère sans l'aide de laquelle je ne sais trop ce que nous deviendrions. » Honorade et Lazarie, désormais, l'aidaient à découvrir ce pays. Et elle allait même être initiée aux cueillettes. Ces demoiselles disaient retirer grand profit de ces contacts humains parmi les fleurs. Aussi attendait-elle avec impatience la récolte des *Viola odorata* qui serait son initiation. Il n'était pas dans les habitudes des deux sœurs de récolter la violette. Mais elles feraient une exception pour leur nouvelle amie, désirant d'ailleurs, elles aussi, découvrir, à l'ombre des oliviers, ces humbles fleurs cachées sous leurs feuilles. Il y avait là une poésie qui méritait les courbatures inévitables. Ces demoiselles conseillaient de se préparer à cette position accroupie, assez pénible dans ses débuts, par quelques mouvements d'assouplissement préalable.

# 5

Une barrière de bois vermoulu bordait le champ de roses de Félix Dolambel. Guillaume y était accoudé depuis quelques instants. Il savait Sorenza là-bas, dans la cabane où se rangeaient les outils et où elle venait de rentrer les trois sacs de jute, débordant des roses de mai, de la dernière journée de cueillette.

Il ne pensait pas qu'elle l'ait vu. Son intention était, dès qu'elle réapparaîtrait, de lui proposer d'acheter sa récolte. C'était le premier prétexte trouvé pour l'aborder et il s'y tenait. Elle lui répondrait, bien sûr, s'être déjà engagée à traiter avec celui-ci ou celui-là. Après, on verrait, il improviserait. Du moins, il essayerait. Quand elle le regardait, sans ciller, sans rien lui dire, il perdait pied.

Il l'avait aperçue trois fois en ville, ces derniers temps, alors qu'elle se hâtait, un panier au bras. Elle avait répondu à son bonjour, mais ne s'était pas arrêtée. Et hier, ils s'étaient heurtés l'un à l'autre, lui sortant de la confiserie Nègre, elle y entrant. Le paquet qu'il tenait lui avait échappé des mains, ils s'étaient baissés pour le ramasser en même temps et ils s'étaient relevés ensemble. Alors ils avaient ri. Peut-être — il n'osait trop y croire — parce qu'elle était, comme lui, heureuse de cette rencontre. Elle était partie moins vite qu'il ne le craignait, et en lui souriant.

Il espérait qu'elle l'accueillerait aussi bien ce soir. Il retardait encore le moment d'aller vers elle. Elle devait peser ses roses, dans la cabane, il fallait lui en laisser le temps. Alors, toujours accoudé à la barrière, il continua à penser à elle. Il sentait, mais toujours confusément, que derrière sa jolie apparence il y avait quelque chose qui méritait d'être découvert. Il attendait, depuis longtemps, un peu plus que la morne saveur de ces jeunes filles à marier, rencontrées dans les bals ou les salons. Il espérait aussi qu'un jour l'une des jeunes femmes de Nice, Cannes ou Paris, qui meublaient ses loisirs par intermittences, se révélerait autre chose qu'une agréable compagne de plaisir. Au fond de lui sommeillait l'espoir qu'il y avait, quelque part, une inconnue miraculeusement exceptionnelle qui l'attendait.

L'égoïsme de sa mère, les fréquentes absences de son père faisaient de lui, pensait-il parfois, une espèce d'orphelin qui avait besoin de tendresse vraie et non de l'étouffement affectueux dispensé par ceux qui, dans sa famille, disaient l'aimer.

Il s'étonna de remuer ces idées-là — sans doute injustes — en attendant d'aborder une fille à qui il ne comptait, en fait, rien demander d'autre qu'un peu de plaisir. Elle allait, c'était sûr, le rabrouer de belle manière. Il en était même si persuadé qu'il décidait de rentrer sagement à la maison, quand il se dit qu'il avait vingt et un ans aujourd'hui et que ce que la vie avait de bon ne devait pas être dédaigné. Une rebuffade de cette belle créature — la plus belle qu'il eût jamais vue, la plus superbement sauvage aussi — était déjà un petit plaisir à ne pas laisser perdre.

Il faisait beau, l'air embaumait le parfum des roses et, dût-il dans cet instant délicieux ne recevoir qu'un soufflet de sa divine jeune fille, l'affaire valait d'être tentée. Au moins, il aurait senti sa main sur son visage.

Il ouvrit la barrière et marcha, d'un pas ferme, vers la cabane, se demandant ce que, maintenant, elle pouvait bien y faire. Il ne fallait pas plus de dix minutes pour peser une cinquantaine de kilos de fleurs.

Il ne frappa pas et entra.

Les sacs de jute, qui auraient dû être là, debout, gonflés de roses, elle les avait vidés de leur contenu, étendus à même le sol de terre battue. Sur eux, elle avait répandu la récolte de la journée. Et, dans ce lit de roses, elle s'était couchée.

Elle portait une robe de toile écrue et elle était une grande fleur blanche posée sur des milliers d'autres couleur d'aurore. La fenêtre de la cabane fermée, le parfum était là, présence superbe, et il sembla à Guillaume qu'il s'en imprégnait totalement, voluptueusement, pour la première fois.

Elle lui tendit les bras.

Il eut, fugitive, la vision des cadeaux d'anniversaire qui avaient jalonné son enfance et son adolescence. Il se jeta sur elle comme sur le plus beau de tous.

Il était très en retard pour se préparer au dîner d'anniversaire qui l'attendait.

L'attendait aussi une surprise de sa mère : il y avait, parmi la vingtaine d'invités n'appartenant pas à la famille, un couple de personnes d'âge mûr, M. et Mme Orso Bianchini, accompagnés de leur fille Louise-Armande. Une splendeur de jeune fille, presque aussi belle, lui semblait-il, que celle qu'il venait de quitter. Rêvait-il, ou lui ressemblait-elle étrangement ?

Il avait tout juste eu le temps de se changer, après avoir traversé la ville en courant. Il n'était pas question de faire attendre la famille un soir de réception donnée en son honneur. Avec dix minutes de plus devant lui, il aurait pu prendre son tub et se débarrasser du parfum des roses qui collait à sa peau, mais il ne les avait pas eues. Il avait même dû nouer sa cravate en dévalant l'escalier. Alors qu'il traversait le hall au pas de course, Emily l'avait attrapé par un pan de son habit pour tenter d'assagir ses boucles rebelles en s'exclamant :

— Seigneur ! avez-vous renversé un flacon entier d'essence de rose sur vous ?

Il était entré, essoufflé, au salon.

Comme il s'asseyait, à table, à côté de Louise-Armande Bianchini, elle lui dit :

— Dieu ! Monsieur, que vous sentez bon ! On pourrait croire que vous vous êtes roulé dans des roses.

Et comme il riait, très fort, à en faire converger tous les regards vers lui, elle ajouta :

— Et que vous êtes gai !

Qui ne l'aurait été à sa place ? Son père lui avait offert, ce matin, Sélim, l'anglo-arabe dont il rêvait. Il était devenu l'amant — sur un lit de roses ! — de la *première* plus belle fille du monde. Et toutes les possibilités lui étaient offertes de devenir le mari de la *seconde* plus belle fille du monde. Cela s'ajoutant à la bonne fortune qu'il avait déjà d'être jeune, riche et peut-être même beau s'il fallait croire ce qu'on lui répétait sans cesse.

Il expliqua à Louise-Armande que les récoltes de roses ne cessaient d'être livrées à la fabrique et le temps qu'il avait passé à vérifier les quantités et la qualité de ces arrivages justifiait le parfum suave qui émanait de lui.

Elle lui sourit, avant de lui demander si, malgré l'heure tardive, elle ne pouvait pas voir, à l'usine, ces grandes salles dont les sols n'étaient, disait-on, qu'un épais tapis de fleurs.

Rêvait-il encore ? Ce sourire rappelait tellement celui de Sorenza ! Alors, il crut comprendre. Lorsqu'on aimait follement une femme, on la voyait sans doute partout. Et, pour peu qu'une autre fût du même type qu'elle, l'illusion était troublante. Il eut encore envie de rire. Quelle tête feraient-ils, autour de cette table, s'il leur disait qu'il sortait, à peine, d'une cabane à outils de jardinier transformée magiquement en chambre d'amour ? Il but d'un trait le verre de vin blanc gewurztraminer qui accompagnait les filets de soles Dugléré et, comme le maître d'hôtel remplissait à nouveau son verre, il le vida sous le regard étonné — il n'avait jamais agi ainsi — puis mécontent de sa mère.

« Croit-elle que je veuille déplaire à ces Bianchini et me faire passer pour un amateur de bouteilles ? »

Il ne put s'empêcher de continuer à rire et Louise-Armande se demandait ce qui justifiait cette gaieté, quand il lui murmura :

— Je suis follement heureux ce soir.

Elle rougit. Le ton mat de sa peau s'éclaira et devint celui de Sorenza pendant qu'il lui avait dit l'aimer. Il s'interrogea alors : en dirait-il autant, un jour, à celle-là ? Dieu, que la vie était belle !... Et si bon aussi ce gruau-larose servi maintenant, dont il but encore deux verres, coup sur coup. Cette fois-ci, ce fut le regard de son père qu'il croisa pendant qu'il soupirait de bonheur. Un étrange regard. Saurait-il jamais à quoi le grand patron pensait ? Et s'il allait lui parler, ce soir ? Une bonne conversation, entre hommes bien préparés aux confidences par un dîner parfait et des vins excellents ? Il s'entendit raconter qu'il aimait une sauvageonne étrange et superbe. Et que lui répondrait-on ? Son imagination ne lui en suggéra pas plus. Impossible à deviner ce que le monsieur si droit, si digne, présidant cette table avec la majesté qui n'appartenait qu'à lui, roulait dans la tête ! S'il avait été à la place de sa mère, il aurait voulu savoir ce que cachaient ce front, si lisse encore, et ce regard souvent distrait.

Emily, il le savait, soupçonnait son père d'entretenir des « relations coupables », dans le monde entier au moins ! En restant dans des limites acceptables, il était sûr qu'il avait, quelque part, ce qu'Emily encore appelait aussi « des consolations », après absorption de trois petits verres de crème de cacao, liqueur plus alcoolisée qu'on ne le croit ! Tant mieux, il serait ainsi plus compréhensif en apprenant la liaison de son fils. Quant à sa mère, ce serait une autre histoire. Et, comme il expliquait, à cet instant, à Louise-Armande que les graisses utilisées pour l'enfleurage[1] étaient de

1. Enfleurage à chaud ou macération : mise en contact des fleurs avec une matière grasse qui s'imprègne de leur parfum. On traite ensuite ces graisses parfumées par l'alcool qui absorbe à son tour le parfum. L'extrait alcoolique est glacé, puis concentré. On obtient ainsi les « concentrés de pommades ». (Joseph Farnarier, *La Parfumerie*.)

porc et de bœuf — pourquoi donc les non-initiés paraissaient-ils toujours écœurés par cette découverte ? —, l'exclamation d'horreur de la jeune fille lui parut annoncer celle qu'aurait sa mère en apprenant sa conduite. Car elle était formelle aussi, et, pour une fois, d'accord avec son mari : il fallait éviter la moindre cause de scandale dans leur petite ville. Tout compte fait, il ne dirait rien, même à son père. Dommage, il y avait longtemps qu'il souhaitait se voir dans la bibliothèque, un verre de fine dans une main, un cigare dans l'autre — en admettant qu'on lui offrît ces deux plaisirs à la fois ! — parlant d'homme à homme avec Guillaume Aîné.

Il savourait un sabayon parfait, et s'attendrissait à devoir ainsi se refuser le plaisir qu'il aurait eu à révéler au grand patron qu'il avait beaucoup lu, beaucoup réfléchi et qu'il était non seulement pas trop bête, mais encore assez astucieux. Jusqu'à maintenant — et depuis qu'il était bachelier — il avait été convoqué dans le bureau paternel pour s'entendre annoncer qu'il partait pour tel ou tel pays où les Établissements Garlande devaient lui montrer ce qu'il aurait, un jour, à diriger lui-même. Mais il rêvait de s'entretenir avec le maître actuel de cet empire, dans le cadre des boiseries Louis XV datant de l'ancêtre contemporain de Fragonard. Était rangé là à peu près tout ce qui avait été écrit, depuis le XVIe siècle, sur l'art des parfums. Et c'était l'un des titres de gloire des Guillaume Garlande de Grasse d'avoir, au cours de plus de trois siècles, réussi à posséder, sur fond de bibliothèque classique, la plus complète collection d'ouvrages traitant de leur métier et de ceux qui en découlaient. Ce que contenait cette pièce et la pièce elle-même l'avaient toujours séduit. L'enfant turbulent qu'il était s'y calmait dès qu'il y entrait. Et le vieux Jules, secrétaire de son grand-père, promu là bibliothécaire et en demi-retraite, pour s'occuper des classements, mises à jour, recherches et achats de livres, l'y accueillait avec un regard qui pétillait derrière ses lunettes, en lui disant : « Entre, entre, petit, c'est ici le cœur de la maison. » Que la maison eût un cœur ne l'étonnait pas. Et encore moins qu'il battît à cet endroit. Mais la nounou arlésienne qui savait toujours le retrouver là, enfoui dans son grand fauteuil préféré, disait plutôt : « Pas trop de livres, pitchoune, pas trop, ne va pas t'abîmer les yeux. » Plus tard, il avait eu une alliée en Emily. Elle aimait la bibliothèque autant que lui. Elle y faisait des emprunts fréquents, flattée, il en était sûr, d'inscrire son nom sur le « livre des sorties » où le père Jules ne manquait jamais de noter l'ouvrage emporté et de faire signer ceux qu'il appelait ses clients.

En rêvant encore au jour où son père le convierait à s'asseoir en face de lui et l'entretiendrait du dernier achat d'étidions rares, il l'écoutait parler de ses recherches sur la vie de Plutarque, commencées depuis longtemps déjà. Elles tendaient à soutenir la thèse que le plus illustre biographe de tous les temps était aussi parfumeur. Guillaume Aîné avançait des arguments séduisants. Il décrivait la vie quotidienne dans sa petite ville de Chéronée, en amusant, au passage, son auditoire par une boutade sur le fait qu'un tel homme fût né en Béotie ! Puis, il développait son idée : de Chéronée partait une route menant à Delphes. Elle longeait un lac, rencontrait un ruisseau et, sur les bords de l'un, comme sur les rives de l'autre, s'épanouissaient roses, narcisses, lis et violettes. Et que faisaient les habitants de Chéronée de tout cela, sinon des essences de fleurs ? On savait même qu'ils s'étaient spécialisés dans la fabrication d'un produit excellent, qui avait la réputation, très étendue en Grèce, de guérir une infinité de maux corporels. Si l'on considérait, avec preuves à l'appui, la famille de Plutarque comme étant la plus riche de la ville et possédant de grands domaines, il apparaissait comme impossible qu'elle n'ait pas fabriqué ces essences de fleurs et ne se soit pas enrichie plus encore par elles.

M. Léon Chiris, qui disputait aux Garlande les livres rares et possédait lui aussi une superbe bibliothèque sur l'art des parfums, avança alors qu'il croyait, en effet, lui aussi Plutarque jardinier et parfumeur, ajoutant que la femme du biographe, la belle Grecque, la parfaite Timoxène, cette « perle », disaient les historiens, avait elle-même écrit un petit ouvrage sur *Le Goût de la parure*. On voyait très bien l'épouse d'un parfumeur incitée par le métier de son mari à s'intéresser à un pareil sujet.

Le champagne aidant, Guillaume découvrait le visage si souvent grave de son père, éclairé en ce moment d'une lumière chaude, vivante, qui ne pouvait venir que de sa belle âme et de sa brillante intelligence. Et il s'émerveilla d'être le fils d'un tel homme. Aussi, ce fut en pleine félicité qu'il se leva, sur un signe de sa mère, porter un toast à ses parents et amis, réunis là pour fêter ses vingt et un ans avec lui.

Il s'en tira, miraculeusement, fort bien, mais son discours l'assoiffa encore et le poussa à vider, coup sur coup, deux autres flûtes de champagne. À l'oncle Delphin qui s'en apercevait, il fit un clin d'œil, et décida, soudain, de lui dire ici même et maintenant, en passant par-dessus les quelques têtes qui les séparaient, que la jolie Sorenza, le jour où elle était venue voir les tableaux de Fragonard, chez les Maubert, avait été bien plus attentive à ces œuvres qu'on ne le croyait. Ne lui avait-elle pas, cet après-midi, alors qu'ils étaient tous deux couchés sur leur lit de pétales, tressé une couronne de roses, pour la lui offrir, tout comme sur le tableau de *L'Amant couronné* !

Mais Louise-Armande lui parlait et il se tourna vers elle, à regret. C'était avec l'oncle qu'il voulait s'entretenir, pas avec une jeune fille qui ne connaissait rien encore à l'amour. Il fut, néanmoins, tenté de lui dire d'étonnantes choses. Par exemple, que chez une femme de son type, brune aux yeux noirs et au teint mat, il savait, depuis ce soir, de quelles couleurs étaient sa pilosité intime et les boutons de ses seins. Il arriva, encore miraculeusement, à s'en abstenir, sa mère se levait et tous l'imitaient.

Il s'éveilla, la tête lourde, sans savoir comment il s'était couché. Il sortait de son tub un peu amélioré, mais l'esprit encore confus, lorsque Emily vint le prévenir que son père l'attendait *dans la bibliothèque*, le plus tôt possible. Ce fut ce qui acheva de le remettre.

On était dimanche, un merveilleux dimanche de mai et au plein de la récolte des roses de Grasse. Tout était beau, tout sentait bon. Il monterait bientôt Sélim pour aller à la recherche de Sorenza et, en attendant, il avait, enfin, l'entretien qu'il souhaitait !

Il entra dans la bibliothèque confiant, souriant, bien qu'il eût encore mal à la tête.

Le vieux Jules, mort quelques années auparavant, était remplacé par M. Martinon, un autre vieillard à barbiche blanche, apparemment falot, surnommé « Souris grise », mais qui n'avait pas son pareil pour dénicher les éditions rares, voire introuvables.

L'heure, si matinale, n'autorisait ni le verre de fine ni le cigare, et Guillaume Aîné ne fit même pas asseoir son fils quand, discrètement, M. Martinon se fut éloigné. Il demanda, la voix dure et le regard sévère :

— Es-tu assez lucide, ce matin, pour te souvenir des énormités dont tu nous a gratifiés hier au soir ?

Apparemment pas. Quelles énormités ?

Ce qui devait être la fameuse et si souhaitée « bonne conversation entre hommes » fut l'algarade la plus sérieuse que Guillaume fils reçut de Guillaume père. Et ce qui la justifiait se détaillait ainsi : Guillaume VI, au cours de la soirée qui suivit le dîner donné en l'honneur de ses vingt et un ans, aux personnalités les plus marquantes de la ville de Grasse et de ses environs, avait, tout d'abord, démontré aux descendants d'Honoré Fragonard, MM. Maubert et Malvilan, qu'ils avaient eu bien tort de céder leurs tableaux à ce marchand anglais empressé à les revendre à des Américains ne les achetant que pour se parer de leur valeur artistique, tout comme leurs épouses se paraient de bijoux, alors qu'ils étaient encore incapables d'apprécier ces beautés de la vieille Europe. Celles de leurs femmes de Baltimore et de leurs chevaux du Kentucky étant à peu près les seules qui puissent, à ce jour, les émouvoir. Déclaration pour le moins déplacée devant les Maubert-Malvilan, mais devenant de la plus parfaite grossièreté envers M. Charley Johnson, de Washington, venu étudier à Grasse les nouveautés dans la fabrication des essences de fleurs.

Puis, sur cette remarquable lancée, le héros du jour avait improvisé un monologue, en forme de bombe explosive, sur les secrets de fabrication de certains établissements de la ville dont il pourrait dire, si on le voulait, qui avait dérobé son invention à l'autre !

Et là n'était pas encore le point culminant de la soirée. Il l'avait atteint en raccompagnant les Bianchini à leur voiture. Après avoir regardé avec effronterie, et de la tête aux pieds, Mlle Louise-Armande, il s'était tourné vers son père pour lui demander *s'il était sûr* de ne pas avoir, quelque part, une autre fille ressemblant beaucoup à celle-ci. Lui-même assurant connaître une jeune personne dont il aurait pu jurer qu'elle avait aussi pour père M. Orso Bianchini, de l'oliveraie San-Vitale et des huileries du même nom.

Guillaume sut, avant même d'avoir tout entendu, qu'il vivait l'un de ces moments dont son avenir dépendait. S'il n'effaçait pas, immédiatement, ses stupidités de la veille, il risquait de rester longtemps, dans l'esprit de son père, le parfait jeune sot qui ne tient pas l'alcool et se ridiculise — pour ne parler que de lui ! — par des vantardises de mauvais goût. Et où donc avait-il été chercher que Sorenza ressemblait à Louise-Armande ? *Personne* ne ressemblait à Sorenza !

Il fallait agir vite. Il dit, mi-souriant, mi-désabusé — mais pas humble, son père n'eût guère aimé ça —, que si le parfumeur Plutarque avouait, en riant, habiter sa petite ville de Chéronée « pour éviter qu'elle ne fût plus petite encore », il allait falloir, bien au contraire, expédier très loin d'ici l'apprenti parfumeur Garlande pour éviter que sa petite ville de Grasse ne s'amenuisât par sa présence néfaste !

C'était de la pure flagornerie. Est-ce que ça allait prendre ?

Ça prenait... à peine... mais...

Mais il faisait beau, l'air sentait ces milliers et milliers de roses brassées là à deux pas et dont le parfum entrait par les fenêtres ouvertes, alors Guillaume Aîné regarda son si grand, si beau, si jeune garçon, et sans sourire encore tout à fait, dit, la voix déjà moins dure :

— Tu vas partir au Tonkin. Nous allons désormais y cultiver la badiane.

Le Tonkin ! Seigneur ! Et Sorenza dans tout ça ?

Fallait-il parler d'elle ? Et dire quoi ? Que depuis la veille il aimait une jeune fille si différente des autres, si belle, si mystérieuse... Il faudrait dire aussi, immédiatement, qui elle était. Et que répondre ? Vendeuse dans une épicerie ? Jardinière ?

Il n'eut même pas le temps de prononcer son nom. Son père sortait de son tiroir, avec précaution, quelque chose qui paraissait précieux. C'était une grande feuille de carton, le projet du tableau de leurs possessions industrielles. Et il n'était plus question de parler d'autre chose.

Sous :

Les Établissements Guillaume Garlande
dans le monde
(créés en 1752)

s'étalait un planisphère, dont le centre était Grasse, d'où s'élançait la première flèche qui traversant mers et continents aboutissait hors de la carte, dans un encadré bordé d'or précisant ce qui se cultivait, se distillait ou s'enfleurait là sur les lieux mêmes de naissance de l'affaire familiale :

Rose. Jasmin. Fleur d'oranger. Tubéreuse. Cassie. Jacinthe. Sauge. Néroli. Petit Grain. Etc.

D'autres flèches partaient d'Algérie, de Tunisie, d'Italie, de Sicile, de Bulgarie, de Madagascar.

Sur les mers et les océans bleus flottaient des

navires aux voiles blanches et gonflées battant pavillon Garlande aux trois G de pourpre et d'or.

Et les adresses des bureaux étaient avenue Friedland à Paris, Bond Street à Londres, Cinquième Avenue à New York.

— Bientôt, dès ton retour, nous ajouterons ici l'encadré du Tonkin.

Bientôt ! Dans combien de mois ? Il en faudrait déjà deux, au moins, pour atteindre Haiphong, autant pour en revenir. Et combien encore à passer là-bas pour y planter cette sacrée badiane ?

Comme son regard se posait sur les prestigieuses adresses parisienne, londonienne, new-yorkaise, il eut soudain, aveuglante, la vision de Sorenza emplissant ses tonneaux de fumier sur sa carriole.

Son père expliquait toujours et, soudain, s'interrompit pour demander :

— Qu'as-tu ? Mal aux yeux ?

— Non, c'est le soleil.

Il la chercha en ville. Elle n'était nulle part. Il pensa alors à la cabane à outils du champ de roses. Elle n'y était pas non plus. Pourtant il y entra et, avisant un escabeau bancal, s'y assit.

Le tapis de roses sur lequel il avait laissé Sorenza lorsqu'il l'avait quittée pour courir, à toute allure, à son dîner d'anniversaire était redevenu de terre battue sans la moindre trace de fleurs. Une seule, pourtant, oubliée, là-bas dans un coin. Il la ramassa. Elle n'était pas encore fanée et toujours odorante. Il ouvrit son portefeuille et l'y rangea avec soin. Puis, ne sachant plus que faire — attendre ? partir ? —, il décida de rester là quelques instants. Il allait réfléchir un peu. Le point était facile à faire : il était expédié au bout du monde et laissait ici la femme qu'il aimait. Quand reviendrait-il ? S'il revenait ! Car il y avait quand même, là-bas, des Chinois qui ne devaient pas adorer les Français. Et, revenu, il épouserait celle qu'on lui laisserait le droit de choisir... parmi les épousables, selon le critère Garlande. Il soupira, se leva. Il lui fallait trouver Sorenza, tout de suite, comme si, par sa seule présence, elle allait arranger cette situation ridicule.

Il marcha longtemps dans la ville. Et soudain, il la vit. Où allait-elle ? Il la suivit. Elle sortit de Grasse, prit le chemin de Magagnosc et bientôt poussa la barrière d'un autre champ de roses, en terrasses celui-là, et bordé de deux rangées de hauts cyprès. La cueillette, ici, n'était pas faite encore.

C'était un lieu qui paraissait lui être familier. Elle allait, sans hésiter, au bord de la première terrasse et s'asseyait sur les pierres qui la soutenaient. Elle y était venue, tout droit, comme si elle avait rendez-vous avec la plaine là en bas, la mer au loin, le ciel, le soleil, les oiseaux et les fleurs.

Il s'approcha, s'assit à côté d'elle. Et, comme si elle lui avait donné rendez-vous aussi, elle tourna son visage vers lui et sourit.

Il prit sa main et la garda dans la sienne. Ils restèrent ainsi, un moment, dans un gazouillis de merles, pinsons, mésanges, coucous, et dans le parfum des roses. Alors, elle, qui lui avait si peu parlé jusqu'à ce jour, lui raconta soudain l'histoire de cette terre sur laquelle ils étaient assis et pourquoi elle s'appelait la Croix-de-Lumière, et combien elle l'aimait, et qu'un jour, elle le savait, elle serait à elle parce que cela devait être et parce qu'elle le voulait.

Elle parlait doucement mais il sentait une telle force, une telle sérénité en elle, qu'il ne douta pas un seul instant qu'elle n'arrive à ce qu'elle voulait. Et, tout à coup, il crut comprendre ce qu'elle était pour lui, ce qu'il cherchait en elle. Ce n'était pas une simple satisfaction physique, mais cette chose à la fois plus simple et plus compliquée qui la faisait, elle, si sûre d'elle, incorruptible et pure. Elle portait en elle la force de la terre elle-même avec toute sa simplicité, toute sa beauté. Peut-être, sans des êtres comme elle, ne serait-il, lui, jamais rien. Il pensa, pour la première fois, que ce que les siens avaient édifié, bâti, cette fortune, ces établissements essaimés de par le monde, cela découlait de cette terre et que cette petite fille sereine et énergique à la fois était plus importante que bien d'autres qui croyaient tant l'être.

Alors il lui vint une grande fierté qu'elle se fût donnée à lui.

Comme si elle avait lu en lui, elle dit :

— Je voulais que ce soit vous, le premier. Mais maintenant, nous ne nous verrons plus. Parce que vous êtes de là-bas — elle fit un geste du bras vers la ville — et moi d'ici.

Il savait qu'elle avait raison. Et ne s'aperçut même pas qu'il pleurait. Ce fut elle qui, avec un pan de son tablier à petits carreaux bleus, essuya ses larmes.

Elle ne voulut pas qu'ils reviennent de compagnie dans la ville. Il ne serait pas bon pour lui, dit-elle, qu'on les vît ainsi ensemble.

Il lui demanda, peut-être pour meubler un silence, si elle savait où était le Tonkin. Non, elle ne savait pas et dit :

— C'est loin ?

Il inclina la tête.

Comme elle levait son visage vers lui, il sentit le désir soudain qu'il avait d'elle l'assaillir avec une force qui le fit trembler.

— Allons là-bas, dans la cabane.

Elle refusa, d'un non qu'il entendit à peine.

— Pourquoi ?

Elle haussa légèrement les épaules. Elle s'était déjà expliquée, à quoi bon recommencer ?

Il insista. Alors elle prit ses deux mains dans les siennes qui étaient petites et ne pouvaient pas entièrement les contenir. Il sentit leur rugosité. Ce n'était pas les pâles et délicates mains des jeunes filles avec lesquelles il flirtait ou dansait.

Elle ne parlait pas. Elle tenait seulement ses mains dans les siennes dont il sentait maintenant la chaleur.

Et il lui sembla que c'était le cœur qu'elle lui réchauffait ainsi.

Il se sentait calme de nouveau. Et, lorsqu'il la quitta, il ne savait plus très bien s'il était heureux ou malheureux. Mais il se jura qu'elle ne disparaîtrait jamais de sa vie.

## 6

— Bientôt Noël sera là, disait Honorade.

Lazarie enchaînait :

— Alors on les organise, les parties ?

C'était, en quelque sorte, un rite, il fallait l'assentiment d'Honorade, l'aînée, pour inaugurer les premières séances de loto.

— La petite en sera si contente ! ajoutait Lazarie.

— Pas tant que la miss !

Emily Dodds, dans l'intimité de la rue de l'Oratoire, s'appelait « la miss » — prononcé lamisseu — et l'an passé elle n'avait pas manqué un seul de ces jeux qu'elle faisait prolonger, contre toute habitude, bien avant dans la nuit, regrettant que la tradition provençale fît du loto un jeu de fin d'année.

— Elle ne s'en ira qu'au premier chant de coq, et avec nos sous. On nous attaquerait, sur les chemins par des soirs sans lune, qu'on ne serait pas plus dépouillées.

— Comme tu es ! Jamais on ne s'est autant amusées que depuis qu'elle est là.

— Tu sais combien ça coûte ?

— Peu importe, la petite est heureuse.

— Pardi, après la miss, c'est elle qui gagne le plus !

— Le seul qui perd vraiment, le pauvre, c'est M. Félix

— Il n'écoute même pas les numéros qui sortent.

— Peut-être qu'on ne les répète pas assez fort.

— Peut-être ? Comme si tu le savais pas qu'on ne

lui répète jamais deux fois, le malheureux. Alors, avec sa distraction !

— Les savants, c'est comme ça, la tête haut perdue dans le ciel, comme le palmier.

— Il a maigri, tu ne trouves pas ?

— S'il a maigri ? on dirait un estoucafic[1] !

On jouait dans la grande cuisine des demoiselles Beauval, et, peut-être parce que Félix paraissait s'être encore amenuisé depuis la veille, Emily, Honorade, Lazarie et Sorenza, lorsqu'elles tiraient les ballottes[2], répétaient, au moins trois fois, chaque chiffre sorti ! En français, avec un léger accent anglais si Miss Dodds tenait le sac de cretonne à fleurs, en provençal si c'étaient les sœurs Beauval ou Sorenza.

— 2 ! Coume de mèu (doux comme du miel).

— 33 ! Li dous gibous (les deux bossus).

— 8 ! La coucourdo (la courge).

— 14 ! L'ome fort (l'homme fort).

Et Sorenza ajoutait « qui tua le diable à coup de torchon » parce qu'à l'oliveraie San-Vitale la vieille maîtresse, à la grande partie du soir de Noël, disait toujours ainsi.

Et les escais noum[3] y passaient tous. Miss Dodds, parfois, les traduisait en anglais. On répétait ces mots étranges, on riait, et M. Félix disait soudain :

— Boun Dious ! Est-ce que je l'ai éteint, le feu, sous ma cornue ?

Il partait en courant, revenait essoufflé et Emily demandait, avec un peu d'impatience :

— On joue ou on ne joue pas ? Vous êtes dans votre laboratoire ou ici, monsieur Dolambel ?

Comme Sorenza lui souriait, Félix se hâtait de dire :

— Ici ! Oh ! ici, bien sûr.

— Alors si vous êtes, enfin, devant votre carton, vous devez voir que vous l'avez le 22-les-deux-pou-

1. Stockfisch.
2. Boules de bois numérotées.
3. Sobriquets.

lettes, là sur la seconde ligne, marquez-le donc, ou vous ne ferez jamais la quine[1].

— Oui, oui, je le marque, disait encore Félix, conciliant et posant un haricot sec sur le 22.

Et, non seulement il perdait, en effet, chaque fois sa mise, mais encore, s'il n'avait pas pensé à retirer ses morues de la fontaine, et si Sorenza, occupée ailleurs, n'avait pu le faire, il perdait aussi ses poissons.

— Et tout ça, tu sais pourquoi ? disait Lazarie à sa sœur.

— Je le sais ! Mais je me demande si la petite acceptera jamais de le marier, ce pauvre brave. Pour moi, elle ne l'aime pas. Pourtant, tout maigri qu'il est, maintenant, il est beau.

— C'est pas un mari qu'elle aurait dans son lit, c'est une de ses cornues ! Je me dis souvent qu'il n'y a que celles-là qui comptent, vraiment, pour lui.

— Qu'est-ce que tu racontes ? Il est fou d'amour. Quand Sorenza passe devant lui, il la regarde comme on regarde ici les reines et les altesses en visite. Et lui, si on le regarde bien aussi, il n'est pas mal de sa personne. Souvent je me dis même qu'il a un faux air de Demi-lunettes.

— C'est vrai, il a quelque chose de M. Delphin. Je sais pas trop d'où, mais il y a de la ressemblance entre eux. Peut-être cette gentillesse bleue de leur regard. Tu vois ce que je veux dire, du genre « Vé, occupez-vous un peu de moi, je suis pas méchant et j'aimerai tant qu'on m'aime ! ».

— Tout compte fait, et je le découvre à l'instant, les vieux garçons, c'est plus pitoyable que les vieilles filles. Un jour où j'aurai le temps de me demander pourquoi, je trouverai peut-être.

— Ne cherche pas, je vais te le dire : les hommes, ça reste toujours des enfants et, les enfants, c'est guère fait pour vivre seuls.

1. Cinq numéros alignés sur le carton du loto.

— C'est pas une raison pour donner Sorenza à celui-là. Elle mérite mieux, tu ne crois pas ?

— Comment savoir !

Elles interrogèrent Miss Dodds.

La rencontre Sorenza-Emily avait eu lieu *À la muscade*. L'Anglaise traversait l'épicerie alors que la jeune fille comptait six sardines salées à une cliente. Arrivée à l'étage des demoiselles Beauval, Emily avait lancé, un peu essoufflée par sa montée rapide :

— Je viens de voir, là en bas, une princesse égarée dans un lieu où même l'ourlet de sa robe ne devrait pas traîner. Qui est-ce ?

— Notre fille adoptive.

— C'est tout ce que vous en faites ?

Et il y avait du « ton Alexandrine », de ce « ton famille de grands patrons parfumeurs de Grasse », dans celui de Miss Dodds. Peut-être malgré elle, peut-être pas. Il fit en tout cas son effet sur ces demoiselles emballeuse et expéditrice de la confiserie Joseph Nègre et qui s'expliquèrent avec simplicité et vérité. Hé oui ! elles avaient adopté la petite Sorenza, aimée dès le premier regard. Et, maintenant qu'elle allait faire aussi les cueillettes, Miss Dodds le comprendrait, on n'était pas tout à fait soi-même ces jours-là dans ce tournoiement de lumière, de fleurs et de parfums. Dans ces odeurs de paradis et porté par la beauté de ces instants, on se croyait presque un peu des anges et on étendait, sans doute, trop vite et trop loin les ailes. Oh ! Il ne fallait pas croire, elles ne regrettaient rien de leur geste, elles l'aimaient, la petite. Mais, sûr que le jasmin cueilli, elles avaient, trop vite encore, replié les ailes, et oublié l'enfant à l'épicerie où on la savait au chaud, ou au frais, selon la saison, nourrie et habillée. Et aimée surtout. Parce que, pour bien dire, on se demandait comment on avait pu vivre avant sans son sourire, sans ses gentilles attentions qui voletaient autour de vous comme des oiseaux aux jolies couleurs. Seulement voilà, on s'habitue, on pense moins et on avait dû négliger de faire avancer la petite dans la vie, on s'était contenté de la voir heureuse parmi ses roses.

— Et ses sardines !

— Celles-là, elles comptent pas. Elle ne les voit guère, elle ne voit que les fleurs.

Confuse, comme lorsque M. Nègre lui disait qu'elle avait encore trop répandu de violettes au sucre dans les boîtes de chinois confits destinés à la cour de Russie, Lazarie demanda :

— Aurions-nous dû insister plus pour qu'elle s'instruise ?

— Désormais, je m'en occuperai, conclut Miss Dodds.

Elle le fit. Selon sa méthode habituelle — autrement dit, en marchant — ce qui parut étonnant à ces demoiselles.

— Mais tout le monde est toujours dehors, à Grasse, vous ne vous entendrez pas parler tant les autres jacassent !

— S'il le faut, on criera un peu.

Lazarie n'y put tenir, il lui fallut voir comment le professeur et l'élève pouvaient tirer profit d'une promenade à la place Aux-Aires dans la cacophonie des heures de marché, à l'esplanade du Cours dans les flots de Rossini ou d'Offenbach jaillis du kiosque à musique, ou encore dans ces rues, ruelles et escaliers, où chacun va et vient entre les rendez-vous des apéritifs de onze, trois et sept heures.

Elle les guetta, curieuse et, certes, un peu jalouse aussi. Qu'est-ce que cette miss étrangère, qui ne connaissait rien de ce pays, pouvait avoir la prétention, en vérité, d'apprendre de sérieux à leur enfant et qui ne concernât pas le cœur du cœur de la Provence, autrement dit la ville de Grasse ?

Elle les vit, malgré tant de Grassois s'agitant, en effet, dans leur bel air bleu et parfumé si typiquement grassois lui aussi. Et qui ne les aurait, même de loin, reconnues ? L'une, haute, fine, en modeste robe de batiste blanche à petits carreaux bleus et cachant son teint de tubéreuse et de rose sous sa grande capeline de paille. L'autre, courtaude et raide, promenant sur ses grands pieds l'épaisseur de ses quatre jupons — en était-elle assez fière de ceux-là ! — et la soie bruissante et d'un vert acide à en grincer des dents de ses jupes de dame semble-riche. Et elle parlait et parlait ! Que pouvait-elle lui dire et lui dire à la petite ? Eh boun Dious ! pourquoi donc Sorenza avait-elle cet air d'écouter la Vierge Marie elle-même ?

Maintenant, elles étaient devant la fontaine de la Sagesse, à l'extrémité de l'esplanade du Cours. Elles s'arrêtaient et elles paraissaient lire. C'était donc comme ça que l'Anglaise lui enseignait ? Avec les monuments ? Bon, alors la petite devait épeler sur l'un des côtés de l'obélisque de pierre : *Richesse du peuple*, sur l'autre : *Prospérité de l'État*, sur le troisième : *Les Arts perfectionnent la nature*, et sur le quatrième : *Défense de la patrie*. Elle avait besoin de déchiffrer aussi, la miss, elle ne savait pas cela par cœur, elle, comme chaque Grassois. Et d'ailleurs, qu'est-ce qu'elle en connaissait de cette fontaine ? Rien, et surtout pas le plus joli qui n'est pas écrit là, dans la pierre, qui n'est gravé que dans le cœur de ceux qui savent la tradition. Ce soir, il faudrait la lui raconter, à la petite, l'histoire du mameluk Ali et des grenadiers de Napoléon, tout suants de chaleur et de grande impatience parce qu'ils avaient beaucoup marché sous le soleil depuis le débarquement à Golfe-Juan. Leurs têtes éclataient de bonheur à la pensée de leur Empereur revenu, étendant de nouveau ses grandes ailes sur la France. Ah ! ce jour-là, la plus belle fontaine de Grasse était bien fiérote de donner son eau à ces braves qui allaient monter à Paris remettre les aigles en place !... Et pardi, *elle ne pouvait pas* raconter ça, l'Anglaise, même si elle le savait, ça lui aurait écorché la bouche de parler de *notre* Napoléon que *son* Hudson Lowe avait martyrisé à Sainte-Hélène ! Boun Dious ! on ne pouvait pas laisser une ennemie de l'Empereur instruire la petite. Honorade n'avait pas pensé à ça.

Très suspicieuses, ce soir-là, les demoiselles Beauval interrogèrent :

— Et de quoi donc vous avez parlé aujourd'hui, que tu en es toute rose de plaisir ?

— Du Tonkin.

— Seigneur, et qu'est-ce que c'est que ça ?

— C'est un pays, près de la Chine.

— Et qu'est-ce que ça vient faire la Chine et ce Tonkin, dans les rues de Grasse où on devrait seulement te faire remarquer que la lumière est parfumée comme celle du paradis ?

— Il faut peut-être apprendre aussi autre chose.

— Honorade, dit Lazarie, tu veux que je te dise, *on* m'a tout l'air d'enseigner à cette petite la lettre Z avant la lettre A !

— Dis-moi, fit Honorade qui n'aimait pas rester sur une mauvaise impression, il doit bien y avoir une raison à parler de ce Tonkin, sur l'esplanade du Cours, au lieu d'y faire apparaître notre Empereur ?

— C'est le pays où pousse l'anis, ou la badiane si vous préférez, et les Établissements Garlande vont en cultiver là-bas et la faire venir ici ensuite.

— Ah ! Voilà du français que je comprends et non plus du chinois ! Dis-moi encore, petite, ce serait pas le fils Garlande qui serait parti vers ce Tonkin, j'ai entendu dire qu'il voyageait au loin ?

— Oui.

On en reparla à la veillée, devant le foyer de grignons. Mais seulement après un long silence parce que ç'aurait manqué de dignité de trop poser de questions sur la bizarre manière d'instruire qu'avait cette étrangère.

Sorenza était rêveuse et les deux autres paraissaient veiller avec attention sur le feu de noyaux d'olives à coups de tisonnier plus fréquents qu'il n'était nécessaire.

Pour meubler le silence, dans la douce chaleur donnée par ce tas de cœurs d'olives concassées et encore luisant d'huile après le meulage, les deux sœurs disaient :

— Ces grignons de l'oliveraie de Saint-Jean, on n'arrive pas à leur tirer un petitou de flamme. J'aime mieux acheter ceux de Saint-Jacques.

— Tisonne encore et tu vas le voir, le petit flamboiement, rose comme nos roses de mai.

— Peut-être que tu as raison. Ma vue doit baisser. Il serait en face de moi, ce Tonkin, que je le verrais sans doute pas... faute aussi de le connaître. Comment donc il est fait celui-là ? Tu dois le savoir toi, petite, après une heure au moins d'allées et venues autour de la Fontaine du Cours. Ce serait donc une région lointaine et étrangère devenue française, à ce qu'on dit ?

Sorenza approuva et raconta ce qu'elle savait. Chez les Garlande on en parlait beaucoup. M. Delphin avait mis une carte au mur dans son bureau et Mme Alexandrine la regardait en soupirant. Mais son mari lui disait de rester confiante, les soldats français tenaient bien, maintenant, le pays en main.

— Vous voyez, dit Lazarie, ces Garlande, ces Chiris, ces Roure, ces Goby, ce sont aussi des explorateurs et des pionniers. Un jour, il faudra leur élever des statues.

— Tout de même, ajouta Honorade, pensive, on pourra pas dire que c'est frivole, le parfum.

— Sorenza, dit un jour Emily, je n'aime pas qu'Honorade et Lazarie, avec l'amour qu'elles portent à leurs empereurs, du premier au troisième, me regardent, parfois, comme une ennemie. C'est difficile pour moi de leur parler de Napoléon, parce que si j'aborde le sujet, elles me lancent ce regard en coup de sabre qui veut dire : « Vous, rappelez-vous Sainte-Hélène, et taisez-vous ! » Alors, pour dire comme elles, ça me « coupe le sifflet ». Si, un jour, tu vois le moyen de glisser dans la conversation combien je suis française de cœur et combien nous, les Anglais, nous estimons vos empereurs, essaie d'arriver à leur faire connaître ce que je considère comme le plus éclatant des hommages — indirect — que mon pays rend à Napoléon Ier. Dis-leur que, chaque année, il se donne, depuis maintenant quatre-vingt-cinq ans, un banquet chez le duc de Wellington, le duc de fer, qui triompha de Napoléon à Waterloo. Apprendre cela, sans plus, bien sûr, ne pourrait leur faire que plus de peine encore, mais si tu ajoutes que c'est là exemple unique, tradition jamais vue et qui ne s'explique que par l'immensité, la magnificence, le prodigieux, le grandiose du vaincu, alors elles seront fières de savoir que, tant que l'Angleterre existera, deux cents personnes se réuniront chaque année pour célébrer une victoire sur le plus grand génie guerrier de tous les temps.

Sorenza transmit le message.

Honorade hocha la tête, oui, on pouvait voir ça sous cet angle. Lazarie, au bonapartisme plus exigeant et plus passionné, trancha :

— Tu veux que je te dise ? Elle cherche, la miss, à nous amadouer, elle voudrait qu'on joue au loto tous les jours.

De cathédrale en fontaine, de chapelle en couvent, d'escaliers en escaliers, et contre toute attente, Sorenza sut lire et écrire très vite. Quant à compter, l'épicerie et le loto l'avaient depuis longtemps instruite.

— La voilà bonne à marier, dit Lazarie en soupirant.

— Tu as compris qu'on la perdra, si elle en choisit un autre que Félix ?

— Si tu as compris, pourquoi je comprendrais pas ?

Lorsqu'elle annonça qu'elle allait épouser Félix Dolambel, ce fut aussi la conclusion de Sorenza :

— Avec lui, je resterai auprès de vous.

Cela tracassait Lazarie. Elle voulait savoir si c'était lui ou elle qui avait parlé le premier.

Encore dans la douce tiédeur venue d'un tas de grignons et dans la grisaille d'une fin de journée d'hiver, elle interrogea et entendit :

— C'est moi qui lui ai dit que j'étais prête à devenir sa femme.

— Comme ça, sans qu'il t'ait parlé avant ?

— Il m'avait parlé. Avec ses yeux.

— Alors tu l'aimes ?

— Miss Emily m'a appris que si on n'aime pas d'amour, on aime bien.

— Ah !... Elle t'a appris ça aussi ?

— Je crois que je le savais déjà, mais sans savoir, peut-être, le dire.

Honorade voulut plus de précision.

— Pourquoi tu n'en attends pas un que tu aimerais plus ?

Sorenza ne répondit pas. Elle regardait, par la fenêtre, là-bas, après les champs de fleurs et les plaines, vers la mer, et parut ne pas avoir entendu.

Lorsqu'elles furent seules, Lazarie dit à Honorade :

— Tu veux savoir ma pensée ?

— Dis toujours.

— La petite se marie pour ne pas nous faire la peine de la voir rester fille... comme nous.

Le mariage eut lieu au début de janvier 1899 alors que les premières violettes apparaissaient. Et, pour faire plaisir à Honorade, Sorenza accepta de tenir à la main un bouquet en cire.

— Celui-là, au moins, tu pourras le garder toujours !

Mais les fleurs d'oranger artificielles, ô surprise, sentaient le néroli ! Une invention de Félix mise au point en secret.

— Vendez cette recette, et votre fortune est faite, dit Lazarie.

— Non, ce que j'ai fait là, cette nuit, n'est que pour Sorenza. Il n'y aura pas un second bouquet comme celui-là.

Les demoiselles Beauval n'avaient pas de famille et Félix n'ayant qu'une tante, cultivatrice aux Tourettes, n'invita qu'elle. Elle était veuve et avait perdu son fils unique quelques années auparavant. Elle arriva, vêtue de noir de la capote aux bottines, mais avec un bon sourire qui ressemblait à celui de son neveu. Ils avaient tous deux ce même regard de la teinte très douce du bleuet fané.

Il y avait Miss Dodds, bien sûr. Elle fit une entrée remarquée. Elle était très élégante et, murmura Honorade, sûrement parée des plumes de Mme Alexandrine. Des plumes de soie de couleur amarante, qui la faisaient aussi resplendissante qu'un soleil couchant. Elle n'avait d'ailleurs que le mot soleil à la bouche, la miss. Car il venait encore de se passer de grandes choses chez les Garlande. Le président de la République avait, une fois de plus, reçu en privé M. Guillaume Aîné pour s'entretenir avec lui de la situation de la parfumerie à Grasse. Et tous savaient que M. Félix Faure, dė son escaïs noum, s'appelait « le Président-Soleil », tant il était superbe dans sa prestance, sa mise, son comportement et son faste.

— C'est votre Louis XIV. C'est votre nouveau Roi-Soleil ! conclut Miss Dodds.

On s'aperçut tout à coup que Sorenza pâlissait. Elle n'avait pas participé à la conversation générale, elle parlait avec la petite tante de Félix, et la voilà qui devenait aussi blanche que sa robe et ses fleurs de cire. Confuse et agitant ses mains habillées de mitaines de dentelle noire, la vieille dame dit, dans le silence :

— C'est moi qui viens de la peiner... en lui racontant la mort de mon fils... au Tonkin.

Encore ce Tonkin ! se dirent Honorade et Lazarie. Et elles posèrent des regards sans aménité sur Emily Dodds qui, elle, était perplexe. Car elle commençait à connaître sa Sorenza, et elle se demandait en additionnant plusieurs questions posées par la jeune femme, pendant leurs entretiens, sur les nouvelles colonies françaises, ce qu'il y avait sous tout cela. Elle interrogea avec autorité Aurélie Dolambel. Quand et comment son pauvre fils avait-il été tué ?

— À la bataille de Lang-son, en 1885.

— En 1885 ! Mais ces combats, heureusement, sont terminés maintenant. Le pays est pacifié depuis plus de dix ans !

Et, comme les couleurs revenaient, peu à peu, aux joues de Sorenza, Emily en tira des conclusions qu'elle garda pour elle. La jeune mariée, de nouveau, souriait.

Honorade, pensive, trouvait à ce sourire bien de la mélancolie.

Deux amis avaient aussi été invités « pour étoffer un peu », disait Lazarie. Ils avaient été choisis avec soin pour leur belle apparence et leurs talents. Mlle Ourtensa, qui se fâchait si on traduisait son nom en français et l'appelait Hortense, était caissière à la confiserie Nègre, on la disait le plus bel ornement du célèbre magasin, et en harmonie parfaite avec ses fruits confits.

— Tu la regarderas bien, petite, et tu me diras si sa belle chevelure n'est pas aussi superbe de couleur que le plus gros des cantaloups confits de M. Nègre. Aussi dorée, aussi brillante. Et si sa bouche n'est pas comme une cerise au sucre et ses yeux comme deux violettes givrées, je veux bien que l'on me coupe la langue... Tu as dû le remarquer, toi qui es allée au magasin, comme c'est plaisant une tête et un buste de jolie femme caissière comme jaillis d'une boîte. Alors je me suis dit qu'assise à table, à ton mariage, Mlle Ourtensa ferait bien. Et aussi, pour tout dire, j'aimerais que Firmin Sospel, dit Frisou, à cause des belles boucles de ses cheveux, soit invité avec elle et voit l'Ourtensa en entier. Je sais qu'il la trouve déjà avenante, pour la moitié du haut, et il découvrira la moitié du bas qui n'est pas mal non plus. Je crois qu'elle porte des bottines un peu trop étroites pour se faire le petit pied et elle doit souffrir les martyres, mais c'est mignon à voir.

« Lui, le Frisou, sa distraction, sa grande spécialité, c'est de sonner du graillé pour appeler à la cueillette, quand vient le temps des récoltes. Les beaux sons qu'il peut tirer de son coquillage, si tu les as entendus, tu les oublies pas. Ils te chantent et t'ensoleillent, ils te disent la joie de tous les jeunes à courir vers les champs de fleurs pour se remplir la tirelire. Quand il prend, à pleines mains, son buccin et qu'il souffle dedans, on l'entend à l'autre bout de la ville... Tu vois, si je les mariais ces deux-là, ça ne me déplairait pas. Ils sont faits pour s'entendre. Le père d'Ourtensa et celui du Frisou, chacun de son côté, transportaient, autrefois, l'alambic sur la charrette tirée par le mulet. Ils s'en allaient dans la montagne « faire la saison ». Ils savaient où trouver lavande, thym, sarriette, marjolaine et romarin, et ils les distillaient sur place. Le temps de ces petites affaires-là est passé, maintenant il y a les fabriques, et l'Ourtensa et le Frisou travaillent chez les autres. Mais, enfants, ils ont respiré tous deux, sur les hauteurs, les bonnes odeurs de la montagne, et sûr qu'ils en ont gardé l'âme parfumée. Si c'est pas être assortis, ça, prouve-moi le contraire.

Oui, sûrement, ceux-là avaient la chance d'être assortis, comme le disait Lazarie... Qu'avaient dû être les souvenirs d'enfance de Guillaume Garlande ? S'était-il amusé à se rouler dans les tonnes de fleurs qui arrivaient aux usines pour devenir essences ou eaux de senteur, en criant de joie... un peu comme il avait crié d'amour, au milieu des roses, dans leur cabane. Et un léger sourire se dessina sur les lèvres de Sorenza à la pensée, soudaine, que les produits extraits des milliers de roses parmi lesquelles Guillaume et elle s'étaient aimés avaient, peut-être, gardé quelque trace d'eux...

Miss Dodds, que l'on savait si proche de ces Garlande, vivant dans l'opulence, le luxe et le faste derrière leurs portes bien closes, impressionna les invités, mais Félix mit, très vite, la conversation sur ses recherches, sans toutefois en révéler la teneur. Et Firmin Sospel, qui travaillait aux Établissements J.B.

Lautier, à Grasse où l'on fabriquait non seulement des matières odorantes mais des produits élaborés, confirma qu'en parfumerie on employait déjà plusieurs produits de synthèse et qu'il ne voyait pas pourquoi on n'en ferait pas autant, un jour, dans l'alimentation. Alors, Emily, qui tenait son savoir de Delphin Garlande, rappela l'extraordinaire aventure des parfums *Fougère royale*, d'Houbigant, et *Jicky*, de Guerlain qui, pour la première fois, contenaient des matières de remplacement : la fameuse coumarine, produit odorant isolé de la fève tonka, venue de Guyane et fleurant si bon le foin frais coupé, la vanilline, tirée non de la vanille, mais d'un dérivé de sève de conifères et, encore, du linalol, extrait d'essence du bois de rose femelle. La coumarine seule donnait sa délicieuse odeur de fougère à *Fougère royale* et mêlée aux deux autres entrait dans la composition du fameux parfum *Jicky* !

— Ce n'est pas possible ! murmura Sorenza. Et plus fort elle répéta : Cela n'est pas possible !

On lui affirma le contraire et que là étaient le progrès et les possibilités de naissances de futurs parfums suaves.

Félix, croyant lui en faire honneur, énumérait ce que bientôt l'étonnante chimie des matières odorantes offrirait de notes nouvelles à ceux qui en créeraient les plus sublimes compositions. Alors, elle le détesta. De quoi se mêlait-il ? Qu'il continue à vendre ses morues et ses sardines et laisse les fleurs en paix. Qu'il garde ses soupes en poudre et surtout ne s'occupe ni des roses ni des jasmins. Et cette sotte d'Ourtensa, avec sa bouche de cerise et ses yeux de violette, qui, pour plaire à ce Frisou vantard et satisfait, renchérissait, affirmant qu'en confiserie aussi on progressait

Comment s'appelait ce que l'on faisait là aux fleurs, en imitant leur parfum ? Sorenza était sûre que c'était... c'était leur prendre l'âme ! Et pourquoi Honorade et Lazarie ne les défendaient-elles pas, leurs roses et leurs jasmins ? La jeune femme chercha à croiser leurs regards mais n'y parvint pas. Les deux sœurs se parlaient à voix basse. Elles devaient mettre au point leurs discours du dessert et n'écoutaient qu'elles.

Qu'allaient-elles raconter ? Qu'elles avaient choisi le Grand Hôtel de Grasse pour ce déjeuner de mariage parce que Sa Majesté la reine Victoria y avait fait un séjour, en 1891 ? Sans doute offriraient-elles ce souvenir glorieux à leur chère miss sans oublier une allusion aux trente salles de bains que comptait cet établissement.

Sorenza se détourna de ses vieilles amies et regarda la vue si vantée du Grand Hôtel. On voyait au loin, tout là-bas, jusqu'à la mer, comme des terrasses de la Croix-de-Lumière... Les aurait-elle jamais à elle ces grands escaliers de roses ? Elle vida, d'un trait, sa flûte de champagne et se jura que oui. Alors, rassérénée, elle s'apprêta à écouter Honorade qui se levait et disait :

— Juste quelques mots, mes enfants, pour vous dire combien vous avez raison de rester chez vous au lieu de vous en aller courir les routes et les dangers en faisant ce qu'on appelle le voyage de noces. Je sais que c'est distingué d'aller à Venise ou à Gênes, mais les Grassois n'ont pas besoin de ça, parce que, chez nous, c'est juste une légère erreur du bon Dieu si on n'est pas tout à fait pareil à Venise ou à Gênes. Si Notre-Seigneur avait pensé à faire la Méditerranée un peu plus grande et qu'elle soit venue baigner les pieds de Grasse, ça y était, on l'aurait fait, le commerce par les bateaux, et on aurait été une Sérénissime République, comme ils disaient autrefois, quelque chose comme un royaume du négoce où l'or coulait à flots, il paraît. Bon. Il aura oublié, ou n'aura pas voulu, allez savoir ! Allez savoir aussi s'Il a pas préféré nous offrir notre mer de fleurs et qu'Il se soit dit qu'on ne peut pas distribuer tous les bonheurs à une seule ville. Mais alors, pour nous faire bonne mesure de ces vagues et de ces vagues de roses et de jasmins, qu'a-t-Il ajouté ? Une grosse gâterie : Il nous a appris à faire nous-mêmes nos eaux bénites. Parce qu'elles sont quoi, nos eaux de fleur d'oranger et de rose, sinon bénites, je vous le demande ? Et nous en fabriquons des rivières entières de ces eaux bénites là !

Alors, Honorade leva son verre de champagne en concluant :

— À ton bonheur, ma petite, à celui de ton mari et à la gloire de nos fleurs et de tout ce qu'elles nous donnent !

Félix dormait encore. Et Sorenza, éveillée, regardait au plafond les rais que le soleil levant découpait à travers les persiennes.

Il lui faudrait s'habituer à la présence de cet homme à ses côtés. Mais c'était, tout compte fait, une douce présence et elle s'efforcerait de donner autant de douceur qu'elle en recevait. L'amour, elle commençait à le comprendre, avait, comme les plantes, des racines plus profondes et plus étendues qu'on ne le croyait parfois. Elle n'aimerait jamais que Guillaume Garlande, il n'y avait pas un seul pouce d'elle-même qui ne fût à lui. Mais elle rendrait Félix heureux. Il demandait si peu. Et il donnait tant ! Déjà, le voilà qui s'éveillait en disant :

— Je sais que tu aimerais racheter, le jour où on voudra nous la vendre, ce que tu appelles la Croix-de-Lumière. On pourrait, dès maintenant, céder ma terre à roses et avoir l'argent à notre disposition lorsque l'affaire se présentera. Les Établissements Garlande veulent mon morceau de terrain qui est une enclave dans l'un de leurs domaines.

Il lui apporta, un soir, tout heureux, un sac contenant douze pièces d'or. Elle dut attendre près d'un an, mais arriva à ses fins. Le 1er décembre 1899, la Croix-de-Lumière lui revint. Offerte par Félix, et achetée aussi, en quelque sorte, comme l'aurait dit Lazarie, avec l'argent des Garlande.

Mais ce qui assombrissait parfois sa joie, c'était une

lancinante inquiétude : peut-être, un jour prochain, imiterait-on parfaitement les parfums des fleurs. Alors elle en voulait à Félix, si admiratif de ces sorcelleries.

Les demoiselles Beauval étaient résolument contre l'installation du gaz chez elles. Ce n'était pas une raison parce que beaucoup s'enorgueillissaient de cette nouvelle manière de faire du feu pour qu'on les imite. Et puis ce laboratoire, installé à la cave, prenait une trop grande importance dans la vie de Félix. Quel besoin d'avoir là aussi ce gaz diabolique ? Que de hourvaris pour inventer une soupe en poudre dont personne ne voudrait jamais !

Félix réussit pourtant à convaincre ses propriétaires de ne pas aller à l'encontre du progrès. Elles cédèrent, mais de mauvaise grâce.

Sorenza n'intervint pas, faute de savoir de quel côté aller. Mais elle déplora, lorsqu'elle vit le coût de cette innovation, la perte d'une somme d'argent qu'elle eût préféré voir grossir leurs économies que Félix cachait dans une boîte vide de cacao Van Houten, rangée parmi les pleines. Il recommandait à sa femme d'agiter discrètement celles qu'elle vendait, le bruit de la poudre de chocolat ne pouvant se confondre avec celui des pièces d'or.

Un soir de printemps au ciel tout fleuri d'étoiles, le parfum des premiers jasmins entra par le soupirail de la cave et vint s'amuser à lutter avec les odeurs étranges du laboratoire. Félix écrivait. Il notait dans le livre de ses inventions la formule, enfin définitive, de son potage en poudre.

Il tenait là un produit révolutionnaire ! Dans ces quelques lignes était la fortune. En levant les yeux, il vit à travers les barreaux du soupirail luire dans le ciel les diamants qu'il offrirait à sa Sorenza. Et qui pourrait l'empêcher de trouver aussi, demain peut-être, la formule de l'aïoli en poudre ? Voilà qui serait une bombe lancée sur tout le midi de la France pour le moins !

Perdu dans ses rêves, Félix en oublia d'éteindre le gaz sous une cornue où bouillonnait encore un étrange liquide.

Lorsque l'explosion se produisit, Félix, toujours assis à sa table, souriait encore et Dieu lui fit la grâce de l'enlever à la vie en plein bonheur.

Mais Lazarie dit, en pleurant :

— Le pauvre, il est mort sans avoir eu sa médaille d'or et les fleurs de jasmin resteront toujours humides ! Qui sait si ce n'est pas toutes ces larmes que nous versons sur les malheurs du monde qui leur font cette rosée qui perlera jusqu'à la fin des temps !

Elles étaient couchées, chacune dans son grand lit d'acajou haut sur pieds, nécessitant un escabeau pour y monter plus facilement. C'était ainsi qu'elles dormaient depuis l'enfance et elles n'avaient jamais rien voulu changer à cette institution.

Honorade absorbait son *Illustration* et en assimilait chaque livraison jusqu'à la moindre virgule. Lazarie lisait peu et parlait plus.

— Ce progrès qui aura assassiné ce pauvre Félix, ce n'est qu'un semble-progrès. Tu veux que je te dise, moi, où il est, le vrai ? Il est chez nous à la confiserie. À notre arrivée, on n'y faisait, comme fleurs sucrées et givrées, que celles de l'oranger. Après, ils ont cristallisé la violette et la rose. C'en était déjà du progrès. Mais, coup sur coup, on nous offre le lilas et l'œillet et encore l'acacia. Et voilà qu'ils mettent à confire, en même temps, la menthe et la lavande ! Tu le sais, tu l'as vu, tu l'as senti, alors dis-moi si c'est pas ça le progrès, le joli, celui qui ne tue personne ? Et cet engin, ce *funiculaire*, qu'ils sont en train de construire pour aller de bas en haut de la ville, je ne le prendrai jamais, et toi ?

— Moi non plus.

Deux jours plus tard, on apprenait le décès de la petite tante Aurélie des Tourrettes et du Tonkin.

On l'avait découverte, morte, sur les tommettes de sa cuisine — sans doute d'une crise cardiaque — et tenant encore à la main la lettre lui annonçant le décès de son neveu Félix.

Sorenza héritait de l'oliveraie Dolambel, doublée d'un champ de violettes. Le curé des Tourrettes avait bien essayé de faire tester son ouaille — en souvenir de son enfant mort aux colonies — en faveur des œuvres catholiques des colonies françaises de l'Union indochinoise. Mais il n'avait pas eu le temps de la convaincre tout à fait.

Les deux enterrements se déroulèrent à vingt-quatre heures de distance, à la veille des premières cueillettes des roses.

L'épicerie, endommagée par l'explosion, fut fermée. Sorenza et les demoiselles Beauval décidèrent de ne pas la rouvrir. On allait réfléchir et voir ce qu'il conviendrait d'en faire. Pour l'heure, les deux sœurs comprirent que leur petite, si triste, si pâle, avait besoin de distraction. La récolte à la Croix-de-Lumière était ce qu'il lui fallait.

— Va, ma belle, va. Dans la lumière parfumée, les cœurs sont moins malheureux.

Passé une tristesse qui la laissait dolente, avec des envies, pour la première fois sans doute, de se reposer et d'apprécier le confort de ce fauteuil à bascule offert par Félix et jamais encore vraiment utilisé, Sorenza prit le temps de faire le point de sa situation.

Ce qui s'imposa à elle — et elle cessa de se balancer pour s'en pénétrer mieux — était une impression de liberté jamais encore ressentie. Elle était désormais pleinement maîtresse de ses actes. Elle était chez elle à la Croix-de-Lumière et elle allait, en réalisant l'héritage de tante Aurélie, pouvoir acheter une maison. Sa maison. Il lui fallait absorber une grande bolée d'air bleu et doré pour libérer son cœur de cette oppression de joie qui l'étreignait.

Elle abandonna son fauteuil et courut à sa fenêtre.

Comme elle ouvrait les persiennes sur le soleil, elle eut une pensée pour Félix qui n'en jouirait plus. Ce sombre séjour des morts, qu'évoquait parfois Emily au cours de lectures faites ensemble, la fit frissonner. Là où tant de racines de roses vivaient, se préparaient à faire resplendir leurs fleurs, là devait être la fin dernière des humains ? Elle leva les yeux dans la lumière. Cette lumière superbe, magique, il fallait la laisser vous pénétrer toute, il fallait s'en repaître pendant qu'il était temps. Lorsque le cher petit Amédéo s'était empoisonné, elle n'avait entrevu que le paradis où il allait entrer. Maintenant, elle devinait le sombre et le froid de la terre et elle voulait se gorger de soleil et de lumière. Il lui semblait qu'elle n'en absorberait jamais assez, de ce soleil dont elle sentait la main chaleureuse sur son épaule...

Elle décida d'aller le rejoindre — à sa fenêtre elle n'en était pas assez près — et marcha avec lui, ce qui, forcément, se dit-elle en souriant, les menait à la Croix-de-Lumière où il inondait son champ de roses d'une coulée d'or.

Bientôt viendrait sa première cueillette de propriétaire de la Croix-de-Lumière.

Elle regardait les rangées d'arbustes fleuris et son cœur se gonfla de reconnaissance pour le délicat et discret Félix aux doux yeux bleus qui n'aurait passé dans sa vie que pour lui apporter ce qu'elle désirait tant et depuis si longtemps.

Elle s'était avancée jusqu'au bord de la plus haute terrasse et elle dominait là les milliers d'hectares de fleurs de la ville de Grasse et de ses environs. Lorsque l'oliveraie Dolambel serait vendue, elle achèterait non seulement une maison mais une seconde terre à roses, ou à jasmins. Elle aspira cette certitude avec une grande bouffée de l'air bleu, doré et suave qui était l'essence même de sa vie et se surprit à se dire, à mi-voix, que tout était bien enfin et qu'elle était là où elle devait être.

Elle cueillit une rose. Ses pétales étaient doux et chauds d'avoir été aimés du soleil. Elle avait, elle, un second soleil qui lui tenait le cœur embrasé. Un jour, Guillaume reviendrait et elle le verrait. Qu'il pose seulement ses regards sur elle et elle serait comme cette rose, chaude de bonheur. Ensoleillée.

Et maintenant, il fallait l'organiser, cette récolte. Lorsqu'elle entendrait le graillé annoncer que l'on cueillait à la Croix-de-Lumière et y embauchait, elle sentirait tout cela bien réel.

Ce fut au soir du second jour de cueillette que la chose sauta sur son cœur et le lui déchira : elle avait sa Croix-de-Lumière et bientôt une maison et bientôt une jasmineraie et, plus tard, si Dieu le voulait encore peut-être, une terre à tubéreuses, mais elle n'aurait pas d'enfants qui continueraient à faire vivre ses fleurs puisqu'elle avait décidé de ne jamais se remarier pour rester seule maîtresse chez elle.

Alors la décision s'imposa et ne la quitta plus, frappant dans sa tête sans relâche : il lui fallait un enfant. Tout ce qu'elle entreprendrait et réussirait servirait à quoi, sans un fils pour en prendre la charge plus tard ?

Elle se demanda qui le lui ferait, comme elle se demandait où elle allait construire sa maison si elle n'en trouvait pas une toute bâtie. Sans plus d'émotion, mais avec autant d'intérêt et d'impatience.

Lorsqu'elle engagea, au matin du quatrième jour de récolte, ce grand gaillard blond qui venait du Nord, elle sut que ce serait lui.

C'étaient surtout les femmes, les enfants et les très jeunes gens qui faisaient les cueillettes. Peu d'hommes acceptaient ce travail saisonnier. Mais quelques-uns, se préoccupant peu d'être moqués de cet emploi réservé à plus faibles qu'eux, des insouciants, des artistes, ou des originaux, s'amusaient parfois à cueillir.

Celui-là, dès le premier regard, apparut à Sorenza comme un grand bel arbre qui dépassait tous les autres et s'intéressait peu au bruissement des ramures autour de lui. Il écouta à peine ce qu'elle lui disait de son salaire. Il paraissait se payer, lui-même, de l'air qu'il semblait respirer avec délice et s'en alla vers les fleurs sans avoir seulement vu, elle l'aurait juré, à qui il venait de parler. Elle en eut quelque dépit et se dit que, peut-être, il ne lui suffirait pas d'avoir décidé que cet homme lui ferait un enfant pour qu'il y consentît. Se pourrait-il qu'il fût le seul à ne pas se retourner sur son passage, comme ceux de la ville ? Elle se prit à sourire, malgré elle, en se rappelant que Jules-César, son vieil ami le mendiant, assis sur sa troisième marche de la cathédrale, lui disait, chaque fois qu'elle passait près de lui, combien il serait riche et considéré s'il lui tombait un sou dans sa sébile chaque fois qu'un homme la regardait avec de l'amour dans l'œil.

Elle étudia le cueilleur pendant la première journée de récolte. Il travaillait vite, bien, sans s'occuper de personne et paraissait toujours humer l'air parfumé et lumineux avec bonheur. Elle alla lui verser de l'eau et du vin à l'heure de la collation. Il lui sourit, mais elle ne fut pas sûre qu'il l'ait vue vraiment. Alors, elle décida de travailler près de lui. Et elle attendit qu'il lui parle.

Il ne l'entretint que des oiseaux qui passaient autour d'eux. D'un aigle tout là-haut, de quelques passereaux et d'une colombe qui, lui dit-il, paraissait chercher sa compagne. Il avait un accent étranger qu'elle ne put définir.

À la tombée de la nuit, les autres cueilleurs partirent, lui pas. Il s'assit au bord de la plus haute terrasse et demanda s'il pouvait rester là, à regarder la nuit. Elle dit oui, vint s'asseoir à côté de lui et enleva sa capeline de paille qu'elle n'avait pas quittée de tout le jour.

Il lui conseilla alors de dénouer aussi ses cheveux,

ajoutant que l'une de ses sœurs avait des nattes aussi lourdes que les siennes, et se plaignait le soir de maux de tête.

Il avait donc vu au moins sa chevelure !

Il avait même dû en voir beaucoup plus car ce fut dans l'ombre, et alors qu'il n'apercevait plus grand-chose d'elle, qu'il lui dit combien elle était belle.

Il venait, ajouta-t-il, dans ce pays de Grasse pour y admirer et sentir les fleurs que l'on disait les plus odorantes du monde et il y trouvait aussi la plus superbe des femmes. C'était, sans doute, dans l'ordre des choses.

Dans sa robe noire, elle se confondait avec la nuit. Mais son visage et ses mains étaient, dit-il, comme des iris blancs. Des fleurs royales dont il aimait la fragilité et la folle abondance des bords de route et, sans transition aucune, demanda :

— Pourquoi une femme aussi belle qu'un iris blanc s'intéresse-t-elle à un étranger courant les grands chemins ?

Elle prit le temps de regarder les collines endormies, la plaine d'un bleu velouté, le scintillement des feux de la ville et le ciel étoilé. Elle leur demanda si elle devait dire la vérité. Et il lui sembla que la douceur de cette nuit : répondait oui.

Eut-il un rire bref, dur même, quand il eut compris ce qu'elle voulait de lui ? Elle crut l'avoir entendu sans en être tout à fait sûre.

La quatrième et dernière nuit où ils se retrouvèrent, il annonça son départ pour le lendemain. Il ajouta qu'il pensait mériter une petite récompense. Elle allait porter la main à sa poche quand il dit, avec ce rire sec qu'elle n'aimait pas :

— Ce n'est pas de l'argent que je veux, mais une belle nuit entière avec vous.

Il dit encore :

— Il y a un vieux moulin non loin d'ici. C'est là-bas que nous irons.

Tout devait se payer, elle le savait depuis longtemps.

Ils marchèrent. On entendait des roucoulements de colombes de nuit. L'air n'était plus caressé du parfum des roses. Le thym, le romarin et la lavande étaient les maîtres de l'ombre habitée de pierres blêmes et roulant sous leurs pieds.

Jusqu'où allait-il la faire monter ?

Elle s'étonnait, au cœur de cette solitude aux souffles odorants comme d'étranges présences, de n'avoir pas peur.

Lorsqu'ils arrivèrent au moulin, il sut y trouver de vieux sacs et en fit un matelas.

Elle se laissa déshabiller et coucher sur ce jute poudré d'une vieille farine qui en adoucissait la rudesse. Elle s'abandonna. Le vent aussi joue dans les fleurs, les froisse et les courbe. Puis il s'en va et elles ne se souviennent pas de lui. Mais lorsqu'elle fut, soudain, prise dans un tourbillon de plaisir, elle cessa de penser.

Lorsque l'aurore les surprit, enlacés, il l'éveilla en lui disant :

— C'est à un iris rose que tu ressembles maintenant, et en riant, il ajouta : Cette nuit je sais que je t'ai fait, si Dieu le veut, le plus beau des petits de l'homme, et non pas ces autres soirs où tu te sauvais trop vite.

Avant de partir, il la regarda longuement et dit, comme si la contemplation de ses yeux superbes, de la ligne parfaite de son nez et du dessin émouvant de sa bouche avait inspiré ces étranges paroles :

— Quand tu auras l'âme et le corps fatigués de malheurs ou de bonheurs, parce que les deux peuvent, parfois, éprouver autant, pense au repos dans la terre.

Elle l'interrogeait du regard, alors il ajouta :

— C'est elle qui guérit tout. Un vieux que j'ai connu m'a enseigné son pouvoir. Alors si tu es malheureuse, ou malade, tu n'auras qu'à te creuser un lit ici ou là, à l'ombre d'un grand arbre et au milieu de ses racines. Prépare juste ce qu'il faut pour te coucher, étends-toi dans ce trou, recouverte jusqu'au cou de la bonne terre meuble que tu as déplacée. Tu dormiras là du sommeil le plus réparateur et qui fait tout oublier.

« Quand tu t'éveilleras, neuve, ne pense à rien, et reviens lentement à ta vie en accueillant la caresse légère du soleil à travers les branches de l'arbre et le chant des oiseaux. Le souffle de la terre et la force des racines de ceux qu'elle nourrit t'auront pénétrée, régénérée dans un ventre semblable à celui de ta mère.

« C'est là recette aussi vieille que notre bonne terre elle-même, mais les hommes l'oublient, périodiquement, et périodiquement, quelqu'un la retrouve à nouveau. Trop d'humains ne voient dans la terre que leur séjour dernier.

Comme il regardait autour de lui, elle se demanda s'il cherchait l'arbre sous lequel il allait s'enterrer avant de reprendre sa route. Cet homme était un peu fou et sorcier, sans doute aussi, mais si beau, si jeune, si fort, si blond. Aurait-elle un enfant aussi superbe que lui ?

Il dit encore :

— Je n'étais venu dans ton pays que pour en connaître le parfum des roses. J'y ai rencontré beaucoup plus. Il me faut maintenant retrouver la paix du corps et de l'âme.

Ils se dirent adieu près du vieux moulin.

Elle l'embrassa sur les deux joues, comme on le fait d'un enfant qui attendrit.

Il reprit sa besace et, avant de s'en aller à nouveau sur les grands chemins et repérer peut-être l'arbre qui lui rendrait sa sérénité perdue, il ajouta :

— Je m'appelle Manfred.

Le nom lui revint en mémoire deux mois plus tard, en juillet, quand, au cours d'une cueillette de jasmins, où elle avait voulu suivre Honorade et Lazarie, malgré une fatigue inattendue chez elle, elle sut qu'elle était enceinte. À des étourdissements et un malaise que ceux qui l'entouraient mirent sur le compte du parfum des fleurs, elle devinait son état.

Félix était mort depuis moins de trois mois. Elle décida de dire que l'enfant était de lui.

La curiosité — à moins que ce ne fût autre chose qu'elle eût mal défini — l'avait poussée, un matin, à refaire le chemin jusqu'au vieux moulin. À mi-pente, sous le plus beau, le plus majestueux des oliviers, elle avait vu la terre fraîchement remuée, et, au pied même de l'arbre, sous un caillou, un papier.

C'était un billet de Manfred, et qui disait :

« Si vous trouvez ces quelques lignes, hélas, je ne le saurai pas. Et non plus si vous êtes revenue poussée par ce que l'on appelle la curiosité féminine, ou parce que vous pensiez à moi. Et ce sera sans doute meilleur pour le repos de mon âme. J'ai, vous l'aurez vu, choisi le plus beau des arbres de cet endroit comme étant le seul digne d'abriter celui qui venait penser à vous sous son ombre.

« J'ai oublié, je crois, de vous dire que je suis musicien. Je cherchais un sujet de symphonie. Peut-être l'ai-je trouvé. »

# 7

Guillaume Garlande revint du Tonkin au moment où les fleurs des cassiers, amenées aux fabriques, semaient sur les chemins leurs petites boules dorées comme des éclats de soleil parfumés.

Il était resté absent plus d'un an. Il cacha à sa mère ce que, heureusement, elle ne pouvait guère imaginer de la vie plus qu'aventureuse de là-bas. À son père, il en dit davantage, mais avec sobriété, pour conclure :

— À moins de nouvelles rébellions, nous sommes assurés des envois de badiane qui nous sont nécessaires.

Et, sans trop se souvenir qu'il avait enfin ce qu'il avait désiré si longtemps, il se retrouva dans la bibliothèque et dans un profond fauteuil, un verre de fine dans une main, un cigare dans l'autre. Et Guillaume Aîné lui disait :

— Il faut que nous parlions, tous les deux.

L'entretien fut long. Au ton, à la fois sérieux et affectueux, au sujet, important et précis, Guillaume mesura la valeur de ce que lui disait « le patron », et aussi la confiance qu'on lui faisait désormais.

Après avoir sorti le planisphère où maintenant douze points dans le monde s'enorgueillissaient de faire flotter les drapeaux français et Garlande réunis, Guillaume Aîné détailla la position de la fortune familiale et la situation prépondérante, non seulement à Grasse, mais dans le peloton de tête des affaires industrielles nationales, des Établissements Garlande, pour terminer par : « Maintenant tout cela t'attend. »

L'avenir se préparait ainsi : les parents allaient s'installer à Paris. Deux raisons majeures les y incitaient. Tout d'abord, la santé de sa mère. Elle avait été traitée, l'hiver dernier, par un médecin parisien en séjour à Grasse, s'en trouvait au mieux, ne jurait plus que par lui, et avait hâte de vivre désormais à portée de ses soins. Cette espérance de guérison était une bénédiction pour leur chère malade mais aussi ce désir de sa mère d'aller occuper l'hôtel de l'avenue de Friedland, qui n'avait jusqu'à maintenant été utilisé qu'au cours des brefs séjours à Paris, allait servir les intérêts de l'affaire. Depuis longtemps déjà, son père et son oncle savaient qu'ils avaient un rôle important à jouer dans la capitale pour y accroître la puissance Garlande. Vivre à proximité du gouvernement et des grandes banques parisiennes était nécessaire pour maintenir et accroître ce qui avait été réalisé ici.

Et, avant que le patron ne l'eût précisé, Guillaume avait compris : il allait *seul* diriger l'affaire ici !

Il vida son verre de fine d'un trait et laissa s'éteindre son cigare. Il avait vingt-trois ans et serait le maître du cœur même de l'un des deux établissements les plus importants de France de production de matières odorantes !

Il écouta à peine son père prévoir sa venue ici tous les deux mois, préciser que les grandes décisions seraient prises au bureau de Paris, la liaison assurée entre celui-ci et l'usine par l'oncle Delphin. Mais il entendit parfaitement la condition essentielle mise à tout cela : il devrait être marié au plus tôt. Il fallait, impérativement, une maîtresse dans cette grande maison et des héritiers à l'empire Garlande.

Il retrouva, comme s'ils n'en avaient guère bougé depuis son départ, sa mère, son oncle et Emily au salon.

Alexandrine était allongée sur sa méridienne et enfouie sous une couverture d'hermine, Delphin essuyait son monocle et Dodds tricotait une écharpe de laine rouge.

Et le sujet de la conversation ne changeait pas non plus. On parlait de lui. Il avait entendu, alors qu'il entrouvrait la porte à double battant :

— Et le malheur veut qu'il n'y ait pas, en ville, une seule jeune personne de bonne famille épousable ! Aucun de nos grands confrères n'a de fille en âge d'être mariée en ce moment, disait sa mère.

C'était sans doute pour scruter le visage de sa belle-sœur, avant de lui répondre, que Delphin faisait briller sa demi-lunette, car il dit :

— Et, *vraiment*, cette constatation vous peine ?

— Ne soyez pas de mauvaise foi, mon ami, je n'ai jamais *vraiment* dit que je ne souhaitais pas une alliance avec une Chiris, une Roure, une Goby ou quelque autre de ces grandes familles. Et ce n'est pas à moi de décider si une telle alliance est souhaitable pour nos affaires ou non et serait appréciée, ou non, par nos éminents concurrents.

Ce fut dans le silence qui suivit que Guillaume entra. Beau comme le soleil, se dit Miss Dodds qui parlait de plus en plus comme ses amies Beauval et qui reposa ses aiguilles sur ses genoux pour le contempler plus à l'aise.

Il alla baiser la main de sa mère, convaincu qu'il ne voulait surtout pas partager l'empire qu'on allait lui donner avec un beau-père ou beau-frère associés.

Et, pendant qu'il écoutait, d'une oreille distraite, sa mère énumérer les partis possibles choisis parmi leurs relations, il pensait à la création d'une société Garlande pour l'exploitation du musc naturel en Chine. Il s'était occupé de ce projet au cours du voyage de retour et avait même rapporté un chevrotin porte-musc empaillé. Mais il ne le montrerait pas maintenant, pas encore. Il ne dirait pas non plus qu'il avait fait acquérir, en « oubliant » de rapporter à sa mère la plus grande part des objets tonkinois qu'elle lui avait recommandé d'acheter, un petit morceau de Chine centrale dont le nom biscornu chantait dans sa tête. Ni son père ni son oncle ne pouvaient se douter des idées superbes qu'il tenait en réserve ; il les leur distillerait peu à peu.

— Te souviens-tu de la jolie Louise-Armande Bianchini ?

On dut lui répéter la question deux fois. Oui..., oui, il se la rappelait, cette belle fille, et aussi qu'il n'avait pas été tout à fait avec elle... comment dire ? Galant ?

— Eh bien ! dit Alexandrine en riant, elle ne t'en tient pas rigueur, et même... Doit-on lui dire, Delphin, ce que cette jeune personne pense de lui ?

— On doit, assura Delphin en riant, et il ajouta : Mlle Bianchini a même refusé, paraît-il, de nombreuses demandes en mariage, affirmant que tu es le seul avec lequel elle pense ne s'ennuyer jamais.

— Elle dit beaucoup d'autres choses aussi et assure que tu es le plus beau spécimen d'homme qu'elle ait vu !

— Donc... risqua Miss Dodds, en posant à nouveau son tricot sur ses genoux.

— Donc, enchaîna Alexandrine — qui se portait à merveille depuis qu'elle savait son départ pour Paris décidé —, donc, nous pourrions peut-être inviter à nouveau ces braves Bianchini et leur jolie et intelligente héritière. Et je dis bien « héritière », car elle est fille unique. Que ferons-nous de ces huileries et savonneries paternelles, je n'en sais rien, mais nos Guillaume trouveront à les utiliser.

Et comme, décidément, Alexandrine se portait mieux au point même d'être aimable avec son beau-frère, elle dit encore :

— Quel est votre avis là-dessus, mon cher Delphin ? Je suis sûre que vous avez déjà une idée géniale ! Et, ajouta-t-elle, en regardant son fils : Sais-tu ce que ton oncle vient d'inventer ? Ni plus ni moins qu'une manière révolutionnaire de parfumer les robes !

— Oh ! n'exagérons pas, dit doucement Delphin. J'ai, à peine, mis au point une idée de Worth qui, las de se voir demander de dissimuler plus adroitement le parfumage des vêtements de ses clientes, a bien voulu m'intéresser à ce petit problème de sachets odorants qui doivent être à la fois quasi invisibles et maximalement présents. Lui et moi avons alors...

— N'allez pas me dire, Delphin, qu'entre deux de ses fameuses migraines Worth a pu vous aider à inventer quoi que ce soit !

— Mais, ma chère Alexandrine, il n'y a rien eu à inventer, hélas. Avant Jésus-Christ, les belles Crétoises elles-mêmes savaient déjà parfumer leurs vêtements. Non, ce qu'il fallait mettre au point, c'était le raffinement du procédé. Et c'est ce que nous avons fait, notre grand couturier et moi, lors de mon dernier voyage à Paris.

Emily était persuadée qu'au fond de tous ces changements il n'y avait que l'ardent désir de Guillaume Aîné de se rapprocher, à Paris, d'une personne aimée. Mais, qu'il soit motivé par ceci ou par cela, ce départ servait les intérêts de plusieurs. Ceux du jeune Guillaume recevant sa couronne plus tôt que prévu — et elle était sûre qu'il saurait très bien la porter —, ceux de ce cher M. Delphin, qui méritait bien d'être nommé régent, et les siens, ceux d'Emily Dodds, enfin appréciée, qui allait devenir souveraine de cette maison en attendant que la nouvelle jeune Mme Garlande en comprenne et assure tous les rouages. Si elle y parvenait jamais.

Les pas de Guillaume le menèrent, un après-midi, un mois plus tard et vraiment par hasard, jusqu'à la cabane du champ de roses.

Il la trouva occupée par un vieux jardinier auquel il demanda si cette terre avait changé de propriétaire et à qui elle appartenait maintenant.

— Mais... à vous ! Aux Établissements Garlande !

Sans aller jusqu'à supposer que la famille lui eût offert ce champ de roses en souvenir d'un bien délicieux moment, Guillaume s'amusa un instant des hasards de la vie. Et, comme cela le ramenait, plus qu'il ne l'aurait voulu, à ce jour d'anniversaire, il s'aventura jusqu'à l'épicerie de la rue de l'Oratoire.

La porte, très endommagée, était tenue fermée par deux grosses planches clouées en croix.

Le mendiant Jules-César, qui, dès le coucher du soleil et la tombée de la fraîcheur, s'en allait donner à ses vieux os un abri plus douillet que la troisième marche de la cathédrale, passait à cet instant. Il s'arrêta et dit :

— Eh ! il jouait avec le diable, l'épicier, et à jouer avec celui-là on ne gagne jamais.

— Que s'est-il passé ?

— Il a péri dans les flammes, pardi !

— Plus personne n'habite ici ?

— La pauvre belle petite, sa femme, ne va pas rester là où le diable est venu, elle va partir et les deux demoiselles aussi... et sans donner leur adresse au Malin, sûr.

— Mais aux autres ?

— Oh ! c'est pas difficile à savoir où elle va aller, la jardinière, toujours vers les roses.

Il venait d'avoir, le vieux Jules-César, le mot de la fin, celui qu'il fallait à cette aventure, se dit Guillaume. La jolie fille qui s'était donnée à lui dans les roses s'en irait vers d'autres roses.

Il rentra chez lui accompagné d'une douce mélancolie. Mais, arrivé devant l'usine, il eut, en poussant un soupir, ce geste de la main qu'il tenait de son père sans aucunement s'apercevoir de ce mimétisme, et qui voulait dire à peu près : « Bah ! tout cela n'a pas grande importance ! »

Pourtant, ce hasard qui faisait ressembler sa future fiancée à la belle jardinière-épicière l'empêchait d'oublier complètement l'intermède d'un bel après-midi. Sans doute était-ce une ressemblance qui ne résisterait pas à une comparaison approfondie. L'éblouissante jeune fille, en mousseline vert pâle, œillets blancs et perles, avec laquelle il avait dansé la veille à un bal à Nice, avait peu de chose à voir avec une paysanne en sabots. Et pourtant...

Le mariage eut lieu à Grasse. Cela n'était pas conforme aux règles, la jeune fille doit célébrer ses noces dans sa paroisse. Mais il en était des grandes familles de parfumeurs grassois comme des familles royales, l'épousée venait ployer son front virginal là où régnait son futur maître.

Au *tout-Grasse* s'ajoutaient les *tout-Nice, tout-Cannes*, une partie du *tout-Paris* et une bonne pincée d'Européens d'importance.

Un industriel suisse éminent fit le point de la situation, avec un sérieux qui attira autour de lui quelques-uns de ceux qui attendaient aussi l'arrivée des mariés sur le parvis de la cathédrale.

— Si l'on excepte Genève, et toutes proportions gardées, on doit pouvoir dire que Grasse est la ville la plus riche d'Europe. Je ne sais, messieurs, si oubliant un instant soleil, ciel bleu et fleurs, vous avez, comme moi, tenté d'évaluer ce que ces entrelacs de ruelles, ces flots d'escaliers, ces tonnes de vieilles pierres et ces hectares de terres cultivées et abreuvées de bonne eau recèlent. Sinon, je vais vous le dire, parce que la chose en vaut la peine : environ cent moulins à huile, et quelque deux cents parfumeries, distilleries et confiseries. Des fabriques de savons, de cire, de bougies, des magnaneries, tanneries, minoteries, pelleteries, ferblanteries, fabriques de caisses en bois, des entrepôts de vin, de blé, de fruits, et Dieu sait quoi encore, expédiant en France et à l'étranger, font, chaque jour que le Seigneur accorde, entrer plus d'or ici que dans la caverne d'Ali Baba. Alors, comme nous allons assister aux noces de l'un des princes de cette cité, entrons ici chapeau bas, messieurs... et soyons, à la quête, généreux comme il convient !

Honorade et Lazarie considéraient comme un devoir d'être présentes à chaque mariage célébré dans leur ville. Comme à chaque enterrement d'ailleurs. Les Beauval pouvaient prouver leurs origines grassoises depuis au moins trois siècles, ce qui justifiait, que l'on ait reçu une invitation ou pas, d'être là, toujours à la même place — sixième rang du bas-côté gauche — d'où elles étaient sûres de tout voir.

Elles arrivèrent, en avance à leur habitude, Honorade en robe de velours parme et Lazarie en costume de faille gris tourterelle, vêtements commandés pour le mariage de Sorenza et qui assisteraient, désormais, à tous les autres. Une pastille de menthe dans la bouche, pour ne pas tousser, et le sou de la quête dissimulé dans leur gant pour éviter d'avoir à le chercher dans le fond de leur sac le moment venu, elles étaient prêtes, et, comme elles le disaient, « assorties », car il y avait longtemps qu'afin de ne point s'incommoder l'une l'autre avec des parfums différents, elles usaient de la même eau de Cologne à la bergamote.

Elles commentèrent les arrivées successives, impressionnées, sans vouloir l'avouer, par le nombre considérable de personnages inconnus d'elles et qui avaient tous si belle allure qu'elles se perdaient en conjectures sur leurs identités. Des princes, des comtes, des ambassadeurs, les plus grands parfumeurs de Paris, de Londres ou de Rome... Le journal avait annoncé tout cela mais qui était qui ? À y réfléchir, comment les historiens qui prétendaient évoquer ce qui se passait des siècles avant leur naissance s'y prenaient-ils, alors qu'elles-mêmes, présentes à cet événement, avaient déjà tant de mal à s'y retrouver ?

Miss Dodds, arrivée avec la famille, leur fit un petit signe amical qu'elles apprécièrent et qui les rasséréna : à condition de conserver dans l'œil physionomies et détails vestimentaires, elles sauraient demain, par la miss, le nom de chacun.

— Rappelle-toi bien comment il est fait celui-là qui

a de si belles moustaches blanches, pour qu'elle nous dise si c'est, au moins, un archiduc.

— Quelles moustaches blanches ? Il y en a cinquante ou cent de belles moustaches blanches !

— Celui qui a toutes ces décorations.

— Ils en ont tous et des bouquets !

— Les zibelines de Mme Alexandrine doivent venir de Russie... ils ont des usines là-bas.

— On dit que ce soir elle portera le diadème Garlande, qui vient de Russie aussi, œuvre de ce M. Fabergé dont on parle tant.

— Tais-toi, voilà la mariée !

L'entrée de Louise-Armande, au bras de son père, rendit Honorade et Lazarie muettes pour un temps indéterminé.

Elles essayèrent, plus tard, de décrire leur saisissement, et n'y parvinrent qu'approximativement. Pour l'heure, elles se regardèrent et se dirent :

— Tu vois ce que je vois ?

— Je ne vois que ça !

— Et tu te l'expliques ?

— Guère !

Lazarie chuchota dès qu'elles se rassirent :

— Si tu enlèves la grande robe à traîne en satin, le voile d'Alençon, la couronne de vraies fleurs d'oranger piquetée de diamants et le bouquet pareil, qu'est-ce qu'il reste ?

— Sorenza !

— Je te le fais pas dire ! Tiens-moi la main, je crois que je vais m'évanouir.

— Tu ne t'es jamais pâmée de ta vie !

— Ça veut pas dire qu'un jour...

— Pas aujourd'hui, je t'en prie, tout est assez surnaturel comme ça !

— Donne-moi, au moins, une pastille de menthe. C'est toi qui les as.

— Heureusement, Seigneur, qu'on l'a pas amenée avec nous, Sorenza. Quel effet tu crois que ça peut faire de se voir en mariée, à un mariage qui n'est pas votre mariage ?

— Pourquoi la miss, qui sait, elle, puisqu'elle a vu *les deux*, ne nous a pas prévenues ? Si nous étions faibles du cœur, elle aurait notre mort sur la conscience.

— Elle sait qu'on n'est pas faibles de ce côté-là. Sans rien dire jamais elle sait tout, celle-là.

— Et maintenant, qu'allons-nous faire, Seigneur ?

— Réfléchir, dit Honorade.

Lazarie dit encore, sur le chemin du retour :

— Peut-être que c'est là une chose qui se voit souvent, enfin, presque souvent, et qu'à notre âge nous ne le savions pas encore. Peut-être que beaucoup, de par le monde, ont quelqu'un qui leur ressemble, comme ça, en toute honnêteté. Mais ça doit leur faire un coup de se trouver face à face à ces deux-là.

— Pas un mot à Sorenza.

— Mais elle le verra bien, ce double d'elle un jour. Elle ne va pas rester enfermée chez elle, la nouvelle jeune patronne parfumeuse !

— Celle-là, quand elle verra notre Sorenza, qu'est-ce qu'elle dira ?

— D'abord, ils partent trois mois en voyage de noces.

— Bon, ça va nous permettre de voir venir.

Et, avant de franchir la porte du jardin, par laquelle elles pénétraient chez elles depuis que l'épicerie était fermée, Lazarie ne put s'empêcher de dire à mi-voix, bien qu'elle sût Sorenza à la Croix-de-Lumière :

— On aura beau dire, *la nôtre* est plus belle, sans soie ni dentelle, ni diamants. Parce qu'elle a plus d'adouci, plus de... Tu vois ce que je veux dire ! Ce que le pauvre Félix disait si bien, lui, quand il parlait d'elle ? Comment disait-il ?

— Il disait « le velouté de son âme ».

— Voilà, tu l'as dit ! Eh bien, celle-là, la riche Mme Garlande, je lui crois pas l'âme veloutée, pas du tout. Tu as vu comme elle regardait le monde, déjà comme si elle était la reine de Grasse.

Honorade ne disait rien, se contentant d'approuver.

Et soudain, elle dut s'asseoir, à mi-chemin de la montée de leur escalier. L'imperturbable Honorade, celle qui contait toujours avec le plus grand sérieux, était la proie d'un fou rire et c'est en hoquetant qu'elle parvint enfin à dire :

— Je me demande... Ah ! je me demande si... Si Jules-César qui connaît si bien Sorenza... et qui maintenant connaît *l'autre*... je me demande s'il en a... s'il en a avalé sa sébile de stupéfaction ?

Miss Dodds se fit attendre.

Les festivités, expliqua-t-elle, lorsqu'on la revit, enfin, rue de l'Oratoire, avaient duré plus de quinze jours. Certains membres des familles de Paris et de Nice, des amis, deux ou trois éminents clients et même un ministre étaient restés les hôtes des Garlande. Et cela n'avait été qu'excursions par-ci et par-là, soirées à Nice, Cannes, Monte-Carlo et réceptions dans les châteaux des environs. Le dernier invité venait à peine de partir, et elle accourait avec tous les détails qu'il plairait à ses amies de lui demander sur ce bel événement. Elle pouvait, tout de suite, donner des nouvelles des jeunes mariés. Une lettre était arrivée ce matin. Ils étaient heureux de découvrir la Grèce, ils s'aimaient, tout était beau. La Grèce et la Provence étaient sœurs, disaient-ils, nées de la même lumière. Une déception, cependant. Les recherches sur la ville de Chéronée et Plutarque, dont ils voulaient faire à leur père la surprise, n'avaient rien donné. Chéronée s'appelait maintenant Kaprena, un tremblement de terre avait tout détruit jadis et...

Voilà qui était, se dit Lazarie, tourner autour du pot. Qu'est-ce que c'était que ce Plutarque, cette Chéronée et cette autre qui la remplaçait ? La miss ne voulait donc pas qu'on en vienne au seul vrai sujet important ? Alors, elle attaqua, dit leur regret et même leur tristesse de ne pas avoir été averties de ce qui les attendait dans leur cathédrale qui ne les avait pas habituées à leur faire des coups pareils : présenter, en épousée du fils Garlande, la réplique exacte de leur fille, Sorenza.

Emily eut un petit rire qui, avec l'embonpoint qu'elle prenait, doucement, à faire honneur aux raffinements de la table de ses maîtres, fit trembler ses joues et son double menton.

— Nous y voilà ! Je me demandais si la chose vous avait sauté aux yeux ?

Sorenza, comme chaque jour désormais, était à travailler à la Croix-de-Lumière, on pouvait parler dans la tranquillité et ce fut Honorade qui demanda *si on avait remarqué*, chez eux aussi.

Eh bien, seuls M. Delphin et elle étaient au courant. Elle qui connaissait si bien la petite Sorenza et M. Delphin qui l'avait vue le jour de leur visite aux Fragonard. Tous deux, bien sûr, s'étaient posé quelques questions dès qu'ils avaient fait connaissance de Mlle Louise-Armande. Après avoir bien réfléchi et tout pesé, M. Delphin et elle pensaient qu'il y avait intérêt à ne pas ébruiter cette situation assez originale, afin que la ville entière ne découvrît cette étrange ressemblance et ne se mît à en jaser.

Honorade et Lazarie avaient pu réfléchir, pendant ces quinze jours, à tête reposée, comme elles aimaient à dire. Elles déclarèrent ensemble :

— Oh ! notre Sorenza, ça ne la gênera pas beaucoup qu'on dise que Mme Louise-Armande Garlande lui ressemble comme une fleur de jasmin ressemble à une autre fleur de jasmin.

Miss Dodds, des Dodds du Lancashire, avait trop de finesse pour tomber dans le piège, elle ne répondit pas ce qu'espéraient entendre Mlles Beauval, de Grasse depuis 1650. À savoir que les Garlande risquaient bien d'être très émus par cette situation peu banale, les Bianchini anxieux de frôler le scandale, et Louise-Armande suprêmement vexée de se découvrir une demi-sœur si évidente et aussi belle qu'elle.

Elle dit simplement :

— Pourquoi en serait-il autrement pour les Garlande, grands seigneurs de Grasse ? Qui osera jamais médire de ceux qui ont tant fait pour leur ville et reçu chez eux, en 1891, Sa Majesté la reine Victoria, reine d'Angleterre et impératrice des Indes ?

Ce soir-là, lorsque Sorenza revint de ses champs, ces demoiselles avaient poli leurs arguments et préparé ce qu'elles pensaient être la solution trouvée au problème ainsi posé : comment empêcher les complications que cette ressemblance provoquerait ? Ce fut Honorade qui prit la parole, après qu'elle eut bu son infusion de thym jusqu'à la dernière goutte et savouré, en léchant sa cuiller, le sucre resté au fond de la tasse.

— Depuis que ce pauvre Félix est mort, depuis que l'épicerie est fermée, je ne me sens guère heureuse ici. Et vous autres ?

Lazarie avoua aussi sa mélancolie. On ne serait plus jamais, rue de l'Oratoire, comme avant.

Alors, Honorade, qui s'était toujours au fond d'elle considérée comme sachant le mieux terminer une histoire, proposa :

— Et si nous le décrochions, le fouet de postillon de l'ancêtre ? Et si nous allions le suspendre ailleurs, en dehors de cette ville ?

— Ça, dit Lazarie, je n'aurais jamais osé te le proposer ! Mais si c'est toi qui en parles la première, je te le dis tout de suite : allons un peu respirer loin de notre cour à fumier.

Et elles attendirent.

Maintenant, c'était à Sorenza de parler, de dire ce qu'on devinait bien qu'elle avait envie d'annoncer depuis plusieurs jours déjà et qu'elle retardait parce qu'elle avait l'âme veloutée et n'aimait pas faire de peine.

Sorenza regarda Honorade et Lazarie et leur sourit comme elle souriait, autrefois, au petit Amédéo. Et elle leur dit que, bien sûr, il serait préférable pour elle d'habiter près de ses terrasses de roses. Elle espérait trouver une maison dans les environs immédiats de la Croix-de-Lumière. Et, si on pouvait y vivre toutes ensemble, ce serait le paradis. Seulement, si ses amies envisageaient de la suivre, il fallait qu'elles soient mises au courant de la situation exacte. Ce n'était plus avec la petite fille, cueillie dans un champ de jasmins, un jour où elle était abandonnée de tous, qu'elles s'en iraient. Mais avec une femme qui attendait un enfant d'un inconnu, le laisserait croire de feu son mari et aimait un autre homme auquel elle avait appartenu sans espoir de faire jamais partie de sa vie.

Honorade et Lazarie n'entrèrent pas dans cette histoire-là de plain-pied et, même, s'y perdirent avant de s'y retrouver enfin.

Lazarie résuma :

— Eh bien ! petite, les contes que nous faisons, boun Dious, c'est rien à côté de tout ça !

Honorade semblait dormir depuis un bon moment, mais pas Lazarie qui, soudain, se leva et alla doucement gratter à la porte du second étage où Sorenza habitait depuis son mariage.

Comme il faisait froid, et qu'elle voyait les pieds nus de la jeune femme sur les tommettes, Lazarie dit :

— Va vite te recoucher, je te suis.

Elle borda sa petite. Et soudain se mit à pleurer tout en essayant de dire :

— Ma fille, je n'arrivais pas à m'endormir. Explique-moi, cet homme que tu aimes, tu ne souffres pas trop de le savoir marié à une autre et en plus qui te ressemble ? Ah ! est-ce qu'elle avait besoin de te ressembler, celle-là, pour tout nous compliquer !.. Vrai, tu n'es pas malheureuse ? Je peux te laisser là, toute seulette, tu ne vas pas sangloter la nuit entière ?

Revenue dans sa chambre, Lazarie trouva Honorade assise sur son lit et l'attendant.

— Elle t'a dit quoi ?

— Comment sais-tu d'où je viens ?

— Comment je sais ? Comme si je n'allais pas y aller, là-haut, moi aussi ! Mais j'attendais que tu dormes. Alors, quand j'ai vu qu'on en finirait jamais d'espérer chacune le sommeil de l'autre, je t'ai fait croire que... Bon, elle pleure ou elle pleure pas, la petite ?

— Et pourquoi tu voudrais qu'elle pleure ce soir, elle qui pleure jamais ?... Avec elle, pleurer, ça veut rien dire. Mais je vais te rassurer, quand je suis partie, elle était couchée, les deux mains posées sur son ventre, à écouter son petit qui bouge déjà, et je crois qu'elle ne pensait qu'à ça. Va, on peut dormir tranquille, c'est une courageuse. La seule chose embarrassante, vois-tu, puisqu'on sait maintenant, de visu, qui est son père, c'est que ce soit juste cet Orso Bianchini. Il m'a fait mauvaise impression à la cathédrale. Moi, je l'apprécierais pas tellement, cet homme-là, si j'étais ces MM. Garlande.

— Oh ! Malgré la ressemblance, tant qu'il l'aura pas reconnue, et certainement il ne le fera jamais, elle peut toujours croire qu'elle n'est pas sa fille. C'est ce que je lui ai conseillé.

— Et qu'a-t-elle dit ?

— Elle a ri.

— Sans plus ?

— Comme si tu le savais pas qu'elle parle juste quand il y a quelque chose à dire.

À leur réveil — elles avaient assez mal dormi —, Lazarie demanda à sa sœur :

— Et si elle nous avait dit toutes ces choses, l'homme des cueillettes qui lui a fait l'enfant et celui qu'elle aime et qui n'est pas pour elle, mais qu'elle aimera toujours quand même, pour qu'on ne veuille plus vivre avec une qui n'a pas beaucoup de moralité ?

— Non. Elle ne veut pas se séparer de nous. Elle avait seulement besoin de se confesser et elle nous a préférées au curé.

— Ça fait pas pareil, devant Dieu.

— Non, ça fait mieux, parce que nous, elle nous garde, en plus.

— Elle savait qu'on dirait oui, à ton avis ?

— Elle sait qu'on aime raconter des histoires, mais

que c'est plus beau encore de les vivre. Et avec elle, on va les vivre. Déjà, dans six mois, nous allons avoir un petit ! Songe un peu, il sera à nous, parce que, elle, elle reprendra vite le chemin de ses roses, elle peut pas faire autrement, il faut qu'elle aille farfouiller sa terre. Tu veux mon opinion ? Ces histoires d'hommes dans sa vie, ça compte moins que ses fleurs ! Cette petite, elle vit dans un grand vent de fleurs. C'est beau.

Un mois avant la date prévue pour leur retour, Guillaume et Louise-Armande revinrent de leur voyage, commencé par la Grèce, poursuivi en Italie et terminé à Paris. Ils paraissaient ravis de rentrer, Guillaume avait hâte de se remettre au travail et ne concevait pas l'arrivée des premières récoltes de jasmin à l'usine sans lui. Louise-Armande, elle, ne pouvait attendre de se montrer à ceux de son nouveau royaume, revêtue des merveilles que son mari lui avait offertes à Paris et avec lesquelles elle avait l'intention de marquer, dès sa première apparition, le rang qu'elle comptait tenir à Grasse...

Miss Dodds ne se laissait jamais surprendre par des changements de programme, aussi était-elle fort heureusement prête, depuis longtemps, à accueillir le jeune ménage.

Les appartements d'Alexandrine, devenus ceux de Louise-Armande, avaient été entièrement réaménagés, peints et tapissés aux coloris préférés de la jeune femme, vert pâle et blanc. Ni Delphin ni Emily, qui avaient surveillé les travaux, n'aimaient le vert d'eau blafard dont Louise-Armande faisait remarquer combien rares étaient les teints pouvant le supporter, alors que le sien s'en trouvait au mieux et même « exalté ». Ils n'en dirent pourtant rien.

Mais, lorsque, au soir de son retour, la nouvelle maîtresse des lieux déclara qu'il faudrait aussi mettre le grand salon des portraits « à ses couleurs », Delphin et Emily pincèrent les lèvres. Depuis 1758, cette pièce était peinte en gris à rechampi de blanc. Et que deviendraient, sur ce vert, les ancêtres qui s'accommodaient si bien de la douce grisaille dans laquelle ils souriaient depuis si longtemps ? Ce serait là une vraie révolution. Guillaume allait-il laisser sa femme, dès son arrivée ici, tout mettre aux couleurs Bianchini ?

Mais Guillaume paraissait se soucier fort peu des murs du grand salon. Il attendait la fin de ce premier dîner avec impatience pour aller faire un tour d'usine.

Il s'était marié pour complaire à sa famille, par chance il était amoureux de sa femme à laquelle il ne semblait pas être indifférent, et il revenait chez lui après avoir sacrifié à la tradition en avalant des lieues et des lieues et aussi beaucoup de poussière et d'escarbilles. Tout était donc bien. Mais, maintenant, qu'on le laisse en paix travailler. Louise-Armande voulait des murs et des rideaux verts ? C'était l'affaire des peintres et des tapissiers, pas la sienne.

— Ma chérie, si je rentre un peu tard, ne m'attendez pas, couchez-vous. J'ai rendez-vous, tout à côté, avec quelques millions de fleurs de jasmin, dit-il, dès son café avalé.

Le départ de la dernière équipe qui avait travaillé très avant dans la nuit éveilla Miss Dodds. Elle alluma, afin de boire une gorgée d'eau sucrée avant de se rendormir et s'étonna de voir encore de la lumière dans l'usine. Beaucoup de lumière. Il lui sembla que chaque atelier, chaque salle de réception des fleurs, de leur pesée ou de leur triage, chaque bureau aussi et les salles d'enfleurage et celles des distilloirs étaient illuminés. Intriguée, puis inquiète — les bâtiments avaient déjà subi un incendie quelques années auparavant —, elle décida d'aller voir ce qu'il en était de cette extravagance. La tête hérissée de papillotes et drapée dans un vieux peignoir bleu d'Alexandrine, elle gagna, sans bruit, l'usine.

Elle n'eut pas à chercher longtemps qui avait éclairé

*a giorno* l'ensemble des Établissements Garlande, c'était leur nouveau maître lui-même.

Il était encore là, dans les vêtements qu'il portait au dîner. Et il serait bientôt 4 heures du matin. Il ne s'était donc pas couché ?

Elle s'approcha un peu plus de la salle où elle l'avait aperçu pour mieux le voir. Et cela, soudain, la ramena au jour de son arrivée ici, il y aurait bientôt vingt ans, lorsqu'elle avait admiré Guillaume Aîné, dominant une mer de pétales de rose. Aujourd'hui, c'était son fils qu'elle contemplait au milieu d'un lac de jasmins et elle s'émut à ressentir la même belle émotion qu'autrefois.

Plus superbe peut-être encore que son père, Guillaume VI$^{e}$ du nom, en habit et cravate blanche, dieu moderne recevant l'offrande de ce que la terre pouvait lui donner de plus beau et de plus odorant, était là, dressé de toute sa taille, rêvant peut-être à la splendeur de ce monde des fleurs.

Elle se retira sans bruit, heureuse d'avoir pu voir *son* Guillaume — celui qu'elle avait élevé, devenu homme, et quel homme ! — *seul* dans son royaume. Car cette vision, à garder dans son cœur, elle ne tenait pas à y accoler celle de sa femme. Elle savait qu'elle n'allait pas aimer Louise-Armande.

En retrouvant son lit encore chaud, Emily se souvint de ce que Lazarie lui avait dit, la veille : depuis le jour du mariage, auquel il avait assisté, sous son grand chapeau fleuri d'une touffe de jasmin, Jules-César avait baptisé Guillaume Garlande « lou Fabulous » (le Fabuleux). Mais, chose étrange, le vieux, à qui rien n'échappait, n'avait pas paru attacher d'importance à la ressemblance entre Louise-Armande et Sorenza qu'il connaissait bien. Il s'était contenté de dire de la mariée :

— Elle est aussi habillée de sucre qu'une fleur du confiseur, mais elle n'aura jamais le cœur ouvert.

Pouvait-on se fier à Lazarie qui racontait tant d'histoires ? Et surtout lorsqu'elle disait que Jules-César appelait déjà M. Orso Bianchini « l'Étaloun » ? Ce qui, malheureusement, ferait, un jour ou l'autre, du bruit en ville. En attendant, il allait falloir s'accommoder des extravagances de Louise-Armande en espérant que son amour du coloris vert d'eau ne transformerait pas toute la demeure Garlande en aquarium.

Décidément, Emily ne pouvait se rendormir. Voilà maintenant qu'arrivaient d'autres charrois apportant encore des tonnes de fleurs de jasmin. Alors, elle se mit à penser de nouveau à Sorenza. Depuis le déclenchement de cette histoire de ressemblance, la petite lui avait tout juste demandé, avec ce regard étrange qu'elle avait, à la fois sérieux, grave même, et nuancé d'un peu de ce qu'elle, Miss Dodds — qui savait bien ce que c'était —, pouvait appeler de l'humour :

— Qu'en a-t-il dit, *lui*, le savez-vous ?

Qu'avait-il dit ? Qu'en pensait-il, surtout, Guillaume VI^e^ du nom ? Emily devait avouer qu'elle l'ignorait.

Trouver une maison à proximité de la Croix-de-Lumière n'était pas aussi facile que Sorenza l'avait espéré. En revanche, une terre à jasmins située à un quart de lieue à peine des trois terrasses fut à vendre après partage des biens d'une vieille paysanne décédée. L'héritier de cet acre tout planté et prometteur d'une belle récolte, un Cannois, ne pensait qu'à s'en défaire au plus tôt. Sorenza se décida à l'acheter avec une rapidité qui affola et émerveilla à la fois ses vieilles amies. Lazarie disait :

— Cette petite ! Qui nous aurait dit qu'elle allait si vite apprendre la vie ?

— Tu as vu avec quelle malice elle a entortillé ce barbichou en chapeau melon et en réquimpette si cintrée qu'il avait l'air d'un édredon noué par le milieu ? Il n'a pas eu le temps de reprendre ses esprits, celui-là, qu'elle lui avait fait baisser son prix d'un bon quart. Il ne doit pas en être revenu d'avoir vendu à perte alors qu'il avait des acheteurs à en veux-tu en voilà ! Rien ne lui résiste, à notre Sorenza. Si elle en avait vraiment envie, de son Garlande, elle l'aurait, lui aussi.

— Peut-être qu'elle ne veut pas ! Et tu oublies toujours qu'il est marié.

— En attendant, ce qu'elle a, c'est deux fois plus de terre à cultiver !

— Elle a eu raison d'acheter des jasmins. On n'est pas un vrai jardinier, chez nous, si on ne fait pas de la fleur.

C'était une jasmineraie conçue comme il le fallait, en terre légère, ni trop sèche ni trop humide et facilement arrosable. Elle se présentait, comme la Croix-de-Lumière, sur un espace pentu découpé en trois terrasses bien abritées des vents du nord. Et, si Sorenza avait dû hésiter à l'acquérir, ce n'aurait pas été de lui découvrir quelque inconvénient, mais plutôt de penser à la fragilité de cette culture pour laquelle chacun tremblait ici au moment des gelées. La première, comme la dernière, pouvait lui être fatale. Par chance, pour cette année c'était l'ancienne propriétaire qui avait dû faire ses neuvaines et prier les saints du paradis de veiller sur ses plants. La douceur de l'air revenue, il ne restait plus à Sorenza qu'à débutter, palisser, arroser... et attendre la floraison qui viendrait avec le plein de l'été.

Elle arriva, dès le milieu de juillet. Et elle était superbe presque partout dans la région.

Il y avait, dans cet aboutissement suprême, dans cette victoire, cette fête de la nature, une griserie que Sorenza buvait à longs traits. Le soir où elle regagna Grasse pour annoncer à Honorade et Lazarie que les cueillettes allaient commencer, elle chantait sur le chemin en conduisant sa carriole et elle fixa le premier jour de récolte au lendemain.

Dès l'aube, alors que les cheminées des usines à parfums dressaient déjà leurs panaches, plus orgueilleux encore que les nuages et fiers de chatouiller le bleu du ciel, elles écoutaient toutes trois les sonneries des graillés. Les buccins annonçaient que l'on allait cueillir aux quartiers Saint-Jean, Saint-Matthieu, Saint-Antoine et bien d'autres. Il se faisait un grand bruit dans la ville, on parlait, on riait, et les petites demoiselles Beauval frétillaient.

— L'an prochain, nous demanderons au Frisou de sonner pour nous. Il nous doit bien ça, il a bu assez de champagne à ton mariage.

Elles avaient décidé de cueillir seules, du moins les premiers jours, pensant n'avoir pas encore suffisamment de jasmins fleuris. Mais la récolte se révéla bien plus importante que prévu et elles durent travailler jusqu'au crépuscule.

On pesa en hâte les neuf kilos de pétales blancs dont on était bien fier et Sorenza s'en fut vendre sa première récolte de propriétaire de jasmineraie, suivie d'Honorade et de Lazarie qui voulaient être de ce baptême.

Il ne devait pas y avoir de temps perdu entre récolte et vente des jasmins si fragiles, si vite impropres à l'enfleurage.

Vendre était nouveau pour elles trois. Mlles Beauval avaient toujours cueilli chez les autres, Sorenza n'avait pas eu à s'occuper de sa récolte de roses. Les anciens propriétaires de la Croix-de-Lumière s'étaient engagés à la céder aux Garlande avant qu'elle n'achète les terrasses. Traiterait-elle avec eux encore ? Elle décida que oui, sachant bien que ce n'était pas Guillaume qui faisait les pesées et réceptionnait les petits arrivages.

On se dépêchait. On aurait dû arrêter la cueillette plus tôt. Il avait fait très chaud tout le jour et il était temps que les fleurs soient traitées.

Elles pénétrèrent, presque en courant, leur panier au bras, dans une des salles de pesée des Établissements Garlande. Deux autres cultivateurs attendaient et on entendait arriver les charrois des grosses récoltes des vastes territoires à fleurs. Il n'y avait jamais assez de jasmins et les paniers étaient aussi bien accueillis que les bannes.

La pièce était sombre et triste. Des murs gris et une balance derrière laquelle un homme en blouse, grise aussi, et le crayon à l'oreille, était chargé de recevoir les gens, les fleurs et les espérances mises en elles.

Honorade et Lazarie étaient restées muettes jusqu'à ce qu'un banc les ait accueillies. Mais, sitôt assises, on entendit, mezza voce :

— Celui-là, ma fille, il ferait mieux de peser de la ferraille ou des cailloux. Tu as vu comme il a piqué une poignée de fleurs dans le panier de cette malheureuse qui est devant nous ? Peut-être qu'il croit que c'est des clous. Et nous qui avons passé tout le jour à les prendre, ces petites délicates, avec de l'amour plein les mains !

— D'abord, il est vilain. C'est tout le noir et le laid du monde, cet homme-là, regarde cet air de vouloir tout manger qu'il a.

— Non, je dirai plutôt qu'il a dû mal digérer ses escargots de midi. Et toi, comment tu le trouves, petite ?

Sorenza se levait, l'homme l'appelait et elle allait vers lui avec ses paniers. Il prit quelques fleurs dans l'un d'eux et dit en les regardant attentivement :

— Elles ont reçu le déluge, celles-là ?

Et comme Sorenza ne répondait rien, il ajouta :

— Vous n'allez pas me raconter que c'est la rosée de ce matin qui les fait pleurer comme ça, vos jasmins ?

— Je ne raconterai rien du tout, dit Sorenza d'une voix claire.

Et Miss Dodds aurait été fière de la belle prononciation de son élève.

Honorade et Lazarie avaient redressé tête et buste. Prêtes au combat.

— Qu'est-ce qu'il a dit, celui-là ?

Celui-là ne disait plus rien, prenait une feuille de papier buvard, y jetait la poignée de jasmins, la faisant danser dessus, comme des châtaignes dans la poêle, secouait le buvard, en laissait tomber les fleurs et pesait le papier humidifié.

Un temps d'attente dans le silence — l'homme ne comptait pas vite — et on entendit :

— Deux cents grammes d'eau par kilo de fleurs. La prochaine fois, mouillez moins. De vos neuf kilos restent sept kilos deux cents.

Sans dire un seul mot, Sorenza se baissa, s'empara des anses de ses paniers et rejoignit Honorade et Lazarie toujours muette.

L'homme, lui, parlait. Il disait :

— Ho ! Ne partez pas comme ça, ma belle. Qui croyez-vous qui va vous acheter votre cueillette ? Vous arrivez avec des fleurs qui ont déjà eu trop chaud et vous mettez de la susceptibilité par-dessus...

— Elles ont eu chaud, ou elles sont mouillées ? lança Honorade, impériale.

— Venez, dit Sorenza.

— On va chez un autre ? demanda Lazarie, qui ajouta : Alors, il faut faire vite, il avait tout de même un peu raison le peseur de clous, les fleurs commencent à faner. C'est de notre faute, on a cueilli trop longtemps. Demain, il faudra arrêter plus tôt. Si on allait chez Chris ?

— Nous n'irons nulle part.

— Tu veux dire que tu ne vends pas ?

— Tu sais combien tu vas perdre ?

— À deux francs le kilo, dix-huit francs.

Elles regagnèrent la rue de l'Oratoire en silence et dans le parfum des jasmins qui étendaient sur la ville leur voile odorant. À la porte de la maison, elles déposèrent les paniers. La nuit était tombée et ils faisaient là trois grandes taches claires. Lazarie dut prendre sur elle pour ne pas demander à Sorenza ce qu'elle comptait en faire. L'heure était à la plus grande délicatesse. Que fallait-il dire ? Et ne pas dire ?

— C'est vrai, venait de lui murmurer Honorade, c'est bien délicat, on ne sait trop que faire... Si seulement ça ne s'était pas passé chez *lui*.

Elles étaient toutes trois trop fatiguées, se dirent-elles, pour souper et ne voulaient qu'une infusion de fleur d'oranger. Elles la prirent en se contentant de parler du sommeil dont elles avaient grand besoin pour être vaillantes à la cueillette du lendemain et Honorade risqua, en forçant la gaieté de son ton :

— Parce que demain, c'est sérieux, on ne cueillera pas si tard et on vendra alors sans difficulté. Réveille-nous tôt, ma belle, pour qu'on ait le temps de respirer et de prendre le café tranquillement.

Sorenza promit, sourit, embrassa et se retira à l'étage au-dessus.

Et les fleurs ? On allait donc les laisser mourir là dans leur panier et dans la nuit ? Demain, il faudrait les jeter. Des heures et des heures de courbatures à les ramasser pour rien !

— Et que veux-tu qu'on en fasse ? Tu sais bien qu'elles sont invendables, maintenant, personne ici n'en voudrait, elles sont déjà tachées.

— On n'y avait pas mis d'eau. Pourquoi il a dit ça, ce malfaisant ?

— Pardi pour payer un kilo huit cents — j'ai compté — de fleurs en moins.

Ça elle ne pouvait pas l'accepter.

— Et si, demain, c'est tout pareil ?

— Peut-être qu'il avait seulement des soucis, celui-là, ou que d'avoir pesé et repesé tout le jour il en avait de l'énervement qui le rendait méchant.

— Si seulement ça ne s'était pas passé chez *lui*, cette affaire ! répéta Honorade.

— Tu le connaissais, toi, le coup du buvard ?

— On en avait entendu parler.

— Et des *grands*, comme les Garlande, ça permet ça ?

— Peut-être qu'il y en a qui exagèrent et mouillent trop la fleur.

— C'est pas une raison pour tourmenter ceux qui le font pas. Sûr que la petite souffre à l'heure qu'il est. Elle était si fière de sa récolte ! Tu as entendu comme elle chantait pendant qu'on cueillait ? Et jamais elle avait tant ri à ta nouvelle histoire de M'enculotti... Oh ! tu vois ce que je vois ?

Penchées maintenant à leur fenêtre, les deux sœurs regardaient la fontaine. Là où, du temps de l'épicerie et de Félix, nageaient les morues sans tête, flottaient maintenant les neuf kilos de jasmin. Et la vasque de pierre sculptée ainsi enneigée chatoyait au clair de lune.

— Pourquoi là ?

— Peut-être... Peut-être en souvenir de Félix ?

— N'oublie pas qu'elle est enceinte et que les femmes, dans ce moment-là, ça fait des choses pas habituelles.

— C'est vrai que tout ça, c'est à cause du petit.

— Pourquoi tu accuses cet innocent qui n'a pas encore respiré l'air de la terre ?

— Je veux dire que si elle ne l'attendait pas, avec la fatigue et tout le tremblement que ça doit déclencher la grossesse, elle n'aurait pas remporté ses fleurs comme ça. Elle aura manqué de courage pour discuter.

— Manquer de courage ? Elle qui se fait faire un enfant par un étranger ? On en a jamais parlé de ça, nous deux, parce qu'on n'osait pas trop, même entre nous, mais je peux te dire aujourd'hui qu'une qui demande ça, comme ça, à quelqu'un qui ne lui est rien, celle-là n'a pas peur de parler.

— Alors ?

— Alors rien. Elle a fait ce qu'elle voulait, comme d'habitude.

— Regarde-les, nos fleurs, ça fait pitié.

— Pourquoi tu pleures ?

— Qui te dit que je pleure ?

— Eh ! parce que nous pleurons toujours ensemble... et que je pleure, moi.

— Les jasmins, ça nous est égal et puis, demain, il y en aura d'autres... mais le chagrin de la petite, et dans son état...

— Ah ! le pire, c'est de se dire qu'elle est comme ceux-là qui trempent dans l'eau au lieu d'être en train de donner leur parfum à l'enfleurage, elle est à côté de là où elle devrait être, *elle n'est pas à sa place dans la vie.*

— Tu veux dire dans la société ?

— Si tu préfères dire comme ça !

Elles se couchèrent. Mais le sommeil ne venait pas.

— Tout de même, si Félix regarde sa fontaine, si belle ce soir, il est content, je le vois, avec son sourire si bleu, tu le vois aussi ?

— Et aussi je l'entends dire que sa Sorenza a l'âme bien veloutée.

À sa fenêtre de l'étage au-dessus, Sorenza, elle aussi, regardait. Elle était mécontente. Elle n'aurait pas dû agir comme elle l'avait fait. Les fleurs étaient cueillies pour baigner dans les pommades des parfumeurs et non dans l'eau des fontaines dont il faudrait les retirer dès demain. Et elle savait bien pourquoi elle avait été si peu patiente avec le peseur qui ne demandait peut-être qu'à discuter et à se laisser convaincre : elle n'avait pas aimé se sentir là, chez les Garlande. C'était de la faiblesse d'y être allée. Désormais, elle vendrait à l'un de ceux qui passaient dans le temps des cueillettes et faisaient des offres d'achat. Et dès cette récolte terminée, elle activerait la recherche de sa maison. Elle voulait quitter la ville au plus vite. Elle vivrait près de ses fleurs et elle enseignerait à son fils à les aimer et à les soigner. Son chemin était celui-là et aucun autre. Mais il serait beau, elle se jurait, ce soir, devant cette fontaine, qu'elle ferait de son enfant l'un des plus importants propriétaires de terres à fleurs.

On était, en ce début d'août, au plus fort de la récolte du jasmin. Une dizaine de cueilleurs aidaient Sorenza et les demoiselles Beauval. La Thomasine, celle qui avait une belle voix de contralto, chantait des airs de *Carmen* qui succédaient à deux histoires d'Honorade et de Lazarie et on allait arrêter un moment la cueillette pour la collation lorsque Jules-César arriva, porteur d'une nouvelle qui saisit Sorenza au point de lui faire renverser son panier. La Martoune, celle qui habitait là, à une demi-lieue, et dont la bastide jouxtait les terrasses de la Croix-de-Lumière, venait de mourir subitement, en plein milieu de son champ de jasmin. « D'un coup de sang », précisait le mendiant, flatté de l'intérêt que lui portaient Sorenza et ces demoiselles.

Il se complut dans les détails. Il passait juste devant la bastide alors que deux hommes portaient la morte chez elle. On avait fait venir le médecin, mais c'était bien inutile, elle était tombée, toute raide, dans ses fleurs, sans même avoir crié. Et Jules-César ajoutait que c'était triste, la Martoune était donnante, il avait souvent eu la fougasse et les olives chez elle. Ah oui ! il perdait une bonne maison.

— Et peut-être que nous on la gagne, murmura Lazarie. Elle ajouta : Tu vois qu'il sert à quelque chose, celui-ci. Avec cette information de première main, Sorenza va être bien placée pour avoir la bastide.

— Tu n'attends même pas que la pauvre femme soit refroidie pour te précipiter sur ses dépouilles ?

La Martoune était morte sans héritiers directs, Sorenza avait été la première à franchir le seuil de la porte où des œillets fanés, tombés de la couronne mortuaire, n'avaient pas encore été balayés.

Cette Martoune était celle qui, autrefois, donnait, en échange d'un panier d'herbe à lapins, une poignée d'amandes au petit Amédéo.

Plus de mari, pas d'enfants mais trois cousins. Ils avaient à se partager ce mas posé comme une grosse borne sur sa terrasse, au flanc de la colline. Et surtout, sur la terrasse voisine de celle de la Croix-de-Lumière.

Les deux cousines avaient bien voulu vendre. Pas le cousin. Et aucune offre alléchante — dépassant de beaucoup la valeur de sa part —, aucune supplication n'y avait fait. Il tenait à son morceau de maison. Il aimait le « bon air qu'on y buvait ». Il s'était donc entêté. Sorenza aussi. Cette terre jouxtait la sienne, il la lui fallait.

Elle en acheta donc les deux tiers — contre l'avis des sœurs Beauval — et garda le cousin, le père Broussoux, désormais enraciné là.

Lazarie avait résumé l'affaire : « Tu t'es acquis ta maison et un vieil oncle en plus. Savoir lequel des deux est le plus vermoulu et lequel va passer en premier, mais je parierai pour la maison. Le vieux, tout vieux qu'il soit, me paraît, à la réflexion, aussi solide que la vigne centenaire de la façade. Mais celle-là, elle donne un beau muscat doré, lui, je suis sûre qu'il ne donnera que des ennuis. »

Honorade, moins pessimiste, avait remarqué, sous les sourcils du vieux, aussi broussailleux que le terrain inculte entourant la maison, deux petits yeux vifs, fureteurs, mais pas méchants. Et elle avait dit :

— Vous voulez que je vous explique ? Celui-là, dès qu'il nous a vues, il s'est dit qu'il lui tombait dessus une belle famille et qu'il n'allait pas refuser ce cadeau du ciel. Il sait ce qu'il fait. Mais toi, ma fille, je me demande si tu as compris dans quoi tu mets les pieds.

Et le soir, avant d'éteindre sa lampe, elle avait ajouté, pour Lazarie :

— Je m'interroge. Et si ça la travaillait encore cette envie qu'elle doit ressentir, sans nous le dire, d'avoir à côté d'elle un vieux qui pourrait être son père ?

— Qui sait !

— Pourquoi, si elle veut un homme dans la maison, elle se remarie pas ? Lanteaume, le bourrelier, tremble dès qu'elle s'approche de lui, dans la rue ou à l'église, de même le chapelier Loriot, et jusqu'au propriétaire de l'Éden Hôtel qui jetterait des roses sur la trace de ses pas. Je la verrais bien en hôtelière.

— Pas moi. Et encore moins elle.

— Alors, elle devrait épouser celui qui l'a déjà demandée au moins trois fois aussi, ce propriétaire de Mouans-Sartoux. Il a la plus belle orangeraie de la région. Elle qui aime tant la terre, je comprends pas qu'elle le refuse, celui-là.

— Tu comprends pas qu'elle en aime un autre ? Et puis la terre, elle la veut pour elle toute seule. Elle veut la partager avec personne et diriger elle-même.

— Celui-là, il la laisserait faire des allumettes de ses orangers, si elle le voulait !

— Ma fille, on croit ça. Avant, ils disent oui, oui, oui, et puis, un peu après, ça commence par un petit non, pour en arriver à beaucoup de non, non, non.

— Et d'où tu sais ça, toi qui n'as jamais été mariée ?

— Ah ! Souvent, je réfléchis, et je me dis que peut-être si je l'avais été, chaque fois que je veux une jolie paire d'escarpins ou de richelieus, il faudrait que je demande la permission.

Au bout du compte, tout n'alla pas si mal. Après avoir « fait parler beaucoup de papiers », comme il le disait, le vieux Broussoux consentit à vendre son tiers de maison en viager et à rester ainsi copropriétaire jusqu'à sa mort.

Quitter la rue de l'Oratoire pour aller habiter la bastide qui s'appelait désormais la maison de la Croix-de-Lumière ne se fit pas sans déchirement.

« Il faut bouger enfin un peu, s'aérer, aller voir comment vivent les autres ailleurs », avaient dit et redit Lazarie et Honorade, mais lorsqu'il faut aussi, alors que tout est fin prêt, décider du jour et de l'heure, on se sent le cœur en deuil. Trois fois la grosse berline de Martin-Rouquier, le loueur de chevaux, fut retenue et trois fois décommandée. Alors Sorenza prit les choses en main et fixa la date. Honorade la fit encore remettre, mais de quelques heures seulement, affirmant qu'un parcours de nuit serait moins douloureux. En quelque sorte, on ne se verrait pas partir. Hélas, comme la lune était dans son plein, on se vit, aussi bien qu'à l'heure de midi, traverser la ville. Mais tout le monde dormant, on n'eut à dire au revoir à personne, ce qui évita les épanchements attristants.

À mi-chemin, Lazarie voulut revenir. Seigneur ! on était parti de nuit et elle devait trois francs au cordonnier, elle venait de s'en souvenir à l'instant. Sûr, on allait dire dans le quartier que les demoiselles Beauval s'étaient enfuies à la brune pour laisser des dettes derrière elles.

Afin de calmer les deux sœurs, Sorenza dut promettre d'envoyer, dès l'aube, le fils du jardinier voisin porter ses trois francs au père Rognon, qui, depuis quarante ans, mettait des pièces aux semelles de leurs chaussures.

Se loger à quatre, sans compter l'enfant qui serait là dans trois mois à peine, était impossible dans l'état actuel des bâtiments. Grande salle-cuisine et deux petites pièces au rez-de-chaussée. Deux chambres à l'étage, grenier et dépendances. Alors les frères Vidal, maçons et amis de naissance de Mlles Beauval, avaient rajouté une aile pimpante, aussi fraîche et rose que le serait le petit qui allait naître, et en moins de temps qu'il n'en avait fallu à Sorenza pour le terminer.

L'enfant vint au monde pour la fête des Rois, un jour de janvier, sec, froid, au ciel doucement doré.

C'était une fille.

On l'appela Délia. Elle eut Honorade comme marraine et le père Broussoux comme parrain. Ça, le parrain, ça venait, un peu, dit Lazarie, de la tactique, mais quand même du cœur. Parce qu'il était brave, le père Broussoux, et pas plus encombrant, à l'usage, que le vieux néflier tout noueux qui gênait bien un peu, devant l'écurie, mais avait bonne figure encore.

— Cette pitchoune, dit Lazarie à Honorade, compte un peu sur tes doigts le bon, et le moins bon, qu'elle trouve en arrivant parmi nous. En premier, pour ce qui est du père, on ne saura jamais s'il est quelque part dans le monde, au ciel ou en enfer. Ce n'est pas grave. Ces hommes qui viennent cueillir, c'est souvent des originaux, mais pas des malfaisants, ceux-là n'aiment pas les fleurs. En second, sa mère est une personne aussi belle et aussi surprenante que le paysage que l'on voit d'ici et où on sait jamais ce qui va se passer tellement tout change avec le temps. En trois, il y a nous, avec nos pauvres petits sous qu'on lui laissera, et peut-être, en souvenir, nos médailles de quarante ans de confiserie, si on nous pardonne d'être parties si vite et nous les donne. Note que nous avons pris le temps de tout dire à celles qui nous ont remplacées. Et même ce qu'il ne fallait pas leur dire. Mais on ne pouvait pas laisser Sa Majesté la tsarine recevoir ses chinois tout secs, sans leurs violettes ou leurs mimosas. Enfin, en quatre, elle a le père Broussoux. Il a déjà donné ce qu'il possédait sur le papier, mais il a, peut-être aussi, une paillasse garnie. Avec ces vieux, on ne sait jamais. Et tout ça, ça fait quoi pour l'avenir ?

— Ça fait la plus jolie petite fille qui nous regarde avec des yeux si bleus et si joyeux qu'on dirait qu'elle a pris le ciel et le soleil de Provence rien que pour elle.

— Elle serait née du pauvre Félix qu'elle lui ressemblerait pas plus.

— La vie, c'est plus extraordinaire que tout ce que nous pouvons raconter !

— Eh ! tu voudrais pas que le bon Dieu ne soit pas plus fort que nous pour inventer !

Un Guillaume, VIIe du nom, naquit peu après à l'hôtel Garlande le 3 mars 1900.

C'était un magnifique enfant et lorsque Miss Dodds l'apporta à Guillaume, ils s'embrassèrent tous deux, très émus.

— Ma mère, puis moi et maintenant lui ! Emily, il vous faudra une médaille d'or un de ces jours. Vous la méritez plus encore que mes braves de l'usine, parce que c'est votre cœur que vous nous aurez donné.

Alors, Miss Dodds, des Dodds du Lancashire, pleura de bonheur.

Alexandrine et son mari étaient revenus depuis deux jours à peine lorsque Louise-Armande avait accouché avec grande exactitude — car on attendait en effet sa délivrance entre le 2 et le 5 du mois — ce dont sa belle-mère la remercia. Avec la joie d'avoir un si beau petit-fils, elle aurait celle de pouvoir regagner ainsi Paris très vite. Elle ne pouvait, absolument pas, manquer la première de *L'Aiglon*. Sarah Bernhardt serait sublime, les costumes de Jacques Doucet superbes et, bien entendu, le texte d'Edmond Rostand divin. Et, le 14 du mois suivant, le président Loubet inaugurerait l'Exposition universelle et le pont Alexandre-III. Qui serait assez sot pour rater tout cela ? Certainement pas elle, Alexandrine, revigorée, rénovée par son cher médecin. « Et moi ? » se dit Louise-Armande, avec mélancolie. Elle était heureuse de la naissance de son gros bébé, flattée du remous que cela faisait en ville et chez les chers concurrents, mais elle aurait volontiers échangé le collier offert par ses beaux-parents pour fêter la naissance, contre un séjour à Paris. D'ailleurs, ce fabuleux bijou de fleurs de diamant commandé place Vendôme chez Boucheron, où pensait-on qu'elle le porterait ? Même à un très grand dîner chez les Chiris, ou dans un château des environs, il serait d'un luxe déplacé.

— ... Le berceau du roi de Rome a été exécuté d'après les dessins de Prud'hon ; quant à l'ameublement, il est de Jansen et, pour la mort de l'Aiglon, la scène sera parsemée de violettes arrivées de Nice chaque jour. Ce sera une soirée historique ! disait encore Alexandrine.

« On ne voit pas ce qu'elle pourrait être d'autre », remarqua son fils, avec un peu de nervosité. Était-il nécessaire de donner à Louise-Armande l'envie d'être, elle aussi, à Paris ! Elle y pensait déjà assez sans besoin d'encouragement. Leur vie était ici, elle devait le comprendre. Ils voyageraient, d'ailleurs, de temps à autre. Ils iraient en Sicile, dès qu'ils le pourraient, à Messina, où elle se distrairait à visiter le pays et ses habitants les plus huppés — elle serait reçue par une bonne dizaine de princesses, au moins, voilà qui lui plairait — pendant qu'il inspecterait leurs plantations de bergamotes, d'orangers, de citronniers et de mandariniers, jolis fleurons de leur couronne étrangère. Et, l'an prochain, s'il pouvait s'absenter encore, il l'emmènerait à Tahiti où elle serait émerveillée par les immenses cultures de vanilliers qu'y possédaient leurs établissements.

Mais Alexandrine était intarissable.

Elle avait assisté, la semaine précédente, à un spectacle pour lequel elle aurait payé cher un fauteuil d'orchestre et qu'elle avait pu regarder, gratuitement, en s'amusant à essayer des chapeaux chez Caroline Reboux. On ne pouvait, bien sûr, se coiffer ailleurs.

— Et imaginez, ma petite chérie, qu'entre alors dans les salons la magnifique, la superbe, l'illustre Caroline Otéro. Tous les regards convergèrent vers elle, le silence se fit, et je vis Mme Reboux, qui était près de moi, s'en aller, sans hâte, discrètement mais sûrement, vers la porte communiquant avec son bureau. Les demoiselles vendeuses s'affairaient soudain auprès des autres clientes et la Belle Otéro était seule en scène, au milieu du salon, livrée à elle-même et à ses reflets renvoyés par les grands miroirs. Et cela durait, cela durait, et personne ne s'avançait vers elle pour la servir, quand un petit trottin, entrouvrant l'une des portes des ateliers donnant sur le salon, s'est écrié, avec son accent bien de Paris et son culot :

— Tu ne le sais donc pas, ma belle, que la patronne ne veut coiffer aucune cocotte ?

— Dieu ! Et alors ? demanda Louise-Armande.

— Alors, la dame, en riant de toutes ses dents — on dirait qu'elle en a deux fois plus que nous tellement c'est blanc, tellement ça brille —, la belle dame dit : « Aussi n'est-ce pas un chapeau pour moi que je veux. C'est pour mon chien, qui les adore. Il ne dévore vraiment avec appétit que ceux de Mme Caroline Reboux. »

— Ah ! Guillaume, quand irons-nous à Paris ? Quand ? demandait Louise-Armande, ravissante dans les flots de batiste et de dentelle de ses oreillers.

Les deux hommes étaient assis dans la bibliothèque et fumaient.

Le fils disait à son père :

— La semaine dernière, Émile Goiran est venu me trouver et m'a annoncé qu'on lui offrait, chez l'un de nos confrères — je crois savoir de qui il s'agit —, un salaire supérieur de vingt-cinq pour cent à celui que nous lui donnons. Il ne pouvait refuser, me dit-il, une telle offre. Or Goiran, vous le savez, est chez nous depuis dix ans et n'ignore rien de nos fabrications.

— Que lui as-tu dit ?

— Ce que je vous ai entendu répondre, un jour dans un cas semblable : « Si vous nous quittez, mon ami, vous comprendrez que je ne puisse garder ici votre femme, votre belle-sœur, votre frère, son fils et quelques-uns de vos cousins. »

— Alors ?

— Il reste, et nous garderons aussi nos secrets de fabrication. Mais je me demande, depuis quelque temps...

— Quoi donc ?

— Eh bien, chacun de nos confrères, ici, a sa petite idée, son invention, ou, parfois, bénéficie du hasard qui le met sur la voie d'un progrès. Vous savez tout cela mieux que moi, mon père. Alors... n'y aurait-il pas profit à mettre en commun toutes nos expériences, à avoir, ensemble, un très grand laboratoire ? Nous avancerions à pas de géant, j'en suis sûr.

— Tu es fou ! Donner des armes à nos concurrents ?

— C'est bien, hélas, ce que je pensais que vous me diriez. Pourtant, le marché est si vaste, si demandeur, il y a place pour tous.

— Il y a, d'abord, place pour ceux qui ont des idées et qui les gardent. Nous sommes en avance, nous Garlande, sur beaucoup d'autres, notre laboratoire de recherche est le plus moderne. Nous ne craignons personne. Nous n'avons besoin de personne.

— Je ne crois pas que vous ayez tout à fait raison. Je sais que certains ont fait récemment des trouvailles, ont eu des idées neuves qu'ils ne peuvent exploiter eux-mêmes, faute de gros moyens financiers, que, précisément, nous avons.

— Ces trouvailles, comme tu dis, ces idées neuves, nous les aurons aussi, si nous ne les avons déjà, j'en suis sûr. Ou alors c'est qu'elles sont mauvaises. Mais si elles sont vraiment bonnes et nous ont échappé, nous les achèterons à ceux qui les ont eues, ce qui est honnête et intelligent.

— Vous voulez donc que je continue, comme vous, à embaucher des familles entières qui nous garantissent, autant que faire se peut, nos petits secrets ?

— Je t'interdis d'agir autrement !

— Bien. Vous allez donc être content, les membres des deux familles alliées Maraval et Cordier sont actuellement au nombre de vingt et un chez nous ! Et, à ma connaissance, aucun Maraval ni aucun Cordier n'a jamais travaillé ailleurs qu'aux Établissements Garlande.

— Veille-t-on bien à ce que les médailles et avantages mérités soient dûment distribués ? D'ailleurs, c'est moi qui en ferai la prochaine remise.

Et, riant et donnant une tape amicale dans le dos de son fils, Guillaume Aîné ajouta :

— Je crois que le grand bonheur de cette naissance t'a fait un peu perdre la tête. Un laboratoire commun ! Mais sais-tu que, même si nous étions assez idiots pour en avancer l'idée, pas un, tu entends bien, pas un de nos confrères n'en voudrait.

— Ils voulaient bien une bibliothèque commune sur notre métier et sur la parfumerie.

— Pardi ! C'est nous qui possédons la plus belle, la plus complète ! Ils avaient tous à y gagner. Tous, sauf nous. J'ai eu raison de dire non à ce projet.

Fugitive, une vision effleura Guillaume. Il se revoyait au collège, assis entre deux camarades qui écrivaient en dissimulant leur texte avec leur main. Chacun pour soi ! Il en serait toujours ainsi. Mais il avait eu tort de parler comme il l'avait fait à son père. Il n'y avait gagné qu'une mauvaise note. Et d'autant plus qu'il le savait bien, ce qu'il avançait, un peu trop en l'air, était irréalisable. Pourquoi donc l'avait-il fait ? Il regarda le patron et crut comprendre. Du plus loin qu'il se souvienne, il l'avait toujours tellement admiré ! Il le savait capable d'accomplir les plus belles, les plus grandes choses. Rien, avait-il toujours pensé, n'était impossible au maître de Grasse.

Mais, ce matin-là, celui-ci lui disait, encore incrédule :

— Un laboratoire commun ! Vraiment, tu es fou. J'espère que tu n'as proféré cette énormité devant personne ?

— Rassurez-vous, père, en fait, c'est à peine si je me la suis dite à moi-même, et encore !

Leurs pas les avaient ramenés vers le berceau. Ils se penchèrent tous deux au-dessus de lui. Alors, rasséréné soudain, Guillaume Aîné dit :

— Celui-là verra peut-être les choses changer, qui sait !

Mais une brusque lassitude l'assaillit. Il se sentit soudain vieux et fatigué. Son regard glissa du berceau vers son fils, ce bel homme dans toute la force de sa superbe jeunesse. Il lui sourit et fut sur le point d'engager une conversation plus intime, d'aborder leur vie privée. Il serait bon de se confier et qu'en retour le garçon en fasse autant. Ils ne s'étaient sans doute jamais assez parlé et par là même compris. Mais aujourd'hui il avait envie de lui dire : « Ta mère va beaucoup mieux et j'en suis heureux. Oh ! je sais, on m'a prêté distraction sur distraction extraconjugale ! Si tu savais combien on a exagéré. Ce que l'on accorde le plus volontiers, crois-moi, fils, c'est une mauvaise réputation. J'aime et j'ai toujours aimé ta mère. Mais j'aime aussi la peinture, la musique et bien d'autres choses qui l'ennuient, alors je prends ces plaisirs-là sans elle, et rarement, bien rarement, crois-moi, en éphémère compagnie. »

Mais il ne dit rien de tout cela. Il regardait, au loin, là-bas, vers les collines où des feux commençaient à s'allumer.

S'il avait parlé, son fils lui aurait peut-être dit à son tour combien il espérait que Louise-Armande s'habituerait à vivre à Grasse. Et qu'il fallait sans doute lui donner du temps. Et la comprendre. Elle arrivait d'une ville où tout brillait de l'éclat factice mais séduisant qu'y apportaient tant de cosmopolites hivernants. Les valeurs n'étaient pas les mêmes là-bas, à Nice, tout était travesti, comme aux jours de Carnaval. Mais le bon et le vrai d'ici, elle le verrait vite. Elle n'était pas issue d'une famille grassoise aux bases solides, il ne fallait pas l'oublier. Mais elle s'acclimaterait, il en était sûr. Il l'aiderait.

Ils ne se dirent donc rien.

Et Guillaume Aîné, après un silence, proposa seulement :

— Allons faire un tour d'usine, fils.

On préparait la « pommade » pour l'enfleurage à chaud des roses qui seraient bientôt là, généreuses de tout leur parfum.

On avait embauché plus de deux cents personnes supplémentaires et l'usine était une ruche en fébrile activité.

Venant de la chambre du nouveau-né, de sa douce et tiède sérénité, de cette atmosphère un peu mystérieuse où ils s'étaient émus devant l'éternel miracle de la venue d'un nouvel être en ce monde, ils ne furent pourtant pas désorientés. Ici était brassé un air qui convenait au mieux à leurs poumons.

Dans d'énormes cuves on mélangeait l'axonge et la graisse de bœuf, en des proportions qui étaient le secret bien gardé de la pommade Garlande. Seuls le vieux père Antonin et son fils Jeannot en savaient les dosages exacts. Et ces deux-là ne parleraient jamais. On disait dans l'usine qu'ils étaient plus Garlande que les Garlande eux-mêmes. Ce qui, d'ailleurs, les comblait de fierté.

— On en mangerait, père Antonin, de ta mixture, dit Guillaume Aîné.

— On aurait raison, monsieur, c'est de la bonne, regardez-la, elle est pure comme une jeune fille.

Bien qu'ils aient le visage luisant de la vapeur graisseuse, les deux hommes étaient maigres et secs. Leurs grands tabliers, descendant jusqu'à terre, enroulés très serré autour de leur corps, leur donnaient l'apparence de deux énormes cigares.

Depuis plus de deux semaines, sans jamais un dimanche de repos, ils étaient là, tous, autour de leurs cuves et de leurs foyers. Et, pendant ce temps, la terre, chauffée par le soleil, activait l'éclosion des fleurs que cette graisse attendait.

Puis ils traversèrent les distilloirs où les énormes alambics de cuivre, posés là comme des monstres au repos, attendaient eux aussi leur pâture fraîche.

Guillaume eut envie de dire à son père qu'il avait l'idée d'une simplification de l'installation d'extraction du parfum par les dissolvants volatils. Mais elle était trop vague encore. Il n'allait pas commettre la même erreur que pour le laboratoire.

Le baptême de Petit-Guillaume fut rapidement célébré pour ne pas retarder le départ d'Alexandrine.

La date de celui de Délia avait été au contraire repoussée par une bronchite du père Broussoux.

Jules-César marmonna ses commentaires, à la sortie de la cathédrale « des belles dames et des élégants messieurs » invités des Garlande. Il avait mis, en l'honneur de cet événement, un énorme panache de roses à son large chapeau. Côté royaume de son escalier, il attirait l'œil et son allure théâtrale faisait sourire. C'était là ce qu'il voulait. Il prétendait que les gens sont plus généreux quand on les fait rire que si on les fait pleurer.

À la réception qui suivit la cérémonie, on s'accorda à dire que ce bel enfant inaugurait un siècle prometteur en tout point. Où que l'on portât les regards, en cette fin d'avril 1900, ce n'était que marche triomphale et ininterrompue du progrès dû au génie de l'homme. Savait-on que plus de dix mille brevets d'invention avaient été déposés dans l'année en France ? Ce chiffre était certain, vérifié et admis par les autorités les plus compétentes. Tout bougeait, tout faisait des sauts gigantesques.

À entendre ce qui fut dit ce jour-là, devant petits fours et champagne, Jules-César eût peut-être été stupéfait. À moins qu'il n'eût haussé les épaules et proféré un « À quoi bon ? » flegmatique, suivi de son éternel et toujours aussi inopportun « Viva parte velfa ».

Fougassettes, fruits confits et vin muscat composèrent la collation offerte au baptême de Délia le mois suivant, au plus beau de la floraison des roses de mai.

On aurait pu y raconter, à ce baptême d'une toute neuve petite fille, que ce siècle s'ouvrant avec elle serait celui qui verrait les débuts de l'émancipation de la femme. Mais ceux qui étaient là s'intéressaient peu au fait qu'il existât une Mme Curie ou que l'on vît au barreau la première avocate. On était beaucoup plus dans la curiosité de découvrir ce que contenait le corbillon d'osier recouvert d'un carré de satin rose offert à l'enfant. C'étaient les souhaits qu'on lui faisait.

Les « fées » qui les présentaient, Honorade, Lazarie et deux voisines, y avaient mis :

– un petit bâton auquel était attaché un brin de fil : symbole d'une quenouille devant faire l'enfant laborieuse,

– du sel, pour la garder pure,

– du pain bis, afin qu'elle soit aussi bonne que lui,

– un œuf annonçant un bon mari et beaucoup d'enfants.

Sorenza y avait ajouté trois roses. Avant tout, sa fille devrait aimer les fleurs. Le père Broussoux compléta le tout par un sifflet, taillé à la hâte dans un roseau.

— J'aimerais qu'elle aime aussi la musique. C'est si beau, dit-il.

# 1908-1910

1

— La maison de la Croix-de-Lumière se dressait, disait Lazarie, toute fiérote de sa bonne santé retrouvée.

Guérie de tant de blessures gagnées en plus d'un siècle de batailles contre vents et tempêtes, pansée de partout, fardée de frais d'ocre rosé, coiffée d'ondulations rousses et d'un plumet de fumée argentée, elle se faisait sa convalescence dans les douceurs d'un soleil de l'hiver 1905 plus généreux qu'il n'aurait dû. Une faveur.

On avait beaucoup hésité pour le vert des fenêtres et de la porte. Chacun l'avait vu resplendir à son idée. Honorade et Lazarie vantant celui de l'angélique confite qui brillerait aussi dans l'ombre, tant il éclatait de lumière. Sorenza lui préféra un mélange de peintures, qu'elle fit elle-même, et dont elle assurait que, selon l'heure et les humeurs du temps, il était feuille de géranium, de violette ou d'oranger. Et même, certains soirs de pleine lune, se donnait-il aussi des tons de douce grisaille d'olivier.

On s'était ainsi diverti à mettre la maison à la mesure du rêve que l'on se faisait d'y vivre autrement qu'ailleurs. La Croix-de-Lumière devrait n'être que bonheur. On le voulait, ce bonheur, pour le donner à la petite Délia. Ainsi en avaient décidé Honorade, Lazarie et le père Broussoux.

Sorenza leur souriait, approbatrice et maternelle. Elle allait entrer dans sa vingt-troisième année et avait ainsi désormais quatre enfants, elle qui avait craint de n'en avoir point ! Et dans la plénitude et la sérénité que lui donnait *sa famille*, elle s'épanouissait. Elle était en paix. Il arrivait qu'Honorade et Lazarie l'apercevant, à un moment où, cessant de courir et de s'affairer, elle leur faisait face, fussent éblouies par ce qu'elles appelaient alors le merveilleux fleuri de sa beauté. Le père Broussoux, qui n'avait pas oublié l'opiniâtreté avec laquelle celle qu'il appelait maintenant sa fille l'avait combattu pour obtenir sa part de maison, avait encore, parfois, à la regarder un peu d'inquiétude dans l'œil, et il lui arrivait de ronchonner dans ses moustaches touffues : « Belle diablesse ! » S'il se trouvait sur son chemin, alors qu'elle courait, toujours pressée, il s'arrêtait pour éviter d'être bousculé, se faisait aussi immobile que les jarres de terre cuite vernissées de jaune d'or dressées çà et là dans le jardin, et pleines de l'eau du ciel. Le calme Grassois qu'il était n'approuvait pas cette continuelle agitation. « Elle ne s'arrête même pas pour écouter les cloches ! » disait-il. Lui le faisait. De la musique que les chapelles, les églises ou la cathédrale envoyaient généreusement, il aimait, où qu'il soit, jouir pleinement à reconnaître sa provenance et sa qualité. De tous les campaniles qui les entouraient : arrivaient des voix gaies et cristallines qui le ravissaient et il en voulait à Sorenza de les ignorer. Elle, à le voir immobile tête dressée vers les hirondelles, le traitait, silencieusement, de paresseux qui saisit chaque occasion pour poser l'outil. Que deviendrait-on ici, si elle s'attardait à chaque appel du ciel ou de la terre ? Plus tard, quand elle aurait accompli ce qu'elle voulait, alors peut-être prendrait-elle le temps d'écouter ce qui tintinnabulait en abondance entre collines, plaines et mer. Pour l'heure, elle aurait préféré que le vieux se contentât d'entendre chanter la chaîne du puits en tirant un peu plus de seaux qu'il ne le faisait. Mais le respect qu'elle devait à sa tignasse argentée, mal enfouie sous son vieux chapeau, lui interdit toujours de le lui dire. D'ailleurs, elle l'aimait bien et trouvait déjà suffisant pour le pauvre homme qu'il ait à supporter l'asservissement auquel le contraignait Délia.

L'enfant, âgée de cinq ans maintenant, s'était accaparé son grand[1] en toute propriété. Il le lui fallait à sa dévotion. Et il l'était. Comme il habitait le logement jouxtant l'écurie, elle disait, dès le matin : « J'y cours. » Et les sœurs Beauval, jalouses, répondaient : « Encore ! », bien qu'elles n'eussent nullement l'intention de se lever si tôt et de se prêter déjà aux jeux de leur petitoune.

Depuis qu'elles avaient quitté la confiserie, elles prenaient, disaient-elles, le temps de respirer un peu. Et tout en assumant leur part des travaux de la maison, elles s'offraient de douces petites paresses méritées. Car elles s'étaient aussi épuisées à déménager et emménager. Épreuves qui, les ayant atteintes moralement, les avaient d'autant plus fortement secouées physiquement. C'était la première fois de leur vie qu'elles changeaient d'habitation et, bien que la Croix-de-Lumière fût à peine à une lieue de la ville, elles disaient s'être expatriées.

Elles avaient transporté ici tout ce qu'elles possédaient. L'aile, construite pour elles, abritait une réplique exacte de leur nid de la rue de l'Oratoire. Ce qui voulait dire un chaleureux fouillis de souvenirs faisant le bonheur de Délia.

Très différente était la maison principale et ce qu'elles nommaient « le grand dépouillement de Sorenza ».

Dans ce qu'on appelait la salle, un mur entier était occupé par une énorme cheminée à auvent où aurait pu se faire rôtir le plus gros des bœufs en son entier et où deux niches, avec bancs de pierre, étaient souvent, aux jours de froidure, le refuge des petites sœurs Beauval, tapies comme deux hirondelles épuisées après la traversée de la Méditerranée.

On prenait les repas devant ce foyer.

Il n'avait jamais été prévu que le père Broussoux

1. Pour grand-père en provençal.

y serait convié. Mais, pendant sa bronchite, il avait bien fallu le nourrir. Personne, après, n'avait eu à cœur de le laisser se remettre à tremper seul sa soupe. Et maintenant, il ne changerait de place que pour aller voir si celle de Là-Haut était meilleure.

De cette première visite faite à la maison Maubert, celle du temps où les grandes toiles de Fragonard garnissaient encore les murs, et d'une seconde, où elle avait revu les mêmes tableaux mais dont on lui disait qu'ils étaient inférieurs aux précédents et de moindre valeur, parce que faits d'après les premiers et par un autre peintre, Sorenza avait gardé la désagréable impression qu'elle ne saurait guère différencier les deux œuvres l'une de l'autre. Elle s'était alors fait expliquer cette différence plus longuement par Miss Dodds, avait compris qu'il y avait de grands et de moins grands peintres, des œuvres originales et des copies, et s'était convaincue qu'elle ne parviendrait jamais à distinguer les uns des autres. Elle n'avait ni la capacité ni le temps d'apprendre, tout cela n'était pas pour elle. Même si ses terres, un jour, la rendaient riche, elle n'ornerait jamais ses murs.

— Elle est bien nue, ta salle, ma belle, risqua Honorade.

Alors Sorenza d'un geste circulaire montra le feu dans la cheminée, le paysage vu des fenêtres, le carrelage de tommettes cirées, les poutres qui rayaient le plafond, et dit :

— Et tout cela ?

— Mais les murs, si... pauvres ?

— Je les trouve belles, ces grosses pierres. Mais, si vous le voulez, à la bonne saison, lorsque le vannier passera nous voir, nous lui achèterons une hotte que nous emplirons d'épis de blé et nous l'accrocherons là, face à la cheminée.

— Si tu crois... dit Honorade, résignée.

Le territoire de la Croix-de-Lumière était maintenant d'une certaine importance. Il groupait les trois terrasses d'origine, deux autres dépendant de la maison et achetées avec elle, et la jasmineraie récemment acquise. Un jardin, situé à l'arrière de la maison, était suffisant pour les légumes nécessaires à la petite communauté.

— Voyez ! il ne nous manque rien, disaient les sœurs Beauval à Miss Dodds.

Emily venait le samedi. Elle arrivait dès le matin à cheval — on avait reparlé de la belle assiette Dodds à propos de ces chevauchées — et elle restait à la Croix-de-Lumière jusqu'à l'achevée du jour. Bien que l'on fût près de la ville, elle était censée en apporter les nouvelles et aussi celles de Paris et du monde.

Le père Broussoux avait examiné la miss, en trois coups de brève élévation de ses broussailleux sourcils. Il n'avait rien dit pendant plus d'un mois, puis déclaré, un soir après son départ, en se touchant la tête : « Elle en a là-dedans ! » Depuis, il l'écoutait, attentivement, faire la gazette, et sans jamais avancer de commentaire. Mais il arrivait qu'il lançât, à la veillée, dans un silence, en épluchant des châtaignes, en cassant la coque des amandes, une remarque sur la politique ou l'économie du pays qui prouvait l'effet que les informations apportées par la miss avaient sur lui. Parfois aussi, il ne pouvait s'empêcher, si elle avait donné de mauvaises nouvelles, de dire à Délia, dans le dos de l'Anglaise : « Tu sais, petite, les hommes sont fous et Dieu doit en être bien contrit, le pauvre. » Alors, si l'enfant le regardait, sans comprendre, mais en lui souriant, il concluait :

— Hé ! c'est toi qui as raison, il faut en sourire, ou alors nous ne saurons plus faire pousser nos fleurs.

Mais il devint tout pâle, puis se fâcha tout rouge, lorsque Miss Dodds parla des études de Délia que l'on ne pouvait pas laisser pousser comme une herbe folle. Il y avait de très bons pensionnats à Grasse. Elle les connaissait tous et pouvait en donner la liste.

Sorenza écoutait.

On était à table, à terminer un dessert de figues sèches et d'amandes. L'enfant, avec des gestes mesurés, avait ouvert sa figue et y introduisait une à une les trois amandes décortiquées que l'on venait de lui donner. C'était une petite fille calme, réfléchie. Elle se penchait avec attention sur ce qu'elle appelait son *farci* et, avant d'y goûter, en contemplait la parfaite ordonnance, sans paraître se soucier de ce qui se disait au-dessus de sa tête blonde.

— Le pensionnat Jeanne-d'Arc ? Mais son carillon est le plus triste de tous ! Quand, par vent d'est, il nous arrive ici, c'est comme si un vol de corbeaux nous noircissait le ciel ! rugissait le père Broussoux.

— Nous étions heureuses, nous, à Sainte-Marthe, disaient Honorade et Lazarie, rêveuses.

— Il y a aussi Sainte-Marie.

Sorenza se taisait toujours. Et comme sa fille avait fini sa figue, elle lui en donna une autre et prit le temps de casser les coques de trois amandes avant de dire, dans le silence revenu :

— Non ! Elle restera ici.

— Mais... l'école est obligatoire... la loi dit...

Elle les écoutait encore, en continuant à garder son calme, et elle posait sur eux son long regard déconcertant. Elle s'expliqua. Elle n'avait pas mis cette enfant au monde pour la donner aux bonnes sœurs d'ici ou de là, qui leur rendraient une demoiselle inutile, toute en prétentions. Il n'y avait qu'à regarder la fille des Autran, à deux pas d'ici. On pouvait voir, quand elle venait, aux vacances, ce que son pensionnat en faisait. Elle avait peur de souiller ses chaussures dans la rosée, elle ne s'asseyait pas dans l'herbe pour éviter de froisser sa robe et elle était bien fichue de croire qu'il y avait des oliviers à olives vertes et d'autres à olives noires !

Aucun argument avancé par Emily, Lazarie ou Honorade n'ayant eu le moindre pouvoir, il fallut bien accepter la chose : Délia serait instruite, avec les petits paysans, à l'école primaire du village de Magagnosc où une douzaine d'élèves, de six à quatorze ans, recevaient d'une même institutrice ce que cette brave personne arrivait, tant bien que mal, à leur inculquer.

Le samedi suivant, Emily arriva avec son sac bourré de prospectus et documents divers. Elle avait réfléchi, compris et admis — puisqu'il le fallait bien ! — le point de vue de Sorenza. Alors, elle s'était renseignée. C'était vrai, ce siècle qui commençait s'ouvrait aux femmes. Après la première avocate, on voyait la première femme médecin et même une archéologue. On parlait aussi d'un journal dont l'administration, la direction et la rédaction étaient uniquement féminines. Bref, il y avait une école d'horticulture à Hyères où l'on accepterait sous peu les filles. Parce que cultiver la terre, c'était bien, mais encore faudrait-il que Délia le fasse au mieux et avec tout ce que l'époque offrait de connaissances. À quatorze ans, elle pourrait partir là-bas et en revenir cultivatrice diplômée. Qu'en pensait-on ?

On en pensait... que ce bel avenir était pour dans une dizaine d'années. Aussi tous furent d'accord. C'est alors que le père Broussoux souleva l'affaire du piano remisé à l'écurie. La seule bonne chose enseignée, d'après lui, dans les pensionnats à carillons plus ou moins gais, c'était la musique. Et la musique, on l'avait ici. Il suffisait de mettre dans la chambre de la petite ce pauvre piano qui se languissait entre le mulet, l'âne et les poules.

C'était l'instrument de Mme Beauval mère. On n'avait pu le hisser jusqu'aux pièces d'Honorade et de Lazarie par l'escalier qui, disait le maçon, « n'avait pas été prévu pour jouer les mazurkas ». Ni les ouvertures des fenêtres. Depuis, les poules se l'étaient approprié comme perchoir.

L'escalier qui menait à la chambre de Délia se révéla trop étroit aussi. Alors, on transporta l'instrument dans la cuisine du père Broussoux, qui ne lui servait guère. Si l'enfant s'y intéressait, elle le trouverait là où, tout compte fait, le bruit ne gênerait personne.

Au début de l'année 1906, il fallut chercher de l'aide. Le père Broussoux s'employait de bon cœur, entre les deux soleils, au jardin potager qui nourrissait la famille. Il devait aussi s'occuper de la vache, du mulet, de l'âne et des poules et on le voyait traîner la jambe. Il arrivait même qu'il oubliât d'écouter ses carillons tant il était épuisé. Quant aux travaux des champs de fleurs, Sorenza et l'homme de journée qu'elle employait n'y suffisaient plus. Honorade et Lazarie faisaient de leur mieux pour tenir la maison. Mais à la venue du temps des cueillettes — et il durait près de sept mois —, on ne pouvait guère leur demander plus que d'être debout de l'aube au crépuscule à emplir leurs paniers de fleurs et à raconter de belles histoires.

Ce fut sous l'olivier où, accroupis, ils emplissaient leurs corbeilles de violettes, que Sorenza découvrit Rousseline et Hilarion. Lui valet de ferme, elle servante, et tout perdus, tout malheureux, depuis la mort du baïle qu'ils servaient depuis qu'ils étaient jouvents. Ils cherchaient gîte et nouveau maître. Ils contemplèrent cette jeune maîtresse belle et fière comme une fleur. Elle avait des yeux pleins à en déborder de la calme assurance de ceux qui savent commander. Et elle leur souriait, dans l'ombre de son grand chapeau de paille. À la voir, elle leur plut, à l'écouter, ils se dirent qu'ils aimeraient l'entendre chaque matin leur crier « À la prière[1] ! ». Alors, ils surent qu'ils avaient retrouvé le soleil.

Elle leur dit, pourtant, qu'elle n'était pas riche. Les gages qu'elle offrait étaient moindres que ceux qu'ils auraient peut-être ailleurs. Mais elle avait aussi quatre mûriers pleins de sève et un grand grenier habité de belle lumière. Cela ferait merveille pour élever des vers à soie. Le profit en serait tout entier à eux.

Sans cesser de cueillir leurs violettes, et comme si c'était d'elles qu'ils attendaient leur réponse, ils réfléchirent, tête penchée vers la terre, puis dirent ne vouloir accepter qu'un demi-profit, puisqu'ils ne donneraient que du labeur et la maîtresse son grenier et les feuilles de ses mûriers.

Sorenza avait bien vu des fils d'argent atténuer le

1. Ce que crient les baïles des mas pour réveiller les hommes. « À la prière », c'est-à-dire : « Au travail ! » Qui travaille prie. (A. Daudet, *Le Valet de ferme*).

feu des cheveux de Rousseline et éclairer le sombre de ceux d'Hilarion. Mais elle aimait l'expérience et la sagesse de ceux qui ont déjà vu beaucoup de jours se lever. Elle savait aussi que les aînés avaient pour elle de la bienveillance et non de l'envie.

Ils installèrent leur paillasse dans le grenier. Ils y vivraient avec les vers à soie, les cocons et les papillons blancs. Et, lorsque le carillon de la Croix-de-Lumière — installé par le père Broussoux — annonçait qu'il était l'heure du déjeuner, du dîner ou du souper, ils ajoutaient leurs deux assiettes en bout de la grande table commune.

Cette table, semblable à celle de la cuisine de l'oliveraie San-Vitale, Sorenza en rêvait depuis sa première visite à la terre du vieux Gaubert, de la Visitation. Elle ressentait de la fierté d'y présider désormais aux repas.

Elle en avait fixé les dimensions elle-même, au charpentier de Saint-Jean. On devrait pouvoir y tenir au moins vingt. « Eh ! c'est tous les pauvres du pays, s'était-il écrié, que vous voulez y asseoir ? » Mais il s'était exécuté avec d'autant plus de célérité qu'elle était une jeune maîtresse qu'il aurait eue pour bru avec grand contentement. Il savait son fils, comme beaucoup d'autres, tout retourné à n'apercevoir, au tournant d'un chemin, qu'un pan de sa robe.

Et elle fut vite là, longue, large, solide, orgueilleuse de sa belle odeur de bois fraîchement travaillé. Elle était faite du tronc entier d'un olivier bicentenaire et réformé qui trouverait sans doute ici son immortalité. Car il faudrait encore des siècles pour qu'il meure une seconde fois sous sa nouvelle apparence. Et, désormais, de tous ceux de la Croix-de-Lumière, la plus goulue, la plus insatiable était la table. On en était au cinquième bidon de cire absorbé par elle et on ne savait pas jusqu'où ça irait !

Chacun y avait trouvé sa place. Aussi bien pour les repas qu'aux heures des petits travaux qui s'exécutaient mieux avec son aide. Sorenza y faisait ses comptes et y lisait son *Almanach du bon cultivateur.*

Honorade et Lazarie y reprisaient, cousaient ou brodaient, le père Broussoux y taillait ses sifflets de roseau ou de petits objets de bois pour Délia. Et chaque samedi, on y jouait au loto. C'était là une victoire d'Emily Dodds. Elle avait gagné sa bataille contre la tradition en exploitant la commisération d'Honorade et de Lazarie sur l'ennui qui pesait chez les Garlande. On n'y jouait à rien, Mme Louise-Armande détestait les jeux, en bloc, et le loto en particulier.

Il avait été approuvé par tous que l'argent d'une cagnotte, désormais constituée, servirait, quand elle serait conséquente, à passer une journée à Cannes, ou peut-être même à Nice.

Le peloton de sièges entourant la table provenait de la famille Beauval. Il y en avait de toutes les époques, depuis ceux datant de l'ancêtre postillon jusqu'aux solides gondoles d'acajou Louis-Philippe de la jeunesse des demoiselles Beauval en passant par les légères petites chaises noir-de-fumée du style Napoléon III qu'aimait leur mère. Selon son poids et son volume on avait droit aux uns ou aux autres, mais c'était à la maîtresse des lieux qu'Honorade et Lazarie avaient offert le fauteuil de l'ancêtre.

Un jour, on donnerait à la grande table sa belle couronne de sièges neufs, aussi dorés et parfumés qu'elle. Mais ce temps-là viendrait plus tard. De l'argent de la tante Amélie, il restait peu de chose, tout juste de quoi attendre les récoltes. « Bénie soit-elle », cette brave dame, disaient parfois Mlles Beauval. Et elles poussèrent même la reconnaissance un beau matin d'hiver et de soleil glacé — on avait si peu de temps à donner à la courtoisie et à la bienséance dès le printemps venu — à se faire cahoter sur les chemins pierreux dans la carriole du voisin jusqu'aux Tourettes, mettre une couronne de perles sur la tombe de celle à qui ceux de la Croix-de-Lumière devaient tant. Elles en revinrent en disant à Sorenza :

— De là où elle est, sûrement Là-Haut, elle comprendra que nous ayons fait le geste de ta part. Elle savait ce que c'était, de son vivant, le buttage des rosiers et que tu travailles de l'aube au coucher. Et si elle ne comprend pas, Dieu lui expliquera.

Le premier coureur de grand chemin qui frappa à la porte de la Croix-de-Lumière à l'heure du dîner fut Balthazar Roumignac, le colporteur. On lui fit place et Rousseline ajouta son couvert. Les femmes avaient bien envie de fourrager dans le contenu de sa balle, mais attendre ce plaisir ne ferait que l'accroître. Alors, avant les marchandises, il y eut les nouvelles. Ce qu'à Paris ils appelaient « l'affaire » venait de se terminer. Celui qu'on avait traité d'espion et condamné, on l'avait, au bout du compte, décoré. Ce fut Honorade, son dos maintenu bien droit contre celui de son siège, qui fit le commentaire de la nouvelle :

— Vous le comprenez, tout ce pastis Dreyfus ? Tout ce four-foui pour rien ? La moitié de la ville, ici, chez nous aura été en guerre contre l'autre. Et pour y gagner quoi ? Des cils de pie, comme on dit. Et lui, ce pauvre malheureux Juif qu'on a martyrisé, voilà qu'on lui donne la médaille ! Et qui c'est qui la donne ? Un général ! Un de ceux que tous accusaient d'être en pleine forfaiture contre lui. Ah ! pauvres de nous ! Monsieur Balthazar, si vous n'avez pas quelque chose de meilleur dans votre sac, ne sortez plus de ces nouvelles. Si je racontais des histoires pareilles, moi, à nos cueillettes, on me lancerait des tomates. Et pourries encore !

— Tout ce que je pourrais vous dire, ma bonne demoiselle, c'est que ça continue à aller de malencontre en malencontre entre ceux qui commandent le pays et ceux qui commandent l'Église. Avant, ça n'était que cul et chemise... Maintenant ils appellent ça la séparation. Celle de l'Église et de l'État. Le pape déjà n'est pas content, alors, allez savoir ce qu'Il en pense, le bon Dieu ? Sûrement Il va faire tonner, et fort. Gare aux tempêtes. Parce que c'est pas possible qu'Il accepte que les filles de son Église, pauvres malheureuses, n'aient que son ciel comme toit au-dessus de leurs têtes. Déjà ici, après la grande révolution, tous les couvents sont devenus des parfumeries. Je me suis même toujours demandé ce qu'Il a dû en penser à cette époque...

— Et pourquoi Il aurait pas été heureux de ça, sans trop le dire, bien sûr ? intervint Lazarie. Parce qu'entre nous le parfum des roses et des jasmins, c'est plus suave que celui des religieuses. Je vais vous dire que...

— Ne dis rien. On a compris, conclut Honorade.

Sorenza écoutait peu, et rêvait. La bonne odeur de la soupe, fumant dans la soupière, la douce chaleur du feu dans la cheminée, la protection du toit, refait à neuf, et la certitude qu'il ne laisserait jamais vents et tempêtes entrer ici, tout cela était sa richesse. La Croix-de-Lumière désormais existait, telle qu'elle l'avait voulue. Et elle aurait aimé la montrer à Guillaume Garlande, bien qu'elle sût que cela ne l'intéresserait en rien.

Et Jules-César arriva un matin, porté par une douce brise, le chant des oiseaux et le désir d'un bon repas. On lui fit place en le félicitant de la superbe forme de son odorat qui avait dû le guider jusqu'ici, parce qu'il arrivait un jour de fassum[1] et pas n'importe lequel, celui où le farci du chou avait le bonheur d'être enrichi des premiers petits pois du jardin ! Si le président de la République ou le Saint-Père venait à Grasse, c'était le régal à leur servir. Jules-César le savait, comme il savait tout.

On eut les nouvelles de la ville, aussi fraîches que les petits pois. Du bavardage confus du mendiant, on put pourtant extraire que ces matières odorantes, dites artificielles, employées par certains fabricants grassois à la place de vrais extraits de fleurs ou de fruits étaient sans doute mauvaises pour la santé. Cette pauvre Mme Mafalda, une brave qui voulait entendre sa

1. Le plat grassois le plus notoire : chou farci contenant du riz, un hachis de lard, de l'huile d'olive du pays, le tout emprisonné dans les feuilles les plus tendres du légume et mis enfin dans un filet appelé le fassumier. Le tout est cuit dans une marmite en terre vernissée.

messe chaque matin, en était empêchée depuis plus d'une semaine, bien indiposée parce que l'eau de violette qu'elle achetait depuis toujours *À la corbeille d'argent* contenait maintenant, sûrement, des produits sortis d'une de ces cornues du diable... L'une des huit cloches de la cathédrale était malade aussi, et en réparation, les carillons du dimanche prochain en seraient contrariés... Le perroquet de M. Josse, le vieux marin, lui avait été volé. Son bel ara aux plumes de neige ! C'était facile de savoir qui l'avait pris. Sûrement le parfumeur qui vendait ces savonnettes de la marque « Au perroquet blanc », pardi !... L'Amélia de Plascassier, celle qui venait vendre tous les jours au marché de la place Aux-Aires, y avait apporté toute la semaine des jujubes gros comme des noix. Il en avait vu une et dit qu'il ne fallait pas manger ça, c'était nourri de la malice du diable. De ceux qui en avaient maintenant dans l'estomac, il préférait ne pas avoir à attendre son pain, ils ne pourraient pas le lui donner longtemps... Tout le monde dans Grasse savait que l'année qui venait de finir avait été la meilleure de toutes. On avait récolté trois millions de kilos de roses ! Si on prêtait l'oreille, si on écoutait bien les carillons des dimanches et des jours de fête, on les entendrait dire et redire : « Trois millions ! trois millions ! trois millions ! » Les cloches savaient tout... À entendre ça, le père Broussoux avait l'un de ses coups de sourcils dubitatifs, pourtant il ne contredisait pas ! Il savait ses carillons trop joyeux de chanter dans l'or du ciel pour se casser le plaisir avec des calculs, même de roses, mais ces mendiants, un peu sorciers, il fallait bien se garder de les contrarier si on ne voulait pas en recevoir un mauvais sort.

Jules-César prit l'habitude de venir le samedi, lui aussi. Ce qui ne gênait pas Emily Dodds. Au contraire. Elle trouvait le personnage « gaiement pittoresque ».

Il y eut, une fois, à la nuit déjà tombée, et par temps de gros orage, la visite d'un pauvre homme trempé et grelottant. Il disait avoir été attaqué par deux brigands qui s'étaient emparés de son cheval et de ses échantillons. Il était voyageur en parfums. C'était la troisième fois, en dix ans de colportage, que ce malheur lui arrivait.

On le sécha, le réconforta, le nourrit et il passa la soirée à parler parfums et parfumeurs. Il était déjà d'un bel âge et en avait autant à dire qu'à vendre. À l'entendre, les plus grands seigneurs de la corporation, ces MM. Chiris, Roure, Tombarel, Goby, Cresp ou Garlande et même les souverains de Paris, MM. Guerlain, Coty, Rigaud, Piver ou Lubin, lui faisaient l'honneur de le recevoir et lui parlaient de leurs créations. On savait qu'il s'y connaissait en parfumerie. Les yeux bandés, et à ne respirer un flacon qu'une seconde, il pouvait dire le nom du parfum qu'il contenait sans se tromper jamais. S'il avait eu ses échantillons, il aurait pu faire une démonstration à ces dames. Ce serait pour une autre fois. Dans des temps meilleurs.

Mais Lazarie, qui trouvait à ce dévorant — il avait lampé trois assiettées de leur soupe au basilic ! — un air de vieux pirate, alla chercher, dans le fouillis de sa chambre, un flacon qu'Emily lui avait offert et l'apporta.

— Vous avez dit seulement une seconde, n'est-ce pas ?

Et elle ne mit pas plus longtemps la petite bouteille sous le nez du visiteur, en ayant soin d'en cacher la forme et l'étiquette.

— *Fin comme l'ambre*, de chez Oriza.

— C'est ma foi vrai ! dit Lazarie, stupéfaite.

— J'ai dû hésiter un peu, le parfum a viré.

— Je venais de l'ouvrir pour la première fois à l'instant !

— Non, mademoiselle. Ce flacon a été débouché il y a déjà longtemps et, bien qu'habilement refermé, il a pourtant pris l'air et le soleil. *Fin comme l'ambre* a été créé en 1900 par Oriza et je mettrais mon nez à couper que vous avez là l'une des premières fabrications, mais entamée il y a au moins cinq ans !

— Tu vois ça ? murmura Lazarie à sa sœur. Ah !

Je m'en doutais qu'elle nous faisait des cadeaux voltigeurs, la miss ! Pour moi, on lui aura offert ce parfum, elle l'a un peu utilisé et nous l'a refilé ensuite... Je me demande si elle va être aussi facile que ça à faire, l'« Entente cordiale », comme ils disent, entre la France et l'Angleterre, parce que avec des hypocrites pareils, qui vous disent avoir commandé, juste pour vous, des cadeaux qui s'éventent dans leurs tiroirs depuis des années... Bon, pour en revenir à ce dévorant de soupe, si on essayait autre chose, pour voir, parce que ce premier coup est peut-être du hasard. On va demander à Sorenza le parfum que ce pauvre Félix lui avait offert.

Sorenza l'apporta et, le flacon à peine débouché, on entendit :

— *Voilà pourquoi j'aimais Rosine*, de Guerlain.

Ce qui fut concluant. Le pauvre dépouillé, trempé, affamé, savait quand même de quoi il parlait et, maintenant, il expliquait qu'autrefois, quand il était plus jeune, il aurait pu devenir un nez[1]. Et un assez bon nez. Il avait été formé chez les Garlande, du temps du grand-père de l'actuel Guillaume. Mais on n'est pas parfumeur-créateur seulement parce qu'on peut reconnaître les odeurs et les parfums. Il faut savoir et ressentir bien d'autres choses encore.

Alors, on le laissa raconter qu'enfant déjà, avec son père qui travaillait aussi chez les Garlande, on lui avait appris à sentir. Pas seulement odorer et dire violette, rose, ou jasmin. Ce n'était jamais aussi simple. Sentir, ça voulait dire aussi comparer, dans sa mémoire, rechercher d'où venait, dans le passé, cette odeur qu'on respirait dans le présent, savoir associer en belle harmonie des matières premières odorantes et créer enfin des féeries olfactives... Aucun appareil, aucune machine, rien, absolument rien d'autre, ne pouvait remplacer le nez de l'homme.

— Un *vrai*, un grand nez que j'ai bien connu, parce qu'il venait toujours s'acheter son ballotin d'abricots

1. Nez : nom donné aux parfumeurs-créateurs.

confits chez Nègre, me disait qu'il *voyait* des parfums. Alors vous, comment, par exemple, vous le voyez, ce *Voilà pourquoi j'aimais Rosine* ? dit Honorade.

— Repassez-le-moi un peu que je le remette... Eh bien ! Je vois une belle Rosine... tenant un bouquet de fleurs à la main... et le respirant. Et c'est joli à voir, comme c'est joli à sentir. Je pourrais vous dire à quelle famille de parfum il s'apparente, mais cela ne vous intéresserait peut-être pas.

— Et c'est tout ? Mon pauvre, vous ne voyez pas loin ! et boun Dious, vous êtes court en imagination ! Parce que ces MM. Guerlain, de Paris, les premiers parfumeurs du monde, vous pensez bien que s'ils ont choisi ce nom-là, c'est pour lui faire dire autre chose que les jolies senteurs d'un bouquet de fleurs respiré par une jolie dame. Là, voyez-vous, voyageur, je crois, moi, que c'est comme qui dirait un parfum-portrait ce parfum-là. Et Honorade, respirant à pleines narines le flacon ouvert, ajoutait qu'elle devait être gaie, joyeuse, et caressante, la jeune Rosine, et espiègle aussi, parce qu'il était tout cela, ce parfum, avec un petit coup de mystère en plus, celui qu'il y a en toute femme, ne me dites pas le contraire, voyageur, et même, tenez, je sens aussi comme de la coquetterie, là-dedans. Ah ! Je la vois bien troublante, cette petite Rosine qu'aimait M. Guerlain ! Ces maîtres parfumeurs, quelles vies superbes ils ont ! C'est de la magnificence qu'ils se concoctent avec les essences et les extraits de fleurs que nous leur envoyons d'ici. Si j'étais l'un de ces MM. Coty ou Guerlain, qui parfument les grands du monde entier, je ne me tiendrais pas de joie, chaque matin, en m'éveillant, à me dire que le roi d'ici, la reine de là, le prince de ceci, la princesse de cela, j'arrive, moi, à leur embellir encore leur existence déjà éblouissante, grâce à ce que je leur ai créé avec mon savoir, mon inspiration, mon imagination, et aussi, sûrement, mon cœur. C'est pas possible de faire si merveilleux sans que le cœur y soit. Vrai, je me demande si penser comme je viens de vous le dire ne les grise pas eux, les grands créateurs, autant que ceux qui s'aspergent de leurs parfums.

— Alors, dit Lazarie, secourable, au pauvre homme qui digérait maintenant dans la béatitude, les pieds tendus vers le feu de grisons, alors, vous, en ayant commencé votre carrière sur la route impériale de la création des parfums, vous la terminez sur les petits chemins où vous vous faites attaquer ?

— Hé oui ! pour être un grand créateur, mademoiselle, il faut en avoir et en avoir dans le nez, dans la tête et peut-être même dans le cœur, comme vous dites !...

— Pourquoi l'as-tu attristé, ce pauvre homme ? demanda Honorade à mi-voix à sa sœur.

— Pourquoi ? Regarde-le. Le voilà qui ratiboise maintenant ce pot de confiture que vient de sortir Sorenza. Le *dernier* pot de pêches *avec* amandes. J'aime la croquer, moi, la petite amande blanche en même temps que la chair du fruit, c'est mon plaisir, et ce pauvre semble-parfumeur, il me le vole.

— Pourquoi *elle* lui fait savourer encore ça ?

— Pourquoi ? Pour qu'il ne s'en aille pas tout de suite. Pour qu'il lui parle des Garlande, pardi. C'est ce qu'elle attend depuis son arrivée ! Regarde si elle est belle, digne, impassible, dans son fauteuil. Elle a l'air d'une impératrice qui écouterait à peine un vieux raseur d'une demi-oreille, mais, au-dedans d'elle, crois-moi, elle est aussi gourmande de ce qu'il lui dit de son Guillaume que lui de nos confitures.

— Elle ne te farcit pas la tête, à toi aussi, la miss, avec son empire des Indes ? demandait Honorade.

— Je ne l'écoute pas, répondait Lazarie.

— Moi non plus, mais je l'entends quand même. Alors je vais lui répondre à ma façon. Et d'abord son empire des Indes, il rapporte quoi ? Du thé ? À boire ça, tu croirais avaler du jus de papier. J'ai essayé d'aimer, j'ai pas pu. Ah ! parle-moi de notre thé d'orange de chez Nègre... Bon, et nous, on n'en a pas un, d'empire colonial ? Tu veux que je te dise comment il devrait s'appeler le nôtre ? *L'Empire des fleurs*. Parce que nous l'avons conquis pourquoi, sinon pour y cueillir ce qui manque ici ? Alors écoute bien, voilà ma plus belle histoire, celle que je leur raconterai aux prochaines roses, ce sera : « *Notre empire de fleurs*, ou la légende de ce qui pousse dans nos colonies très spécialement pour la ville de Grasse. » Depuis que j'entendais parler du Tonkin, ça me tracassait de ne rien savoir de ces pays coloniaux. Alors je me suis renseignée. Tu l'as vu, je suis allée à Grasse acheter des livres, en plus de mon *Illustration*. Maintenant, je sais. À la prochaine cueillette, je leur dirai : « Mes amis, tout ce qui est là, autour de vous, au plus loin que vous puissiez regarder dans l'univers de nos Alpes-Maritimes, dans ces six cent cinquante mille hectares de terre à roses qui nous donnent dans les trois millions de kilos de pétales, tout cela n'est qu'une partie de la richesse de notre ville. L'autre pousse en Algérie, à Madagascar, au Congo, en Indochine, à Tahiti. Et, pendant que nous cueillons ce que notre soleil nous fait mûrir ici, là-bas, un autre soleil nourrit pour nous encore et encore des tonnes de belles plantes.

— Crois-moi, on n'aimera pas cette histoire-là.

— Et pourquoi ?

— Parce qu'en t'écoutant, ils regarderont autour d'eux et ils se diront : « Quel besoin d'aller si loin, chez les sauvages, pour planter ce qui pousserait si bien ici, si on le voulait ? » Les grandes usines, les grands propriétaires de terre à fleurs, et tous nos jardiniers cultivent, de plus en plus, pourtant il reste encore de la terre de Provence à retourner et à faire valoir. Alors, je te le dis, ils n'aimeront pas entendre parler de tes colonies. Ça leur fera comme pour les tableaux de Fragonard, partis en Amérique, un effet d'injustice...

— Tu sais bien que c'est pas vrai ! Ce qui pousse

au soleil du Tonkin ou de Madagascar, ça ne peut pas pousser ici.

— Eh bien ! Va-t'en donc leur dire en plus, à nos Grassois, que leur soleil n'est pas le meilleur !... Et te rappelles-tu aussi, du temps de *La Muscade*, ce qu'on a entendu un jour, d'une cliente, sur la vanille des colonies : « Ah ! ça ne m'étonne plus que les gousses soient si noires maintenant que je sais que c'est des nègres qui les cueillent ! »

— N'empêche, nous l'avons l'empire colonial des fleurs et des plantes pour donner à Grasse tout ce qui lui manque.

— Eh bien ! Garde ça pour toi ! Et je vais te dire encore, pendant que tu le raconterais, ton *Empire de fleurs*, imagine un peu la Julie Combastet qui a perdu son beau gars quelque part là-bas, ou la mère Mattéï que son fils est tombé à Madagascar, imagine qu'elles t'interrompent pour te dire, doucement, dans la peine où elles sont, que c'est joli tout ce que tu racontes là, mais que les fleurs de ton bel empire colonial, elles sont arrosées du sang de leurs enfants et de leurs larmes à elles, alors la tristesse te coupera le sifflet, ma fille.

— Pourtant, soupirait Honorade, rêveuse, c'était beau... je leur aurais dit le vent des tropiques, apportant l'odeur des vanilliers...

— Aux cueillettes, pendant qu'ils sont soûlés du parfum des jasmins ou des roses, ils peuvent rien sentir d'autre, crois-moi.

## 2

Sorenza était assise sur la margelle du puits et y buvait son bol de lait chaud en assistant à la naissance du jour.

C'était sa place et son heure favorites. L'heure où elle aimait voir sa maison reprendre peu à peu formes et couleurs. L'heure où ce qui l'entourait se libérait de la nuit en gardant trace encore de son mystère.

Le vénérable néflier, au tronc et aux branches tourmentés, montant sa garde branlante à la porte de l'écurie, la vieille vigne vierge en escalade toujours allègre de la façade, l'énorme figuier aux épanouissements de matrone comblée d'enfants et de considération, les murs encore blêmes sortaient de l'ombre, se dessinaient sur la grande traversée de couleurs que le ciel faisait à chaque lever du soleil. De ce passage des rouges aux roses puis aux mauves et aux gris pour en arriver aux bleus et à l'or, tout semblait frémir puis jouir encore un peu de la caresse de l'air, avant d'être bientôt figé dans la grande immobilité ensoleillée de la terre.

Ce fut Délia qui sortit la première de la maison et vint grignoter sa tartine à côté de sa mère. Elle avait la grâce pure et fraîche de ces anémones des champs qui dansaient dans les prairies depuis quelques jours. Elle partirait bientôt pour l'école. Une demi-lieue à franchir à pied avec Rousseline. On ne sortait la charrette qu'aux jours de pluie, par grand froid ou grand vent.

La petite fille avait d'interminables recommandations à faire avant son départ : il faudrait prendre soin de son serin, son fifi, et de son chat. Très séparément surtout, le second ne cessant de guetter, avec férocité et persévérance, le premier. Et elle paraissait n'avoir confiance en personne pour accomplir cette mission délicate. Puis elle hésita un moment, sa tartine et elle immobiles, avant de confier le plus important de ses secrets à sa mère. Il s'agissait du catalogue des magasins du Louvre de Paris. Tante Lazarie le lui avait donné — elle ne commandait jamais rien — mais tante Honorade le lui avait repris. Pas pour s'en servir — elle ne commandait jamais rien non plus — seulement pour le garder. On ne pourrait donc pas découper dedans, et elle avait besoin de découpages pour faire leur beau livre d'images avec Grand'pa Broussoux. Alors, elle avait repris le catalogue et l'avait caché. Mais si tante Honorade s'en apercevait, elle le reprendrait encore. Il fallait de l'aide. La meilleure était-elle sa mère ? Délia se demanda si elle rirait en disant : « Oui, nous allons le cacher toutes les deux » ou « Veux-tu remettre ça tout de suite où tu l'as pris ».

Sa tartine finie, Délia décida de tenter une alliance. Aussi bien, sa mère saurait l'affaire. Elle savait toujours tout.

On adopta la solution donnant satisfaction à chacun : obtenir, officiellement, de tante Honorade, l'abandon du catalogue.

— Promis ?

— Promis.

Les promesses de sa mère, Délia le savait, étaient toujours tenues. Et elle s'en allait, satisfaite, lorsqu'elle fut rappelée et entendit :

— Cette année, tu commenceras à cueillir. Tu es grande, maintenant.

— Et je serai payée ?

— Tu le seras.

— Alors je pourrai m'acheter des catalogues !

Sorenza suivit sa fille des yeux. Elle la vit s'arrêter, considérer un escargot, puis le gratifier de l'une de ces longues conversations où elle excellait et où il était sûrement question de sa vie d'escargot et sans doute aussi de conseils pertinents pour sauver cette vie d'escargot des dangers qui la guettaient. Et, bien entendu, l'escargot restait là, à continuer à dévorer la feuille sur laquelle il était installé. La petite Sorenza, autrefois, aurait écrasé l'escargot et préservé la plante.

Elle prêta l'oreille et entendit l'enfant qui entonnait maintenant à tue-tête la chanson inventée par Lazarie pour se moquer des leçons de maintien que Miss Dodds avait entrepris d'établir.

*Faut-il vraiment la fourchette*
*pour manger une fougassette ?*
*Et doit-on se servir du couteau*
*pour couper le tourteau*[1] *?*
*Mais pitié pour le fassum*
*qu'il faut savourer sans décorum !*

Emily n'approuvait pas que l'on fît de Délia une campagnarde. Elle disait : « Regardez-la, elle a l'air d'une petite princesse Pauline[2] et vous en faites une paysanne ! »

Mais Miss Dodds et le père Broussoux savaient bien que Délia ne serait jamais une paysanne. Ce qui se passait dans la cuisine du vieillard, là où avait atterri le piano de Mme Beauval mère, en était la preuve.

Emily avait proposé d'apprendre le solfège à l'enfant et Sorenza n'avait pas dit non. D'elle-même, Délia était allée vers l'instrument. Emily avait recommandé à son complice de ne jamais la contraindre et de la laisser décider elle-même si elle voulait s'en servir ou pas. Ensuite, on verrait ce qu'il conviendrait

1. Pâte de pain très légère sur laquelle est étendue une crème d'anchois, un hachis d'oignons et des olives du pays.

2. Depuis le séjour que la belle princesse Pauline Borghèse avait fait à Grasse, le plus grand compliment adressé à une petite fille était de la comparer à la sœur de Napoléon Ier.

de faire. Et le vieil homme, ému, avait dit à Miss Dodds :

— Elle y vient chaque jour ! Elle joue, elle chante, c'est à en pleurer de bonheur de l'entendre... C'est plus beau encore que les carillons !

— Sa mère le sait ?

— Peut-être.

Le voyageur détroussé revint un soir, pour remercier, dit-il. Il apportait des échantillons de parfums, des savonnettes et des eaux de Cologne pour chacun. Il n'avait rencontré ni voleurs ni orage et, sec et muni de son attirail, il avait meilleure allure. Mais il contraria en ne parlant que de l'avance fulgurante des produits de synthèse. D'après lui, on pouvait reconstituer désormais le parfum de toutes les fleurs, toutes... ou presque ! C'était le triomphe du progrès, de la science. Demain, on ne se casserait plus les reins à se courber vers la terre. Demain, on n'aurait plus besoin de fleurs.

— Empêche qu'on lui remplisse encore son verre, murmura Lazarie à sa sœur, plus il boit, plus il dit de bêtises. En voilà un qui a été mis sur les grands chemins pour nous apporter la mauvaise nouvelle, on avait bien besoin de ça !

Il n'eut pas droit aux confitures, ce jour-là, le voyageur, et Sorenza, avec assurance et fermeté, réfuta ses affirmations. Parce que, si ce qu'il disait était vrai, pourquoi cultiverait-on ici comme on ne l'avait jamais fait encore ? La production des fleurs, à Grasse et dans ses environs, se chiffrait par millions de kilos chaque année, les usines n'en avaient jamais assez et achetaient même à l'étranger.

— Certes, certes, disait le voyageur, c'est encore comme ça, mais la chimie va de plus en plus vite. D'ailleurs c'est précisément la question de temps qui fait tout. Demain, on n'aura guère besoin d'attendre que le soleil ait mûri les fleurs, s'il le veut bien ! Avec la synthèse on pourra faire des matières odorantes pour les parfumeurs à n'importe quelle saison ! Les cueillettes ne retarderont plus les alambics.

Alors, on entendit Sorenza dire de sa belle voix grave et avec son calme habituel :

— Voyageur, vous mangez notre pain pétri de nos roses. Alors ne tuez pas le boulanger !

Et ceux qui accusaient, autrefois, les yeux d'une petite fille d'être des lames de couteau eussent retrouvé celles-ci plus aiguisées que jamais.

— Oh ! moi, ce que j'en dis !... Mes parfums, qu'ils viennent des fleurs ou de la chimie, je les vends toujours. Les femmes ne font pas la différence.

— Regarde-la, regarde-la, disait Lazarie à sa sœur. C'est pas aujourd'hui qu'elle va lui offrir la confiture de pêches avec l'amande. Même, elle doit regretter ce bon fassum qu'il s'est dégusté en trois assiettées au moins. Et elle n'a aucune envie qu'il lui parle des Garlande ! Tu la vois. Quand on attaque ses fleurs, on dirait qu'on lui mange le cœur !

— Tais-toi. Ecoute-la, c'est beau ce qu'elle dit.

Sorenza parlait maintenant de la cassie. Elle avait, sur une terre louée, planté des cassiers avec Hilarion et en avait déjà eu une belle récolte. On était dans l'attente de la seconde qui se ferait vers la fin août.

La cassie donnait, disait-elle, une fleur en forme de petite boule jaune, aussi dorée que l'or, parce qu'*elle était de l'or*, parce que son parfum était le plus délicat, le plus suave qui soit. On n'avait pas besoin, pour en jouir, de le transformer en pommade ou en essence. On cueillait l'un de ces miraculeux pompons de peluche d'or, on le mettait contre sa peau et on était tout imprégné d'une suavité qui grisait comme aucune autre.

Sorenza avait alors paru rêver un moment. Et Lazarie avait murmuré, plus pour elle-même que pour Honorade, assise à côté d'elle :

— Plus je la regarde, plus je la trouve superbe. On dirait qu'elle porte sur elle toute la beauté de ses fleurs, comme... comme d'autres portent des décorations... Tu vois ce que je veux dire ?

Honorade voyait, et hochait la tête en écoutant Sorenza ajouter en souriant que si Dieu avait protégé le cassier en le bardant d'épines cruelles, aussi acérées que celles de sa couronne, ce n'était peut-être pas seulement pour rendre difficile la cueillette d'un tel trésor, mais pour annoncer symboliquement que toute la chimie, tout le progrès du monde arriverait difficilement à imiter ce sublime parfum-là et se heurterait à des épines, lui aussi.

— Personne, voyageur, n'a encore pu refaire dans une cornue le parfum enivrant de la cassie et sans doute que personne n'y arrivera jamais !

Et c'était vrai, le voyageur le savait aussi et ne répondait rien.

Mais Lazarie, tout à coup, n'était pas trop satisfaite. En parlant aussi longuement à cet étranger — elle qui parlait si peu —, Sorenza lui avait fait bien de l'honneur et offert, en quelque sorte, beaucoup plus qu'un pot de confiture.

— Non, dit Honorade, c'est à la cassie qu'elle fait l'hommage. C'est à la cassie seulement qu'elle pensait et pas à ce semble-parfumeur sans imagination. Seulement, si tu veux savoir ma pensée, à moi, au fond d'elle, c'est dans la tristesse qu'elle vient de parler, malgré son joli sourire. Parce qu'elle le sait bien, seule la cassie, pour le moment, ne peut pas être imitées, les autres, hélas, se laissent voler l'âme... et elle le sait aussi que, peut-être, un jour, on ne voudra plus de fleurs sur la terre, on n'en aura plus besoin.

— Tais-toi. Ne parle pas de fin du monde ! Comment tu peux croire que le bon Dieu laisserait supprimer la fleur qui est son sourire ? Tu Le vois, qui ne sourirait plus, Celui-là ? Tu L'imagines qui nous laisserait nos champs sans anémones, nos pentes sans coulées de genêts, nos collines sans lys blancs, nos bords de routes sans iris ?...

Rêveuse, Honorade dit, tout à coup :

— Il y a quelque chose qui me trotte dans la tête.

Tu l'as entendu quand il a raconté, le semble-parfumeur, que seul le muguet ne se laisse pas voler son parfum et qu'on ne peut pas extraire d'essence de ses petites clochettes ? Tu vois où je veux en venir ?

— Non.

— Hé, ce malin de muguet, bien discret sous sa feuille, ce serait, en quelque sorte, un qui ne se laisserait jamais vaincre, un aussi têtu que notre Sorenza. Ah ! il faut que j'en sache plus sur celui-là. Dès demain matin je m'en vais causer avec l'un de ces messieurs de la parfumerie Molinard ou de la parfumerie Fragonard... Non, pas le matin, il paraît que ces messieurs-nez travaillent beaucoup le matin parce que c'est le meilleur moment pour sentir, j'irai plus tard, mais j'irai.

— Et tu crois qu'ils n'ont que ça à faire chez Molinard ou chez Fragonard, te parler du muguet ?

— Quand la princesse danoise a, parlant à ma personne, demandé des détails sur les abricots confits, je lui ai bien fait la grande politesse de lui répondre ! Je lui ai dit...

— Je sais ce que tu lui as dit...

— L'instruction, on la doit à tout le monde. C'est la loi.

Pour se faire pardonner d'avoir laissé passer le voyageur contrariant, le semble-parfumeur gaffeur, les grands et les petits chemins guidèrent vers la Croix-de-Lumière un plus distrayant compagnon. On était dans les jours chauds et orageux qui précédaient la cueillette de la cassie, quand un grand jeune homme, noir de barbe et de cheveux, mais avec de la gentillesse dans l'œil tout brun et dans le sourire tout blanc, tira le carillon du père Broussoux. Il avait sur son sac à dos un gros bouquet de cassie qui lui faisait, au-dessus de la tête et du béret, une huppe dorée. Étrange oiseau qui arrivait là ! Et tout émerveillé, car il venait du Nord, où la cassie ne se connaissait même pas de nom, il venait de la découvrir. Il n'arrêtait pas d'en parler et même d'en chanter, parce qu'il avait la voix belle et généreuse. Mais qu'était-ce, demandait-il, ce miracle de parfum jailli de cette petite boule de peluche d'or à peine plus grosse que celle du mimosa ? Cette senteur divine qui rendait *heureux*. Oui, il était sûr de ce qu'il disait, c'était un parfum de bonheur.

Avant de lui expliquer, comme ça tout vite, les trésors de Grasse, on voulait savoir qui il était. Oh ! il avait oublié de se présenter ? C'était le résultat de la griserie de sa tête, de son cœur et de son âme. Pour vous servir, mesdames et messieurs, il était peintre, artiste peintre. Il revenait d'Italie. À pied, comme le grand Nicolas Poussin. Et il avait trouvé Nice trop bruyante, trop bavarde de trop de langages divers. On se serait cru à Paris au moment des Expositions universelles. Même la mer parlait anglais, russe ou allemand. Vrai, son ressac, il l'aurait juré, avait des accents étrangers et variés.

Ces gens du Nord, comme ils exagéraient tout ! mais on l'écoutait quand même celui-là ! Il disait donc qu'il avait laissé Nice et Cannes à ces cigales d'hiver qui y chantaient avec autant d'insouciance que celles de l'été. Il était monté, droit devant lui, s'était donné de la joie pendant des mois, à peindre ici et là. Et bien content de l'avoir fait, parce que en chemin il avait rencontré la cassie. C'était de la stupeur qu'il ressentait à s'apercevoir que le monde offrait ainsi au détour d'un sentier une si belle nouvelle chose à admirer. On vivait, tranquillement, en croyant tout connaître, ou presque, et il y avait, comme ça, des chefs-d'œuvre de Dieu que l'on ne découvrait que par hasard ! Cette cassie, ce délicieux et divin bouquet de pollen, impossible de savoir à quoi son parfum ressemblait. À aucun autre en tout cas.

— Celui-là, qu'est-ce qu'il croit ? murmura Lazarie, qu'on l'a attendu pour savoir ce que nous possédons chez nous de magnifique ? Et qu'est-ce qu'il veut, avec ces paroles de tralala et tralalaire ?

Il voulait, simplement, peindre un cassier. Mais pas n'importe lequel. Parce que l'arbrisseau en lui-même n'était pas si beau que ça. Alors il le voulait, si possible, accolé à une façade de la maison. Avait-on ça ici ?

On avait.

On montra le cassier, exposé en plein midi, comme il se devait. On raconta la vieille habitude de chacun au pays, de planter son arbrisseau à la meilleure place du plein midi. Et quelle femme, ajouta-t-on, n'avait pas cueilli la petite boule jaune pour parfumer ses lèvres et ses cheveux ?

Il en sautait de joie, le peintre. Mais tout à coup, le voilà qui disait, en montrant la porte de la maison :

— Et ça ? Qu'est-ce donc ?

On ne savait trop de quoi il voulait parler. Puis on comprit. Il montrait le grand tournesol cloué sur la porte, en baromètre. On lui précisa que les pétales se fermaient ou s'ouvraient selon que le temps s'annonçait sec ou pluvieux. Et voilà, maintenant, qu'il voulait le peindre aussi, ce tournesol ! Parce que, disait-il, mis là, comme en croix, c'était... Ah ! c'était... *extraordinaire* ! Il peindrait la chair rose et dorée des pierres encadrant le vert changeant de cette porte où heurtait le soleil. Et, sur ce vert, cette grosse fleur crucifiée, qui agonisait. Superbe !

Mais, comme il revenait sur sa comparaison de pierre rosée et de chair, de belle chair de femme, et qu'il regardait, au passage, le corsage décolleté de Sorenza, ce fut Honorade qui dit, entre haut et bas :

— Mais qui c'est, celui-là, qui nous arrive la queue en trompette ? Il veut de la cassie, puis du tournesol, en ne voulant, peut-être, que de la bagatelle ? Va savoir ce qu'ils sont, ces traînards des grands chemins ?

On le logea, le nourrit et l'écouta pourtant. Il fit une belle aquarelle de la Croix-de-Lumière pour remercier. Très grande, parce que Honorade, qui ne se faisait toujours pas aux murs nus, lui avait dit en les lui montrant :

— Vous pouvez faire conséquent, on a de la place.

Il peignit aussi son cassier. Et aussi son tournesol. Il venait de terminer ce dernier, lorsque Délia vint se planter à côté de lui, devant le chevalet, et lui dit :

— Ça ne parle pas triste comme ça, le tournesol. Pas du tout.

— Ah !

— Vous voulez que je vous raconte comment ça parle ? Alors venez avec moi, je ne peux pas vous le dire ici.

Quand ils furent dans la cuisine du père Broussoux, elle s'assit au piano et dit, en jouant une petite ritournelle, toute gaie, sur trois notes :

— Ça, d'abord, c'est pour vous faire comprendre qu'il n'est pas mort, le tournesol de la porte. Et vous, vous l'avez peint mort. Il ne fallait pas. Écoutez-le, il a toujours le cœur grand ouvert et qui bat. Écoutez... Cette musique que je joue là, c'est lui qui respire par le soleil, le soleil qui est son père et sa mère en même temps. Écoutez le soleil, écoutez comme il dit qu'il aime le tournesol... Et qu'il fait beau et chaud, et qu'on est fier de dresser sa grosse tête bien droite vers le soleil. Mais, ailleurs, là-bas, au loin, il y a la pluie qui se prépare. Et le tournesol, qui la connaît, l'entend venir. Il peut l'entendre, il est la seule fleur qui *peut*, et il sait aussi que nous, il nous faut nous abriter quand il va pleuvoir, alors il prévient, il ferme ses pétales qui ont l'air desséchés comme ça, mais vivent, puisqu'ils bougent pour nous dire que les gouttes vont commencer à danser. À ce moment-là, ma tante Honorade apprend qu'il lui faut son parapluie. Il n'y a qu'elle qui en a un. Ça, ces petits pas, tac, tac, tac, c'est ma tante Honorade qui s'en va chercher son parapluie. Et maintenant, cette musique qui rit, c'est le tournesol qui s'amuse, parce que ma tante Honorade n'a pas trouvé le parapluie. Et ça, qui rit plus fort encore — vous voyez, je mets la pédale —, c'est moi. Parce que c'est moi qui l'ai caché, le parapluie !... La petite musique que vous entendez maintenant, un peu triste, c'est le tournesol, à la nuit, il est tout seul, sans son soleil, cloué sur sa porte, alors que nous, nous dormons, tous ensemble bien au chaud de la maison. Et voilà l'histoire du tournesol. Nous, ici, nous l'appelons vira-souléu.

Dès qu'il avait entendu l'enfant jouer, le père Broussoux avait appelé Rousseline et Hilarion qui revenaient des champs, bêche et râteau à l'épaule. Et tous trois avaient écouté, derrière la porte. Lorsque Délia eut fini, ils avaient de l'émerveillement dans le regard et une buée aussi. Le père Broussoux put seulement dire :

— Cette petite... Oh ! cette petite !... Et elle n'a que sept ans.

Comme le lendemain était un samedi, il raconta à Miss Dodds.

Emily essaya d'amener son élève à lui rejouer la chanson du tournesol. L'enfant dit l'avoir oubliée, mais elle en inventerait une autre, bientôt, c'était promis. Une autre belle histoire, peut-être celle de l'olivier... Oui, ce serait joli de raconter l'olivier, avec toutes ses olives qui chanteraient, chacune à sa façon. Écoutez miss, écoutez-les qui rient, parce que les dernières-nées, vertes encore, disent et font des bêtises encore, alors que les noires, les grosses, les aînées, les importantes, ronchonnent, grognent et grondent. Elles disent de leur voix de pas contentes : « C'est nous qui faisons l'huile, pas vous, petites vertes de rien du tout, juste bonnes à être croquées. » Et, maintenant, les grosses noires, toujours elles, disent la belle huile qui coule d'elles. Écoutez, la voilà, la belle huile dorée, qui coule doucement, doucement et qui remplit les grandes jarres. Vous voulez entendre les grandes jarres pleines, contentes, fières ?...

Emily Dodds, des Dodds du Lancashire, qui étaient par grâce tous musiciens, Emily Dodds, leur dernière descendante, se dit, ce soir-là, qu'elle n'avait, peut-être, été mise au monde que pour y révéler une enfant géniale. Elle ne savait pas encore comment elle allait arranger cette affaire, mais elle trouverait. Les Dodds avaient toujours eu des solutions à tout.

On ne pensa à demander au peintre s'il aimait la gloire du pays, s'il aimait Honoré Fragonard, qu'au moment de son départ. Non, il n'aimait pas trop, allez savoir pourquoi !

— Pourquoi ? Il est jaloux, pardi. Ils sont pas mal, ses tableaux à lui, mais si tu les mets à côté de ceux d'Honoré Fragonard, ceux qui sont partis en Amérique, ce que tu vois c'est comme un cocon de vers à soie de Rousseline à côté d'une pièce d'au moins cinquante mètres de soie de Lyon... au moins !

— Toi, tu lui pardonnes pas, à celui-là, de pas t'avoir fait ton portrait. Je sais que tu aurais aimé ça.

Ce fut une histoire dont toute la ville parla et se délecta.

Depuis déjà presque un an, la jeune Mme Garlande, appelée aussi Mme Guillaume, se déchargeait de plus en plus sur Emily de la direction de sa maison. Elle avait même renoncé à superviser les menus que Miss Dodds élaborait avec le chef. Et celui du grand dîner qui clôturerait la fête du jasmin, comme les autres.

Elle s'était affairée à Nice toute la semaine précédente. Elle avait été l'invitée d'une grande dame anglaise dont on s'arrachait les sourires et les faveurs et l'hôte, pendant trois jours, d'une princesse russe au train plus que princier et chez qui même les rince-doigts étaient incrustés de pierreries et œuvres du célèbre joaillier Fabergé. Elle pénétra donc, le 10 juillet 1907, à 8 heures du soir dans sa grande salle à manger aux lambris vert d'eau — ce coloris qui tuait tous les teints, sauf le sien —, certaine de sa beauté et de son élégance, mais absolument ignorante de ce qui serait servi à sa table. Une table superbe où l'on avait évité de tomber dans le facile et le banal en la décorant des jasmins qui arrivaient par centaines de tonnes aux usines. Vingt couverts étaient là, enguirlandés d'énormes œillets blancs — livrés le matin de Nice —, alternant avec des touffes de lierre brillant comme des bouquets d'émeraudes.

Personne, dans la ville, ne contestait la beauté de Louise-Armande qui, ce soir-là, était, comme auraient dit les demoiselles Beauval, dans tout son fleuri.

Elle portait une robe de mousseline blanche qui pouvait paraître aux profanes d'une grande simplicité, mais qui était un chef-d'œuvre de savants drapés. Et elle avait posé, sur ses cheveux si sombres, l'éclat du diadème en diamants offert récemment par son mari. Les plus envieux de la puissance Garlande à Grasse, les plus jalouses de ces dames ne pouvaient nier l'allure royale de la jeune Mme Guillaume Garlande.

Et le dîner se déroulait, harmonieux et délectable, lorsque Louise-Armande jeta machinalement un coup d'œil sur le menu posé près de ses verres. Après le koulibiac de saumon, l'un des triomphes de son chef, venait un *hachis Parmentier* ! Rêvait-elle ? Elle relut deux fois, pour être sûre de ne pas se tromper. Non, *hachis Parmentier* était écrit là en toutes lettres d'or. D'ailleurs il arrivait, et déjà s'étaient servies les deux voisines de son mari, servies très parcimonieusement et avec, semblait-il, une légère condescendance.

C'était pourtant, il fallait bien le reconnaître, un fabuleux hachis Parmentier, ainsi que l'expliqua Miss Dodds, convoquée dans le boudoir de Louise-Armande à 1 h 30 du matin, après le départ des derniers invités. C'était l'un des plats les plus réputés de la table de la duchesse de Gramont, une création de son illustre chef. Une œuvre d'art qui n'avait de simple, de bon enfant, voire de populaire, que le nom et qui nécessitait une préparation de haute précision. La finesse et la subtilité de la composition viandes-pommes de terre dépendaient d'un parfait déroulement des opérations. Il fallait que la pièce de bœuf — d'une exceptionnelle qualité — fût retirée, cuite à point, du four et vivement hachée, à l'instant même où la purée, d'une légèreté de mousseline, était fin prête de manière qu'elle n'attendît pas une seule seconde qui eût été fatale au surfin de son goût auquel le refroidissement portait un tort mortel. Alors, on procédait au mélange et on emprisonnait, vivement, dans l'onctuosité blanche du légume la pourpre de la viande rôtie. On servait, sur un grand plat d'argent, cet Himalaya neigeux de succulences.

— Et ne me dites pas qu'ils n'ont pas aimé, avait conclu Emily.

Là n'était pas la question. Ce qui importait, c'était cette horrible vérité : on avait servi, chez Mme Guillaume Garlande, un soir de grand dîner privé, aux vingt personnes les plus importantes de la ville, un plat qui était le meilleur exemple culinaire d'un accommodement des restes de viandes de repas précédents. Qui ne savait que l'on faisait un hachis Parmentier d'une desserte de pot-au-feu ?

— Mais pas celui-là ! Pas *le hachis Parmentier de la duchesse*, l'une des éminences de sa table ! Un hachis qui a été servi au prince de Galles !

Louise-Armande n'en démordait pas. Le mot hachis, si laid, sentait, à lui seul, le vulgaire et le peuple. Jamais elle ne pardonnerait cette faute de goût. Jamais. Et, sanglotait-elle, demain la ville entière dirait que l'on osait présenter des restes à ses dîners et cela par la stupidité d'Emily qui croyait tout savoir et ne pensait ni à la médiocrité ni à l'étroitesse d'esprit de la province.

La « stupide » Emily répliqua que les *dames*, les plus grandes *dames* de la ville, savaient bien, *elles*, que ce qui leur avait été offert n'avait rien d'un accommodement de vieilles dessertes et ne devaient pas non plus ignorer, *elles*, les triomphes de la table de la duchesse de Gramont.

Ce qui fut dit ensuite n'arrangea rien. Et surtout pas l'intervention de Guillaume qui déclara avoir rarement goûté à quelque chose d'aussi divin que ce hachis Parmentier. Et à quoi donc, demanda-t-il, était parfumé le jus de viande dont on l'arrosait ? À quelles épices ? Ou à un alcool, peut-être ?

Miss Dodds passa la fin de la nuit à faire ses

bagages et quitta l'hôtel Garlande, dès 8 heures du matin, le lendemain.

Elle partait désespérée, mais consciente qu'aucune entente entre Louise-Armande et elle n'avait jamais été possible. Elle eut, avec un substantiel cadeau du maître de maison, la grande consolation de se sentir très regrettée de son ancien élève, mais se séparer de son fils, Petit-Guillaume, lui arrachait le cœur.

Une heure après, elle arrivait à la Croix-de-Lumière. Où donc aurait-elle pu aller, sinon là ?

L'accord avec Sorenza fut simple. On n'avait pas les moyens d'avoir une gouvernante, mais on avait ceux d'accueillir une amie. Et, aussi longtemps qu'elle le voudrait, Emily serait ici chez elle, si elle se contentait de la seconde partie du grenier que Rousseline et Hilarion n'utilisaient pas. Une petite semaine d'aménagement et Miss Dodds ne serait peut-être pas trop mal installée.

À Honorade et Lazarie, Emily disait :

— Chassée par l'une et recueillie par l'autre ! Et savez-vous, mes amies, laquelle des deux est la dame ? Celle qui porte une robe de coton, des sabots et une capeline de paille.

— Vous ne nous étonnez pas. Mais ne croyez pas pour ça que la maîtresse de la Croix-de-Lumière va vous laisser sans rien faire. Ici, tout le monde travaille.

— J'ai proposé de m'occuper de l'enfant. Elle a accepté.

— Et les cueillettes ? Vous devrez nous y accompagner aussi. Vous n'avez jamais fait que des semble-cueillettes, des petitounes, maintenant vous allez voir les vraies.

— Je suis sûre que j'aimerai.

— Ça, on verra.

On le vit assez vite. Les cassies étaient en fleur et le graïllé sonna un beau matin de la fin août encore tout embué de rosée, pour appeler à la Croix-de-Lumière ceux qui voudraient venir cueillir. C'était le père Broussoux qui soufflait dans son buccin avec une force qui faisait dire à tous que maîtresse Sorenza traitait et nourrissait bien son copropriétaire.

Il fallait attendre que la rosée ait disparu. On cueillerait de 8 à 10 heures.

Le champ de cassiers était d'une belle taille et on engagea six femmes et deux enfants pour aider l'équipe de fondation du domaine, Délia comprise. La jeune institutrice de l'école de Magagnosc s'était pliée à ces impératifs saisonniers qui lui volaient ses élèves.

Cette parcelle de la Croix-de-Lumière n'était qu'à une vingtaine de minutes à pied de la maison. Mais on prenait le char à bancs, attelé à la mule, afin d'y entasser aussi les gargoulettes d'eau fraîche, la collation et les affaires de chacun nécessaires à une longue journée au-dehors. Parce que l'on ne cueillerait que pendant deux heures peut-être trois le matin mais, en attendant la seconde cueillette de la soirée, on resterait dans le champ à s'y reposer.

Honorade et Lazarie furent silencieuses pendant le trajet. Elles préparaient leurs belles histoires, mais elles étaient un peu inquiètes, elles raconteraient ici moins confortablement qu'aux cueillettes de jasmin. D'abord, il y avait ces échelles tout autour de la ramure, sur lesquelles il fallait se percher. Et allez donc penser à votre équilibre, au plus fort de votre récit ! Il y avait aussi ces maudites épines qui piquaient dur. On le savait, la douleur ne persistait pas longtemps, mais sur le moment ça faisait crier, même si on ne le voulait pas. Alors, le moyen de bien parler dans les cassies ? Vrai, elles y auraient renoncé, si ce n'était pas une question de réputation. Pouvait-on laisser dire qu'à la cassie d'or Mlles Beauval n'étaient pas aussi brillantes qu'au jasmin ?

— Aujourd'hui, suggéra Lazarie, il y aurait l'excuse de l'amitié, nous devons empêcher Emily de tomber de son escabeau.

Ce fut plus encore qu'elles durent faire. Les épines du cassier se révélèrent cruellement friandes des mains dodues de la pauvre Miss Dodds. Il fallut, sans cesse, lui montrer comment les éviter. Elle disait « oui, oui, je vois » mais recommençait à crier chaque fois qu'elle saisissait une fleur.

— Va comprendre, Lazarie, dit Honorade, voilà une personne qui parle deux langues, qui enseigne aux autres les sciences, les géographies et les bonnes manières, mais qui ne saura jamais cueillir la cassie !

Lorsque tous rentrèrent à la Croix-de-Lumière, et que Rousseline eut posé sur la table sa soupière embaumant le basilic, on vit soudain qu'Emily pleurait. Elle étanchait ses larmes avec les bandelettes de toile qui pansaient ses mains.

On comprit qu'elle se reprochait sa maladresse de la journée et s'inquiétait de se montrer sous un mauvais jour, elle qui aurait voulu remercier d'être accueillie avec une si belle amitié en donnant le meilleur d'elle-même. Alors, tous la réconfortèrent, tant et si bien que ce fut elle qui s'égaya le plus à constater combien le basilic de la soupe avait à lutter pour que l'on arrivât à le sentir en bouche, alors qu'en nez on ne serait, pendant la soirée, qu'à la cassie qui ne voulait pas se faire oublier.

Sorenza, le souper fini, emmena Emily faire un tour de jardin et regarder s'allumer, peu à peu, les lumières de Grasse.

— Ça, tu vois, disait Lazarie à Honorade, c'est tout le velouté de son âme. Elle va consoler cette pauvre maladroite. Et elle a raison. C'est pas bon de laisser quelqu'un se coucher sur son cœur gros de chagrin. Si je te disais qu'elle m'a fait peine, à moi aussi, aujourd'hui, la Miss. Délia avait raison, on aurait dû lui proposer une bonne partie de loto, en la faisant gagner un peu. Je ne vois que le cadeau de quelques quines pour lui faire revenir le sourire.

Sorenza avait trouvé mieux. Elle voulait, depuis l'arrivée d'Emily à la Croix-de-Lumière, lui dire combien on était content de l'avoir ici. Mais on avait si peu de temps à consacrer aux conversations... quand on n'était pas Mlles Beauval ! Ce soir-là, pourtant, elle le trouva. Et Miss Dodds, des Dodds du Lancashire, qui n'avaient pas souvent eu la bonne fortune de rencontrer des « âmes veloutées » sur leur chemin, pour adoucir leurs moments de détresse, fut mieux partagée que ses ancêtres. Une belle jeune femme, dans la nuit bleue fleurie d'étoiles, inclina son cœur vers le sien et sut lui dire combien elle sentait qu'au-delà de la petite souffrance due aux piqûres des cassiers, il y en avait une plus grande. Elle sut dire aussi combien elle comprenait ce désespoir que l'on s'efforce de cacher à tous et le courage que cela demandait. Elle sut dire, enfin, qu'un désespoir partagé serait plus facile à vivre, que chacun, ici autour d'elle, en prenait sa part, et qu'un beau jour elle s'éveillerait, dans le grand soleil de la Croix-de-Lumière, guérie de sa peine d'avoir dû quitter une famille aimée depuis si longtemps.

Emily, dont l'ombre cachait les larmes, murmura :

— Vous êtes bonne !

— Bonne ? C'est si facile d'être bonne. Mais d'essayer d'être juste, chère Miss Emily, vous savez mieux que moi que c'est bien plus difficile.

Emily fut sur le point de dire, à son tour, qu'elle comprenait, elle aussi, tant de choses. Elle faillit avouer en savoir aussi beaucoup. Elle avait fait un voyage jusqu'à l'oliveraie San-Vitale et interrogé des vieux du pays. La fille de Marcella la lingère, la petite Sorenza, tout le monde le savait qui était son père ! À ce bel Orso Bianchini, aucune femme n'avait résisté. Et la vieille maîtresse s'en était fait tourner le sang. Car la Marcella n'était pas la seule ! Mais, elle, heureusement, on avait pu la marier au Francisco, celui aux belles moustaches, et l'enfant, comme ça, avait eu un père. On avait su l'histoire, ici, autrefois.

Mais Emily, ce soir-là plein d'étoiles, de douceur et d'amitié, ne dit pas ce qu'elle savait. À quoi bon ? Cette naissance à l'oliveraie San-Vitale ne comptait plus pour Sorenza. Un jour, elle avait dit à Emily avoir compris que l'on pouvait naître deux fois. Une première, là où Dieu avait voulu vous faire voir le jour, et une seconde, là où vous vous seriez hissée vous-même. C'était au cours d'une de leurs promenades dans Grasse, elle s'était arrêtée, pour dire ça, Emily s'en souviendrait toujours, devant la belle fontaine de la place Aux-Aires, entourée de la foule des marchandes de fleurs, et elle avait ajouté : « Moi, je suis née, un soir de printemps, dans un bel endroit qui s'appelle la Croix-de-Lumière. »

Et puis, il fallait bien l'avouer, même là, dans la nuit, même sans rencontrer le regard de Sorenza, Emily n'avait pas eu le courage d'avouer qu'elle était allée, un matin, satisfaire sa curiosité dans un village des environs de Nice.

— Voyez-vous, dit-elle plus tard à Honorade et à Lazarie, je n'ai pas osé. Je crois... Oui, je crois qu'*elle* m'intimide un peu.

— Vous aussi ? Nous, c'est souvent qu'on se le dit, quand elle nous regarde, droit jusqu'au cœur avec ses beaux yeux pleins de courage. Et alors, qu'est-ce qui se passe ? Eh bien, croyez-nous, nous avons envie de bien faire, de la contenter. Et on est heureuses quand elle s'assied enfin, le soir, à sa grande table où elle est comme notre reine et nous dit à tous, en souriant, avec un soupir de fatigue, mais de bonheur aussi, que le Seigneur nous a encore donné une bonne journée de travail et que les récoltes de fleurs seront belles. Elle n'ajoute pas qu'elle nous aime, mais c'est comme si elle l'avait dit, on le sait.

— Si elle le disait, conclut Honorade, ça serait moins beau. C'est de le sentir qui fait d'ici un paradis.

Honorade disait :

— Vous verrez, Emily, vous les oublierez vite, vos Garlande, ceux que vous aimez comme ceux que vous n'aimez pas. *Elle*, je crois qu'elle n'y pense plus trop au beau Guillaume. Ah ! pour être beau, il l'est. Ces Garlande, au plus loin qu'on regarde en arrière, ils sont tous magnifiques.

Lazarie renchérissait :

— Et quelle élégance ! Je me demande si, même à Paris, ceux qui dirigent des usines, comme eux ici, portent aussi bien la redingote ? En tout cas, c'est reconnu que les plus belles perles de cravate, c'est à Grasse que nous les voyons sur ces messieurs des parfums. On a longtemps dit que c'était celles de MM. Chiris qui étaient les plus superbes, mais un jour, j'ai vu de près celle de M. Garlande Aîné — parce qu'il venait parfois acheter des fruits confits —, grosse comme une cerise, sa perle, et grise. Il paraît que c'est aussi rare que la rose bleue, la perle grise.

— Pourquoi tu nous emmêles dans des perles grises et des roses bleues, on parlait de Sorenza et de Guillaume Garlande, que peut-être, elle a oublié.

— Pourquoi elle l'aurait oublié ? Tu l'as oublié, toi, le Frédéric ?

Un grand silence se fit que la résonance de ce prénom, jamais entendu ici encore, occupa tout entier, comme un sac trop bourré près d'éclater. Il éclata d'ailleurs ; alors, Emily reçut des deux sœurs Beauval, au moment où elle s'y attendait le moins, la confession de l'aventure sentimentale qui les avait gardées au célibat.

— Ce Frédéric, dit Lazarie, avec l'accord d'Honorade donné dans un battement de paupières, ce Frédéric était le représentant du plus grand fabricant de boîtes, caissettes, cartons et papiers d'emballage destinés aux confiseurs et aux parfumeurs de Grasse. Il montait et descendait dans la ville, toujours courant, comme un qui aurait eu sans arrêt le train à prendre. Il galopait après ses commandes et on disait que c'était le meilleur vendeur qu'on ait jamais vu. Il n'entrait nulle part qu'il n'en ressorte avec son carnet rempli. Et c'était pas tellement qu'il soit beau, lui, c'était quelque chose dans son sourire qui vous allait au cœur. On aurait cru que personne ne vous avait jamais souri avant lui. Et il y avait aussi ses paroles, peut-être celles de tout le monde mais, chez lui, elles coulaient comme un miel. Allez comprendre ces choses !.. Nous avions dans les vingt ans, et il venait nous voir presque tous les jours. Il nous apportait des petits bouquets de fleurs que nous cachions et faisions sécher. Le soir, en rentrant chez nous, Honorade et moi, nous sentions nos cœurs sauter et danser et nous aurions chanté dans la rue s'il ne nous était pas resté, par grâce, un peu de dignité. Et folles d'amour, nous l'étions *toutes les deux*, parce que les sourires, et le miel des paroles, et les bouquets, c'était à *nous deux* qu'il les donnait à chacune notre tour, sans que, pauvres de nous, on s'en doute. Nous, en échange, on lui offrait les commandes. Lazarie des boîtes, moi des papiers d'emballage. Dire à M. Nègre qu'il lui fallait s'approvisionner de ceci ou de cela, parce que ça plaisait plus au client, ou que c'était plus solide, ou que nous trouvions les boîtes n° 6 plus pratiques que les n° 5, bref, répéter ce que Frédéric nous demandait de dire, c'était lui offrir nos bouquets de fleurs à nous. Chacune savait qu'il lui faudrait parler à l'autre et lui avouer ce grand bonheur qui avait bien l'air d'être en chemin. Mais, à vivre depuis si longtemps cœur contre cœur, à tout partager, du bon comme du mauvais, ça nous faisait peine de dire : « Moi, j'ai un amoureux et pas toi. » Alors, aveugles toutes les deux autant que la vieille Carmina qui mendiait sur la place aux Herbes, et laissant couler, comme l'eau des fontaines, des demains et des demains-je-le-dirai, arriva un après-midi de dimanche où nous nous sommes retrouvées assises près du kiosque à musique à écouter ces airs de M. Offenbach qui étaient notre gourmandise. Et nous voilà, chez *La Belle Hélène* tout à coup, prises en main par notre ange gardien qui devait vouloir nous sortir de notre embarras, nous voilà assises, sans qu'il s'en doute, juste derrière notre Frédéric et la Séverine, une employée de Bruno Court, le parfumeur.

« Et alors ? Alors, mêmes sourires, mêmes paroles de miel, pour cette fille à tignasse rousse parce que si la Belle Hélène s'arrêtait, c'était Frédéric qu'on entendait. Notre ange gardien pouvait s'envoler, on n'avait plus besoin de son aide, nous avions compris.

« Laquelle avait parlé la première et tout dit à l'autre ? On n'avait jamais bien su. Dans tant d'Offenbach, peut-être s'était-on fait l'aveu en même temps ? Puis, Honorade avait dit : « Viens, partons ! » Mais elle, Lazarie, avait insisté pour rester « jusqu'à la fin ». Quelle fin ? Celle du concert, ou celle de la pauvre aventure, en quelque sorte, commune ? Cela non plus, elles ne le savaient pas vraiment.

— Alors nous sommes restées, nous, eux et notre compte à régler avec l'amour. Et, lorsque Frédéric s'est levé et la Séverine aussi, il nous a vues et a seulement dit « Ah ! », en nous souriant encore comme d'habitude. C'était à croire qu'il avait autant de beaux sourires à donner que de boîtes et papiers à placer. Et, pauvres de nous, ce beau sourire, maintenant, c'était comme un couteau qui nous tranchait le cœur. Pis encore, chacune de nous deux pouvait croire qu'il était pour elle seule, parce que la Séverine, nous l'avions presque oubliée, pas loin de supposer qu'elle avait juste été mise là, devant le kiosque à musique, en plein Offenbach, pour que nous nous parlions, enfin, Honorade et moi.

La confidence paraissait s'arrêter là, sur un gros soupir. Sans doute parce que l'essentiel, l'affection : réciproque des deux sœurs, était sauf. Pourtant, ce Frédéric, qu'elles disaient ne pas avoir oublié ? Alors Emily demanda :

— Et après ?

— Oh ! après, nous étions bien obligées de le voir encore. Sa maison était la meilleure de Grasse pour les boîtes, les cartons, les papiers, mais nous étions deux pour supporter le chagrin, dit Honorade.

— Et lui ?

— Il a épousé la Séverine.

— Et elle a été bien malheureuse, j'espère.

— Elle, non. Mais lui, oui. Parce que la Séverine, c'est pire que le cassier. Plus épineuse, il n'y a pas. Alors, nous avons continué à veiller aux commandes du Frédéric qui nous a vite fait peine. Son beau sourire, c'est à n'y pas croire, mais il s'était fané, comme une fleur. Et lui, il court toujours, du haut en bas de la ville.

— Non, rectifia Lazarie. Maintenant il y a le funiculaire. Heureusement pour lui, le pauvre.

— Nous, on lui a tout dit à la miss, constatait Honorade et, c'est pas qu'on soit curieuses, mais elle aurait pu nous raconter, elle aussi, pourquoi elle ne s'est pas mariée non plus.

— Pour moi, répondait Lazarie, elle n'a pas voulu parce que son malheur n'est peut-être pas aussi joli que le nôtre. Elle ne doit pas avoir nos beaux souvenirs, tandis que nous... rappelle-toi comme c'était plaisant, quand nous revenions de la confiserie, le soir, toutes pleines du sourire et des paroles de Frédéric, avec notre bouquet caché dans le corsage et le cœur fou de joie dessous.

— Et quand ça nous coupait les jambes de bonheur, d'entendre son pas qui montait l'escalier pour arriver à notre premier étage de la confiserie !

— Et quand il nous disait que nous étions plus jolies qu'un lever de soleil, ou qu'une rose sous la rosée...

— Non, il disait « plus nacrée qu'une fleur d'amandier ».

— À toi, peut-être, mais à moi c'était comme je te dis.

— Ah ! meilleur encore, c'était quand nous allions, le dimanche, sur le cours, en nous disant qu'il serait là, qu'on le verrait dans sa belle redingote... Tiens, je me suis toujours demandé si tu avais pensé, à ce moment-là, que c'était à lui qu'irait, un jour, l'épingle de cravate de papa ?

— Si tu y as pensé, toi, pourquoi j'y aurais pas pensé, moi ?

— Pendant qu'on est dans tout ça, je me dis — va savoir pourquoi aujourd'hui, alors que notre histoire est maintenant vieille comme les chemins ? —, je me dis que ce beau matin où nous sommes descendues au laboratoire de la confiserie voir apprêter les chinois et qu'il y est venu aussi, par grand hasard, nous aurions dû comprendre ses manigances. Il était là, entre nous deux, papillonnant à droite, papillonnant à gauche, quand il ne croquait pas une violette sucrée, ou une petite boule de mimosa, et il devait bien avoir l'air d'un qui s'effeuille les sentiments comme la marguerite.

— Nous aurions dû comprendre ? Dans ce bonheur du parfum de l'orange confite et le cœur confit aussi d'amour, qu'est-ce que tu voulais qu'on soit en état de comprendre enveloppées de chaleur sucrée à en avoir la tête toute paresseuse ? Rappelle-toi, on bouillottait de joie autant que les petits chinois dans le sucre doré de leur grande bassine de cuivre.

— Pour en revenir à la miss, sans être méchantes on peut dire qu'entre ses grandes dents et ses grands pieds, les hommes ont dû avoir peur d'être mangés ou écrasés. La pauvre, à mon avis, elle n'a aucun beau souvenir d'amour pour se donner un peu de douceur, après la prière du soir, avant de s'endormir, mais elle est travaillée d'orgueil, alors elle ne veut peut-être pas s'humilier le cœur, va savoir !

## 3

Guillaume aimait sa ville.

Et il en prenait encore plus conscience depuis qu'il voyait sa femme l'aimer si peu.

Louise-Armande s'était complaisamment prêtée, dans les débuts de son mariage, à visiter chaque coin de Grasse dont son mari était si entiché. Mais elle s'était vite lassée, et, prenant pour prétexte un petit accident — elle avait glissé un jour sur une peau d'orange, s'était mal rattrapée et foulé un poignet —, elle avait renoncé à monter et descendre tant de côtes ou d'escaliers. Et ce poignet, très fin, très patricien où toujours s'entrechoquaient quelques cercles d'or, et, pendant plus d'un mois, bandé quotidiennement, avait marqué le début de la répulsion de la jeune femme pour sa nouvelle résidence. Elle disait en riant : « Il y a des centaines d'escaliers ici, mais je n'ai, moi, que deux poignets, et j'y tiens ! » Seule l'esplanade du Cours, l'unique terrain vraiment plat de cette ville, échappait à sa vindicte. Elle y allait, parfois, contempler, à l'abri de son ombrelle de soie blanche doublée de soie verte, là-bas, au loin, la mer qui baignait sa Nice tant regrettée... et où elle prit vite l'habitude d'aller très souvent « embrasser ses chers parents ».

Dès 9 heures du matin le cocher attelait. Et il avait ordre de fleurir les œillères des deux chevaux, selon la saison, de touffes de violettes, de roses, ou de jasmin. Louise-Armande disait adorer voir trotter avec elle ces quatre bouquets qu'elle appelait ses emblèmes.

Comme les harnais s'ornaient aussi d'amusantes sonnailles en argent, vermeil et corail, rapportées de Naples, la ville regardait s'éloigner Mme Garlande dans le soleil et dans la chanson de ses clochettes. Et, tard le soir, on reconnaissait son retour à la même musique. « Voilà Mme Garlande qui rentre ! Sûr que chez elle, à cette heure, le rôti est brûlé ! » disait-on. Il ne l'était pas, pour la bonne raison que Guillaume avait déjà soupé, en compagnie de l'oncle Delphin. Il savait, désormais, que sa femme dirait, dès son arrivée :

— Vous avez bien fait de ne pas m'attendre, la princesse Dolgorouky (ou la comtesse de Montalivet, ou Mrs. Gordon-Bennet, ou Mme Bashkirtseff, ou sa fille Marie) a tellement insisté pour me retenir !

— Je vous croyais chez vos parents.

— Ils sont trop peu égoïstes pour me garder longtemps, ils me forcent à aller me distraire.

— Et comment vont ces belles dames ? demandait Delphin.

— Le mieux du monde ! On parle encore partout de votre brillante conférence chez la princesse sur *Le Parfum dans l'antiquité*, mon oncle. Vous devriez en faire imprimer le texte, toutes le voudraient. Et, pendant que j'y pense, notre amie m'a priée de vous dire qu'elle aimerait — l'idée est originale et charmante ! — que vous fabriquiez, pour elle seule, des eaux de rince-doigts rompant la monotonie de l'éternelle eau de rose flanquée de l'éternel pétale flottant ! Elle voudrait, par exemple, quelque chose de citronné à donner après le service du poisson et un mélange, à la fois discret, raffiné et original, à présenter après les desserts.

— Nous y penserons.

— Pensez-y vite ! Vous savez comme elle est impatiente. Et elle en veut des bonbonnes et des bonbonnes à emporter aussi en Russie.

Souvent, Guillaume laissait ainsi l'oncle et sa femme bavarder et prenait l'habitude de se retirer dans la bibliothèque.

Elle était à lui seul à cette heure-là, à moins que n'y fût encore le discret M. Martinon qui ne faisait pas plus de bruit que ses livres, et continuait, à longueur d'année, ses classements et découvertes dont il parlait avec modestie.

Il venait de vivre une grande aventure, Antonin Martinon. Il était allé à Londres assister à la vente d'une célèbre bibliothèque avec pouvoir d'acquérir ce qu'il jugerait digne de compléter la collection Garlande et d'enchérir, autant qu'il le faudrait, pour évincer les concurrents les plus dangereux, MM. Chiris, de Grasse, en particulier.

Guillaume Aîné s'en remettait maintenant à son fils pour continuer les recherches de livres et parchemins et non seulement depuis son départ elles avaient été fructueuses mais on était bien près de vérifier l'hypothèse Garlande, à savoir que le plus grand biographe de tous les temps, le prince des biographes, l'illustre Plutarque, avait été lui aussi un parfumeur et sa petite ville de Chéronée aussi importante, pour la Grèce d'autrefois, que la Grasse d'aujourd'hui pour la France. On touchait au but, convaincu désormais que la fortune de Plutarque venait, à coup sûr, de la fabrication et du commerce des matières premières odorantes extraites des fleurs cultivées sur ses terres. Et ce qui renforçait cette croyance, c'était le fameux voyage à Rome du biographe pour y voir l'empereur. Ne lisait-on pas, dans ses écrits, qu'il avait été reçu par Trajan en qualité de chargé d'affaires de sa ville. Or, elle était bien petite, cette ville, elle n'avait rien qui justifiât une audience impériale... *si ce n'était d'être une grande et célèbre productrice de parfums* ! Et voilà que M. Martinon en apportait la preuve. Il avait acquis un fascicule datant de 1579, année de la parution de la traduction anglaise des *Vies parallèles des hommes illustres*. C'était une sorte de commentaire sur cet ouvrage et qui débutait ainsi :

« Environné des fleurs de ses jardins et surveillant la fabrication des extraits odorants qu'en tiraient ses esclaves, Plutarque évoquait, dans les parfums les plus suaves, les vies exemplaires des héros de l'Antiquité. »

— Si, toutefois, cet auteur anonyme n'a pas affabulé... risquait le prudent M. Martinon.

— Pourquoi l'aurait-il fait ? Et d'ailleurs qui dit qu'il est anonyme ? Voulez-vous mon avis, annonçait Guillaume avec un grand sourire, celui qui a écrit ce livre, c'est Shakespeare lui-même !

— Oh ! là ! Oh ! là ! osait M. Martinon en se permettant aussi un sourire.

Mais Guillaume ajoutait :

— Rappelez-vous : qui, à Londres, à la parution de cette traduction, s'enthousiasme le plus ? Qui en tire ses plus belles œuvres, *Jules César, Antoine et Cléopâtre*, qui, dites-le-moi ? Qui, sinon Shakespeare ?

Antonin Martinon aurait pu se permettre de parler avec compétence, des heures durant, des œuvres de Plutarque, de celles de Shakespeare aussi, mais il ne se serait jamais permis de contredire un maître des Établissements Garlande. Il jeta un coup d'œil à ce Guillaume-ci — il en aurait connu trois ! « Tout son père et son grand-père ! » se dit-il, à la fois admiratif, dubitatif et respectueusement amical, et concéda, de sa petite voix flûtée : « Peut-être bien ! », tout en sachant que Shakespeare avait quinze ans seulement au moment de la traduction en anglais des œuvres de Plutarque.

Et pourtant !

Et pourtant M. Martinon, lui aussi, *le voyait*, le grand biographe, parmi des millions de fleurs, distillant des essences suaves, respirant les plus exquis parfums et, dans ce paradis, faisant naître, vivre et mourir des héros. Pourquoi pas ?...

— Mon cher monsieur Martinon, nous allons boire à la mémoire du plus célèbre parfumeur de tous les temps !

Et M. Martinon buvait un petit verre de ce cognac qui vieillissait dans les caves Garlande, celui-là même que le jeune Guillaume, autrefois, souhaitait tant boire, ici, en compagnie du *patron*. Maintenant c'était lui qui l'offrait et lui qui disait, dans *sa* bibliothèque :

— Asseyez-vous là, monsieur Martinon, et rêvons encore un peu.

De l'éducation que lui avait donnée Miss Dodds, Guillaume avait gardé le goût de la marche à pied. Emily et lui avaient arpenté la ville en parlant littérature, philosophie ou histoire. Et il en avait soudain, ce matin-là, un souvenir attendri. Que devenait-elle, cette brave Emily ?

L'oncle Delphin le renseigna. Elle vivait, non loin de là, pensionnaire, en quelque sorte — et en compagnie des vieilles demoiselles Beauval —, de cette jolie créature aperçue, autrefois, dans le salon des Maubert, devant les tableaux de Fragonard, et qui cultivait des fleurs, à une lieue à peine de la ville. Le domaine qui abritait Miss Dodds s'appelait, sauf erreur de sa part, « la Croix-de-Lumière ». Orangers, roses, jasmins et cassies poussaient là. Des fleurs d'une exceptionnelle qualité. Hélas, jamais encore les Établissements Garlande n'avaient pu passer un contrat avec celle qui les cultivait.

— Et pourquoi donc ?

— Elle a toujours refusé.

— Comment se fait-il que je ne l'ai pas su ? Si ces fleurs sont parmi les plus belles, il nous les faut. Il serait bon, je crois, que je m'occupe de ça, dit Guillaume.

— Ce pourrait être intéressant, se contenta de répondre l'oncle Delphin.

— J'irai, dès demain, faire une marche jusque-là.

Louise-Armande était en séjour à Nice pour une semaine. Elle était l'hôte de Lady Caithness, duchesse de Pomar, qui donnait son grand bal de Carnaval et ne pouvait se passer d'elle, ni pendant la période de préparation à cette fête ni après où il serait si distrayant d'en faire, ensemble, les commentaires.

Lady Caithness, disait Louise-Armande, était assez ennuyeuse avec ce ton un peu trop solennel donné à ses réceptions et son mysticisme étrange. N'était-elle pas toujours costumée en Marie Stuart dont elle se disait l'incarnation ? Mais ses bals étaient néanmoins fastueux et le Nice élégant, le gratin de la colonie étrangère, tout ce qui, en somme, comptait sur la côte était là. À vrai dire, on riait sous cape d'être obligé de s'incliner devant l'énorme crucifix d'argent massif auprès duquel l'originale lady recevait, mais on n'en dansait que plus joyeusement !

— Vraiment, Guillaume, vous devriez m'accompagner, cela vous distrairait, avait dit Louise-Armande une fois de plus.

En cette fin d'après-midi-là, Guillaume préférait la distraction d'une grande promenade. Il traversait la ville et s'en allait, d'un bon pas, vers la Croix-de-Lumière.

Il y allait voir si cette brave Dodds se portait bien. Il y allait tenter d'obtenir un contrat de vente de fleurs avec l'horticultrice qui l'hébergeait. Il y allait, peut-être, pour tout autre chose.

Il avait, jusqu'à son mariage, souvent repensé à son aventure avec la jolie Sorenza, et beaucoup moins après. Les premières années de vie conjugale avaient été heureuses. Puis, insidieuse, l'érosion s'était installée, usant ici, usant là. Cinq ans après, il n'éprouvait plus pour Louise-Armande qu'une banale affection, mêlée parfois d'irritation. Certes, il désirait encore la jolie femme qu'elle était toujours, mais il n'espérait plus rien découvrir derrière les beaux traits de son visage. Pour l'excellente raison qu'il n'y avait pas grand-chose à découvrir.

Il l'avait crue intelligente et spirituelle, il s'était trompé, son esprit n'était enduit que d'un séduisant vernis assez vite terni. Il avait, longtemps, espéré l'intéresser à son métier et il n'y était pas parvenu. La maternité aurait dû la rendre plus affectueuse, plus tendre, là encore il avait été déçu. Elle aimait son fils, mais ne lui aurait pas sacrifié un veglione[1] élégant

1. Veglione : mot italien. Bal costumé.

chez l'une de ses amies de Nice. Ici, elle n'avait que des relations, ne s'était liée vraiment avec personne.

Dès leur retour de voyage de noces, elle avait fait atteler et, deux jours durant, déposé des cartes de visite cornées[1] dans les principales demeures de la ville. Demeures qu'elle s'entêtait à appeler hôtels alors que leurs propriétaires disaient villas ou simplement maisons. Elle n'avait reçu, en retour, qu'un petit nombre de cartes et avait, très vite, répandu le bruit que l'on ignorait les bonnes manières à Grasse. La chose avait laissé totalement froids ceux qui n'avaient pas répondu à sa politesse. Louise-Armande avait alors compté les dames grassoises qui, selon elle, « savaient vivre » et, n'en ayant pas dénombré plus d'une vingtaine, avait soupiré. Comment pourrait-elle s'accommoder de cette compagnie ? Se rabattant, avec résignation, sur le petit noyau *éduqué*, elle avait reçu un second coup : on ne paraissait, de ce côté-là, ni pressé ni même désireux d'avoir des contacts fréquents avec elle. Elle crut comprendre alors qu'il existait, entre les plus grands industriels parfumeurs de la ville, une concurrence redoutable excluant toute intimité.

— Croit-on qu'en allant croquer des petits-fours dans un salon je vais aussi forcer les coffres-forts ?

Delphin avait expliqué. Il ne fallait pas parler d'espionnage, mot excessif en vérité, mais plutôt de goût ou, mieux encore, de tendance à... à une certaine discrétion qui caractérisait les habitudes des parfumeurs grassois. On se recevait, certes, mais peu.

— Eh bien, tant pis pour eux ! dit Louise-Armande, piquée.

— Nous continuerons, comme au temps de ma mère, à donner trois grands dîners en hiver et trois

1. Règle du savoir-vivre, abandonnée aujourd'hui. Le dépôt d'une carte de visite, cornée à l'un de ses angles, et simplement remise à l'un des domestiques des personnes que l'on voulait honorer, laissait supposer une visite réelle qu'il fallait rendre de même manière en déposant, peu après, sa propre carte cornée chez l'envoyeur.

goûters en été, avait dit Guillaume, c'est bien suffisant.

Louise-Armande était, désormais, intimement persuadée que sa belle-mère lui avait joué un mauvais tour en ayant l'air de lui abandonner son palais et sa royauté grassoise. Elle désirait plutôt, sous couvert de sa santé, mener à Paris une vie brillante. Dès cet instant, la jeune femme ne cessa de faire des allusions à son désir de vivre ailleurs. Son mari n'y prêta guère attention. Alors, elle fut plus précise : elle désirait, ardemment, quitter cette ville qui lui était si peu hospitalière. Ne pouvait-il travailler ici et habiter Nice ? Ou même Cannes, certes beaucoup plus faubourg Saint-Germain et, de ce fait, moins gaie, mais dont elle se contenterait.

La réponse de Guillaume avait été sans appel. Jamais. Et il n'avait pas donné d'explications, tellement celles-ci lui paraissaient évidentes. Louise-Armande avait alors multiplié les promenades à Nice. Et elle méditait, maintenant, d'y mettre Petit-Guillaume en pension, ce qui justifierait des séjours de plus en plus longs et de plus en plus fréquents là-bas. On en était là. Et Guillaume, sur le chemin de Magagnosc, y pensait à peine, l'esprit en repos. Sa femme avait tout ici pour être heureuse. Il la connaissait assez pour être sûr qu'ayant obtenu ce qu'elle voulait, elle désirerait immédiatement autre chose. Les Garlande, d'ailleurs, habitaient Grasse depuis près de trois siècles — le départ de son père et de sa mère n'était qu'un accident —, et les Garlande continueraient à y vivre. Louise-Armande finirait par le comprendre et même, un jour, à en être fière. Il décida, en passant devant la chapelle Saint-Michel qui lui rappelait des souvenirs de joyeux romérages[1] et de sublimes fougassettes, d'accorder, en compensation à sa femme, de choisir elle-même, à Nice, à Cannes, où elle le voudrait, le peintre qui ferait son portrait

1. De romeria (pèlerinage), jour de prière qui s'accompagnait de réjouissances. Au cours des ans est surtout devenu jour de fête. On célébrait de nombreux romérages à Grasse et dans ses environs.

pour le salon des ancêtres. L'affaire l'occuperait un temps. Elle se déciderait sans doute pour cette Marie Bashkirtseff dont elle ne cessait de vanter le jeune talent. Il approuverait. Viendrait bien un jour où elle négligerait mascarades et batailles de fleurs de sa chère ville natale. Ce qui arrangerait peut-être tout serait un second enfant. Rien n'occupait mieux une femme. Voilà qui était une bonne idée. Il accorda un amical et approbateur regard à trois vénérables oliviers, que chacun, chez lui, avait connus, que ses enfants connaîtraient et encore leurs enfants et petits-enfants. Voilà ce qui comptait dans la vie, la continuité, la fidélité à la terre qui vous avait vu naître ! À se voir ainsi moraliste, il se prit à rire, s'aperçut qu'il était bien gai ce soir et avança d'un pas plus rapide vers la maison décrite par l'oncle Delphin comme étant celle de l'étrange fille qui, par un bel après-midi... Son cœur, soudain, battait plus vite.

La porte était grande ouverte, il entra.

Il était 5 heures, on soupait à la Croix-de-Lumière et tous étaient à table.

Pourquoi, alors qu'il la savait vivant avec ses vieilles amies, s'était-il imaginé qu'il allait la découvrir là, seule, et, peut-être même, allongée sur un lit de roses ?

Quoi qu'il en fût, il ne vit qu'elle.

Elle était assise, le dos bien droit, présidant la grande tablée, et son beau regard calme était posé sur lui.

Il essaya, intensément, de lire ce que reflétaient ces yeux noirs superbes. Ce n'était pas de l'indifférence, de cela il était sûr. De l'étonnement ? Plutôt une sorte de fascination.

Leurs deux regards ne pouvaient se détacher l'un de l'autre, fascinés en effet. Alors, peut-être parce que ce fut ce qu'il ressentait lui-même, il crut comprendre qu'elle était, elle aussi, doucement soulevée par une houle de souvenirs. Il se sentait soudain aussi jeune, aussi fougueux qu'au soir de ses vingt et un ans.

Elle s'était levée, et s'avançait vers lui. Il vit le

grain de beauté qui ponctuait l'angle de sa lèvre supérieure, et s'en émut. Il le reconnaissait, et se demandait comment, pendant si longtemps, il avait pu l'oublier. Il se rappela, comme s'il se fût agi de la nuit dernière, s'être endormi au soir de leur séparation en y pensant. Et ce fut cette toute petite, si petite chose, qui le fit basculer, lui sembla-t-il, d'une vie dans une autre. Il se revit dans la cabane du jardinier, marchant sur les roses, vers celle qui lui tendait les bras.

Et il était, de nouveau, face à elle...

Tout était silence autour d'eux. Pas même le heurt du métal d'une cuiller contre la faïence d'une assiette. Les mains s'étaient immobilisées, comme les visages aux regards braqués sur lui.

Que de gens !

Elle les présentait. Il lui sembla que sa voix avait changé. Il ne se la rappelait pas si chaude, si veloutée. Mais de quoi se souvenait-il vraiment ? Qu'elle était une superbe créature... et ressemblait à sa femme ? Et encore ! La ressemblance s'était atténuée. Sans doute les goûts, les choix, les directions suivies par la vie de chacune avaient effacé, ou même fait disparaître, en partie, ce qui avait pu les faire si semblables.

Il s'amusa de l'étrangeté de ce qui lui arrivait, tout en paraissant sourire à une vieille demoiselle aux yeux éblouis, appelée Honorade Beauval, et à cette autre, sa sœur lui disait-on, et paraissant subjuguée aussi.

Quant à Dodds, elle se tenait là, debout — tous s'étaient levés — un peu en retrait, comme un maître de cérémonie qui surveille le bon déroulement des rites.

Rousseline apporta un couvert supplémentaire, Hilarion avança une chaise, et on entendit une petite voix :

— Et moi ? *Il* ne sait pas comment je m'appelle !

Présentée, elle aussi, Délia demanda :

— Laquelle des cheminées de là-bas est à vous, monsieur ?

Il s'asseyait, prié de participer au repas, à la droite de la maîtresse du domaine et il promit de montrer où se trouvaient ses usines, le souper terminé. Mais l'enfant dit, convaincue :

— Je suis sûre que, la vôtre, c'est *Princesse Néroli.*

Elle avait baptisé toutes les cheminées de la ville et lui nommait l'une des plus hautes qui, précisa-t-elle, était sa préférée.

Quand il précisa, à son tour, qu'il en avait deux, elle eut un petit « ah ! » perplexe. On la voyait se demander laquelle pouvait bien être cette seconde : *Mlle Centifolia* ? *M. Lavandin* ? Ou bien *Lou Naffe*[1] ?

Et, comme il y eut un moment de silence, Délia dit, soudain avec autorité :

— Je sais ! C'est *Mme PetitGrain*[2], celle qui a un col de briques blanches autour du cou.

Dès lors, satisfaite, elle se tut.

Guillaume la regardait. Jolie petite fille. Si blonde, avec cette grande clarté verte du regard. Quel beau Viking était le père de cette enfant aux couleurs du Nord ? Cette pensée ne lui étant pas autrement agréable, il ne s'y attarda pas et revint à Sorenza, qu'il ne paraissait pas avoir entendue lui demander, par deux fois, s'il voulait encore un peu de soupe aux fèves. Il en voulait. Il la trouvait délectable.

Et tous contemplaient maintenant M. Guillaume Garlande, des Établissements Garlande, premier industriel en matières odorantes de Grasse, le Fabulous, comme l'avait surnommé Jules-César, en bel habit et cravate de soie — piquée d'une perle — savourer avec les signes extérieurs de la plus grande satisfaction la soupe aux fèves de la Rousseline, qui était bien la nourriture la plus modeste qui soit.

Lui, sa cuiller reposée dans le fond de son assiette, regardait maintenant Sorenza, les yeux fixés sur sa chevelure. Les derniers rayons du soleil jetaient dans leur soie, si noire, les reflets mordorés du flamboie-

1. Naffe : vieux nom provençal de l'oranger.
2. Petit-grain : rameau portant les jeunes oranges.

ment d'un sombre feu. Il aima qu'elle se coiffât avec tant de simplicité. Rien n'était plus dénué d'artifice en effet que cette masse opulente partagée en deux bandeaux allant s'unir et s'enrouler sur la nuque en une coque que retenaient seulement des épingles. Aucune autre parure n'eût pu mieux exalter ce visage d'une chair si lumineuse et si parfaitement modelée.

Et il crut bien découvrir, à cet instant, la beauté dans sa plus pure expression : une femme splendide de simplicité et de naturel s'inscrivant dans le décor qui l'entourait avec une harmonie qui paraissait tenir du miracle, tant s'accordaient entre eux tous les éléments du spectacle offert à ses yeux. Et il promena, avec ravissement, son regard de l'ocre clair des murs nus, d'un dépouillement fier, altier même fut-il tenté de dire, et assorti au port et à l'attitude de celle qui les avait voulus ainsi, à la fenêtre découvrant une perspective de hauts et hiératiques cyprès, pour revenir à la longue table de bois ciré que présidait la royale hôtesse. Et là, il allait peut-être déplorer tant d'intrus enlevant de l'unité à l'accord parfait du tableau, quand, fulgurante, l'idée le traversa que la plus grande beauté de tout ce qui l'entourait n'était sans doute pas celle qui se voyait et le séduisait tant, mais celle d'un cœur qui avait choisi de se donner à plusieurs autres.

Il les examina, discrètement, les protégés de la belle Sorenza. De tous ceux-là qui avaient le bonheur d'être ainsi privilégiés, à l'exception de l'enfant, aucun n'était de sa famille. Ce père Broussoux, aux sourcils broussailleux et aux petits yeux vigilants, à quel titre avait-il mérité cette bonne place au chaud de l'affection d'une jeune femme, au chaud du foyer de la haute cheminée qui flambait dans son dos ? Et ces deux souris grignoteuses, qui ramassaient les miettes de leur pain et les mastiquaient longuement, que lui étaient-elles, quels droits avaient-elles aussi à sa tendresse ? Il ne manquait plus ici que la Dodds, ses chagrins et ses manigances, quémandant amitié et protection ! Et *elle*, elle leur donnait, à tous, le meilleur d'elle-même. Alors, à sa grande stupéfaction,

Guillaume Garlande s'entendit se dire : « Et moi ? Elle était à moi, avant d'être à eux ! »

Il se tourna vers elle, comme si elle avait pu deviner ce qu'il venait de penser. Mais elle était penchée vers son enfant à qui elle épluchait les châtaignes bouillies du dessert. Il regarda ses mains. Il se les rappelait prenant les siennes, un soir, ici même, au bord de l'une des terrasses. S'en souvenait-elle encore ?

Il se mit à décortiquer des châtaignes, lui aussi. Cela ne lui était pas arrivé depuis qu'enfant il allait faire la veillée avec les paysans, lorsque, l'été, ses parents l'emmenaient à leur domaine des Bannettes. Et, comme il était maladroit à ce petit travail, Sorenza, lorsqu'elle eut fini de préparer celles de sa fille, s'employa à l'aider.

Alors, comme il fallait, tout de même, se décider, malgré cet auditoire qu'il aurait bien voulu voir disparaître, à dire le pourquoi de sa visite, il demanda :

— Pourrons-nous parler affaires un moment ?

— Affaires ?

Elle levait vers lui un regard surpris.

— Affaires de fleurs. On m'a dit que vous traitiez avec presque tous ici, sauf avec nous.

— C'est vrai.

— Et pourquoi ?

— Parce que je le veux ainsi. Ce sont *mes* fleurs, n'est-ce pas ?

— Nous payons aussi bien. Sinon plus.

C'était la dernière chose à dire, il s'en aperçut dans l'instant.

Elle posa devant lui la châtaigne qu'elle venait d'éplucher et prit le temps d'un long silence avant de dire comme si elle n'avait pas entendu, avec un éblouissant sourire, se levant et donnant le signal du départ :

— Je suppose que c'est notre chère Miss Dodds que vous êtes venu voir, monsieur, voulez-vous faire un tour de jardin avec elle ? Il y a un banc, sur l'une de nos terrasses, d'où la vue est bien belle. Et elle ajouta, attirant vers elle Délia qui les avait rejoints :

C'est de là que ma fille contemple les cheminées. Et les baptise.

Elle souriait, mais il eut conscience de l'indifférence dont était empreint son sourire et que l'on venait, en le poussant vers Miss Dodds et le point de vue sur Grasse, de le rejeter aussi loin que les cheminées de ses usines, tout là-bas.

Il y alla vers ce banc — peint en vert et inconfortable —, il s'assit et écouta Emily. Tout d'abord sans beaucoup d'intérêt, puis, brusquement, avec attention dès qu'elle parla de Sorenza.

— Voyez-vous, elle est assez étonnante, dans son genre. C'est quelqu'un... peut-être, comme disent ses vieilles amies : « De loin, on pourrait la croire seulement la plus belle des fleurs, mais de près on sent tout de suite que son parfum n'est celui d'aucune autre. »

— La croyez-vous, aussi impossible que cela soit, sœur de ma femme ? Je sais qu'il y a eu quelques cancans à ce sujet.

— Demi-sœur... peut-être... Mais votre femme, à ma connaissance, n'en a jamais rien su.

— Elle vit seule, ici ?

— Seule !

— Je veux dire, y a-t-il un homme dans sa vie ?

— Pas que je sache depuis la mort de son mari.

— Qui était-il ?

— Un inventeur. Un charmant distrait.

— L'enfant est belle et astucieuse.

— Bien plus que cela encore. Je m'en occupe.

— Vous êtes heureuse, ici ?

— Qui ne le serait ?

Il regarda avec attendrissement sa vieille Dodds. Dans le soleil qui se couchait et rosissait ses cheveux blancs, il lui trouva l'air d'un bon gros chat ronronnant, et il eut envie de lui donner une bonne grosse caresse.

Il ne sut pourtant que dire :

— Avez-vous besoin d'argent ?

Elle répondit non. Ce que l'on avait à la Croix-de-Lumière ne pouvait s'acheter. Le bonheur poussait ici, comme les fleurs, avec seulement du soleil et de l'eau. Elle rit en ajoutant :

— On le cueille, et il en repousse un autre et un autre encore, toujours.

Alors, il eut un petit soupir. Peut-être parce que ses regards s'étaient reportés sur *Princesse Néroli* et *Mme Petit-Grain*, tout là-bas, chez lui, bien loin d'ici en vérité.

Lorsqu'ils rentrèrent, les autres étaient assis en rond devant la cheminée et Rousseline passait, dans de gros bols de faïence blanche, l'infusion de la veillée. En voulait-il ?

Il en aurait volontiers accepté, mais décida de ne pas prolonger plus cette première visite déjà trop longue, s'il voulait avoir une chance de pouvoir en faire d'autres.

Comme il allait partir, Délia s'avança vers lui et, courageusement, lui dit :

— Monsieur, pour les noms de vos cheminées, ce n'est pas vraiment vrai que j'ai deviné. Miss Dodds me les a montrées un jour et je me rappelais un peu que *Princesse Néroli* et *Mme Petit-Grain* étaient à vous. Mais tante Lazarie dit que si on va se coucher avec des mensonges comme oreiller, le diable vient vous chatouiller et vous empêcher de dormir.

Et ce fut ainsi, fort joyeusement, dans un rire général, que Guillaume Garlande prit congé.

On le regarda s'éloigner dans la nuit. Il avait refusé la lanterne proposée. Il connaissait tous les chemins de sa campagne et, d'ailleurs, la ville était si près.

Lorsque le bruit de ses pas se fut éteint, on ne se réinstalla pas en position de veillée. Chacun avait envie de rentrer chez soi pour se remettre, dans le calme, de cette extraordinaire visite.

Dès leur porte fermée, Lazarie dit à sa sœur :

— J'aurais donné mon œil droit, le meilleur, pour ne pas rater ça !

— Tant mieux que tu l'aies gardé, parce que tu vas en avoir besoin ! Ce qu'on va voir, à partir de maintenant, ça ne va pas être à manquer non plus !

— Tu crois ?

— Si je crois ? Tu l'as vu, *lui*, quand il est entré ? À peine encadré dans la porte, tout ensoleillé qu'il était, j'ai cru voir l'empereur dans sa gloire, quand il a débarqué ici pour reconquérir ses aigles !

— Moi j'aurais dit, plutôt, qu'un prince nous arrivait avec une corbeille pleine d'amour dans les bras.

— C'est tout pareil.

Soucieuse, Honorade demanda :

— Ça ne t'a pas contrarié qu'*elle* n'ait guère orné le souper de ce soir, quand elle a vu qui nous arrivait ? Parce que, à part un toupin d'eau chaude avec une tête d'ail écrasée dedans, il n'y a pas plus maigre brouet que la soupe aux fèves.

— Ne dis pas ça, celle de Rousseline, c'est un régal ! Cette femme-là, avec des cailloux de la mer elle ferait une bouillabaisse à servir aux saints du Paradis les plus gourmands !

— Je me demande, dit Honorade, toujours rêveuse, pourquoi, *elle* qui en rajoute dès qu'il arrive le plus mendiant des mendiants, elle n'a rien servi en plus, ce soir ?

— Pardi, elle est fière ! Et pour ne pas dire : « Voilà le plus riche des parfumeurs de Grasse qui nous fait l'honneur, tout à coup, de se montrer, alors faisons-lui la grande révérence. »

— Note qu'elle lui aurait donné du papier à mâcher, il ne s'en serait pas aperçu. Il ne voyait qu'elle.

— Ah ! Qu'ils étaient beaux à regarder, tous les deux, avec leurs cœurs dans leurs yeux !

— Tu veux que je te dise, maintenant qu'il connaît le chemin, il viendra souvent en redemander de la soupe aux fèves et des châtaignes bouillies.

— Mais ça lui donnera pas ses fleurs. Si elle a dit non, c'est non, tu la connais !

— Je comprends pas pourquoi elle ne veut pas traiter avec lui. À cause du buvard, autrefois ?

— Non. Et pourquoi elle a refusé, toujours de faire une convention[1] ? Et pourquoi quand on lui demande d'être de la coopérative toute neuve de Grasse elle a dit encore non ? Parce qu'elle aime lutter seule. Elle est si contente quand elle a bien vendu sa récolte sans le secours de personne ! Et aussi parce que ses fleurs, elle veut les donner à qui elle veut, c'est son idée, depuis toujours.

— Souvent je me dis même qu'elle les voit partir avec regret, comme si l'année d'après il n'allait pas en pousser d'autres.

— Tu veux savoir ma pensée ? Les parfumeurs, elle ne les aime pas beaucoup.

— Sauf *lui* !

— Ah ! lui !... Sa main tremblait quand elle l'a vu s'avancer vers elle.

— Plus que ça ! Pour rester calme, elle s'est enfoncé les ongles dans la paume, je l'ai vu.

— Jamais elle n'avait été aussi superbe, dit Lazarie, rêveuse en ajoutant : Et lui, il était devant elle comme devant l'image de la Vierge Marie.

— Maintenant, elle est plus belle encore que sa femme. Celle-là, je l'ai rencontrée, un jour, à Grasse. Trop de frisoux des cheveux. Elle a une espèce de frange en boucles qu'on lui dirait des crottes de bique sur le front. C'est peut-être la mode, mais c'est pas joli. Et elle se fane, s'use et se brûle aux chandelles tant elle va et vient dans les salons de Nice et de Cannes où on dit qu'on fait la vie toute la nuit. *La nôtre*, à boire le soleil à la régalade, à virer dans le vent et à respirer avec les fleurs, elle reste aussi belle qu'elles... Qu'est-ce que tu fais ?

— Je prie. Parce qu'il faut qu'on l'aide, la petite. Et avec ce bon Dieu, si occupé de partout, on n'en

1. Vente des fleurs dites conventionnées. Producteurs et parfumeurs s'engagent, les uns à livrer à un prix fixé, pendant un certain nombre d'années, une certaine quantité de fleurs annuellement, et les autres à recevoir et payer cette production florale.

aura pas fini de lui rappeler cette affaire-là. Pourquoi tu soupires ?

— Il est marié, M. Garlande. Tu l'oublies.

— Non, je ne l'oublie pas et c'est pour ça que je prie deux fois plus. C'est Notre-Seigneur qui doit trouver la solution introuvable. Je ne vois que Lui pour ça, à l'heure qu'il est.

Miss Dodds s'était retirée dans sa chambre avec un sourire de satisfaction aux lèvres. Cette soirée se serait terminée pour elle en apothéose. L'un des plus puissants seigneurs de Grasse et de la parfumerie s'était, en quelque sorte, déplacé pour prendre de ses nouvelles et entretenu avec elle pendant presque une demi-heure ! C'était là un privilège ! Mieux, une consécration, établissant en quelle estime on la tenait. Cela ne saurait manquer de laisser des traces ici. Ce n'était pas qu'il fût nécessaire de prouver à ceux de la Croix-de-Lumière que l'on n'était pas n'importe qui, mais il ne serait pas mauvais, par exemple, que ce vieux crasseux de Broussoux — il sentait toujours le fumier à plein nez — fût impressionné. Comme elle nattait ses cheveux pour la nuit, Emily resta un instant immobile, ses mèches en main, avec le soudain et désagréable sentiment que la chose pourrait laisser le vieux totalement indifférent. Cet homme-là n'était qu'un bouseux dont seule la musique parvenait à entamer la croûte épaisse. Les sœurs Beauval, en revanche, avaient sûrement été stupéfaites de découvrir l'affection d'un Garlande envers elle. Et c'était là une bonne chose. Chaque arme était utile pour lutter contre l'influence trop grande que Lazarie avait sur Délia. Elle maintenait l'enfant, déjà trop rêveuse, dans un climat excessif de contes et légendes.

Mais, en gagnant son lit, Emily balaya tout cela et aborda l'essentiel qu'elle gardait pour s'en délecter au seuil du sommeil. Son sourire se fit cruel : l'heure de sa revanche, l'heure de la défaite de Louise-Armande Garlande, n'allait pas tarder à sonner ! Revanche ?

C'était peu dire, le mot juste n'était-il pas plutôt : vengeance ?

Et Miss Dodds, des Dodds du Lancashire qui avaient toujours su que la roue tournait et écrasait, à leur tour, ceux qui le méritaient, souffla avec une énergie triomphante sur la flamme de sa bougie.

Elle ne savait pas encore comment elle aiderait l'idylle de Guillaume et de Sorenza à croître et à s'épanouir mais elle était sûre de s'employer de tout son cœur à servir ainsi une belle histoire d'amour. Elle n'avait de sa vie vu deux êtres paraissant plus hypnotisés l'un par l'autre que ces deux-là lorsqu'ils s'étaient rencontrés ce soir !

Sorenza n'avait pas regagné sa chambre mais le jardin. Elle était venue s'asseoir sur le banc où Guillaume Garlande et Miss Dodds avaient bavardé. C'était là sa place de prédilection, lorsque le soir, après la journée de travail sur ses terres à fleurs, elle se reposait un moment.

Elle respirait, dans la laiteuse clarté de la nuit, le parfum du vieux rosier qui enlaçait un if altier et centenaire de ses fougueuses et folles branches fleuries. À eux deux, ils paraissaient élever un rempart, épais, solide et odorant, entre la jeune femme et tout ce dont, soudain, elle avait peur.

Elle s'était contrainte à ne pas trop penser, dès le moment où elle avait vu Guillaume Garlande pénétrer chez elle, s'efforçant d'éviter un geste qui l'eût trahie, un mot qui eût compromis, une intonation qui eût détruit en une seconde le résultat de tant d'années de discipline imposée à son cœur.

Alors, dans la douceur de cette soirée de juin, dans la tiédeur de l'air, elle qui pleurait si peu sentit une larme glisser le long de sa joue. Il lui semblait, du plus loin qu'elle se souvienne, avoir toujours su ce qu'elle devait faire, alors que maintenant...

Là-bas, de cette ville qui était la *sienne* et dont elle savait parfaitement quel point lumineux était *sa* demeure, de cette ville dont elle s'était gardée comme d'un danger trop proche, lui serait quand même venu ce qu'elle avait longtemps craint : la peur de ne pas savoir, un jour, résister à la tentation redoutée.

Elle ne pouvait en détacher ses yeux, de cette petite lumière, au flanc de la sombre colline, à peine un scintillement mais qui la bouleversait. *Il* avait maintenant retrouvé là maison, femme, enfant, amour, affections et habitudes.

Elle leva les yeux vers les étoiles, qui ne pouvaient rien pour elle, aussi lointaines, aussi inaccessibles que le bonheur.

Soudain, d'autres étoiles apparurent. Lueurs vivantes, ailées, magiques.

Les lucioles !

La première, un bref instant, rendit sa pourpre au cœur d'une rose. La seconde, puis la troisième firent jaillir dans le sombre feuillage du vieil if deux éclairs verts. Et d'autres, et d'autres et d'autres encore arrivèrent en fugitives et douces farandoles dans cette nuit aux suaves arômes. Il y eut alors comme un second ciel.

Peut-être un ciel d'espoir dont, en étendant la main, on aurait pu caresser les petites étoiles.

## 4

— Emily, vous qui avez tant d'instruction, qu'est-ce que vous pensez de tout ça ?

Miss Dodds ne tricotait plus des écharpes rouges ou bleues pour les pauvres de la ville et que distribuaient autrefois ces dames Garlande, mais des fichus de laine blanche ou rose pour elle-même et ses amies Lazarie et Honorade. Elle répondit à cette dernière, arrêtant son travail et posant ses aiguilles, pour donner plus de sérieux à sa réponse.

— J'espérais que cela irait plus vite.

On disait « tout ça » et « cela », on ne nommait pas la chose. Ce fut Lazarie qui précisa.

— Vous voulez dire que vous l'espériez de nouveau en visite ici plus tôt ?

— J'avoue que je croyais le voir réapparaître dès le lendemain.

Inutile de dire de qui il s'agissait, personne ne pouvait s'y tromper.

— Les messieurs importants, dit encore Lazarie, ça ne se décide pas comme ça.

— Se décide à quoi ?

— Eh, est-ce que je le sais, pauvre de moi qui n'ai jamais connu l'amour !

— Ah, par exemple ! Et Frédéric ?

— Frédéric ? Il nous a menées jusqu'à la porte, il l'a à peine entrouverte et il s'est sauvé... avec une autre. Alors, tu veux me dire ce qu'on sait, nous ?

— On sait que l'amoureux, le malheureux, il fait ce qu'il peut, mené qu'il est, malgré lui, par son cœur comme un petitoune de voilier sur la mer est mené par le vent. Ah ! Va savoir, pourquoi le bon Dieu, en fin de compte, a fait si cruel l'amour qu'Il avait cru faire si doux ?

— Peut-être, dit pensivement Honorade, qu'il vaut encore mieux un amour cruel que pas d'amour du tout.

— Oh non ! Je ne crois pas, murmura Emily. Et elle ajouta, comme pour elle-même : Le mien fut si cruel que je m'en serais bien passée !

Mlles Beauval restèrent muettes pour ne pas interrompre la suite de la confidence. Si suite il y avait.

Et il y en eut une. Le tricot posé sur ses genoux, le regard perdu au loin, la vieille Emily continuait à parler, pour elle-même eût-on dit. Elle raconta la triste histoire de la jeune Emily désespérée et blessée à jamais par l'abandon d'un fiancé apprenant la ruine des Dodds, du Lancashire, trois jours avant le mariage.

— J'ai cru que je détesterais les hommes jusqu'à la fin de mes jours !

— Ça, il ne fallait pas, dit Lazarie. Voyez-vous, ce n'était pas de sa faute à ce jeune homme s'il était un goulu d'argent. Il s'était trompé en croyant pouvoir aimer autre chose que les pièces d'or, le pauvre. Vous deviez être bien mignonne, blonde et rose dans votre jeune temps, et il devait être tout triste de vous préférer un sac d'écus. Mettez-vous à sa place, il était sûrement plus désespéré que vous encore. Et vous êtes sûre que ce n'était pas son père qui l'obligeait à agir ainsi ? Nous avons connu le fils Mercadé, ici, que sa famille ne voulait marier qu'à une grosse dot de la parfumerie, à beaucoup de gros alambics bien pansus, et lui, il aimait une toute mignonne, une miniature à frisettes blondes, mince de partout, mais, hélas, de la bourse aussi. Alors que le père Mercadé, il avait sa fabrique de parfums qui débordait de bonnes odeurs de richesses. Mais il ne voulait pas de la petite. Eh bien, le fils Mercadé, il en est mort !

— Pourquoi tu nous amènes ce fils Mercadé alors qu'on attend le fils Garlande ?

— C'est une histoire d'amour, ça aussi, alors j'ai pensé...

Honorade haussa les épaules, puis dit en soupirant un peu :

— De ce M. Garlande, au bout du compte, que savons-nous ? Même pas s'il est vraiment amoureux de Sorenza.

— Il n'y avait qu'à le regarder la regarder ! Ils s'aiment.

— Vous oubliez toujours qu'il y a *l'autre*, dit Honorade.

— Ils vivent quasiment séparés, toute la ville le sait. Et elle pourrait peut-être mourir... d'un accident... ses chevaux qui s'emballeraient. On dit qu'elle est toujours sur les routes à fouette-cocher chaque matin que Dieu ensoleille, ça pourrait bien lui arriver de verser, un de ces quatre...

— Les méchantes, ça meurt jamais !

— Moi, je me demande si Sorenza croit qu'il va revenir, M. Garlande. Elle ne dit rien, et elle travaille encore plus que d'habitude. Je sais pas si vous l'avez remarqué mais elle se lève un peu plus tôt chaque jour. Il n'est pas 4 heures du matin, maintenant, qu'elle est déjà partie pour ses champs avec l'Hilarion, et avant qu'on ait seulement entendu un coq chanter ! C'est aussi de plus en plus tard qu'elle rentre le soir ! Presque comme si elle avait peur de *le* voir arriver.

Et ce soir-là, dès qu'elles furent seules — elles avaient écourté la veillée pour se retrouver plus vite au secret de leur chambre — Lazarie dit à sa sœur :

— On avait tapé juste ! Elle a eu son sentiment pour un goulu d'argent et avare du cœur, la pauvre miss ! C'est bien sûr, maintenant, qu'elle n'a aucun bon souvenir pour s'adoucir l'oreiller et donner des idées à ses rêves. Il faudra voir ce qu'on pourrait faire pour elle. Peut-être, le dimanche, on devrait l'emmener se promener sur le Cours et entendre la musique, devant le kiosque.

— Et s'ils nous jouent de l'Offenbach ?

— On pleurera peut-être un peu, mais des larmes

de douceur, c'est presque bon. Et puis il y a longtemps qu'on n'a pas vu les petits-enfants du Frédéric. Le fils de son fils doit bien avoir dans les dix ans maintenant et peut-être qu'il ressemble toujours à son grand-père.

— Non. Il a le nez de la Séverine.

— C'est vrai, pauvre pitchoune ! Parce que c'est pas jalousie de notre part, mais il n'a jamais été joli, le nez de cette voleuse d'homme. Tu te rappelles ce qu'on disait ? Qu'elle ne devait pas sentir les parfums comme tout le monde avec un nez pareil. Mais j'ai jamais su si on voulait dire qu'elle sentait mieux ou plus mal. Quand M. Garlande reviendra, il faudra que je l'interroge sur « l'art de sentir », comme ils disent.

— S'il revient jamais !

Le sommeil allait fermer les yeux d'Honorade lorsqu'elle les rouvrit, se redressa et demanda :

— Je savais bien que j'avais quelque chose à te dire avant de m'endormir : d'où as-tu sorti cette histoire de fils Mercadé ? Il n'y a jamais eu à Grasse ni de père ni de fils de ce nom. Et encore moins dans la parfumerie. Tu es allée à un mariage Mercadé, toi ?

— Jamais.

— Alors.

— Alors ? Et tu en fais quoi de ta charité chrétienne, toi ? Cette pauvre miss, tu te rends compte, se dire qu'elle était si peu plaisante que sans un gros sac d'or en bandoulière personne ne voulait d'elle.

— Et qu'est-ce qu'on peut à ça ?

— On peut... le fils Mercadé ! On peut mentir par pitié. Je te parie une paire de bas de soie que ce soir Emily est moins triste. Elle n'y avait sans doute pas pensé à un père Mercadé... enfin, au père de son bien-aimé, si tu préfères, et à l'heure qu'il est elle se dit qu'il a forcé son fils à renoncer à elle, et va savoir si elle n'est pas consolée.

En haussant les épaules, Honorade demanda :

— Et pourquoi aussi cette histoire de bas de soie ? À quoi ça te servirait d'en avoir ? Sous la jupe, qui les voit ?

— Moi ! Ça ne te donne pas envie d'en porter de regarder les cocons de la Rousseline ? Ça ne te met pas dans des rêves de soieries de monter au grenier et de voir ces merveilles de fils que font ces vers si vilains ?

— Je me dis seulement que ça donnera quelques sous de plus à Sorenza. Tiens, ce n'est pas elle qui penserait à s'acheter des coquetteries !

— Elle a peut-être tort. Hé ! Nous y voilà revenues au fils Garlande, qui te dit qu'il ne la trouve pas trop paysanne, notre petite ?... Ah ! Mais tu as raison, folle égoïste que je suis, c'est à elle, à notre Sorenza, qu'il faut acheter des bas de soie ! Et vite, et aussi beaucoup d'autres choses.

— Avec quel argent ?

— Pourquoi tu m'as forcée à écouter le notaire, l'année dernière, quand on a vendu la rue de l'Oratoire ? Moi je n'aurais pas tout mis dans ces emprunts russes. Ces altesses, à les voir ici tout arrogantes, ruisselantes, en quelque sorte, de *notre* argent, ça me plaît pas.

— Ça nous rapporte. Avec les revenus on aide la petite. Et nous avons gardé un peu de réserve ici, tu le sais bien.

— Alors on devrait la dépenser en fanfreluches pour elle. Et quand il viendra, il la trouvera, comme ça, plus belle encore, notre Sorenza.

À défaut de celle de Guillaume Garlande, on eut d'autres visites. Le colporteur arriva.

Il y avait, maintenant, cette facilité de commander dans les grands magasins de Paris en choisissant sur leurs catalogues. Mais, de l'avis général à la Croix-de-Lumière, on ne pouvait pas faire de tort à ces pauvres vieux porte-balles qui continuaient à s'user les semelles et la santé sur les grands chemins. Et aussi, rien ne valait, pour juger une marchandise, que de la tâter de ses mains. D'ailleurs, ces catalogues, ça ne donnait pas, aussi, les nouvelles de la vie du monde. Et on avait, depuis quelque temps, engagé une relation suivie avec Bartholomé-le-Fricadou, de Beaucaire, qui apportait, à domicile, les plus beaux articles de la foire de sa ville et déballait, en même temps qu'il déroulait, d'un coup de poignet artistique, des pièces de drap d'Elbeuf, de soie de Lyon ou d'indienne fleurie, toutes les nouvelles de l'univers qui renseignaient mieux que le journal. Ce fut d'ailleurs lui, ce matin-là, qui annonça la prochaine visite du président de la République à Grasse. M. Fallières visiterait des usines de parfumerie et serait reçu chez M. et Mme Garlande !

Voilà donc pourquoi Guillaume n'était pas revenu ! Il préparait cette grande affaire. Un tel honneur doit occuper une maison entière et ses habitants pendant des semaines au moins. Lazarie demanda :

— Vous êtes sûr ?

— Sûr. Je viens de parler avec les domestiques des Garlande. Je leur ai vendu des rubans de Saint-Étienne à s'en mettre partout pour ce jour-là, des orteils aux oreilles. Et c'était à qui achèterait le plus de la cuisinière, des filles du jardinier, ou des femmes de chambre de madame. On se tient pas de fierté et d'orgueil, là-bas, à la pensée qu'on fera sauter les bouchons de champagne pour le président... Enfin je parle des serviteurs, parce que les maîtres, je ne les vois jamais, ils ne sont pas de mes pratiques.

Sorenza n'était pas encore revenue du champ de roses où elle travaillait ce jour-là. Honorade, Lazarie et Emily s'en félicitèrent. Il leur venait soudain une inquiétude, une tristesse même, à écouter le colporteur qui, sans s'en douter, avait souligné, un peu plus encore, ce qui séparait M. Guillaume Garlande, grand parfumeur à Grasse, de la petite Sorenza, jardinière. Voilà un homme qui allait offrir à boire et à manger au président de la République, un homme qui traiterait d'égal à égal avec le plus grand Français. C'était folie de croire qu'il allait revenir ici manger de la soupe aux fèves.

Lorsque Sorenza fut rentrée, on bourra Bartholomé-le-Fricadou de ragoût d'escargots — comme son nom l'indiquait, il était porté sur tout ce qui était bien mijoté — et on orienta la conversation sur les événements du Maroc qui étaient sans danger. C'était encore un coup des Allemands, jaloux des colonies de la France. Bartholomé détestait les Allemands et prédisait la guerre pour demain depuis qu'on le connaissait. Entre le fricot d'escargots et ses sombres prédictions, on était tranquille, il oublierait les Garlande et le président de la République.

Mais Honorade et Lazarie n'oubliaient pas. Avant de souffler leur bougie, elles conclurent, dans un soupir, combien, déjà quand on était de même couvée comme le Frédéric et elles, les amours étaient difficiles, alors que dire quand il y en a un qui offre des petits fours aux présidents des Républiques et l'autre qui ne nourrit que les mendiants qui passent.

— Pourtant, dit Lazarie en ouvrant la fenêtre de la chambre — Dodds l'avait convertie à son hygiène du sommeil aéré —, pourtant...

— Pourtant quoi ?

— Tu as entendu ce qu'il a dit, le Bartholomé, cette invention dans le ciel qu'il nous raconte à chaque venue ?

— Encore tes aéroplanes !

— Il ne faut pas en rire. Rappelle-toi, la première fois, celui qui a pu se soulever du sol avec son appareil, son *Antoinette*, s'est élevé de vingt mètres. Déjà c'était le miracle. La deuxième, le même Brésilien, ce Santos-Dumont, il parcouru deux cent vingt et un mètres, pas un de moins ! La troisième, c'est ce M. Farman — je peux pas me tromper de nom, je les écris sur un carnet —, il vole, lui, pendant un kilomètre ! Et maintenant, c'est vingt-sept kilomètres qu'il vient de faire à *cinquante mètres du sol* ! Même qu'ils vont faire à Paris un salon de l'aviation.

— Et qu'est-ce qu'ils viennent faire dans notre histoire, tes aéroplanes ?

— Tout, pardine ! Si maintenant on ne marche plus seulement sur la terre, mais aussi dans le ciel, tout est possible. Les roses vont fleurir bleu et plus rien ne séparera la petite de son beau Guillaume. Même la miss pense comme moi.

— Ça ne m'étonne pas ! Elle est aussi folle que toi et le Bartholomé réunis.

— Pourquoi tu te mets en colère, juste au moment de dormir où c'est le plus mauvais de se porter le sang à la tête.

— Pourquoi ? Parce que je suis en peine. En peine pour la petite qui peut-être croit des choses qui n'arriveront pas. Ah, on avait bien besoin que les présidents s'en mêlent, de nos affaires ! Pourquoi il vient pour nous emmêler les fils, celui-là ?

— Pourquoi ! Parce qu'on est ce qu'il y a de plus beau en France, et qu'ils veulent tous voir et sentir ce qui fleurit ici. On a eu trois altesses, encore ce mois-ci. Et je ne compte pas les baronnes, les marquises et les Américaines, plus goulues que les abeilles, à nous pomper le suc. Et comme si tu ne savais pas qu'en ce moment, dans les fleurs et les parfums, ça éclate en bouquet de feu d'artifice du 14 Juillet tant on produit. Tu sais ce qu'elle a avoué, la Mireille de *La Gavotte*, en me refilant ces richelieus qui me font si mal aux pieds ? Que ça marche tellement son commerce ici, vu les tonnes de fleurs et de parfum qui se changent en or, que, bientôt, elle ne va plus vendre que des chaussures de luxe en vernis. Celle-là, quand je pense qu'elle courait pieds nus dans les ruisseaux des rues quand nous étions petites et que maintenant elle est en escarpins à talons à toutes les heures !

— Ma fille, dit Honorade, il est tard, les rossignols se sont cloué le bec, bientôt le coq va ouvrir le sien et nous, nous n'aurons pas fermé l'œil. Je vais te dire le fond de ma pensée et après on essaiera d'attraper un peu de sommeil : ce n'est pas parce que Guillaume Garlande est venu une fois ici, peut-être par hasard, qu'il faut se mettre la tête et le cœur en escalade. Ce monsieur-là, il ne reviendra jamais. Et tant mieux pour nous, parce que je ne vois pas ce qu'on aurait fait de lui avec femme, enfant et président de la République qu'il a sur les bras. Et aussi, je me demande si nous ne nous sommes pas fait monter la fièvre toutes seules, la miss, toi et moi, parce que ce bel homme regardait notre petite avec de la passion dans l'œil. On n'en trouverait pas un pour passer à côté d'elle sans que son cœur — ou ce que tu voudras — fasse un saut de carpe. Même Jules-César, vieux et demi-fou qu'il est, se relève le bord du chapeau pour mieux la contempler. Quant à elle, va savoir si, à l'heure qu'il est, elle ne dort pas plus sereine que nous, parce qu'elle n'y pense plus trop à son parfumeur ! Le bon Dieu n'a pas oublié de lui donner autant de raison et de sagesse que de beauté. C'est pour ça que je l'ai aimée tout de suite, cette petite, quand je l'ai vue dans le champ de jasmin avec son regard sérieux et tendre à la fois. Et, pour finir sur une bonne pensée, je te dirai que jamais le Frédéric au cœur éparpillé n'aurait pu nous faire, ni à toi ni à moi, une fille si parfaite. Et nous, sans homme, toutes seules, on a su se la trouver ! Maintenant, tâchons de veiller sur elle et surtout de l'empêcher de se faire le cœur comme une olive noire.

Sorenza dormait, en effet. Et non pas, comme le pensaient ses deux vieilles amies, parce qu'elle était sage et raisonnable, mais parce qu'elle avait quatorze heures de dur labeur dans les jambes et les bras et qu'aucune mélancolie, aucun chagrin même ne parviendrait à tenir éveillée une jeune femme saine et bien portante qui s'est ainsi penchée vers la terre de l'aube au crépuscule.

Souvent, lorsqu'elle revenait des champs, Honorade et Lazarie lui demandaient si elle « avait bien travaillé » comme s'il s'agissait d'avoir rempli une page d'écriture, ne se doutant pas un instant qu'elle accomplissait autant de besogne qu'Hilarion.

Se faire aider plus ? Elle l'aurait pu, mais l'emploi d'un autre ouvrier, même saisonnier, eût retardé encore l'achat de la terre où elle voulait planter des tubéreuses, à l'autre bout de Magagnosc. Deux acres, mais d'une qualité de sol qui donnerait des fleurs superbes.

Elle savait qu'elle ne parviendrait pas à cultiver plus avec un seul valet pour aide. Si elle avait eu le garçon espéré, elle aurait pu envisager d'agrandir encore son domaine dans trois ou quatre ans. Mais Délia ne serait sans doute pas aussi solide qu'elle et ne pourrait guère la seconder pleinement.

Il lui faudrait donc se dire qu'avec cette dernière parcelle les terres de la Croix-de-Lumière, s'arrondissant à dix hectares, en resteraient sans doute là. Dix hectares disséminés autour des trois terrasses initiales du vieux père Gaubert, répartis dans un périmètre d'une à deux lieues. Il fallait être très fortuné pour posséder, à Grasse, un vaste territoire d'un seul tenant comme en avaient les grands parfumeurs ou certaines notables familles. Mais, telle quelle, la Croix-de-Lumière la contentait et faisait d'elle une jardinière — elle n'aimait pas dire horticultrice — qui comptait dans la région.

Et elle s'était endormie, ce soir-là, en pensant à cette tubéreuse qui la fascinait sans qu'elle l'aimât vraiment.

Elle s'était longtemps intéressée à elle avant de penser en cultiver. Par trois fois, elle en avait fait la cueillette chez des propriétaires des environs. Rien n'enseignait mieux les plantes. À regarder, pendant des jours et des jours, ces milliers et ces milliers de hautes tiges chargées de leurs grappes blanches, ou légèrement ourlées de rose, on en apprenait beaucoup sur elles.

C'était une fleur différente des autres, une fleur de luxe en quelque sorte. Emily, avec qui elle en avait parlé, lui accordait « une personnalité très particulière, voire troublante » et n'en supportait pas la fragrance trop puissante pour elle, disait-elle. C'était la seule fleur que l'on cueillait avec des ciseaux, celle dont le parfum était le plus capiteux — un bouquet de suavités à lui tout seul —, celle dont les essences étaient capitales pour le créateur-parfumeur. C'était pourtant celle que Sorenza appréciait le moins. Peut-être parce que sa senteur lourde, entêtante n'était pas sa préférée. Peut-être aussi parce que l'unique fois où elle avait aperçu Louise-Armande Garlande, à Grasse, celle-ci avait deux tubéreuses à son corsage...

Mais ces fleurs, très recherchées, se vendaient bien et cher — près de quatre francs le kilogramme —, la terre sablonneuse où elle espérait planter bientôt ses bulbes avait la légèreté et la perméabilité nécessaires, aussi la sentimentalité n'avait-elle pas à intervenir. Dès le plein été ces milliers de bulbes pouvaient donner vingt kilogrammes de corolles, peut-être même trente ou, en rêvant un peu, quarante. On ferait, avec Hilarion — qui était de bon conseil —, tout le nécessaire pour avoir le meilleur rendement, même, s'il le fallait, en travaillant nuit et jour.

Sur ce champ qu'elle désirait acheter s'élevait une cabane à outils, semblable à celle de son terrain de roses d'autrefois. Et le sommeil l'avait prise alors dans le soupir qu'elle n'avait pu retenir en y pensant.

Le propriétaire de la *Pharmacie anglaise*, avenue Victoria, à Grasse, était M. Pascal Rouméro qui savait tout juste dire *yes* et *no*. De Marie-Jeanne sa défunte, en revanche, ses compagnes de l'Institution Sainte-Marthe pouvaient témoigner qu'elle avait toujours eu le premier prix de langue anglaise, aussi loin que l'on puisse faire remonter les souvenirs. Cette performance, associée à l'afflux, toujours croissant, de touristes britanniques, avait incité les parents de la jeune Marie-Jeanne à débaptiser leur *Pharmacie moderne*, et la mettre, tout nouvellement *anglaise*, dans la corbeille de noce de leur fille et de son futur mari, frais sorti de l'école de pharmacie de Montpellier.

Trente ans de précieux services rendus à la colonie britannique de Grasse et de ses environs, une renommée départementale aux assises solides, une bonne petite fortune : le bonheur pour Pascal Rouméro.

Mais, depuis trois ans : la tristesse, le veuvage, pas d'enfant, et l'*English spoken* de la vitrine et des prospectus qui n'était plus que supercherie.

Désormais, lorsque M. le pasteur, dès la fin de l'automne, préparait ses sermons en vue de la réouverture annuelle de son église anglicane, dès que tout était prêt à recevoir les contingents d'hivernants anglais ou américains, Pascal Rouméro regardait, avec mélancolie, ce qui continuait à dire dans sa vitrine : *English prescriptions carefully dispensed with purest drugs, Weighing machine* et autre *Patent Medicines* dont plus personne, dans son élégante officine, ne pourrait s'entretenir avec les clients d'outre-Manche, ou d'outre-Atlantique.

Le matin où le bruit se répandit dans la ville que Miss Dodds, la distinguée gouvernante des Garlande, les quittait, et quittait aussi la ville, Pascal Rouméro pensa avoir perdu l'une de ses meilleures clientes, puis il eut, très vite, son idée de génie : il lui fallait Miss Emily ! Comme quoi ? Comme ce qu'elle voudrait : Interprète ? Gérante ? Directrice ? Épouse même ! Il était prêt à tout ! Il la lui fallait à la pharmacie.

Depuis, on pouvait dire, sans exagération, que M. Pascal Rouméro traquait Emily Dodds. Il l'avait poursuivie jusqu'à la Croix-de-Lumière.

Elle ne l'encourageait guère. Pourtant, il ne renonçait pas, nourrissant ses espoirs de la conviction que tant de femmes ne pourraient pas s'entendre et vivre longtemps ensemble sous le même toit. Cela ne s'était jamais vu.

En attendant que tourne à l'orage l'apparente sérénité de l'atmosphère à la bastide et qu'il en recueille la récompense due à sa patience, Pascal venait voir Emily, au moins une fois par semaine. On s'était habitué à ce visiteur comme aux autres. On le plaignait, en plus, persuadé qu'il ne gagnerait jamais. Car on savait qu'une Dodds, des Dodds du Lancashire, pouvait à la rigueur être gouvernante de grande famille, mais ne pouvait pas, absolument pas, être employée de pharmacie. Quant à devenir Mme Rouméro, l'éventualité n'en était même pas envisagée. Il fallait le comprendre. Apparemment, Honorade et Lazarie comprenaient.

Ce samedi-là, de juillet 1909, le pharmacien, avant de prendre le chemin de Magagnosc, s'était arrêté chez Mme Constant, la pâtissière, pour s'y munir de fougassettes qui étaient sa spécialité et qui accompagneraient les deux flacons de vin muscat tirés de sa cave. L'heure des sacs de boules de gomme était passée, il fallait désormais être plus consistant. Car M. Pascal Rouméro était dans une grande espérance. À sa dernière visite ces dames lui avaient paru mornes, sinon tristes. Cela commençait à craquer, il n'y avait aucun doute, et il fallait être là lorsque cette semble-bonne entente volerait en éclats.

Ce samedi-là avait été choisi aussi par Guillaume Garlande pour prendre le même chemin, que venait d'emprunter aussi Jules-César — dont c'était le jour d'abonnement — et qu'achevait de parcourir le peintre des cassiers et du tournesol qui, par hasard, repassait par là.

Ils arrivèrent tous quatre de demi-heure en demi-heure.

Sorenza ne devait pas rentrer à la bastide ce matin-là ; elle réglait la vente de ses récoltes de jasmin et ne reviendrait que dans l'après-midi. Aussi Emily, Honorade et Lazarie étaient-elles dans le tourment. Elles pouvaient respecter les lois de l'hospitalité et nourrir ces messieurs — Rousseline avait mis deux lièvres en civet dont le fumet était aussi envahissant que les arrivants — mais, dès le dernier os rongé, il faudrait évacuer les gêneurs. Autrement dit, il était impératif qu'au retour de Sorenza seul M. Guillaume Garlande fût encore là.

Pour Jules-César, c'était simple, l'offre d'un flacon de piquette, d'une sieste à l'écurie, et on ne le reverrait que le lendemain. Le peintre ? On lui proposerait de le mener voir les géraniums géants d'un voisin, c'était assez loin pour qu'on l'y perdît un peu. Restait le pharmacien. Le plus difficile à manœuvrer. Et juste aujourd'hui, où il avait apporté la fougassette et le muscat, comment, avec civilité, le renvoyer en pleine digestion sans raison ? C'était tout de même quelqu'un, en ville, Pascal Rouméro, peut-être un futur conseiller municipal, ou un membre de la Chambre de commerce. Il fallait du doigté pour l'inciter à remonter dans son tilbury et à regagner sa *Pharmacie anglaise* afin qu'il ne puisse lire ce qui, en si grosses lettres, était écrit sur les visages de Sorenza et de Guillaume Garlande dès qu'ils étaient face à face.

Parce que Pascal Rouméro, on le connaissait bien, c'était le plus bavard des pharmaciens. D'un mot entendu il en faisait dix, d'un regard de Sorenza il rédigerait un télégramme qui serait délivré immédiatement à toute la ville. Il n'était que de l'entendre, déjà, sur le bref rappel que lui en faisait, avec courtoisie, M. Garlande s'enflammer sur des souvenirs de boules de gomme offertes autrefois :

— Ah ! monsieur Garlande, c'était ma défunte qui aimait vous entendre dire, en anglais, lorsque vous veniez avec Mlle Dodds à la pharmacie et qu'elle vous proposait une boule de gomme : « Une rouge, s'il vous plaît, madame. » Hé oui ! vous ne les aimiez que rouges ! Alors Marie-Jeanne vous les gardait. Elle donnait les vertes et les jaunes aux autres enfants. Même si le fils Chiris, le fils Goby ou la petite Roure les aimaient rouges aussi, c'était pour vous qu'elle les mettait de côté.

— Quel menteur ! murmurait Lazarie. S'il croit que M. Garlande va le croire.

— Il ne l'écoute pas ! Étudie-le, il regarde partout autour de lui, parce que, même Sorenza absente, c'est chez elle qu'il est et c'est déjà un peu d'elle qu'il voit.

— C'est joli, ce que tu dis là.

— Mais ça ne nous tire pas d'affaire. Il faut éliminer le pharmacien.

Pascal Rouméro était inquiet. Nul doute que Guillaume Garlande ne soit ici pour tenter de ramener Miss Dodds chez lui. Il fallait rester sur place et veiller et, si nécessaire, contre-attaquer.

Guillaume Garlande sentait l'irritation le gagner. Que de gens ! Mais pourquoi diable tolérait-elle cette foule chez elle ? Ce peintre farfelu, ce mendiant gâteux, ce pharmacien cauteleux, plus tous les autres, de fondation apparemment ? Il allait l'attendre et lui faire comprendre qu'ils avaient besoin d'être un peu seuls tous deux.

Par chance, Jules-César et Marcellin Rouvère — le peintre — ne posaient plus de problème. Ils s'étaient rencontrés, appréciés et l'un faisait le portrait de l'autre qui lui débitait ses sornettes.

Marcellin était transporté, il avait enfin trouvé l'Homère qu'il cherchait depuis si longtemps. Le parfait Homère était là, sous la défroque de ce prodigieux Jules-César. Ces haillons plus vrais que nature, ce chapeau symbolique abritaient l'*Iliade* et l'*Odyssée* dans leur ombre vaste et mystérieuse. Un seul ennui, mais de taille, soudain, dans le regard du modèle. Ce regard trouble, à demi éteint et pourtant vivant, vivant de cette petite lumière qui y pétillait encore. Eh bien, le regard brusquement fichait tout en l'air : il sentait l'aïoli ! Quand donc les modèles comprendraient-ils que leurs pensées, le tour de leur esprit passaient dans leurs yeux, s'y imprimaient ? Comment empêcher ce vieux fou de se complaire dans ses recettes de l'aïoli qu'il ânonnait sans répit ?

Ce fut alors Honorade qui le décida. Il fallait « enlever » le pharmacien. Et une seule personne pouvait le faire, Emily.

La convaincre ne fut pas une petite affaire.

On arriva, néanmoins, à lui démontrer qu'elle ne s'engagerait guère envers Pascal Rouméro en acceptant, enfin, de visiter sa villa et le jardin dont il était si fier. Que risquait-elle à lui dire : « Monsieur Rouméro, si votre datura rosé est dans sa splendeur en ce moment, il faut me le montrer sans plus attendre » ?

Bien. Elle irait. Mais seulement après avoir fait les honneurs de la table de la Croix-de-Lumière à Guillaume Garlande. Elle savait la succulence des civets de Rousseline et avait soudain l'irrésistible envie de s'asseoir à la place de Sorenza, en prenant son ancien élève à sa droite. Et, pourquoi pas, le pharmacien à sa gauche.

On lui passa cette fantaisie, néanmoins jugée d'assez mauvais goût par Honorade et Lazarie. Mais l'heure n'était pas aux chinoiseries, l'heure était au bonheur de la petite qui devrait trouver M. Guillaume Garlande seul ici quand elle rentrerait.

Elle le trouva assis sur le banc vert. Il l'attendait en regardant la plaine fleurie qui coulait, là en bas, jusqu'à la mer. Et s'interrogeant. Qu'attendait-il vraiment ? Une bien jolie paysanne dont il ferait une maîtresse commode n'empiétant guère sur sa vie à laquelle elle resterait si étrangère ?

La médiocrité, pour ne pas dire la bassesse de sa pensée, l'emplit de confusion quand il la vit. Elle arrivait vers lui à pas rapides, le feu aux joues et toute chaude de sa journée passée au soleil. Elle arrivait, se dit-il, à cœur battant. L'envie de lui tendre les bras fut si forte qu'il ne fut jamais sûr de n'en avoir pas, au moins, ébauché le geste.

Elle le regardait, sans rien dire. Il ne pouvait rien dire non plus. Elle s'était assise à côté de lui. Elle sentait le jasmin, bien sûr. Elle était l'essence même du jasmin. Elle était... l'essence de tout. C'était simple, il en était fou.

Comme il posait sa main sur la sienne, il vit soudain dans son regard passer quelque chose de farouche, de dur même. Étrangement, il se rappela qu'enfant il gardait une coccinelle dans son poing fermé avec l'intention de dormir ainsi, la retenant prisonnière la nuit entière. Pourrait-il retenir et garder cette femme ? Elle était la beauté du monde, une corolle qui ne s'ouvrirait que pour lui, un parfum qui ne s'épanouirait que pour lui.

Maintenant, il tenait sa main et de leurs deux regards, il en fut sûr, jaillit un éclair qui était celui de leur amour.

Soudain, il eut conscience de la position exacte du banc vert. C'était le parfait point de mire de chaque fenêtre de la bastide et de ses dépendances. En faisant un rapide calcul du nombre d'habitants de ce petit domaine, il était vain d'espérer qu'il n'y en eût aucun posté derrière un contrevent.

Comme elle avait suivi son regard et fait à peu près le même raisonnement, ils se sourirent et se levèrent. Mais où aller ? À cet instant précis, l'ancienne cabane aux roses eut pour lui une valeur comparable à celle des plus belles demeures du monde.

Elle marchait devant lui, elle se tenait très droite, à son habitude, ayant l'impression de se mouvoir avec autre chose que ses jambes, entraînée uniquement, pouvait-elle croire, par la grande palpitation de son cœur qui la traversait tout entière. Et elle se sentait étinceler d'amour. Il lui semblait que cela devait tellement se voir qu'elle ralentit soudain le pas, dans l'espoir enfantin de tout ralentir ainsi et de redevenir elle-même. Bien qu'elle n'en eût nulle envie.

Où allaient-ils ? Passé la barrière et le carillon du père Broussoux qu'ils heurtèrent à peine et qui gémit, ils prirent le premier chemin qui s'offrait à eux.

Il était 16 heures. Le soleil était encore féroce et ils ne le sentaient pas. Ils n'avaient qu'une sensation d'infini et d'éternel.

Mais ils étaient comme en pays étranger, ne sachant trop quelle direction prendre. Ils marchèrent sous les oliviers bordant le chemin. Sous l'un d'eux, énorme de tronc et d'envergure, ils décidèrent de s'asseoir. Et ce fut elle qui offrit ses lèvres. Elle avait fermé les yeux. Dans ce noir étincelant, dans le silence parfumé, elle vit naître un grand rêve qui se dilatait, éclatait et la laissait incrédule, éblouie.

Ce fut une Miss Dodds dans un étrange état qui

revint de Grasse, à pied. Elle n'avait pas voulu être reconduite par Pascal Rouméro.

— J'avais besoin de prendre l'air et de faire de l'exercice.

Personne n'osa lui en demander plus. Et elle ne posa aucune question sur la grande affaire du jour. Attitude phénoménale. Car enfin, non seulement Guillaume Garlande était revenu, mais encore il était allé faire une promenade à travers les champs de fleurs avec Sorenza, et celle-ci n'était pas encore rentrée ! Si ce n'était pas là le sujet de conversation le plus étonnant de l'année, que lui fallait-il ?

Tout ce que l'on entendit fut :

— Je crois que je vais me retirer et monter me coucher.

Son visage congestionné impressionnait désagréablement. Peut-être une insolation ? Mais elle ne se plaignait guère. On lui proposa, néanmoins, de la quinine, qu'elle refusa. En revanche, une infusion de fleur d'oranger lui serait agréable. Si Rousseline voulait bien la lui apporter.

Emily disparue avec son bougeoir, les petites sœurs Beauval se remirent en position d'attente. Quand donc Sorenza rentrerait-elle ? Le souper avait été pris sans elle. Seule Délia avait remarqué :

— Maman aura encore mal à la tête d'être restée si longtemps dans les jasmins.

Ce que personne ne releva.

Tard dans la soirée, quand elles entendirent la barrière grincer, Honorade et Lazarie sursautèrent, hésitèrent. Devaient-elles rester là ou disparaître ? Elles restèrent.

Sorenza entra et s'avança vers elles.

Mais était-ce bien Sorenza ?

Ses longs cheveux, entièrement dénoués, la couvraient d'une sombre cape. Son visage était pâle, ses lèvres trop pourpres, trop gonflées et les yeux ?... Les yeux étaient ceux d'une faunesse ! Ils firent baisser ceux des deux vieilles demoiselles, interdites. Elles entendirent alors une voix gaie, gaie comme elle ne l'avait jamais été, qui disait :

— J'ai perdu toutes mes épingles !

Elle aurait dit qu'elle venait de récolter un million de roses, elle n'aurait pas semblé plus ravie !

Alors Honorade et Lazarie, d'une main un peu tremblante, saisirent leur bougeoir et, d'une voix qui n'était pas très sûre non plus, dirent qu'elles montaient se coucher.

Elles se déshabillèrent en silence et, au bout d'un long moment, Lazarie murmura :

— Ainsi, c'est comme *cela* que l'on est, *après* ?

Honorade aurait peut-être tenté de répondre si, à cet instant, sans même frapper, Emily n'avait fait intrusion dans leur chambre.

Emily pleurait.

Que d'événements !

On la fit asseoir, poser ses pieds sur un pouf, respirer des sels. Elle put enfin dire, entre deux sanglots :

— Je me demande comment je vais pouvoir vous raconter ça !

— En commençant par le commencement, conseilla Lazarie.

— Oh ! au commencement tout allait bien. Je visitais la maison. Belle maison, beau mobilier et une collection de pots à pharmacie venant des ancêtres. C'est une dynastie de pharmaciens, que ces Rouméro ! Et puis, hélas, il y a eu le jardin, et le datura...

Emily renifla, se moucha.

— Ce datura ! Cet affreux datura rose ! Rose, me dit Pascal Rouméro, comme de la chair humaine et obtenu par une greffe faite par lui et miraculeusement réussie. C'est, paraît-il, son triomphe. Donc, rose comme de la chair, ce datura parce que cette fleur... Non, vraiment, je ne pourrai pas vous dire ce qu'il m'a dit. Je n'oserai jamais.

— Essayez toujours, encouragea Honorade.

Alors, avec des réticences, des reculs, des exclamations, des commentaires horrifiés, Miss Dodds, des Dodds du Lancashire, dont aucun n'avait jamais eu à vivre pareille aventure, pareille inconvenance, arriva tant bien que mal, et après une belle série de circonlocutions, à exposer ce qui pouvait se résumer à ceci : le datura, pour M. Pascal Rouméro, était le symbole même de l'acte sexuel. Sa belle corolle était le sexe de la femme, son long calice celui de l'homme ! Et il n'avait pas craint de proférer cette énormité scandaleuse en plein jour, en plein jardin à une lady ignorante et pure de... ces choses.

Après un silence, habité de réflexions diverses, Lazarie risqua, perplexe :

— Mais pourquoi pleurer, pour *ça* ?

Car Emily sanglotait à nouveau.

— Vous ne pouvez pas comprendre. Ce que j'attendais, de l'homme qui me demanderait de l'épouser, c'était...

— Parce qu'il vous l'a demandé ?

— Oui. Après le datura. Après cette goujaterie, il a eu l'inconvenance de me le demander ! Comme si on pouvait épouser un monsieur avec lequel il faudra avoir de ces conversations libidineuses.

— Tout de même, une demande en mariage à votre âge, c'est beau, dit Lazarie, rêveuse.

Ce qui redoubla les pleurs d'Emily et lui fit exhaler, entre deux sanglots :

— Précisément, à mon âge, ce que l'on aime entendre, ce ne sont pas des indécences de daturas roses, couleur de chair, mais plutôt...

Et, soudain, comme étonnamment revigorée, la voix nette et le timbre clair, Emily déclama :

*L'âge ne saurait la faner,*
*Ni l'habitude gâter son infinie variété.*

— Shakespeare, *Cléopâtre*, acte II, scène II. N'est-ce pas émouvant ? Voilà ce que j'aurais aimé que l'on me dise avec une demande en mariage, et après que j'ai dit par politesse : « M'épouser ? Savez-vous l'âge que j'ai ? » Parce que ce pharmacien, qui me connaît depuis plus de vingt ans, chez qui je passe une demi-heure, chaque mois, pour renouveler mes élixirs et mes pilules, ce pharmacien qui m'a connue dans mon fleuri, comme vous dites, voilà le compliment qu'il aurait dû me faire : « L'âge ne saurait vous faner, chère Miss Dodds, ni l'habitude gâter votre infinie variété. »

— C'est vrai que c'est beau, dit Honorade. Mais tout le monde ne sait pas dire ça ! Et lui, Pascal Rouméro, entre la pharmacie et le jardin, il n'aura pas eu le temps de se renseigner.

Honorade s'était fait une opinion, savait que la miss avait peu de dispositions pour les cueillettes, mais beaucoup pour la vie douce et se faire servir par Rousseline — un broc d'eau chaude par-ci une infusion par-là, le café au lait dans la chambre à la moindre migraine, et sur un plateau ! —, Honorade ajouta :

— Et la caisse ? Vous y avez pensé ?

— Quelle caisse ?

— Celle de Marie-Jeanne Rouméro. Ah ! C'était joli de la voir, toujours souriante, vous rendre la monnaie, comme une belle plante jaillie de son pot ! Mais, voyez-vous, elle n'avait pas le buste qu'il fallait. Trop pauvre du corsage. Tandis que vous ! Emily, vous seriez imposante assise là, dans tout ce chêne sculpté et caressé de cire à en resplendir dans le soleil comme un ciboire. Et même, les deux grands bocaux de liquide jaune et de liquide vert des vitrines vous ajouteraient des airs de sainte dans une cathédrale.

— Tu ne crois pas que tu as exagéré, dit Lazarie, un peu plus tard. La sainte, dans la cathédrale...

— Il fallait effacer le datura.

— Mais avec tous ces honorables dans sa famille et qu'elle ramène plus souvent que les dimanches, jamais elle n'acceptera le pharmacien.

— Ses honorables sont morts, enterrés et ne la nourrissent que de souvenirs. Le pharmacien aime, entre autres choses, la bonne table, et il pourra offrir des gigots et des chapons à chaque repas jusqu'à ce qu'elle ne puisse plus se hisser dans sa caisse.

— Tout de même, ce datura... C'est pas malin, les hommes, il aurait pu attendre pour lui en parler.

— Et s'il était plus malin qu'on croit, celui-là ?

Un bon petit mistral renouvela l'air et on aurait pu croire, le lendemain, avoir rêvé ce mémorable samedi.

Sorenza était à nouveau ce qu'elle était chaque matin où les travaux des champs de fleurs ne nécessitaient pas sa présence dès l'aurore.

Elle était assise à sa grande table et elle buvait son bol de lait, lorsque les sœurs Beauval vinrent prendre le leur, additionné de chicorée. Elle se leva pour les embrasser. On parla du temps, des fleurs, des vers à soie. Miss Dodds arriva. On reparla temps, fleurs, vers à soie. C'est alors qu'Honorade, Lazarie et Emily s'aperçurent qu'il y avait ici quelque chose de changé. Sorenza, d'apparence, était bien, en effet, ce qu'elle était chaque matin — robe de toile immaculée, grand tablier fraîchement repassé, cheveux lissés et regard pur — mais Sorenza était autre : elle ne cessait de parler ! Le temps, les fleurs, les vers à soie, c'était elle qui les jetait là, sur la grande table, par-dessus la grosse miche de pain, le pot à lait en faïence jaune vernissée, les épais bols blancs. Elle les lançait vers les sourcils broussailleux du père Broussoux, les petits chignons gris et maigres des sœurs Beauval, celui plus rond et d'un blond éternel d'Emily, et la natte d'or pâle de Délia. Les têtes se redressèrent et des paires d'yeux étonnés regardèrent celle qui continuait à parler du ciel bleu, des jasmins, des cassies, des cocons d'or. Alors tous comprirent et virent le grand soleil qui s'étalait dans le cœur de la maîtresse de la Croix-de-Lumière comme un éventail ouvert.

On entendit le rire de Délia. Un rire joyeux, un rire pour rien et pour tout, un rire d'enfant heureuse. Et ses beaux yeux, si clairs, regardaient sa mère avec adoration, en lui disant :

— Viens, je vais faire une chanson pour toi.

On les accompagna.

Elle avait grandi. Surtout depuis cet hiver et une varicelle dont elle s'était relevée, lui disait le père Broussoux, avec des jambes aussi maigres que des pattes d'araignée. Elle pouvait maintenant atteindre les pédales en étant assise bien droite devant son clavier.

Ils restèrent debout parce qu'il n'y avait qu'un seul vieux fauteuil défoncé pour tout siège, hormis le tabouret du piano aux crins s'échappant en barbes rousses dont Délia disait aimer les chatouillis.

Qu'avait-elle compris ? que savait-elle ? que devinait-elle ? On sentait bien qu'elle ne le dirait jamais. C'était une enfant gaie, mais secrète.

Jusqu'à maintenant, elle avait toujours commenté sa musique, ce qui en faisait une espèce de chanson.

Ce dimanche-là, elle joua sans parler. Sans doute, après avoir annoncé le titre, *Les Fleurs*, crut-elle inutile d'en dire plus à sa mère. Car, à l'évidence, elle ne voulait jouer que pour elle, elle avait même interrompu son prélude pour se lever, rapprocher du piano le fauteuil défoncé et l'inciter à s'y asseoir.

C'était une composition aux harmonies sereines et joyeuses à la fois. Une brise légère dans laquelle dansaient les corolles et chantaient les oiseaux et les ruisseaux. Et que « leur petite » pût, si joliment, imiter le plus beau de la nature les ravissait tous.

Comme elle n'était pas très sûre d'avoir été assez claire, elle développa ses thèmes dans une seconde exécution de son œuvre. Et l'on sentait sa fierté, non à jouer sa musique, mais à dire : « Les roses de maman sont les plus belles ! Vous les entendez qui chantent : "Nous sommes les plus belles !..." Le champ de jasmin de maman, lui il sait aussi qu'il est le plus odorant, il dit : "Je suis la jasmineraie de Maîtresse Sorenza dont le parfum monte, le soir venu, plus haut que les grandes cheminées des usines, toujours plus haut, jusqu'au cœur du ciel..." et voici les cassies de la Croix-de-Lumière, les pompons dorés qui se demandent pourquoi ils sont gardés par leur armée d'épines. Ils disent : "Mais pourquoi tant d'épées pour nous défendre ? Et de quoi ?" Parce qu'ils sont de simples pompons qui ne savent pas combien ils sentent bon et que ceux des hautes cheminées veulent prendre leur parfum... »

C'était l'heure de la grand-messe, les cloches de la cathédrale Notre-Dame arrivèrent de Grasse, carillonnant leur message adouci, enrobant, un temps, d'un contour précis, la musique de Délia. Le père Broussoux, en essuyant une larme, murmura :

— Cette petite ! Ah ! cette petite !

Maintenant, tous regardaient Sorenza.

Dès que l'enfant avait eu fini de jouer, elle l'avait prise dans ses bras, félicitée, embrassée. Mais qu'allait-elle lui dire ?

Le père Broussoux était le plus inquiet.

Alors on entendit avec soulagement :

— Tu voudrais aller étudier à Grasse, chez un professeur de musique ?

Et devant l'approbation joyeuse de l'enfant, Sorenza ajouta :

— Si les récoltes de jasmin et de cassies sont bonnes, tu iras, une fois par semaine. Nous verrons cela le mois prochain.

Honorade intervint :

— Non. Nous allons vendre un peu de nos emprunts russes que nous n'aimions pas, et elle pourra aller à Grasse, deux fois par semaine, tout de suite, ce sera mieux. Nous aimions beaucoup la tsarine, et nous aimions aussi le tsarévitch, mais ils n'ont pas besoin de nous pour faire leur chemin de fer dans la neige, ils sont assez riches comme ça.

Miss Dodds ne disait rien. Elle rêvait. Si la maison de Pascal Rouméro ne s'appelait plus « Villa des daturas », si on déracinait ces horribles arbustes, alors, peut-être...

Honorade et Lazarie éprouvaient encore un peu de gêne à parler de Sorenza. Elles avaient rêvé le retour de Guillaume Garlande avec une ardeur romanesque, mais les événements les dépassaient et les déroutaient.

Et si on leur avait demandé pourquoi elles étaient ainsi, à la fois perplexes, intimidées et même un peu choquées, elles n'auraient pas su vraiment répondre.

En revanche, avoir établi l'« avenir musical » de l'enfant, comme le disait Miss Dodds, les réjouissait.

— Notre toute petite, dit rêveusement Lazarie, tu as vu si elle a compris à quel moment il faudrait parler de sa musique ?

— Tu ne vas pas me dire que Sorenza ne savait pas que sa fille aimait le piano ?

— Ce que Sorenza sait ou ne sait pas, ce qu'elle fait ou ne fait pas, il y a longtemps que je sais, moi, que je ne le saurai jamais. Ce que je te dis, c'est que la petite m'a l'air de savoir, elle, quand il faut parler ou se taire.

— Je donnerai beaucoup pour savoir, moi aussi, à qui elle ressemble ! Et tout de même, se dire qu'il y a, de par le monde, un homme qui est son père et qu'il ne sait pas qu'il pourrait se faire la joie de contempler ce trésor de petitoune ! Mais à quoi Il pense, le bon Dieu, de ne pas mieux arranger ces choses-là ?

— Moi, dit à mi-voix Honorade, c'est ce que pense en ce moment Guillaume Garlande et ce qu'il va encore nous faire qui me tracasse.

— Pourquoi tu te soucies ? Ces hommes des grandes cheminées, ils savent ce qu'ils font. S'ils n'avaient pas la tête sur les épaules, elles ne monteraient pas si haut les fumées de leurs distilleries.

— La tête, peut-être qu'ils l'ont bien placée, mais le cœur ?

# 5

Il lui avait fallu déceler le discret panache de fumée dépassant à peine d'un brouillard rosé de tamaris, pour la découvrir.

C'était une miniature de maison de pêcheur, nichée dans le tendre arrondi d'une calanque, entre La Napoule et Cannes. Et, ce matin-là, au plein de la canicule d'août, Guillaume s'y était arrêté demander à boire pour son cheval. Il avait quitté Grasse dès l'aurore et gagné la mer. Il aimait ces promenades solitaires le long de la côte.

Séduit par la finesse dorée du sable où les vaguelettes laissaient la trace mousseuse de leurs derniers soupirs, tenté par la transparente somnolence de l'eau bleue si prometteuse de fraîcheur, il n'avait pu résister au plaisir d'y entrer tout habillé et sur son cheval.

Peu après, dégoulinants, Abdul et lui s'étaient trouvés face à Patron Carmino, pêcheur et propriétaire de la cabane. Un vieux dont le visage de cuir tanné était entaillé de rides profondes incrustées de sel. Derrière lui se tenait sa compagne, aux cheveux blancs, mousseux comme l'écume des vagues. Ils riaient tous deux, une lueur malicieuse dans le fond de l'œil. C'était la distraction de leur journée, voire de la semaine, sinon du mois que ce monsieur qui n'hésitait pas à gâcher de si bons vêtements de toile blanche et des bottes dont le cuir était si bien ciré. Seule la fine paille de son chapeau paraissait avoir été épargnée.

— Eh bien ! Eh bien ! disait le pêcheur.

Plus pratique, sa femme remarquait :

— Bien sûr que vous allez sécher sous le soleil, mais vous serez raidi de sel.

— Et peut-être avec une girelle dans chaque poche ! dit Patron Carmino.

Une soupe de poisson cuisait sur un feu de branchages aromatiques. Ce qui était dans la marmite de fonte noire, ce qui était dessous, tout sentait bon. Et comme la Carmina voyait l'intérêt que portait à son souper ce monsieur mouillé et descendu maintenant de son cheval, elle en proposa une assiettée bouillante.

— En chauffant du dedans, ça aidera à sécher du dehors.

La soupe était onctueuse et délectable, servie dans une énorme coquille, demi-valve d'une gigantesque moule dont, au fur et à mesure que le liquide disparaissait, apparaissait la nacre argentée.

Patron Carmino disait qu'il pêchait cette vaisselle-là dans le fond du golfe, au nœud coulant de câble, et qu'elle s'accrochait ferme à son rocher, la mâtine.

Comme Guillaume l'écoutait avec intérêt, le vieux, pour continuer la conversation, fit apporter par sa femme une autre « vaisselle » pleine cette fois de grosses arapèdes cueillies au couteau sur les rochers. On avait parlé longtemps.

Guillaume était revenu souvent. Comme il n'avait jamais été toléré qu'il payât son écot, il avait fait livrer une véritable petite épicerie et un tonneau de vin. Et il apportait à Carmina des savons parfumés et des essences de fleurs.

Un jour de juin où, après avoir fait traiter des tonnes de roses, il avait voulu galoper encore au bord de l'eau et respirer l'air marin, il fut accueilli chez le pêcheur avec une bouillabaisse, servie par Carmina dans une écorce de liège d'où jaillissaient, à la gloire de Patron Carmino, ses rascasses et ses congres pêchés de la nuit.

Carmina servait les deux hommes, restait debout à côté d'eux, attentive à leur moindre désir. Mais elle avait mis une goutte d'essence de violette derrière chaque oreille et cette fantaisie lui renvoyait une image d'elle-même qui la faisait sourire aux anges. Elle dînerait plus tard, alors que son mari et son invité se livreraient quelques petits secrets de leurs métiers. L'un, les astuces de la palangrotte et du lamparo, l'autre, les subtilités de l'enfleurage ou de la distillation.

... Et pendant ce temps, Louise-Armande, en volants de mousseline vaporeuse et grand chapeau à fleurs, était à bord du vaisseau amiral de l'escadre anglaise relâchant à Villefranche. Dans la brise fraîche et sur décor de grands pavois multicolores, elle danserait avec de beaux officiers en uniformes blancs immaculés, ruisselants de galons et d'épaulettes d'or. Plus tard, elle flirterait, accoudée au bastingage, son regard rêveur glissant sur les navires qui les cernaient de lumières et de musique. Les grands pavois auraient perdu dans la nuit leurs vives couleurs et les étoiles brilleraient à leur tour. Elle se laisserait admirer, courtiser, persuadée qu'une jolie femme, faite pour le faste et les réceptions, ne pouvait passer sa vie entière dans l'ombre d'un mari n'aimant que ses alambics ou les promenades hygiéniques dans les lieux les plus déserts de la terre.

Les Carmino et Guillaume étaient désormais amis, unis par ces liens, tressés au soleil, de jovialité et de générosité. Le vieux pêcheur et sa femme n'avaient guère idée de ce que pouvait être l'empire Garlande, odorant et fastueux. Et à les voir, pieds nus sur l'or de leur sable, leurs têtes chenues droit dressées, on était frappé par la majesté de leur allure, celle de ceux qui vivent en accord avec la nature, ses bienfaits et ses fléaux. Ils disaient de la mer, *elle*, et du soleil, *lui*. Carmina allait à Cannes vendre la pêche de son homme, elle en revenait vite, sans jamais garder la moindre trace sur elle du contact avec la ville.

Et lorsque Guillaume arrivait, le sourire d'accueil des deux vieillards était aussi lumineux que leur âme simple et sereine.

Leur amitié vécut jusqu'au jour où Carmino prit sa pneumonie mortelle, une nuit, en pêchant au lamparo.

Pour faire accepter une aide à Carmina, Guillaume dut en passer par où elle voulut. Elle acceptait son argent, mais en faisant « parler les papiers » chez le notaire et en lui vendant la petite maison qu'il aimait et dont Patron Carmino serait heureux, là-haut, de le voir en devenir propriétaire plutôt qu'un étranger à son cœur. Elle se retirait à Toulon auprès de sa fille, mariée à un quartier-maître.

Guillaume emmena Sorenza à la petite maison blanche de la calanque.

Elle n'était pas familiarisée avec la mer. Elle l'avait le plus souvent regardée de loin, du haut de ses terrasses, et l'imaginait surtout baignant les villes de la Riviera, complément fastueux de leurs richesses. Elle eut, à en découvrir la beauté, sereine ou tempétueuse, un plaisir qu'elle inclut dans son amour pour Guillaume, avec ferveur.

Il lui donna un cheval et un cabriolet. Elle pourrait ainsi, quand il le pourrait lui-même, le rejoindre ici. Et comme elle s'ingéniait, avec un plaisir évident, à ranger, nettoyer, embellir leur maison d'amoureux, il alla un jour, à Cannes, faire lui aussi « parler les papiers » chez un notaire. Puis il fit mettre une serrure à la porte qui n'en avait jamais eu et en offrit la clef à la jeune femme en lui disant : « Tout est à toi, de ce rocher-ci, à droite, à ce rocher là-bas, à gauche. »

Elle courut de l'un à l'autre, mesurant en riant son nouveau domaine, comptant plus de cent enjambées de sable doré, et demanda :

— Et l'eau aussi ?

— Inépuisablement !

— Et la barque ?

— Et la barque.

Elle recevait ce cadeau avec une joie pure et franche. Son rire de bonheur, ce rire nouveau et l'émerveillement qui naissait dans ses yeux comme une fleur, nouvelle aussi, tout disait son âme ravie. Elle étincelait d'amour et de félicité devant lui, et devant la splendeur de l'eau, du ciel, du sable. Elle était alors belle comme il la voulait, belle comme les plus belles choses du monde, avec simplicité et majesté. Et il avait eu la chance de la rencontrer ! Il fut, soudain, assailli par une angoisse rétrospective, en la regardant repartir en courant dans le soleil, cheveux dénoués — elle perdait toujours ses épingles — à la pensée qu'il aurait pu ne jamais la connaître. Il mit ses mains devant sa bouche, en porte-voix, et lui cria : « Je t'aime ! Je t'aime ! » Elle était montée sur le « rocher de gauche », n'entendit pas ce qu'il lui dit, crut seulement qu'il l'appelait et revint en courant se jeter dans ses bras. Et cette fois-ci, en le lui chuchotant à l'oreille, il lui redit qu'il l'aimait. Une roseur courut sur sa peau et la farda superbement. Il ressentit alors ce regret de n'être que de ceux qui savent jouir de la beauté et non la créer. Il aurait voulu être peintre, sculpteur, artiste enfin, capable de reproduire ce qui lui était donné là à contempler. Il avait souvent eu cet impulsif désir, après avoir entendu une sublime musique, contemplé des chefs-d'œuvre, lu une page de qualité, ou senti un parfum d'exception. Mais il se dit, ce matin-là, que réussir un amour était aussi œuvre d'art, et plus exceptionnelle encore peut-être, puisque née non d'un seul, mais de deux cœurs. Et cette pensée l'illumina d'une lumière nouvelle.

Ce soir-là, après avoir dîné avec l'oncle Delphin, il passa un moment dans sa bibliothèque. L'étrangeté de la situation sentimentale dans laquelle il se trouvait, la parenté — sinon reconnue, du moins évidente — des deux femmes qui se partageaient sa vie, était troublante, mais ne changeait rien à son problème. Il n'aimait plus Louise-Armande, il aimait Sorenza. Il pensa même n'avoir jamais aimé qu'elle. Peut-être avait-il rêvé la retrouver dans Louise-Armande ?

Il but un verre de cette fine Napoléon qui lui rappelait tant de souvenirs et décida qu'il était inutile d'analyser davantage une situation qui, tout compte fait, était définitive et le comblait. Il était heureux.

Il lut le dernier rapport de la Chambre syndicale des parfumeurs de Grasse. Il était d'accord sur l'augmentation des salaires journaliers d'ouvriers et d'ouvrières. On leur devait bien ça. Les soixante entreprises grassoises étaient en pleine expansion. Le chiffre d'affaires total s'élevait à trente-trois millions. Les deux mille trois cent cinquante ouvriers employés n'étaient pas mécontents de leur sort, mais les vingt-cinq centimes supplémentaires alloués par jour seraient les bienvenus.

Il décida d'écrire à son père les détails de la transaction dont il était fier, l'achat de la parfumerie Crespin — usine et terrains à fleurs à Mouans-Sartoux — désormais incorporée à leur groupe. Il avait raconté à Sorenza comment le vieux père Crespin avait essayé de ne leur vendre que la fabrique et comment il avait réussi à obtenir aussi orangeraies et jasmineraies.

Sorenza savait écouter, s'intéresser et poser tout juste la question qu'il fallait. Il aurait aimé l'avoir là, en face de lui, dans ce fauteuil vide. Elle aurait pris un ouvrage et ils auraient parlé doucement, tendrement d'eux et de leur amour. Puis il l'aurait emmenée faire un tour d'usine. Il soupira, se leva, et s'en fut faire seul l'inspection de ses ateliers.

Il avait évité de penser ce soir à son fils. C'était le point sensible sur lequel il s'efforçait de ne pas trop appuyer encore — le garçon n'avait pas dix ans — mais il aurait voulu qu'il grandisse ici, comme lui, et s'intéresse déjà à son métier. Il était contre ces études faites à Nice. Il aurait dû montrer plus de fermeté, d'autorité même pour les interdire et garder l'enfant ici. Il savait qu'il avait cédé pour avoir la paix et n'aimait pas le souvenir de cette capitulation. Pour éloigner ce souci, et, comme aurait dit cette drôle de petite vieille tante de Sorenza, celle qui s'appelait Lazarie, « pour s'adoucir l'oreiller », il pensa à ce voyage en Chine qui lui permettrait, enfin, de bien asseoir leur exploitation de musc là-bas. C'était loin,

Sorenza lui manquerait, mais l'affaire était d'importance. Auparavant, il devrait aussi aller passer une semaine à New York. Mais Sorenza, il le savait, comprenait. Et était elle-même très occupée et soucieuse de réussir ce qu'elle faisait. Il eut, cette fois-ci, un soupir de bonheur : elle était parfaite !

Avant son départ pour les États-Unis Guillaume voulut emmener Sorenza à Nice pour les fêtes du Carnaval. Louise-Armande était à Paris avec Petit-Guillaume que ses grands-parents voulaient voir. Ils n'avaient pu se déplacer, Alexandrine avait pris froid à une matinée à l'ambassade d'Autriche, était encore convalescente et réclamait son petit-fils.

Honorade et Lazarie, riches de leurs emprunts russes définitivement vendus, hésitaient à choisir entre les meilleures couturières de Grasse, celle à laquelle on commanderait le trousseau nécessaire à une dame s'en allant aux « fêtes du Carnaval de la Mi-Carême et du Printemps » organisées sous le patronage de Leurs Altesses Messeigneurs les grands-ducs de Russie. Il ne leur déplaisait pas d'avoir repris leur bon argent à ces Excellences ne s'occupant qu'à le dépenser ici en réjouissances qui — il fallait quand même le reconnaître — seraient superbes. Que l'Administration municipale, les Autorités civiles et militaires de la ville soient les principaux organisateurs des fêtes de Nice, elles voulaient l'ignorer, c'était la Russie qui demandait de l'argent à l'Europe pour sortir son pays de la sauvagerie, et qui le jetait par les fenêtres de la Riviera ! Cela dit, elles étaient satisfaites que leur Sorenza s'en aille ramasser quelques miettes de ce gaspillage dont sûrement la pauvre tsarine, si triste, ne devait rien savoir. Sa Majesté commandait toujours des chinois confits — elles s'en étaient informées —, signe évident qu'elle ne pensait, elle, qu'à son pauvre tsarévitch, mort, précisément, à Nice.

Tout commencerait le 15 février, par l'arrivée de S.M. Carnaval XXXVIII et un défilé de chars et de mascarades de jour et de nuit. Puis il y avait une première bataille de fleurs avec veglione au théâtre de l'Opéra, précédant le premier corso carnavalesque et la redoute[1] dite *Rubis et azur en dégradation.*

Mme Champourcin, la couturière choisie, sortit son règlement des festivités niçoises et, comme elle aurait lu les évangiles, en distilla chaque mot.

« Pour la redoute *Rubis et azur en dégradation*, chaque costume comportera l'une ou l'autre des deux couleurs — les nuances ne devant pas être mélangées — et pourra facultativement être relevé par des garnitures ou des paillettes or ou argent. Seuls les costumes en nuances en dégradation, conformes aux échantillons déposés au Comité, seront reçus à cette redoute. »

En revanche, pour la seconde redoute, « les costumes devront être entièrement blancs, en velours, satin de soie ou soie et ornés de rubans blancs ».

Sorenza, entre Honorade et Lazarie, écoutait Mme Champourcin avec attention. Elle en prêta plus encore, à l'énoncé suivant : « Pour maintenir l'éclat des fêtes du Carnaval et empêcher la diminution de qualité des tissus employés pour les redoutes et les veglioni, le comité des fêtes a l'honneur de prévenir les marchands de costumes — et le public — que seront seuls considérés comme satins de soie et admis aux fêtes ceux qui contiendront en chaîne un minimum de 36 fils de soie au quart de pouce. Pour le velours un minimum de 10 1/2 fils au quart de pouce sera exigé. »

Lorsque la couturière — une belle dame à chignon en brioche noire et besicles dorées — eut refermé ses livres, Sorenza se leva et dit, avec son plus beau sourire :

— Il nous faut réfléchir, un peu, madame, avant

1. Redoute : fête, bal, costumé ou pas.

de savoir à quelles fêtes j'irai. Sans doute pas à toutes. Nous reviendrons.

Retirées dans leur chambre, Lazarie dit à Honorade :

— Tu as compris, toi, pourquoi elle a décidé de s'en aller comme s'il y avait le feu. Que cette pauvre Mme Champourcin en a été estomaquée.

— Je crois que oui. Vois-tu, c'est une chose d'aimer un homme comme elle aime M. Garlande, c'en est une autre de se compter les fils de soie des robes qu'il faut avoir pour l'accompagner à des soirées et des bals. C'est pas pour notre Sorenza, ces chinoiseries. Ça doit encore être un coup des grands-ducs de Russie ces simagrées de problèmes de calcul de soierie.

— Ces histoires-là, de futilités et de coquetterie, ç'a l'air de rien, mais ça vous met les points sur les i. C'est aussi haut que le mont Ventoux, ce qui les sépare, M. Guillaume Garlande et elle.

— Tu me le dirais pas, que je le saurais quand même. Tu as vu, hier, quand il lui a expliqué que ce serait mieux de passer trois jours et trois nuits entières à Nice, au lieu de rentrer chaque soir, elle en était contrariée. Ni nous ni elle n'avons jamais mis les pieds dans un hôtel ! Et ce Négresco, on dit que c'est un palais ! Ces choses-là, non plus, c'est pas pour nous.

— Et aussi, je me demande si elle est pas un peu triste, ou vexée, qu'il ne l'emmène là qu'avec un domino et un masque. Et autre chose encore, pourquoi, tout à coup, il a envie d'aller à des fêtes, lui qui n'y allait jamais avec sa femme ? C'est Sorenza qui me l'a dit.

— Va savoir !... Ris de moi, si tu veux, mais je m'interroge : ça ne l'amuserait-il pas d'être là-bas avec une dame qui n'est pas Mme Garlande, mais lui ressemble beaucoup ? Et alors, ceux qui les rencontreront se poseront des questions, « intrigueront », comme on dit que ça se fait les soirs de Carnaval, et ne sauront jamais de quoi il retourne parce qu'il faudrait être bien malin pour deviner une extravagance comme celle-là ! Un homme qui a une femme et une... amie pareilles comme deux roses de mai.

— Pour en revenir à l'hôtel, je trouve qu'il ne devrait pas en parler comme ça, devant nous... tu vois ce que je veux dire ?

— Si toi tu vois, pourquoi je ne verrais pas, moi ? Bien sûr que c'est gênant d'entendre ça.

— Note que dans les livres on t'en raconte plus encore !

— Oui, mais les livres je les lis toute seule, il n'y a pas les regards des autres pour me gêner. Si tu veux ma vraie pensée, je n'aime pas rencontrer les yeux de Sorenza quand on parle d'intimité entre elle et lui.

— Quand même, il attend toujours que la petite soit partie pour dire ce qu'elle pourrait comprendre.

— Ah ! là, cocagne, tu tombes à pic : je lui pardonne tout à cet homme, parce qu'il aime Délia. Il a vu quelle enfant c'est. Toujours, quand il attend le retour des champs de Sorenza, ils se font des musiques à n'en plus finir. Et j'aime les entendre rire tous les deux.

— Le pauvre, peut-être il aurait aimé avoir une petite fille comme elle dans sa grande maison vide. Mais sa femme n'aurait pas pu lui en faire une pareille. Tu te rappelles ce qu'il disait de la Louise-Armande, Jules-César ? Qu'elle n'aurait jamais le cœur ouvert et, pour nous donner une Délia, il faut l'avoir bien ensoleillé, le cœur !

— Tu as entendu qu'il veut l'emmener aux concerts à Nice ou à Cannes !

— Je suis pas sourde !

— Et ça ne te plaît pas ?

— Va savoir ce qui sortira de tout ça ! Si c'est bon pour la petite tant de musique et si elle gagnera sa vie en jouant du piano... et si Sorenza laissera faire, elle qui ne pense qu'à ses champs de fleurs et à qui les cultivera après elle. Tu veux que je le dise, il nous complique l'avenir, le Guillaume Garlande.

— Toi, tu as quelque chose sur le cœur ?
— J'ai, qu'on va jaser en ville.
— S'il y en a une qui ne s'en soucie pas, c'est bien Sorenza.
— Justement !
— Mais tu le voulais, toi aussi, qu'elle l'ait, son... tiens, j'allais dire son Frédéric, au lieu de dire son Guillaume.
— Peut-être, mais pas comme ça.
— Et comment alors ?
— Est-ce que je sais moi ! Tout est si autrement que j'aurais cru. Tout... Tiens, même la chemise.
— Quelle chemise ?
— L'autre jour, quand il a voulu aller travailler aux jasmins de Sorenza avec elle, Guillaume Garlande s'est mis en bras de chemise pour enlever les treillages plus à son aise et, tu l'as vue, elle s'est déchirée, la chemise ?
— Oui.
— Eh bien, elle s'est surtout déchirée parce qu'elle était mûre comme une figue ! Et moi, j'aurais cru que les riches parfumeurs ne portaient que des chemises neuves. Ça m'a fait un coup.
— Ce pauvre garçon, on dirait que personne ne s'occupe de lui, avec tous les domestiques qu'il a ! Tu vois, c'est de la charité de le recevoir ici, le riche fils Garlande, et de le repriser. Et quelles reprises ! Elle en recevra une bonne leçon, la Lucie-Camomille !
— De qui tu parles ! Qui c'est celle-là ?
— Comment qui c'est ? La gouvernante des Garlande, depuis l'année dernière, Lucie Bonifas qu'on appelait Lucie-Camomille, dans le temps, à l'école.
— Je vois pas.
— Mais où tu as la tête ? Elle, sa tête elle l'avait un peu plus blonde chaque jour, à l'époque, et elle nous disait que c'était de se rincer à la camomille. Mais on savait bien que le fils Roure avait mis au point une lotion parfumée à la lavande qui faisait blondir et on savait aussi qu'elle en usait des douzaines de bouteilles. Pour le reste, elle était souillon

comme pas une et maintenant elle gouverne chez les Garlande ! Pauvres d'eux et de leurs chemises ! Le Frédéric, lui aussi, si nous lui avions tenu sa maison, il ne porterait pas des cols en celluloïd que c'est un martyre, l'été. On lui aurait amidonné son linge, le malheureux.

— Ah ! Quand c'était la miss qui gouvernait chez les Garlande, c'était autre chose, elle sait diriger les gens, celle-là...

— Gare à ceux de la pharmacie quand elle va en prendre la direction !

— Tu crois ?

Lazarie dit en riant :

— Si je crois ! Elle a complètement oublié le datura, rose ou blanc, et elle va maintenant à Grasse pour un oui ou pour un non. Sûr qu'elle n'oublie pas non plus de passer à la pharmacie.

— Peut-être qu'il a appris à lui dire... Comment c'était, déjà, cette histoire du temps de Cléopâtre ?

— Est-ce que je sais !... Dis-moi plutôt comment tu trouves Sorenza, bien ? Ou pas bien ?

— C'est drôle l'amour, tantôt elle chante, tantôt elle chante pas. Mais c'est peut-être seulement comme pour les canaris, on ne sait jamais pourquoi ils chantent ou pourquoi ils ne chantent pas.

Ils allèrent à Nice, mais après le Carnaval. Sorenza avait renoncé à accepter de ses vieilles amies ces falbalas qu'elle jugeait inutiles pour des fêtes qui ne l'intéressaient pas plus que Guillaume. Il avoua avoir cru lui faire plaisir, elle avoua avoir failli accepter pour la même raison et n'être pas tentée non plus par les batailles de fleurs. Toutes ces pauvres fleurs que l'on se jetait d'une voiture à l'autre, non vraiment, elle n'aimerait pas ça.

Ils partirent donc un matin, dans le break conduit par Guillaume. Ils emmenaient aussi Mlles Beauval et Délia. Auparavant, ils avaient déposé Emily à la *Pharmacie anglaise*. Elle était invitée à faire la connaissance de Mme Rouméro mère. D'après Honorade et Lazarie qui l'avaient connue, cette personne allait sur ses quatre-vingt-dix ans, était atteinte de cataracte et ne cessait d'appeler son chat, à longueur de jour, alors qu'il était mort depuis deux ans déjà. Il fallait dire, à la gloire du pharmacien, qu'il continuait à mettre, quotidiennement, une soucoupe de lait dans le coin de la cuisine qui avait été celui du cher Cigalou, s'ingéniait à trouver des excuses à l'absence de la bête ou assurait l'avoir aperçue quelques instants auparavant.

— Voyez-vous, Emily, un homme capable d'un geste aussi affectueux pendant deux ans, c'est un brave.

Emily en convenait, avec un air ému et confus. On la déposa donc et on la reprendrait vers 6 heures, après avoir goûté à Nice, ou à Cannes, on ne savait pas encore, Délia choisirait. Lazarie avait glissé dans le tuyau de l'oreille de l'enfant sa préférence pour la confiserie Auer, à Nice. Il y avait longtemps qu'elle rêvait de comparer les chinois Nègre aux chinois Auer, aussi célèbres les uns que les autres.

Ils arrivèrent en ville vers 10 heures, moment privilégié où la matinée est assez avancée pour que tout vive, chante et même crie, mais a gardé ses fraîcheurs de coloris et de parfums, qui sont encore ceux de cette jeunesse de la beauté du jour.

C'était l'heure des fleurs, celle que l'on était venu vivre au grand marché de Nice.

Sur la Promenade du Cours, sur plus de deux cents mètres de long et sur deux rangs, s'alignaient les bouquetières, à l'ombre de leurs parasols. Tout ce à quoi le soleil avait donné vie, on tentait de le soustraire maintenant à ses ardeurs. Et c'était là un raz de marée grondant de couleurs et de parfums, dans des poudroiements d'or.

Ce fut Sorenza qui dit à Guillaume, levant son regard vers lui :

— Je crois qu'ici on comprend...

Il se pencha vers elle, plus pour le plaisir de rapprocher son visage du sien que pour entendre mieux. Et elle riait, en ajoutant :

— ... Ces obligations, imposées par le comité des fêtes, de ne porter que les soies, les satins, les velours les plus beaux et que je trouvais exagérées, n'est-ce pas pour que les femmes essaient d'être aussi admirables que ce que la nature leur offre ? Je ne sais pas comment est le reste du monde, mais ici, devant tant de lumière, de couleurs et de parfums, on doit se sentir obligé de faire un effort pour en être digne, ne croyez-vous pas ?

Et avant qu'il ait eu le temps de lui répondre, elle corrigea, en riant :

— Pourtant, regardez cette femme, là devant nous, elle n'est vêtue que de pauvres cotonnades, mais avec la moisson de fleurs que cette dame à l'ombrelle rose lui fait porter, n'est-elle pas la plus belle qui soit ?

C'était une porteiris[1] paraissant plus statue que femme malgré sa peau d'ambre chaude et la lumière noire de ses yeux. Une statue couronnée d'une large corbeille d'où jaillissait tout ce que l'acheteuse y avait jeté de roses, œillets, narcisses, jonquilles et giroflées.

La porteuse ne souriait guère, grave, impassible, indifférente. Dans la cohue qui la bousculait, elle gardait cet air de fierté latine qui la faisait regarder au loin, là-bas où tout ce qu'elle détestait peut-être de sa condition n'était plus.

Elle se mit en marche, derrière celle à qui elle appartenait pour quelques instants. Les plis de sa pauvre robe de toile brune, tombant jusqu'à terre et cachant ses pieds nus, épousaient le rythme de sa démarche, empreinte d'une majesté que les fleurs couronnaient.

Ils la suivirent des yeux, un long moment, en silence. Et Sorenza dit, en souriant :

— Notre ami, celui que nous appelons « le peintre fou », veut faire mon portrait. Si je m'y résigne, un

1. Femmes qui, sur le marché de Nice, portaient les achats des clients dans un grand panier en équilibre sur la tête.

jour, j'aimerais que ce soit ainsi, portant comme cette femme une semblable corbeille de fleurs sur la tête.

Il ne répondit rien. Et s'efforça de sourire aussi. Il était jaloux de ce peintraillon. Si quelqu'un devait faire le portrait de la femme qu'il aimait, lui, Guillaume Garlande, ce ne serait certes pas celui-là ! Il savait qu'il reportait son irritation sur ce rapin pour ne pas s'appesantir, une fois de plus, sur cette trop fréquente volonté de Sorenza de vouloir se faire passer pour une paysanne. Paysanne ! Voyait-elle seulement comment les hommes la regardaient et l'admiraient ? Il eut soudain envie de la soustraire à tous ceux qui les entouraient. La jalousie qu'il ressentait de plus en plus — il ne voyait pas assez Sorenza, elle avait sa vie propre préservée avec soin et trop peu de temps à donner à leur amour —, sa jalousie fut, ce jour-là, empreinte des innombrables couleurs et parfums de ces brassées de fleurs. Et il lui arriva, par la suite, à la vue d'une touffe de giroflées comme celle qu'il regardait à cet instant, de ressentir la même souffrance que ce matin-là.

Comment organiser leur vie pour voir plus souvent la femme qu'il aimait et dont il pouvait de moins en moins se passer ? Et il aimait tout d'elle... jusqu'au plaisir de vivre auprès de ces originaux savoureux auxquels pourtant elle donnait trop de tendresse. Jamais il n'aurait cru être heureux de faire visiter Nice — où il venait si rarement — à deux vieilles demoiselles et une enfant de dix ans ! Mais, désormais, il aimait qui elle aimait.

Honorade et Lazarie voulaient rapporter des fleurs de Nice. De ces fleurs dites coupées, si différentes de celles de leurs annuelles cueillettes, de ces fleurs que l'on avait commencé à cultiver sous l'impulsion de l'écrivain-jardinier Alphonse Karr. La plus grande part en était envoyée par trains spéciaux dans l'Europe entière et le reste faisait l'irrésistible attrait de ce marché aussi fréquenté que le casino. Mais en bonnes Méridionales qui connaissent leurs classiques, elles savaient qu'il ne faut acheter qu'après le douzième coup de cloche de midi, quand ce qui n'a pas été vendu est bradé et autant dire donné pour rien.

Elles s'étaient assises sur les deux pliants qu'elles avaient au bras depuis le matin, en attendant de pouvoir moissonner économiquement. Et dans leurs regards complices, une lueur maligne disait qu'elles n'étaient pas mécontentes de faire attendre ainsi Guillaume Garlande, grand parfumeur à Grasse, debout, dans la cohue et à cette heure du marché qui n'était pas la plus élégante. Car avoir bien vendu leur emprunt russe ne justifiait pas qu'elles sèment leurs pièces d'or, et dans une ville qui n'était pas la leur ! Elles n'avaient pas non plus accepté les offres de Guillaume qui les pressait de choisir ce dont elles avaient envie, parce qu'il n'y avait aucune raison de gaspiller, même si l'on est très riche. Dans vingt minutes les fleurs ne vaudraient presque rien, alors, s'il voulait donner deux sous pour cette énorme botte de giroflées mordorées et trois pour cette brassée d'œillets blancs encore perlés de rosée, elles voulaient bien de ses cadeaux.

Le déjeuner terminé, ils allaient maintenant visiter le jardin d'hiver du casino. Les plus grands de ce monde le disaient le plus vaste et le plus superbe qui soit et Guillaume voulait le leur montrer.

Là aussi, il y avait foule. Et on perdit Délia. On la retrouva enfin, plantée devant une affiche annonçant un concert. Rondo pour piano en do mineur de Mozart, et symphonie *Le Soleil* de Manfred von Ritter. Le tout interprété par le même von Ritter.

— Il va jouer ici, tout à l'heure, dit Délia.

— Et tu voudrais l'entendre ? demanda Guillaume.

Elle leva vers lui un regard si étoilé qu'il lui dit en riant :

— S'il reste une place libre, elle sera pour toi.

Il en restait deux. Ce fut lui qui l'accompagna. Sorenza, Honorade et Lazarie iraient comparer les confits Nègre et Auer et boire du chocolat, après une promenade le long de la mer.

— C'est *lui*, n'est-ce pas ? dit Honorade tout bas, dès qu'elles furent seules toutes trois.

— C'est lui, répondit Sorenza.

— Quand j'ai lu *Manfred* sur l'affiche, j'ai tout de suite compris. Il ne doit pas y avoir cinquante grands pianistes qui portent ce prénom.

— Il y en a peut-être d'autres, mais sa photographie ne laisse aucun doute.

— Qu'est-ce que tu vas faire ?

— Rien. Pourquoi ferais-je quelque chose ?

— Il est tout de même le père de Délia.

— Délia n'est qu'à moi.

— Je trouve qu'il y a de la ressemblance entre eux, déjà sur la photo on la voit, ça ne t'inquiète pas ?

— De quoi devrais-je être inquiète ?

Alors Lazarie se tut.

Dans le salon de dégustation Auer, blanc et or, ils les retrouvèrent, saturées de douceurs, mais inquiètes. Il était tard. Qu'avaient-ils donc fait ?

Délia était, à son habitude, souriante et réservée, mais Guillaume paraissait ému.

— Jésus ! murmura Lazarie.

Honorade, inquiète aussi, proposa avec nervosité :

— Faisons goûter la petite, et rentrons, la nuit va tomber.

Mais Délia avait goûté au casino, invitée par Manfred von Ritter.

— Jésus ! redit Lazarie.

Sorenza avait pâli.

Alors, on écouta Guillaume : le concert fini, ils avaient, en traversant les salons du casino, été harponnés par le parfumeur Crespin, celui qui avait vendu son affaire aux Établissements Garlande et l'homme le plus bavard de Grasse. Impossible, sans impolitesse, de s'en défaire, à peine avait-on pu tenter de l'entraîner vers la sortie, tout en continuant la conversation. On avait ainsi marché jusqu'à un salon où le vieux Crespin avait demandé à s'asseoir pour finir de parler à Guillaume de l'affaire qu'il avait en vue et qu'il n'en finissait pas d'exposer. Ils s'étaient assis. Délia aussi, attendant avec patience. Or, il y avait un piano dans ce salon et, au bout d'un moment, l'enfant n'avait pas résisté au plaisir d'aller y jouer en sourdine. Quelle n'avait pas été la stupéfaction de Guillaume d'apercevoir soudain, dans l'encadrement de la porte à laquelle Délia tournait le dos, Manfred von Ritter qui, mettant un doigt sur ses lèvres, montrait la petite fille et faisait signe de ne pas lui signaler sa présence. Le brave Crespin n'avait rien vu, il continuait à parler à Guillaume qui, lui, regardait le musicien écouter Délia jouant maintenant un peu plus fort.

Elle jouait ce passage de sa chanson du tournesol, créée pour le peintre qui, d'après elle, n'avait pas compris ce qu'était cette grande fleur clouée sur la porte en guise de baromètre et à qui elle avait dit : « Ce n'est pas triste, un tournesol, c'est gai, ça chante dans le soleil, le soleil qui est son père et sa mère tout ensemble. »

Et c'est à ce moment-là que Guillaume, n'écoutant plus le père Crespin, s'était aperçu que l'enfant jouait, alternativement, comme si elle les comparait, sa musique à elle et une phrase mélodique de la symphonie *Soleil*, de Manfred von Ritter, et *qui se ressemblaient toutes deux* ! Les thèmes en étaient à peu près identiques et Délia s'amusait à en faire des variations.

— C'était..., dit Guillaume. C'était...

— Un miracle ! interrompait Lazarie.

Et Guillaume reprenait :

— Alors, le musicien s'est avancé jusqu'au piano, a posé sa main sur la tête de la petite et lui a demandé : « Qui es-tu ? — Je suis Délia. Et j'aime le tournesol, moi aussi. Mais je ne sais pas le dire aussi bien que vous ! Comme elle est belle votre musique, monsieur. »

Pour cacher l'émotion qu'il ressentait, Guillaume dit alors, en riant :

— Et le plus drôle à voir était le vieil Antonin Crespin. Il était tout désorienté, je ne l'écoutais plus et il se demandait, lui qui n'avait pas assisté au concert, ce que venait faire, au milieu de nous, ce grand monsieur inconnu et en habit, s'intéressant à une petite fille qui jouait du piano en ce moment où il avait à parler de choses sérieuses ! Parce que Délia, à la demande de Manfred von Ritter, a exécuté ce qu'elle appelait ses « petites histoires ». Elle avait voulu les lui expliquer, comme elle le faisait pour nous, il préféra n'entendre que la musique. Je le regardais pendant qu'elle jouait. C'est un homme d'apparence froide, il a même cet air hautain du junker[1], eh bien, il était ému ! Très ému, tout en s'efforçant, j'en suis sûr, de dissimuler son émotion.

— Et alors il vous a emmenés goûter ? interrogea Lazarie, que l'inquiétude gagnait.

Sûr, Guillaume devait commencer à comprendre !

— Oui, il m'a demandé de le laisser bavarder un moment avec l'enfant qui, apparemment, l'intéressait beaucoup.

Sorenza intervint :

— Et que lui a-t-il dit ?

— Qu'il venait de donner sa symphonie *Soleil* pour la première fois en public, qu'elle ne pouvait donc pas la connaître et qu'il avait été stupéfait de l'entendre en jouer un extrait en passant devant le petit salon, et encore plus stupéfait qu'elle ait conçu, elle, quelques mesures sur le même thème que le sien et si semblable à sa propre conception. Et il a demandé son âge, où elle habitait, quelles études elle faisait...

— Et il m'a offert des éclairs au chocolat. Trois ! Et il m'a dit qu'il reviendrait jouer ici et m'enverrait des billets, et aussi, pour les leçons, il pense que celles de chez nous ne sont pas suffisantes et qu'à Paris ou à Vienne, qu'il habite, ce serait mieux.

— Nous y voilà ! dit Honorade entre haut et bas.

1. Fils de gentilhomme terrien en Allemagne.

— C'est un homme très remarquable, dit Guillaume, pensif.

— Tu crois que Guillaume Garlande a pu deviner que peut-être Délia... ? demanda pudiquement Lazarie à sa sœur, avant de souffler sa bougie.

— Va savoir !

— Et maintenant, que va-t-il se passer ?

— Est-ce que je sais, moi ? Il nous manquait plus que le musicien !

— Moi, j'ai remarqué quelque chose d'intéressant. Écoute un peu : ce Manfred rencontre la petite Délia avec M. Garlande et qu'est-ce qu'il *devrait* croire, immédiatement, à ton avis ? Qu'il voit un père et son enfant ! Un aveugle verrait ça, sauf lui, M. Manfred. Et pourquoi ? Parce qu'*il sait* de qui elle est la fille. Voilà !

— Y a pas de quoi être fière. Ça ne nous arrange pas du tout ta démonstration. Je te redis : il ne nous manquait plus que le musicien ! Parce que je l'entends déjà arriver ici, chez nous, celui-là, et on n'a pas besoin de cet étranger, elle est déjà bien assez compliquée, notre situation, avec la position de M. Garlande si connu et si honoré à Grasse. Un de ces quatre matins, ça va être le coup de tonnerre là-bas quand on saura tout et alors, pauvres de nous ici, qui serons comme des pestiférés. Ceux des hautes cheminées, tu penses bien que c'est pas sur la petite Sorenza qu'ils se pencheront, ils la traîneront dans la poussière des chemins et défendront celui qui a la plus grande usine de la ville. Alors, imagine si, en plus, il y a le musicien au milieu de tout ça !

— J'imagine, dit sombrement Lazarie.

— Et elle, tu crois qu'elle imagine pas aussi ? Ne me dis pas que tu ne vois pas, quelquefois, son air triste.

— Je ne le dis pas, mais je me suis demandé, à lire notre *Almanach de Gotha*, pourquoi il n'y aurait pas aussi ce qu'ils appellent les « épouses morganatiques : » chez ceux qui ne sont pas de la noblesse.

— Parles-en à Dodds, elle doit savoir ça.

— À propos de ces morganatiques, il nous en arrive une cette semaine ici pour visiter, c'est celle de la comtesse de...

— Oh ! tu vois, tout ça, ça ne m'intéresse plus autant qu'autrefois. On pourrait s'en faire un d'almanach nous aussi, celui de la Croix-de-Lumière. On en aurait des choses à raconter. Tu veux que je te dise, je me demande comment nous arrivons à dormir ici avec ce que nous vivons, jour après jour, parce qu'on va le voir, le mariage de Rouméro et de l'honorable Miss Dodds... Tiens, ça serait du morganatique ça encore que ce ne serait pas étonnant.

Ce fut au plein de la cueillette des violettes que Guillaume dut s'embarquer pour l'Amérique, plus tôt que prévu. La concurrence devenait redoutable là-bas aussi et il lui fallait être sur place pour juger de son importance et des remèdes à y apporter.

Comme il était affecté de partir et semblait attristé qu'elle ne le fût, apparemment, pas autant que lui, Sorenza surmonta sa pudeur à exprimer ses sentiments. Elle expliqua qu'elle s'était, depuis le premier jour où elle avait su qu'elle n'aimerait jamais que lui — elle avait treize ans alors —, préparée à l'éloignement et raisonnée. Elle vit qu'il n'en croyait rien, et elle l'écouta, résignée, lui dire qu'elle aimait moins que lui qui ne se résoudrait jamais à la quitter le cœur léger, ne fût-ce que pour un mois.

Il écrivit beaucoup. Il s'étendit sur le bonheur qu'elle lui donnait, la chance qu'il avait d'être aimé d'une femme de sa qualité et prit plaisir, entre descriptions de gratte-ciel ou de statue de la Liberté, à lui parler de leur petite maison de la calanque. C'étaient des lettres à la fois pleines de fougue — ce pays, disait-il, l'exaltait — et de profonde trendresse, l'éloignement lui révélant plus encore la profondeur de leur amour.

Il écrivit aussi à Mlles Honorade et Lazarie Beauval, domaine de la Croix-de-Lumière, Grasse, Alpes-Maritimes, France. L'enveloppe portait des timbres encore jamais vus ici qu'elles gardèrent précieusement.

Avec déférence envers ses droits d'aînée, Lazarie laissa Honorade décacheter cette belle surprise dans une atmosphère de fierté partagée.

À la lettre était jointe une photographie dont Guillaume disait :

« Me voici — ayant pris la place du chauffeur — au volant de l'une de nos voitures de livraison circulant dans New York. C'est l'un de ces engins à moteur que vous détestez, ma chère Honorade, et que vous aimez, chère Lazarie, presque autant que les aéroplanes. C'est là l'unique discordance que j'aie remarquée entre vous, et permettez-moi de vous dire à ce propos — de loin, pour ne pas vous effaroucher — que j'admire profondément cette belle affection qui vous lie. »

Là, les deux sœurs durent interrompre leur lecture pour pleurer un peu. Qu'il était brave, ce Guillaume Garlande ! Et quelle grande courtoisie de leur écrire d'un pays si éloigné !

— Sorenza, ma fille, à un homme comme celui-là, on doit tout pardonner.

— Et qu'aurais-je à lui pardonner ? demanda la jeune femme en riant.

— Est-ce qu'on peut deviner, ma pauvre, les hommes, tu sais comme ils sont !...

Elles reprirent leur lecture. Guillaume précisait que ce n'était évidemment pas dans cet engin « sans chevaux », au moteur surmonté des drapeaux français et américain et à la carrosserie rouge où s'étalaient en lettres noires : *Guillaume Garlande and Co. Essential oils*, qu'il s'était rendu à l'invitation de M. et Mme Pierpont-Morgan. Événement dont le récit s'adressait aux descendantes de celui qui avait recueilli Honoré Fragonard chez lui et sauvé les panneaux, dits de Mme du Barry, des massacres des patriotes sans-culottes grassois.

Il avait donc pu admirer ces peintures dont le banquier disait être très fier et, beaucoup de personnes le sachant de la ville natale du peintre, l'avaient interrogé sur lui. Certains même, franchissant allégrement plus d'un siècle, lui avaient demandé s'il l'avait connu ! « Alors, chères amies, je me suis taillé un beau succès en racontant l'histoire de votre postillon au grand cœur. »

— Crois-tu qu'il aura prononcé nos noms dans ces beaux salons américains ? Ce n'est pas que nous estimions ce Yankee qui nous a pris notre patrimoine, mais, tout de même, se dire que là-bas, si loin, au bout du monde, on a parlé de nous, c'est quelque chose !

— Je ne trouve pas. À la confiserie Nègre, le grand-duc Vladimir nous a serré la main, le prince du Danemark aussi, et on a manqué la tsarine de peu. Des belles relations, nous en avons. Les Yankees, qu'est-ce que c'est ? Des gens qui tuent les Peaux-Rouges, ramassant de l'or dans les fleuves, comme tu ramasserais des cailloux, et après s'amènent ici nous prendre nos souvenirs.

Guillaume revint en mai, pour le début de la cueillette des roses. Comme on était dans le remue-ménage habituel aux arrivées massives de fleurs, il dut laisser passer quarante-huit heures avant de prendre le chemin de Magagnosc. Dès qu'il le put, il enfourcha son cheval et galopa vers la Croix-de-Lumière. Il était heureux. Pendant la traversée de l'Atlantique, il avait pensé à Sorenza. Il y avait eu du mérite, se dit-il en riant, car toutes les Américaines en partance pour l'Europe — sans leurs maris, *« veuves par grâce »*, par permission, comme elles le disaient avec un petit sourire dont il ne savait pas très bien s'il était innocent ou pervers — ne l'avaient pas beaucoup laissé rêver seul, accoudé au bastingage, pour se réjouir de retrouver la femme qu'il aimait, et aussi d'avoir arrangé au mieux leurs affaires de New York.

Il jeta un coup d'œil sur son costume d'été de flanelle blanche qu'il ramenait de Newport, cet ultra-luxueux Deauville américain. Plusieurs jolies dames, là-bas, avaient paru trouver qu'il était ainsi à son avantage. Il s'en réjouit, cela plairait sûrement aussi à Sorenza. Il n'avait jamais été très préoccupé, jusqu'à maintenant, par l'élégance mais il pensait qu'il était temps que la tenue des grands-pères — redingote, cravate grise, perle et haut-de-forme — soit un peu rajeunie.

Il eut un accueil triomphal. Tous étaient dans la salle à attendre Sorenza, encore aux champs. On l'entoura, le questionna, le félicita. On lui apporta la fraîche boisson à l'anis qu'il aimait. Dodds donna l'ordre d'ajouter au menu du dîner l'omelette aux fines herbes qui avait ses préférences, Honorade prépara, elle-même, les croûtons frits qu'il aimait croquer avec le potage aux châtaignes, Délia voulut l'entraîner vers son piano et le père Broussoux lui faire entendre les nouvelles sonnailles qu'il avait fait coudre, par son ami le cordonnier, aux harnais de la mule.

Il enleva sa belle veste blanche, retroussa les manches de sa chemise et savoura la fraîcheur de sa boisson. Il était de retour *chez lui* ! Et grand fut son étonnement d'avoir entendu son cœur lui dire cela. Mais son cœur ne se trompait pas.

En s'asseyant auprès d'Honorade, il l'entendait lui murmurer, en montrant l'ouvrage de Miss Dodds posé sur son fauteuil pendant qu'elle était allée donner un coup d'œil à la cuisine :

— C'est une écharpe pour le pharmacien.

— Non !

— Si !

— Alors, le datura ?

— Déterré et offert au jardin botanique d'Hyères parce qu'il n'y en a pas encore ici. Mais il paraît que, là-bas, il ne fait plus de fleurs roses. Il est vrai qu'elles étaient d'un rose si pâle ! Nous nous demandons si l'on mettra le nom du ou des donateurs ? Nous pensons qu'Emily va même accepter que la pancarte dise : don de M. et Mme Pascal Rouméro.

— Quand allons-nous au mariage ?

— On attendait votre retour... mais, dites-moi, nous n'arrivons pas à lui faire avouer son âge. Le savez-vous ?

Il calcula qu'elle devait approcher des cinquante-huit ans. Honorade hocha la tête et dit que c'était le bon âge pour être caissière. Avait-il remarqué que la clientèle préférait les dames de caisse plutôt mûres ? Cela faisait maison de confiance.

Comme il riait, Sorenza entra. Elle ne s'attendait pas à sa visite. Il n'avait pas dit la date de son retour.

Elle n'avait jamais pu vaincre cet afflux de sang qui montait à son visage quand elle était émue. Et chez elle, si économe de ses paroles, ce fard disait les plus belles qu'elle puisse prononcer et aux couleurs des roses qu'elle avait cueillies tout le jour.

Il se répéta : « Je suis rentré chez moi. »

Il ne pouvait détourner d'elle son regard. Dans sa robe de toile blanche si simple, elle était la beauté, la poésie. Et si elle savait ce qu'était la beauté, à vivre en son cœur même dans ce pays de lumière et de fleurs, elle ignorait sans doute tout de la poésie, alors qu'elle en était l'essence même. Il se dit qu'il faudrait un jour qu'il parle de cela avec l'oncle Delphin, le seul qui puisse comprendre le merveilleux de ce qu'il vivait en ce moment.

Ils firent, ce soir-là, ce qu'ils n'avaient jamais encore osé tenter. Lorsqu'il partit, après le dîner, il l'attendit au premier tournant du chemin où elle le rejoignit et ils gagnèrent la côte et leur calanque en galopant tous deux sur Abdul. Ils reviendraient à l'aube, le lendemain où, l'un comme l'autre, des tonnes de roses les attendaient. Elle pour les cueillir, lui pour en extraire leur parfum. Mais, auparavant, ils auraient la mer phosphorescente, la nuit étoilée... et des draps humides !

Ils firent du feu dans la cheminée, poussèrent leur lit devant les hautes flammes, ce qui lui fit dire en riant :

— Je t'aime en enfer...

Mais il vit passer une fugitive inquiétude dans ses yeux et, la serrant plus fort dans ses bras, lui annonça qu'il allait divorcer et l'épouser.

Elle caressa longuement son visage et, doucement, tendrement, dit que non, qu'il ne fallait pas. Et comme à cet instant la plus grosse des bûches s'embrasait et lançait des flammes encore plus hautes, elle ferma les yeux. C'était l'enfer, en effet, dans son cœur.

En l'honneur du mariage de M. le pharmacien avec Mlle Emily, Jules-César avait fleuri de blanc son chapeau. Et, se flattant d'être des amis des mariés — n'étaient-ils pas tous à la même table à la Croix-de-Lumière ? —, il entra, pour la première fois de sa vie, dans l'église. Il y entra côté *royaume*, en ressortit côté *empire*, déçu. Le confort n'était pas plus grand à l'intérieur. Par saint Joseph, les bancs étaient aussi durs que les marches de l'escalier ! Évidemment, on pouvait dire qu'on y était à l'ombre. Mais lui, il aimait le soleil. Pour ce qui était de la cérémonie, c'était trop long, il soupçonna le sacristain — son ennemi intime — de s'approprier la quête, ou du moins, une partie car ce qu'il vit donner, sous ses yeux, de pièces blanches et jaunes les lui écarquilla. Or M. le curé se plaignait de recevoir de plus en plus de boutons de culotte. Et Jules-César trouva ce mariage, à tout point de vue, très instructif. À vrai dire ces mariés l'intéressaient peu. Il n'aimait à regarder que les belles petites, jeunes, roses, fraîches, et effarouchées sous leur voile. Celle d'aujourd'hui n'avait rien de la chevrette que le loup va croquer, avec l'autorisation du bon Dieu. On disait en ville qu'elle apportait en dot au pharmacien un *English spoken* désormais peint en lettres dorées sur la vitrine. Il savait ce que cela voulait dire, il avait un ami « aveugle » qui avait ses quartiers d'hiver et d'été en face de la pharmacie anglaise et en connaissait parfaitement la vitrine.

Honorade et Lazarie, elles aussi, avaient changé de place pour cette cérémonie. Elles faisaient cette fois-ci partie de la famille. Elles étaient aussi témoins de la mariée. Ceux du pharmacien étaient son vieux préparateur et Guillaume.

Alexandrine avait envoyé un légumier que la nouvelle Mme Rouméro prit toujours pour de l'argent massif et qui n'était que du métal argenté. Louise-Armande n'adressa même pas une carte de félicitations. D'ailleurs, elle était en croisière en Grèce. Deux cousins Dodds, des Dodds du Lancashire, des jumeaux célibataires qui habitaient Dodds Abbey, le domaine ancestral, adressèrent leurs félicitations et annoncèrent leur visite pour l'hiver suivant. Ils venaient tous les ans à Cannes pour le bien de leurs poumons et monteraient jusqu'à Grasse voir la fille de ce vieux George.

Emily quitta la Croix-de-Lumière en pleurant autant qu'une jeune épousée faisant ses adieux à ses parents pour la première fois de sa vie. Elle s'était mariée en robe de soie gris tourterelle très pâle qui était le coloris approchant du blanc au plus près. Honorade et Lazarie — toujours sur la réalisation de l'emprunt russe — lui avait offert une aigrette pour son grand chapeau. Une aigrette commandée à Nice, et qu'elles supposaient aussi altière que devaient l'être celles des colbacks des altesses en visite. Coiffures qu'elles n'avaient d'ailleurs jamais vues sur ces illustres têtes, ces personnages, à leur grand désespoir, étant toujours venus visiter les parfumeries et confiseries dans des tenues d'une désolante banalité qu'elles portaient au compte d'une non moins désolante démocratisation. Et comme Emily, croyant leur faire plaisir, décrivait les fastes des cours de St. James ou de la Hofburg, elles dressaient têtes et petits chignons, tout droit, pour rétorquer :

— Alors pourquoi, pour visiter Grasse, ses fleurs, ses parfums et ses fruits confits, donc ce qu'il y a de plus beau au monde, ne sont-ils pas bel habillés comme chez eux ?

Le soir du mariage, Sorenza et Guillaume étaient partis au bord de la mer, Délia donnait un récital au père Broussoux, à Hilarion et à Rousseline, et les sœurs Beauval s'installèrent sur le banc vert, les yeux fixés sur la ville.

Sans en savoir vraiment la raison, elles ressentaient un peu de mélancolie. Emily s'en allait, et bien qu'elles se soient parfois moquées d'elle dans son dos, elles l'aimaient. Elle leur manquerait. Elles n'entendraient plus de « Lazarie, venez essayer votre liseuse, je crois que je suis en train de la faire bien trop grande », ou « Montrez-moi, encore une fois, comment vous réussissez l'aïoli, parce que, chez les Rouméro, on l'apprécie ».

— Que va-t-elle devenir, la pauvre, elle qui déteste l'ail ? dit soudain Honorade, en riant, après qu'elles eurent regagné leur chambre.

Lazarie ne répondit pas. Elle venait de sortir et de défroisser un morceau de papier et elle lisait à la lueur de sa bougie :

*L'âge ne saurait la faner,*
*Ni l'habitude gâter son infinie variété.*

— Je lui ai demandé de me l'écrire. C'est une jolie phrase. Tu crois que le Frédéric aurait su nous la dire, plus tard, bien plus tard, quand nous aurions été mariés depuis longtemps ?

Honorade ne répondit pas. Lazarie pensa qu'elle s'était endormie.

Mais Honorade pleurait. L'émotion de la journée, et ce souci qu'elle se faisait pour l'avenir de Sorenza, et cette inquiétude pour Délia depuis que le musicien l'avait vue, et aussi, pourquoi ce poète — celui dont elle ne savait plus le nom — écrivait-il des choses comme celles-là, qui mettaient de la tristesse au cœur de celles à qui personne, jamais, ne les dirait ?

Guillaume attendait la fin de l'enfleurage des jasmins pour partir en Chine.

Les Établissements Garlande possédaient une compagnie de navigation sur le Yang-tsé-kiang et avaient créé deux comptoirs pour le commerce du musc. Il s'agissait d'en mettre sur pied quatre autres. C'était Guillaume lui-même qui était à l'origine de cette expansion en Chine centrale. Il en avait eu l'idée à son premier voyage, lorsqu'il avait rapporté un chevrotin empaillé, animal porteur de cette extraordinaire substance. Il en était maintenant à la réalisation complète du projet auquel s'ajouterait la création d'établissements en Indochine.

Avant cette séparation qui devait durer plusieurs mois, six, peut-être huit, il passa avec Sorenza deux jours entiers dans la maison de pêcheur.

Ils furent heureux et vécurent dans une exaltation jamais connue encore. Chaque minute leur parut éternelle.

Ils se relevaient, au milieu de la nuit, pour venir s'asseoir, l'un contre l'autre, devant la mer, sur un sable qui gardait encore, du grand ensoleillement de la journée, une caresse tiède et douce. L'intense clair de lune magnifiait pour chacun le profil de l'autre. Ils pouvaient se croire là dans un monde étrange et qui n'aurait été qu'à eux.

Il lui parla de son fils, Petit-Guillaume, que son institutrice lui avait amené la veille et de cette étonnante et discrète compréhension des enfants qui admettent ce qui se passe entre leurs parents avec une finesse du cœur à donner en exemple aux parents eux-mêmes. Il lui dit que chez Petit-Guillaume, âgé de douze ans à peine, s'annonçaient l'intelligence et les qualités qui avaient fait de son grand-père celui auquel les Établissements Garlande devaient le plus d'initiatives de génie.

Et comme Sorenza le trouvait trop modeste et oublieux de ses propres créations, il ajouta :

— Non. Je n'ai fait que continuer ce qu'avait commencé mon père. Mais moi, je serai celui qui aura été le plus heureux !

Elle ne sut que peu après son départ qu'elle était enceinte, et de trois bons mois déjà. Elle se félicita de ne pas s'en être doutée avant, et surtout de l'avoir ignoré pendant les plus beaux moments passés avec Guillaume au bord de l'eau. Elle se demanda si, dans l'exaltation de ces instants, elle aurait pu cacher sa joie d'attendre un enfant de lui.

Car elle était bien décidée à ne rien lui dire.

Honorade et Lazarie, mises au courant, furent stupéfaites et indignées. On n'allait pas annoncer à Guillaume Garlande qu'un petit allait lui naître ? Mais c'était... C'était d'une méchanceté énorme, horrible !

— Ce serait surtout une méchanceté, comme vous dites, pour l'enfant. Que pourrait-il en faire, M. Guillaume Garlande, de ce bâtard ? Sinon l'élever en bâtard Garlande, Dieu seul sait où ! Voulez-vous que tout le monde se le montre du doigt dans les rues de Grasse ?

Elles ne répondirent pas. Elles savaient qu'il leur fallait s'emplir un plein panier de bonnes réponses et de bons raisonnements avant d'attaquer.

Et, le lendemain étant le premier jour de la cueillette de la cassie, les sœurs Beauval se retirèrent tôt pour prendre le repos nécessaire avant cette épreuve. D'ici quelques jours, à tête reposée, nanties d'arguments sérieux, on reparlerait de ce futur bonheur que Sorenza allait gâcher avec ses idées extravagantes.

— Reste le principal, nous allons avoir un autre petit ! Oh, cocagne, quelle fête ! dirent-elles avant d'éteindre leur bougie.

Voilà qui était un oreiller merveilleux, un oreiller

à vous amener les rêves les plus superbes. Si superbes... qu'on ne pouvait pas s'endormir du tout.

— Je sais que ce sera un garçon.

— Si elle l'appelle pas Guillaume, on ne lui parle plus. Même, on la quitte... Enfin, on lui fera la peur de lui faire croire qu'on s'en va. Parce que ce sera une vraie peur. Pense un peu si elle va avoir besoin de nous avec un deuxième enfant. Celui-là, ce fils, ça va être *notre* fils, rappelle-toi ce que je te dis, à cet instant, sous le crucifix de maman.

Et, comme l'année précédente, les cassies embaumaient, leurs épines piquaient, le soleil brûlait. C'était dans l'ordre des choses. Pas tout à fait pourtant, on n'entendait plus les petits cris de douleur d'Emily Dodds. Mme Pascal Rouméro avait trop à faire, du haut de sa caisse de chêne sculpté style Louis XV, entre la conversation aux clients anglais et la monnaie à rendre, pour continuer les cueillettes.

— J'aurais jamais cru que je la regretterais tant, disait Honorade, étonnée. Et puis, même maladroite, elle prenait sa part de travail. Il nous faudrait une cueilleuse de plus.

Il s'en présenta une dans le courant de la matinée. Elle était jeune, blonde, et elle avait un sourire un peu moqueur aux lèvres. Honorade et Lazarie la regardèrent, avec intérêt, s'avancer vers Sorenza. Celle-ci, avec ses principes d'économie durs comme des cailloux, ne voudrait peut-être pas l'engager. Dans ce cas, on était ici au moins jusqu'à l'achevée du jour.

Mais voilà que cette inconnue et Sorenza se précipitaient, soudain, dans les bras l'une de l'autre ! Elles riaient, elles s'embrassaient, elles riaient de plus belle, elles s'embrassaient encore ! Et Sorenza, prenant la main de l'inconnue, venait la présenter : C'est Tina !

Tina ! Blonde comme le soleil et douce comme une coque d'amande verte ! Si on avait entendu parler d'elle ? Mais on n'avait entendu que ça ! Bon. Saurait-elle mieux cueillir que la miss ? Elle savait. Bien qu'elle ne cessât de bavarder, elle emplissait son panier avec célérité.

— Celle-là, ma fille, c'est pas une cueilleuse d'occasion, c'en est une qui gagne son pain avec ses mains.

Comme le dit Rousseline, en mettant des draps au lit que venait de quitter Miss Dodds, Tina prit la place toute chaude. On apprit qu'elle aimait travailler de-ci de-là dans les campagnes. Elle détestait les villes. Dès que son mari reprenait la mer, elle partait faire les cueillettes. Elle était arrivée à Grasse en suivant des ouvriers italiens qui venaient faire la saison. C'était une bonne recrue et elle aiderait Sorenza aux travaux des champs de fleurs avec compétence.

— Tu regardes ses mains, et tu comprends tout de suite, c'en est une qui ne fait pas de la broderie, dit Lazarie.

— Peut-être. Mais il y quelque chose en elle de... comment t'expliquer ? De pas comme tout le monde. D'un peu mystérieux.

— Ça doit être de vivre avec un marin. Il doit lui raconter des histoires extraordinaires de ses voyages et les grands secrets de la mer. Et tout ça, ça vous marque le regard, ça met du bleu même dans les yeux noirs.

— Bon, la Tina, c'est du nouveau ici, on s'y fera ou on s'y fera pas, ça dépendra, mais ce qui compte, c'est le petit qui va arriver. Comment il va s'appeler, celui-là ? Parce qu'il lui faut un nom.

— Il aura celui de sa mère.

— Ça veut dire celui de Félix. Cette fois-ci, ça marchera pas. Alors, il sera enfant de père inconnu ?

— Elle veut que ce soit comme ça. Elle le veut pour elle seulement. Et pour ses fleurs, parce qu'elle a bien compris que la musique lui prendra Délia.

— Pauvre pitchoune, murmura Lazarie, avant de s'endormir.

Elle s'éveilla au milieu de la nuit. Sorenza avait rajouté des crêpes au menu du dîner parce qu'elle se souvenait que Tina, autrefois, les aimait. Lazarie aussi, et elle en avait sans doute trop mangé. Elle se leva boire un verre d'eau. Elle allait éteindre à nouveau sa bougie quand elle s'écria : « J'ai trouvé ! » et, comme elle avait parlé à haute voix, Honorade s'éveilla aussi :

— Ça ne va pas ?

— Ça va tellement bien que j'ai trouvé ce qu'il faut faire. C'est le bon Dieu qui nous a envoyé la Tina. Et la Tina, qu'est-ce que c'est ? Une femme mariée à un marin presque jamais là. Une femme libre. Et qui n'a pas d'enfant. Peut-être que les marins n'ont pas le temps d'en faire. Cette femme-là peut adopter qui elle veut et lui donner son nom. Ou, tout d'un coup, avoir un bébé. On peut choisir ce qui plaira le mieux.

Elles discutèrent longtemps. La bougie posée entre elles deux sur la table de nuit dut être renouvelée et Honorade, en bâillant, finit par dire : « Si tu crois. »

Et elles étaient près de se rendormir quand Lazarie s'écria :

— Mais comment elle s'appelle ? Tina quoi ?

Comment s'appelait-elle, en effet ? Elles convinrent qu'il y avait des noms importables, ou qui faisaient le malheur de ceux qui en étaient affublés. On en avait vu d'horribles, l'abbé Cauchon, celui de Jeanne d'Arc, ou le père Anus, le ferblantier de la rue du Ballon.

— Et le Jules Roublard !

— Et la Caroline Vessel !

— Tu vois pas que le mari ait un de ces noms-là ? ou comme le fils Couillon, tu te souviens de celui-là ? Et en plus, ça lui allait bien !

Il fallait savoir. Dès demain, on demanderait à la Tina.

— Tu peux attendre, comme ça dans cette grande incertitude, toute la nuit ? Moi non. Je vais la voir.

— Tu ne vas pas la réveiller, sur les deux heures du matin ?

— Elle se rendormira. C'est le ciel qui nous l'envoie mais il faut savoir si le bon Dieu n'a pas fait le travail à moitié. Moi, je pourrai pas me rendormir tant que je saurai pas. J'y vais.

— Si tu y vas, j'y vais aussi.

Elles y allèrent. En chemise de nuit, bougeoir à la main et pieds nus pour ne pas réveiller les autres.

Contre toute attente, Tina ne dormait pas. Il semblait décidément que le bon Dieu soit sur cette affaire-là.

Tina venait d'allumer une quatrième bougie — il faudrait savoir qui les payait, d'elle ou de Sorenza, mais pour ça, on avait le temps — car Miss Dodds, en quittant sa chambre, y avait laissé quelques Alexandre Dumas et Tina n'avait pas voulu s'endormir avant d'avoir achevé les quatorze années de captivité au château d'If du futur comte de Monte-Cristo. Ce qui arrangeait bien.

Ces deux demoiselles, aux yeux vifs, leurs maigres petites nattes de cheveux gris étalées en queue de souris sur les cols bien sages de leur tenue de nuit et qui demandaient, à brûle-pourpoint, comment on s'appelait, ça valait bien les aventures d'Edmond Dantès !

— Tina Alberti.

Alberti ? Alberti ? Ça pouvait aller. Ce n'était pas extraordinaire, mais c'était correct et même assez plaisant. *Guillaume Alberti*. Pourquoi pas ?

— Expliquez-moi un peu tout cela, demanda Tina, se redressant et se calant sur ses oreillers.

Elle écouta Honorade exposer la situation et, quand ce fut fini, comme elle avait toujours Monte-Cristo en main, elle dit tout d'abord :

— Vous devez en lire plus encore que moi, des romans !

— Nous ? Jamais !

Une heure et une nouvelle bougie plus tard, l'affaire était prête à être présentée dans tous ses détails de réalisation à Sorenza. On la lui exposerait, loin d'oreilles indiscrètes, en se promenant sur le chemin qui reliait la maison à la jasmineraie et où seuls les oiseaux pouvaient entendre. Peine perdue. Sorenza écouta, rit et remercia beaucoup. Mais son enfant s'appellerait comme elle.

— Ça veut dire comme Félix ?

— Pourquoi pas ?

— Et à Délia, tu lui diras quoi ?

— La vérité. Un peu plus tard.

— Tu veux qu'on te la dise, à toi, la vérité ? La vérité, c'est que tu n'as pas de moralité !

Sur le chemin du retour, on entendait les oiseaux chanter, ça sentait le jasmin à toujours en avoir envie de dire merci, mais il semblait que le cœur n'y soit pas. On se taisait.

Lazarie pensait : Que de bâtards ! Sorenza, fille de cet Orso Bianchini, Délia, fille du musicien, et voilà qu'allait arriver un Garlande qui porterait le nom de Félix. Et Tina qui demandait si on lisait des romans ! Et pour quoi faire ? Dans quel roman il y aurait eu autant d'aventures ?

Honorade pensait à Félix. Il avait inventé des tas de choses, celui-là, mais il n'avait jamais imaginé que tant d'enfants de messieurs si comme il faut — grand musicien, grand parfumeur — lui feraient sa descendance. On ne pouvait pas penser à tout !

L'enfant vint au monde en décembre. Avec un à-propos parfait. Guillaume était toujours absent et Sorenza pouvait prendre un peu de repos en cette saison où seules les premières violettes commençaient à apparaître. Ce fut un garçon. On l'appela Louis-Guillaume. Il était né sous un signe tout à fait particulier, celui du musc[1]. Car pendant le temps où elle l'attendait arrivèrent des lettres de Chine ne parlant que de ce produit étrange.

1. Musc : sécrétion odorante provenant d'une poche abdominale du chevrotin et servant de fixateur dans la fabrication des parfums et à former la *note* de fond d'une composition.

En ressentant les premières douleurs, elle lisait encore :

« Le musc est remarquable par la diffusibilité de son parfum. Tous les objets placés dans son voisinage, même sans contact immédiat, en contractent vite l'odeur et la conservent longtemps. Imagine-toi que, pour cette raison, la Compagnie des Indes orientales défendait que le même navire apportât jamais ensemble du musc et du thé. J'en ai touché tous ces jours-ci, du meilleur, celui du chevrotin qui s'est nourri d'artémises, ma lettre sent le musc, n'est-ce pas comme si j'étais près de toi en ce moment ? »

Elle garda les feuillets dans sa main pendant qu'elle souffrait le plus. Il avait raison, c'était un peu comme s'il avait été là.

— Avec tous ces signes : fils de parfumeur, né à Grasse aux premières violettes et respirant le musc à peine né, il sera plutôt destiné aux parfums qu'à la culture des fleurs, celui-là, dit Lazarie. Si tu veux mon avis, elle n'arrivera jamais à se le faire, son jardinier !

Elle faillit bien avouer à Guillaume qu'il leur était né un petit Louis-Guillaume ressemblant à son père et qui en avait déjà les yeux mordorés.

C'était le premier jour de leurs retrouvailles, au bord de l'eau. Et dans le bonheur de ce retour, elle était sur le point de dire cet autre bonheur. Elle allait le faire — sachant au fond d'elle qu'elle avait tort, mais ne pouvant résister à la joie d'annoncer cette merveilleuse surprise. L'enfant était si beau et il en serait si fier !

Elle ne savait trop comment dire — il fallait d'abord avouer son long silence et ce n'était pas facile — quand il annonça, joyeux :

— J'ai tous les bonheurs à la fois. Je te retrouve et on me rend mon fils !

Sa situation familiale, dit-il s'était beaucoup améliorée pendant son absence. Le garçon, en fait, gênait sa mère. Le surveiller l'empêchait de s'absenter autant qu'elle le voulait. Or, elle n'aspirait qu'à de continuels déplacements, entraînée, par ses amis hivernant à Nice, vers leurs autres villégiatures, de Baden-Baden à Deauville et de Biarritz à Florence. Elle venait donc de décider que leur fils ferait d'aussi bonnes études au collège de Grasse qu'à celui de Nice. Et elle le confiait à son père.

— Je vais pouvoir enfin l'élever en futur dirigeant de nos établissements !

Elle se tut. Il n'y avait pas de place pour son enfant à elle ailleurs qu'à la Croix-de-Lumière. Et il n'y manquerait pas de protections. Il avait ses grand-mères Honorade et Lazarie, nanties de leurs économies récupérées sur la Russie, sa tante pharmacienne Rouméro-Dodds, les poches toujours bourrées de boules de gomme... bien qu'on lui assurât qu'il n'en consommait pas encore, et ses esclaves Délia, Rousseline, Hilarion et le père Broussoux qui l'avaient apparemment tous admis comme amené là par l'opération du Saint-Esprit. Quant à sa mère, elle avait enfin son territoire à tubéreuses, ce qui arrondissait son domaine de fleurs à douze hectares. On pouvait faire vivre une famille avec cela.

— Honorade, tu vois ce que je vois, ce grand monsieur dans le jardin qui parle avec Broussoux ?

— Je le vois ! Sainte Mère, j'en étais sûre qu'il reviendrait le musicien !

— Tu penses ! Après avoir vu la petite à Nice il n'a plus pu dormir heureux.

— À ton avis, ce ne serait pas aussi pour Sorenza qu'il vient ?

— Va savoir ! Peut-être pour les deux.

— Jésus ! Je me demande ce qui va encore nous tomber dessus.

Manfred von Ritter parlementait toujours avec le

père Broussoux qui n'avait ni enlevé ni soulevé son chapeau de paille à l'arrivée du visiteur.

— Ça, ce n'est pas normal, commenta Lazarie, c'est un paysan, le vieux, mais il est poli d'habitude. Et il lui raconte quoi, à ce monsieur, pendant tout ce temps, au lieu de le faire entrer dans la maison, à l'ombre ?

Elles décidèrent d'intervenir. Elles ne pouvaient pas laisser debout, dans la rage de midi du soleil, un grand artiste qui donnait des concerts dans le monde entier, et même à Nice, et qui était, par la volonté du Seigneur, le père de Délia.

Manfred von Ritter vit alors s'avancer vers lui, à petits pas pressés, deux personnes aux gestes saccadés secouant des ombrelles blanches doublées de vert. Les paires d'yeux noirs et perçants semblaient à la fois effrayées et ravies. Ce qui l'amusa aussi fut le soin que ces dames paraissaient prendre de leurs quatre chaussures identiques — bottines de toile blanche immaculée — si l'on en jugeait par l'attention qu'elles portaient à ne pas les poser là où il ne fallait pas.

Elles menèrent ainsi le visiteur, en évitant de soulever la terre du chemin, jusqu'à la salle commune et lui proposèrent un siège devant la cheminée où de grosses pommes de pin remplaçaient le feu, en été. Puis elles firent apporter de l'eau fraîche et le flacon de liqueur de menthe — « faite par nous, monsieur, vous pouvez la boire en confiance, il n'entre aucun produit chimique à la Croix-de-Lumière » — et elles attendirent ce qui allait se passer. C'était au musicien de parler, il n'était pas venu ici seulement pour boire l'eau de leur puits et goûter leur essence de menthe fraîche.

Mais il ne disait rien. Il regardait autour de lui avec intérêt et la grande pièce dépouillée, austère même, paraissait lui plaire. Chose curieuse, alors qu'elles la trouvaient, cette salle, trop dénuée de décoration, il leur sembla qu'elle allait bien à ce monsieur un peu distant, et certainement pas d'humeur folâtre. Alors elles examinèrent plus attentivement cet intrus. Il était vêtu, sinon avec recherche, du moins avec un souci de la qualité. Les chaussures venaient d'un bon faiseur et le linge était fin. Aucun doute, c'était un *monsieur.*

Et, soudain, il demanda à voir Délia.

Elles se regardèrent, se comprirent et dirent :

— Voyez-vous, bien que nous soyons, en quelque sorte, les grand-mères, tantes et marraines réunies de la petite, nous préférerions que Sorenza soit là pour vous amener l'enfant elle-même.

Elles n'ajoutèrent pas : « Si elle le juge bon », mais le pensèrent. Et Manfred le pensa aussi ! Elles proposèrent :

— Vous reprendrez bien un peu de menthe en attendant Sorenza qui, maintenant, ne saurait tarder ? Elle est à son champ de tubéreuses qui lui donne quelques soucis. Il faut vous dire, monsieur, que les fleurs sont parfois très déconcertantes. Nous qui les voyons vivre de près pourrions vous dire bien des choses étranges et merveilleuses sur elles.

Lancée sur le sujet, Lazarie fut intarissable. Avec l'approbation d'Honorade. Il fallait distraire le musicien pour le faire patienter.

— Vous douteriez-vous que les fleurs avaient inventé l'aviation bien avant les aviateurs ? Voyez-vous, je m'intéresse aux aéroplanes depuis bien longtemps — j'ai suivi de près la naissance des premiers essais. Eh bien, croyez-moi, si je pouvais parler à l'un de ces messieurs ingénieurs, je lui dirais que la fleur de l'érable, du simple érable, oui, l'arbre, avait déjà une hélice aérienne. Et le chardon a une machine à planer, tout comme le salsifis et le pissenlit. Je pourrais vous en citer beaucoup comme ça. Qu'est-ce que vous en dites ? Elles sont intelligentes ou elles ne sont pas intelligentes, les fleurs ? Elles se sont inventé des systèmes de dissémination *qui étaient l'aviation avant l'aviation.* Ah ! si un jour vous en avez le temps, monsieur, je vous développerai le sujet, vous en serez es-to-ma-qué...

Sorenza arriva alors qu'Honorade, pour ne pas être en reste, s'étendait sur les grandes qualités de la silène. Cette petite fleur blanche, croissant en abondance sous les oliviers, et qui a inventé, pour éviter les visites d'insectes qu'elle déteste, de se garnir de poils enduits d'un liquide visqueux. Beaucoup ici utilisaient les silènes comme attrape-mouches. Et Honorade s'apprêtait à aller en chercher une touffe, à la cuisine, pour illustrer sa description.

Dès lors, les deux sœurs se turent et s'installèrent commodément dans leurs fauteuils paillés. Elles étaient mieux là qu'au théâtre et ne quittaient pas Manfred du regard. Elles enregistrèrent chez lui, si apparemment froid, une certaine émotion qu'elles ne remarquèrent pas chez Sorenza écoutant avec calme et sérénité ce qu'exposait le père de Délia et qui se résumait ainsi : l'enfant était une vraie musicienne et il était dommage qu'elle ne puisse bénéficier de leçons de maîtres célèbres. Avait-on le droit de lui refuser la chance de devenir grande interprète ou compositrice ? Elle avait douze ans, il n'y avait pas de temps à perdre. Il proposait de la faire venir à Paris — où il habitait lui-même une bonne partie de l'année —, dans une pension pour jeunes filles des plus agréables et où l'on veillerait à ce qu'elle suive les cours des professeurs prestigieux qu'il choisirait. Bien entendu, il assumerait tous les frais de cette éducation. Bien entendu aussi, seul l'intérêt de l'enfant le guidait.

Sorenza avait écouté sans interrompre.

Elle se leva et alla appeler Délia.

L'enfant arriva aussitôt. « Elle guettait », se dirent Honorade et Lazarie.

Sorenza la fit asseoir après qu'elle eut salué Manfred von Ritter. Délia ne montrait aucune excitation, mais, pour qui la connaissait bien, le brillant de son regard était révélateur.

Parlant enfin, Sorenza répéta à sa fille ce que venait de dire Manfred. Elle souligna l'intérêt que lui faisait l'honneur de lui porter un très grand artiste comme M. von Ritter. Voulait-elle réfléchir à ce que, si généreusement, il proposait ?

Le déroulement de l'entretien n'étonnait pas Manfred. Sorenza — qui l'aurait su mieux que lui ? — ne s'attardait pas à de vains soucis des convenances et il l'avait toujours jugée libérée de la crainte de Dieu. Elle devait vénérer un Seigneur bon et généreux et vivait selon une morale basée sur le plaisir de faire le bien et l'horreur du mal. Avoir un enfant d'un inconnu, qui lui avait paru apte à le lui faire beau et sain, avait dû lui apparaître comme une belle œuvre à accomplir. Il la devinait adepte — sans doute sans le savoir — d'une philosophie à la Diderot, qui ne devait lui épargner ni les doutes ni les angoisses, mais, bon an mal an, la laissait sereine. Il la regardait superbe, dans sa chair dorée, luisante du sombre éclat de son étonnante chevelure. Il lui faisait confiance. On devait toujours faire confiance à la beauté. Il se serait fait arracher la langue plutôt que de le lui dire, mais elle lui inspirait admiration et respect.

Il en était là de ses réflexions, s'avouant qu'il aurait donné beaucoup pour se retrouver douze ans plus jeune à ses côtés dans les nuits provençales qu'ils avaient partagées, lorsque Délia, de sa voix à la fois douce et ferme, déclara :

— Je n'ai pas besoin de réfléchir, je le sais, j'aimerais aller étudier à Paris.

Elle aurait pu fournir beaucoup de raisons à sa décision, pourtant elle n'ajouta pas combien de fois son professeur, la vieille Mlle Dorivet, lui avait dit : « Du soleil, du soleil, petite ! Ne joue pas comme quelqu'un du Nord qui ne pense qu'au froid, à la pluie et à la neige, donne du plaisir et de la chaleur à ceux qui t'écoutent. » Alors, combien de fois avait-elle dû appuyer sur la pédale alors qu'elle en savait l'inutilité ! Non, elle ne leur dirait pas que Mlle Dorivet devenait sourde et pleurait dans son cabinet de toilette quand elle se croyait seule. Ils n'avaient pas besoin de le savoir. Plus tard on apprendrait la signification de ces « donne-moi du soleil ! », mieux cela vaudrait pour la pauvre pianiste.

Ils parlèrent longtemps encore et Rousseline renouvela plusieurs fois la carafe d'eau. Plus il regardait Sorenza, plus Manfred se sentait passionnément attiré par son visage grave et pur. Mais son regard, souvent lointain, la lui rendait inaccessible. Un jour peut-être, grâce à l'enfant...

Pour s'interdire de rêver plus, il se leva et parla de départ. On ne le retint pas. Guillaume avait fait prévenir qu'il viendrait dîner et tous savaient qu'il n'aimait guère avoir à faire des frais de conversation à des étrangers.

Délia demanda à sa mère de lui laisser annoncer elle-même à grand-pa Broussoux qu'elle irait peut-être à Paris à l'automne prochain.

— Pourquoi peut-être ? C'est décidé, tu partiras.

— Pour commencer, je lui dirai que ce n'est pas encore tout à fait sûr.

— Tu veux ma façon de voir ? demandait Lazarie à sa sœur. Celui-là, le grand musicien, il l'épouserait, notre Sorenza. Il n'est pas marié, lui ! Je le regardais, il est bel homme.

— Il est bel homme, mais il nous prend la petite.

— Pour son bien à elle.

— Le père Broussoux avait deviné que c'était une mauvaise nouvelle qui lui arrivait avec ce visiteur, c'est pour ça qu'il ne soulevait pas le chapeau. Si Délia part, il va en mourir.

— Pas plus que nous.

— Alors, pourquoi tu pleures ?

— Je pense au chagrin du vieux...

— Depuis quand tu l'aimes tant ? Et lui, c'était peut-être la musique qu'il aimait, alors il lui restera celle de ses carillons.

— Nous, on n'aura même pas ça.

— Pleure, tu as raison, ma fille, ça soulage.

Près de gagner son lit, Honorade murmura en s'essuyant les yeux :

— Peut-être que le départ de la petite pour Paris nous fera revenir le pitchoune de nourrice. Il nous manque, celui-là aussi.

Et, tapotant son oreiller, Lazarie dit, en reniflant :

— Vrai, qui nous aurait dit autrefois, quand elle était pitchoune elle aussi, qu'une vie si mouvementée l'attendait, notre Sorenza ?

— Moi, j'aurais pu te le dire, parce que, tout de suite, je lui ai vu des yeux à nous amener des complications. N'oublie pas cette façon qu'elle a d'avoir un regard qu'on croit sage comme une image et qui, en vraie vérité, se moque un peu de vous.

— Je lui ai jamais vu ce regard-là, moi.

— Tu as la vue qui baisse, ma fille.

— Tu veux que je te dise ce que tu as, toi ? Tu as le malheur qui devient aussi amer que chicotin.

Lorsque Délia, à l'automne suivant, partit pour Paris, le père Broussoux s'engagea à faire, à ses frais, accorder son piano tous les six mois, comme à l'accoutumée, pour qu'il soit prêt à son retour. Et ils se promirent d'écouter, chaque jour, carillonner midi en pensant l'un à l'autre.

1914-1918

# 1

Delphin avait entrepris, depuis longtemps déjà, un traité sur les lavandes et il avait, pensait Guillaume, une façon de dire : « Là-haut, dans la lavande » qui donnait l'irrésistible envie d'aller voir onduler sous le vent les fleurs odorantes des montagnes. En avant-goût, de grandes charrettes, bourrées d'épis bleus, déversaient dans Grasse les parfums des Alpilles qui imprégnaient ceux des jasmins comme à grands coups d'encensoir.

Delphin passait huit à quinze jours par mois dans les collines à surveiller les alambics lavandiers de la Maison Garlande. Guillaume l'accompagnait rarement, pris, nuit et jour, par l'arrivée des récoltes de jasmin et leur traitement accéléré.

En juillet 1914, l'oncle prit froid, crut à un rhume mais dut se résigner à s'aliter avec une bronchite. Ses lavandes l'attendraient et il s'en désolait. Surtout, disait-il, qui ferait la surveillance des récoltes et des distillations ?

— Nous enverrons Thuillier.

— Thuillier, ce distrait, cet embrouillé qui ne verra même pas ceux qui fauchent en sauvages et arrachent la plante entière ? Bientôt, si on laisse faire, la lavande disparaîtra. Ah ! Je ne serai tranquille que si tu pouvais faire un saut là-haut. Ici, nous avons Ferrand et Morel qui peuvent veiller au jasmin.

Sans son monocle, posé sur la table de nuit, Delphin, moins solennel, attendrissait. « Dieu, comme il a vieilli ! » se dit Guillaume, et, bien qu'il lui parût impossible de laisser l'usine en plein coup de feu du jasmin, il s'entendit répondre :

— Je vais essayer d'arranger ça.

Prendre la haute route alpine vers Saint-Vallier n'avait rien de déplaisant, mais laisser les tonnes de fleurs blanches arriver sans être sûr que l'on ferait tout pour les traiter au plus vite le contrariait. Et soudain l'idée d'emmener Sorenza là-haut lui vint, allumant dans ses yeux une brusque étincelle. Sans monocle, l'oncle l'aperçut. Son neveu parti, et alors qu'il étirait ses jambes avec volupté dans la douceur des draps fraîchement changés, Delphin murmura : « Pourquoi pas ? S'aimer dans les lavandes et boire l'eau claire des sources de montagne, qu'y a-t-il de meilleur ? » Car il ne douta pas un seul instant de la signification de cette exaltation contenue qui avait fait repartir Guillaume d'un pied léger et le regard joyeux.

La fièvre montait en chaque fin de journée mais n'abattait pas le vieux Delphin. Au contraire. Ce soir-là, il repensa à Guillaume en attendant que le sommeil veuille bien lui venir. Il ne jugeait ni son neveu ni Louise-Armande, pas plus qu'il n'avait montré, naguère, de sévérité envers Alexandrine. Chacun faisait ce qu'il pouvait beaucoup plus que ce qu'il voulait, pensait-il, et ce que l'on entendait, de-ci de-là, au sujet des amours de M. Guillaume Garlande le navrait mais ne le révoltait pas. Il fallait laisser dire ces médiocrités comme on laissait couler vers l'égout les boues noires des fleurs mortes recrachées par les usines. Il ne dirait jamais à Guillaume ce qui se répandait, par la ville, d'insanités sur son compte. À quoi bon ? Une seule fois, il avait réagi, lorsque dans un salon de parfumeur on avait traité Sorenza de *fille* abandonnée à Grasse par une troupe de saltimbanques. Un grand silence s'était fait après son intervention. Un silence lourd de réprobation — lui, Delphin Garlande, avait osé défendre cette créature ! Alors, il s'était promis de ne plus se départir de son attitude, à la fois sereine et distante, lorsqu'il entendrait des inepties de ce genre, attitude semblable à celle depuis toujours adoptée par Guillaume qui paraissait ne guère entendre les allusions ou les affirmations infamantes à son sujet. Mais il se demanda, pourtant, avant de s'endormir enfin, quand et comment cette affaire-là se terminerait.

Il sommeillait à demi, savourant le parfum de framboise de l'une des boules de gomme apportées par Emily Dodds-Rouméro, quand il se dit, dans un soupir fataliste : « Cela se terminera comme toutes les folles passions, avant trois ans — c'était la durée généreuse qu'il accordait aux sentiments excessifs —, et cela se terminera sans bruit. » Sorenza, il en était sûr, serait aussi discrète dans la rupture que dans sa liaison.

Il s'éveilla, très surpris de constater qu'il avait un peu déraillé la veille — sans doute à cause de la fièvre — puisque l'affaire de cœur de Guillaume durait depuis déjà plus de quinze ans !

— Que vous arrive-t-il ? Vous êtes bien songeur, lui demanda l'infirmière venue poser, sur son thorax, un cataplasme de farine de lin saupoudré de farine de moutarde.

— Ma chère dame, je viens de m'apercevoir que je n'ai pas vu le temps passer... et que je ne suis qu'un vieil imbécile !

Et, pendant que sa peau supportait, moins effroyablement qu'il n'aurait cru, la forte chaleur piquante, il dit tout à coup, plus pour lui-même que pour la grosse femme assise à côté de lui et attendant le refroidissement du cataplasme :

— Les fleurs sont aphrodisiaques...

— Ah ! si je le sais, monsieur Delphin ! Du temps où je triais la rose chez vous, pour me payer mes classes de soignante, j'ai vu des filles se coucher sur la table, retrousser leur jupe, écarter leurs cuisses et s'offrir au premier qui passerait.

Delphin s'efforça de sourire. Ce spectacle-là, il en avait été gratifié aussi. Mais ce n'était pas à lui qu'il songeait, c'était à la douceur de cet air parfumé qui, à l'aube et au crépuscule, dans les moments de pleine exaltation des parfums, inclinait, sans nul doute, à l'amour.

Cette femme à cataplasmes et à sirops lui gâchait ses rêves. Il ferma les yeux. Il était sûr que Guillaume et Sorenza seraient heureux parmi les fleurs bleues, là-haut, dans la montagne. Il demanda qu'on lui change ses draps. Il avait eu très chaud cette nuit.

— Prenez, dans mon armoire, ceux qui sont les plus usés, sous la pile, ce sont les plus doux, et auriez-vous la gentillesse, mademoiselle Agathe, de mettre quelques gouttes d'essence de lavande sur mon oreiller, il me semble que je respirerai mieux.

Il avait toujours les yeux fermés, il était maintenant le corps au frais, là-haut dans ses lavandes... L'air était vif, suave, et Sorenza, dans le soleil, souriait à Guillaume.

— Nous monterons demain vers les lavandes !

Elle avait dit oui, sans qu'il ait à insister. Elle avait même avoué avoir envie, depuis longtemps, d'aller entendre le vent chanter dans les collines.

La vieille patache faisait encore la rude escalade de la montagne. Elle venait de partir lorsqu'ils quittèrent la ville à cheval, aussi lui laissèrent-ils prendre de l'avance ; ils se souciaient peu de chevaucher dans son sillage de poussière.

Un moment, ils s'arrêtèrent pour contempler la ville qu'ils dominaient déjà après la montée d'un chemin pierreux et raide. La cascade des toits virait des rouges aux roses et, plus bas, s'étendait la plaine fleurie. Ils étaient seuls avec l'impression que la diligence avait emporté dans sa poussière ceux qui les auraient gênés sur la route et que, là en bas, ils laissaient ceux qu'ils voulaient oublier. Il approcha sa monture de la sienne et, d'un élan commun, ils se tendirent et se prirent la main.

Ils restèrent ainsi quelques instants. Peut-être, se dit plus tard Sorenza, leurs cœurs n'avaient-ils jamais battu aussi fort l'un pour l'autre.

Le paysage des Alpilles était tout en collines couvertes de rocaille, de pinèdes et de lavanderaies. On entendait les cognées des bûcherons qui coupaient le bois pour alimenter les feux des chaudières des alambics et les clochettes des chèvres chantaient parmi les roches.

Lorsqu'ils atteignirent la première lavanderaie, ils avaient déjà reçu, venu au-devant d'eux, le puissant parfum d'un monceau de fleurs bleues fraîchement cueillies et chauffées au soleil, énorme cassolette ou gigantesque brûle-parfum, destiné à encenser la montagne. Comme ils arrêtaient leurs chevaux, Guillaume dit, en souriant et le regard rêveur :

— Mon oncle Delphin commence son histoire de la lavande par un aveu plein d'humilité. Il dit : « Un grand mystère, une énigme non résolue, doit nous laisser conscients de notre ignorance. Nous ne savons pas encore le rôle du parfum dans la nature. Dans cette nature où rien n'est inutile, où tout a sa fonction précise, à quoi sert le parfum à la plante, quel rôle joue-t-il dans sa vie ? Personne n'a su répondre à cela. Ce cadeau du ciel fait à l'homme, par ricochet, a une fonction précise chez la plante. Laquelle ? »

Elle haussa doucement les épaules. Elle non plus ne savait pas. Elle se souvenait avoir, enfant, demandé pourquoi les fleurs sentaient bon et personne en effet n'avait su lui répondre.

Il continuait en riant :

— C'est sans doute paralysé par cette ignorance de l'homme que l'oncle va si lentement dans la rédaction de son exposé sur la lavande. Voilà déjà dix ans qu'il y travaille.

Aspirant à grandes goulées l'air frais de la montagne, repus de senteurs, ils regardèrent les cueilleurs armés de faucilles couper, sans relâche, les immensités semées de touffes bleues. Ils virent charger les charrettes de ce qui serait distillé aux usines. Mais la plus grande part de la récolte était traitée sur place, dans les alambics de cuivre que le soleil incendiait. Et on était pris là entre cet embrasement et les infinis bleus du ciel et des fleurs. On vivait ici, se dit Sorenza, une trêve qui était un cadeau de Dieu, dans des espaces sauvages où planaient des aigles, coulaient des sources, couraient des chèvres et où Guillaume était à elle. Et à l'entendre plaisanter avec les hommes, à le contempler, si grand, si fort, si beau, si bienveillant aussi avec tous, son verre d'absinthe en main, elle rêva, un instant, à ce qu'aurait pu être leur vie si le destin ne les avait pas fait naître trop loin l'un de l'autre. Alors ils auraient débuté comme beaucoup ici, dans la montagne, avec les lavandes, avant de descendre cultiver la rose et le jasmin en plaine. Et il y eut tant de tendresse dans le regard qu'elle posa sur Guillaume qu'il en fut ébloui. Il la regarda lui aussi, comme s'il la découvrait, il voyait soudain ici ce qui lui avait échappé en bas, cette superbe maturité qui la faisait fleur épanouie, éclatante, vibrante d'amour. Le désir qu'il eut d'elle, soudain, le fit pâlir un peu. Il abrégea les adieux à ses hommes, évoqua d'autres lavanderaies à aller visiter et entraîna Sorenza vers les chevaux attachés au tronc tourmenté d'un pin parasol.

— Viens, dit-il.

Ils atteignirent, après les lacets d'une courte escalade, une vieille auberge de Gourdon perchée sur son nid d'aigle au-dessus du Loup torrentueux où ils passèrent la nuit et tout le jour suivant sans quitter leur chambre. Ils s'aimèrent comme au plus fort de leur passion, dans la cabane du pêcheur. Peut-être même plus encore, et avec le sentiment d'une revanche à prendre sur ce que la vie ne leur avait pas accordé. Un inconscient et vague désespoir donnait à leurs caresses une intensité jamais éprouvée. Et toute la volonté, le courage, le bel entêtement même qui faisaient la force de Sorenza, il crut en voir l'image dans cette chair ferme, dure, têtue même, avait-il envie de dire aussi.

Ils se nourrirent de friture de truites et burent du vin de La Gaude que la toute jeune fille de l'hôtelière leur apportait éblouie par la beauté de la dame couchée « dans ses cheveux » et du grand monsieur si aimable.

Ils quittèrent leur auberge avec tristesse. Jamais, ils le savaient, ils ne revivraient de tels instants. Alors, comme elle sentait, à la mesure de la sienne, la mélancolie de l'homme qu'elle aimait, Sorenza tenta de le dérider en le taquinant.

Jamais, disait-elle, ses extraits de lavande ne sentiraient aussi bon que la fleur elle-même. Et il aurait beau dire, il existerait toujours une belle différence entre le parfum de la rose et celui de son essence, entre la fleur d'oranger et le néroli...

Il en convenait. Et elle était loin de se douter qu'il pensait, en même temps, qu'aucune femme, jamais, ne pourrait non plus être comparée à elle, toutes les autres ne seraient que ses pâles imitations.

Ce fut alors qu'ils redescendaient vers la ville, à l'endroit même où ils s'étaient arrêtés l'avant-veille, que les premiers sons du tocsin leur parvinrent.

Un charretier, montant prendre sa charge de lavande, leur dit que c'était la guerre. Il venait de lire les affiches placardées à la mairie et qui annonçaient la mobilisation générale. Ils se regardèrent, incrédules. Lui avait pâli. Elle, au contraire, sentit ses joues s'empourprer. Allait-on appeler aussi les hommes de l'âge de Guillaume ?

Ils activèrent leur rentrée en ville. Elle le sentait maintenant loin d'elle, tout à cette idée de guerre pour laquelle elle devinait qu'il y avait, au fond de lui, comme sans doute de chaque homme, un inconscient attrait.

Le père Broussoux écoutait les cloches et pleurait. Sorenza prit sa main dans la sienne et ils restèrent ainsi un long moment, sans parler, sur le vieux banc vert.

Les cheminées dressaient leurs habituels panaches vers le ciel. La France entrait en guerre mais on ne pouvait pas laisser attendre les jasmins. Ils seraient traités dans la tristesse et l'angoisse, les mains des femmes trembleraient à étendre les fleurs sur les châssis recouverts de graisse, des larmes tomberaient sur les petites étoiles blanches, mais le travail continuerait.

Honorade et Lazarie s'habillaient en hâte, elles allaient chercher Louis-Guillaume chez la nourrice, à Tourrette. On ne pouvait pas, disaient-elles, laisser le petit loin, là-bas, si les Allemands...

— Si les Allemands ?

— Eh, s'ils arrivent ici ! Tu te doutes bien que Grasse, c'est le pays dont ils ont tous envie, alors...

Alors, Sorenza mit de l'ordre dans les esprits et dans sa maison. On avait bien le temps de se préparer à la guerre. On allait, calmement, réfléchir à tout cela, et on prendrait ses dispositions. Mais il fallait, d'urgence, continuer les cueillettes du jasmin.

— Et voilà comment elle est ! soupira Lazarie. Ses fleurs, toujours ses fleurs d'abord. Bon, je veux bien ne pas aller chercher le petit dès aujourd'hui, mais sûr, nous irons demain. Et guerre ou pas, il est temps qu'il vive ici. Je me demande toujours si l'Étiennette lui donne bien le sucre, les confitures et les fougassettes que nous lui apportons le dimanche. Et puis quatre ans en nourrice, ça suffit, il lui faut une vie de famille, à ce pitchoune.

— Si nous avons des restrictions de charbon et même de bois, parce que c'est toujours comme ça dans les guerres, peut-être qu'il dormira chez nous. Son petit lit serait bien là, pas trop près de la cheminée, mais pas trop loin non plus... Tu crois que Sorenza le laisserait coucher dans notre chambre ?

— Si elle le donne à garder à la Tina, je... Té ! Je dis ce que je sais.

— Et tu sais quoi ?

— Que sa Tina en a assez de travailler aux champs de fleurs et qu'elle a demandé à entrer chez Roure-Bertrand, au tri ou à la graisse, je ne sais pas au juste.

— Et de quand tu sais ça ?

— D'hier à peine. C'est le facteur qui me l'a dit. Sa femme est à l'enfleurage chez Roure ; elle en a entendu parler. Et Sorenza croit qu'elle va la garder aux fleurs où elle en a tant besoin. Tu veux mon avis ? Elle ne m'est jamais revenue tout à fait, la Tina, j'étais sûre qu'un jour elle nous ferait un coup tordu, et en temps de guerre on n'a pas besoin de ça, en plus.

Sorenza sut très vite que Guillaume ne partirait pas. Son âge, ses charges de famille, mais surtout sa mission de fournir à l'armée le benzol et le toluène pour les poudreries le mobilisaient sur place. Il avait dit en plaisantant devant tous, à table, un dimanche où il était venu apporter les dernières nouvelles sur la position du front :

— Benzol et toluène ne changent rien à notre routine, nous mettons dans les obus les mêmes composants que dans nos parfums... ou presque !

Et à Lazarie dont il connaissait l'intérêt pour l'aviation, il avait glissé, comme en secret :

— Je dois produire aussi l'alcool benzylique pour l'aéronautique.

— Oh ! disait-elle, ravie, si je m'étais doutée qu'un jour on travaillerait ici pour les aéroplanes ! Mais je ne devrais pas m'étonner, Grasse, je l'ai toujours dit, peut tout faire.

On était en novembre et Honorade lisait à haute voix le bulletin de l'armée, après le repas de midi. C'était devenu un rite qu'elle accomplissait avec un certain déploiement de confort. Elle calait son dos dans son fauteuil où Sorenza avait rajouté un coussin qu'elle avait voulu dur. « Oui, dur, petite, je ne veux pas m'avachir avant l'heure. » Elle posait ses pieds sur son tabouret et sans lunettes — c'était sa fierté —, elle lisait. Mais ses mains tremblaient quand elle en arrivait à la liste des blessés et des morts.

Des blessés et des morts on en avait eu ici, dès le mois d'août, et on ne cessait d'en avoir. Ce matin-là, Honorade annonçait :

— Henri Bompard, Ernest Sozio, Jean d'Andon et, très vite, elle ajouta : blessés, soignés à l'hôpital de Dijon. Quand on disait, à Grasse, « un tel est à Dijon », tous savaient qu'il avait, momentanément, la vie sauve.

Pour la liste des morts, elle attendait un peu. Elle se recueillait. Ceux qu'elle allait nommer avaient un visage pour elle et pour Lazarie. Ces garçons qui étaient partis si vaillants, si beaux, si jeunes, elles les connaissaient, elles avaient assisté au mariage de leurs parents et même de leurs grands-parents et le bourdon de la cathédrale avait sonné à leur baptême. C'étaient « des petits » qui avaient respiré, dès la naissance, le parfum des fleurs. Ils avaient grandi dans le soleil, dans la lumière bleue et dorée d'ici, pour s'en aller mourir là-bas, dans le Nord, sur des terres noires et glacées.

Maintenant elle lisait :

— Lieutenant de Boutigny, lieutenant Goby... Le fils Goby ! C'est pas possible ! Lazarie, tu te le rappelles celui-là, petit gars si joyeux toujours, il soulevait sa casquette du collège pour saluer, d'une main, et de l'autre il faisait s'entrechoquer ses billes dans sa poche. Plus joueur de billes, on n'avait jamais vu... Et sa pauvre mère ! Tu te la rappelles, le dimanche à la messe, avec ses jolis chapeaux et ses gants si blancs. Oh ! pauvre Mme Goby, pauvre... Mais à quoi Il pense, le bon Dieu, de permettre des choses pareilles ?

— Tu vois, dit Lazarie en essuyant ses yeux, il y a peut-être des choses qu'Il est obligé de laisser faire, mais Il en permet vite d'autres pour un peu arranger. Ce que j'ai appris ce matin en allant chercher le pain, il faut que vous le sachiez, c'est une grande nouvelle pour ici, et aussi pour toute la France, écoutez-moi bien, c'est ex-tra-or-di-nai-re : nous allons gagner la guerre. Et grâce à qui ? À un Grassois ! Bon, commençons au commencement.

« M. César Ossola, le parfumeur-chimiste, vous le connaissez, mais ce que vous ne savez pas encore c'est qu'il a fait une invention capitale. Ça s'appelle le *Cosmétique hygiénique du marcheur* ou *Pommade Ossola.* Et comment on s'en sert ? C'est facile, on en met gros comme un pois chiche sur la plante des pieds, on frotte un peu et on a des ailes ! C'est une pommade miracle qui vous fait la jambe toute légère. Si le capitaine dit à ses troupes : « Encore une heure de marche avant la halte », les soldats lui répondent qu'ils peuvent en marcher trois de plus. Parce que, cette pommade, chaque fantassin, à son incorporation, en reçoit une boîte avec son paquetage. Alors, que va-t-il se passer ? Nos pioupious, avec leurs ailes aux pieds, vont nous la gagner, la guerre, on ne les arrêtera qu'à Berlin. Il n'y a qu'une chose qui pourrait nous tracasser, ce serait que les espions boches se procurent un peu de notre *Cosmétique hygiénique du marcheur* et en fabriquent. Parce qu'ici, hélas, nous en avons des Boches, ceux qui sont associés à quelques-uns de nos industriels. »

— Les usines Schimmel et Fritszche ont été mises sous séquestre la semaine dernière, M. Charles Schlabs a été interné et on dit, en ville, que tous nos Allemands vont être envoyés à l'île Sainte-Marguerite, affirma Sorenza.

— Alors on est sauvé !

— Et le premier que je rencontre qui me dit que la parfumerie c'est de la coquetterie, je le fais envoyer là-bas aussi, cria Lazarie.

— Ne fais pas tant de bruit, ma fille, dit Honorade. Et ne te réjouis pas trop vite, Pommade Ossola ou pas, les fils Goby, Boutigny, Vial et tant d'autres sont morts pour la France et d'autres encore vont mourir et peut-être qu'on ne gagnera même pas la guerre.

— Pas la gagner, avec tout ce que je viens de te

dire, plus notre aviation. Ah ! vous vous êtes bien fichus de moi avec mes aéroplanes ! Et qui avait raison de les aimer, avant tout le monde ? Qui ? Et nos chasseurs alpins, ceux de notre 23e bataillon de Grasse, ne me dites pas qu'ils ne vont pas gagner la guerre, ces petits-là, pleins de courage qu'ils sont !

— Va-t'en coiffer le capéu, nous allons déposer une carte de condoléances chez M. et Mme Goby et mettre à la poste notre colis au fils Gaubert, que sa pauvre mère a tout juste de quoi nourrir ses six autres enfants.

— Alors, le *Cosmétique hygiénique du marcheur*, tu n'y crois pas ? dit Lazarie, agressive.

— Bien sûr que j'y crois et sûr que M. César Ossola a fait son devoir de patriote, mais on doit faire le nôtre. Et il faudra aussi passer voir Emily et la consoler un peu.

— Et pourquoi ?

— Toujours l'affaire des frères Dodds !

— Encore cette histoire-là ?

Cela faisait, en effet, des hivers et des hivers que les vieux cousins anglais descendaient à Cannes et se faisaient ouvrir un compte à la *Pharmacie anglaise* de Grasse en oubliant, régulièrement, de le régler. La note, au bout de dix ans, s'élevait à la coquette somme de deux mille francs. Personne n'avait jamais consommé autant de sirops et de pilules que les propriétaires de Dodds Abbey. Et, comme le disait Emily, en pleurant de honte, il n'était plus possible de cacher ce trou dans la caisse à son mari. Il ne lui reprocherait rien, elle le savait, mais elle devinait ce qu'il penserait de sa famille. Lazarie affirmait que l'humiliation intérieure d'Emily se traduisait par une raideur extérieure accrue qui faisait dire aux Grassois : « Mme Rouméro *se croit* », alors qu'elle était au désespoir. Et Honorade concluait qu'ainsi était la vie, bien contrariante, vous faisant juger toujours sur la main que vous tendez et non sur celle que vous cachez dans votre dos...

Ce fut l'époque où les deux sœurs redoublèrent d'attentions affectueuses envers la pharmacienne.

À voix très basse, Honorade disait à Lazarie :

— Et je me demande s'il va nous en arriver ici.

— Tu crois qu'*elles* voudraient travailler aux fleurs ou aux parfums ?

— Travailler, peut-être, enfin... à leur façon, mais sûrement ni aux fleurs ni aux parfums.

— On parle de dix mille qui partiraient de Nice parce qu'il n'y a plus d'hivernants pour les... employer. Les trains sont pleins d'*elles* à en déborder, mais on ne dit pas où *elles* vont.

— Moi, je les aurais envoyées au front, c'est pour le coup qu'ils auraient été contents nos petits fantassins : entre la *Pommade Ossola* et les dix mille prostituées de Nice, ce serait le paradis.

— Tu te rends compte de ce que tu dis ?

— Oui. Je ne suis pas hypocrite, moi...

— Et, pour parler d'autre chose, qu'est-ce que tu penses de ces Turcs qui venaient ici nous acheter tant de pétales de rose sucrés, pour leurs sultanes, et nous ont déclaré la guerre ? Quelle infamie ! Et M. Nègre m'a dit qu'ils n'avaient pas payé leurs dernières factures.

— On a bien les Japonais avec nous, mais ceux-là, on ne les a jamais vus ici. Qu'est-ce qu'on peut attendre de gens qui ne s'intéressent ni aux parfums ni aux fruits confits ?

— Ah ! ce qui est plus grave, c'est la neutralité de l'Italie. Et les Italiens, on n'en manque pas ici. Alors, je te le demande, tu trouves ça bien, toi, de rester neutre quand on habite la France attaquée ?

— Sorenza dit que ça ne durera pas et que, très vite, l'Italie va entrer en guerre à nos côtés.

— C'est pas encore notre plus gros problème. Imagine un peu si le musicien avait adopté Délia, elle serait autrichienne, à l'heure qu'il est.

— Et tout ça, toujours parce que, du monde entier, on veut venir chez nous. On avait bien besoin qu'un musicien viennois ait l'envie subite de cueillir des roses et de l'inspiration ici ! Il aurait été belge, par exemple, que ça nous aurait mieux arrangées.

— La pauvre Belgique, en ce moment, tout envahie et éventrée qu'elle est...

— Alors, disons un Anglais.

— À propos d'Anglais, tiens, justement, tu l'as entendue, la Rouméro-Dodds parlant à Sorenza, cet après-midi ?

— Je ne suis pas sourde.

— Et qu'est-ce que tu en penses de son organisation de secours aux blessés ?

— J'en pense que pour faire abandonner, à l'une de ces dames des hautes cheminées, la vice-présidence de la Croix-Rouge de Grasse en faveur de l'honorable ex-Miss Dodds, il faut qu'il en ait gagné de l'argent, le père Rouméro !

— Si elle arrive à enrôler Sorenza, je veux bien m'entoquer avec deux kilos de boules de gomme.

— Eh bien, entoque-toi, elle a accepté ! Oui, oui, assieds-toi, bois un verre d'eau et écoute-moi. Ça a commencé comme ça, en parlant du pensionnat de Délia qui s'est replié à Lyon et de la générosité de M. von Ritter qui a payé trois ans d'études d'avance avant de regagner Vienne. Alors, de fil en aiguille, de largesses en dévouement, la Dodds en est arrivée à lui démontrer qu'elle, Sorenza, d'origine italienne, devait prouver sa bonne volonté, son patriotisme et son grand cœur. Un jour par semaine à l'hôpital, elle ne pouvait pas refuser de le donner. Comment tu voulais dire non à ça ? Et notre Sorenza a été obligée de dire oui. Et oui encore pour l'uniforme — note que c'est Mme l'honorable pharmacienne qui l'offre avec la croix rouge brodée sur le voile de tête. Note encore que notre Sorenza va être superbe tout en blanc, bas et chaussures assortis.

— Eh bien, ma fille, celle-là, tu me la copieras et sur une feuille de chou ! Parce que, pour faire accepter un uniforme à notre Sorenza, il a dû falloir bien de la persuasion ! Autant que les courtiers en fleurs en distribuent quand ils veulent acheter nos récoltes...

ou que les deux gendarmes en administrent à Jules-César quand ils veulent lui enlever son sabre.

— Tiens, avec tout ce qui se passe on n'a pas eu le temps d'en parler, de celui-là. Qui il voulait tuer ?

— Eh ! Personne encore. Il disait qu'il se préparait à défendre Grasse quand les Allemands arriveraient, mais comme il faisait des moulinets avec le sabre devant la cathédrale on a été bien obligé de le lui enlever. Seigneur, peut-être qu'on a eu tort, si les Allemands débarquaient ici, tu imagines...

— Si tu n'as plus confiance dans ton aviation, pense au moins aux canons de 75, que tout le monde dit être les rois de l'artillerie... et n'oublie pas la *Pommade Ossola.*

— Ils ont les pieds en bon état, les petits fantassins, c'est sûr, mais tout le monde dit aussi que leur pantalon garance se voit de si loin qu'ils sont comme des coquelicots dans un champ de jasmin, si faciles à tirer que c'est une pitié... tu veux que je te dise ? Si j'étais eux, je ferais comme notre M'enculotti, je tomberais la culotte... Pourquoi tu ne me réponds pas ?

— Parce que je ne peux même pas, comme toi, essayer de plaisanter, je sens bien qu'on ne nous dit pas tout, que ça va très mal et qu'on recule, qu'on recule à ne plus savoir où est le front.

Contrairement à ce que pensaient Mlles Beauval, Tina et Sorenza étaient convenues qu'un salaire fixe de deux francs par jour entrant dans le budget de la petite communauté valait mieux qu'une aide dans les champs de fleurs dont on ne savait trop si leur récolte pourrait se vendre tant que dureraient la guerre et la presque totale disparition de la clientèle féminine pour les parfums. La jeune femme travaillait désormais aux Établissements Chiris.

La ville n'avait pas perdu son apparence de cité industrieuse. « Nous, disaient les Grassois, n'avons jamais vécu, comme à Nice et à Cannes, du plaisir factice que tous les étrangers venaient y chercher. Nous avions, et nous avons toujours, une industrie noble qui, si elle ne produit plus tellement pour la gloire du parfum et de la perfection de l'art français dans le monde, s'est en partie reconvertie en aide à l'armée. »

Mais trop d'hommes manquaient, à tous les postes de chaque usine, et on le savait bien.

Il y eut, un soir, dans la campagne grassoise, le passage d'un cyclone. Comme si la fureur guerrière des hommes, là-haut dans le nord du pays, arrivait ici transformée en colère du ciel. Les tuiles s'envolaient, les portes, les fenêtres éclataient et, dans les rugissements du vent, on croyait entendre les cris de souffrance des arbres brisés ou déracinés. Tant et tant de vieux compagnons qui apparurent, le lendemain, dans le soleil revenu, en combattants vaincus, gisant blessés à mort.

— C'est comme la guerre, dit une vieille à Sorenza, une paysanne droite et digne dans son malheur d'avoir perdu sa récolte d'olives et qui ajoutait : Mon petit est là-haut, au front, sans se plaindre, sans quémander la moindre compassion

Mais Sorenza savait comment on pouvait pleurer sans qu'il y paraisse. Et cette douleur, héroïquement portée, la poursuivait alors qu'elle revêtait ce jour-là, pour la première fois, son uniforme d'infirmière, dans un but lui paraissant dérisoire. Elle n'aurait, sans doute, qu'à bavarder avec des convalescents qui s'ennuyaient, alors qu'il y avait tant à faire ici. La veille, elle avait demandé à Emily, venue leur faire visite, de lui éviter cette perte de temps. Alors Mme Rouméro-Dodds avait avancé son dernier argument. La neutralité de l'Italie était de plus en plus mal jugée. Certains parfumeurs parlaient de ne pas acheter aux cultivateurs italiens, elle l'avait entendu dire plusieurs fois déjà. Que deviendrait la Croix-de-Lumière si ses fleurs ne se vendaient plus ? Il fallait que Sorenza se montre, prouve qu'elle était bien française. Et rien n'était plus français, en ce moment, que les uniformes, celui d'infirmière en particulier.

— Et puis, ça te distraira un peu, avait dit Lazarie, tu vois si peu de monde.

Elle avait enlevé en soupirant, résignée, son grand chapeau provençal, de vieille paille dorée comme un pain trop cuit, et le serre-tête noir qui aidait à le fixer, puis sa robe de cotonnade grise. Elle avait passé la tenue blanche sans même se regarder dans un miroir, lorsque le voile nécessita qu'elle s'approchât de son armoire à glace pour l'ajuster. Elle vit alors une femme encore jeune, dans un vêtement immaculé qui pouvait faire penser à celui d'une mariée. Elle s'examina avec lucidité et sans complaisance. Le blanc lui seyait, certes, mais le voile, en cachant ses cheveux, lui révélait pleinement son visage auquel elle n'accordait jamais que peu d'intérêt. Pas de ride encore, et sa chair peut-être trop dorée par le soleil lui apparut ferme et lisse. Elle en fut heureuse, comme de découvrir la qualité de ses roses ou de ses jasmins au moment des récoltes. Peut-être garderait-elle ainsi, quelque temps encore, l'amour de Guillaume.

Ces dames de la Croix-Rouge dissimulaient, fort heureusement, sous une grande cape bleu marine tout le blanc de leur robe, mais rien ne cachait le voile de tête. Et Sorenza le déplora. Traverser Grasse, où elle venait si rarement, et ainsi coiffée la contrariait. Elle s'en voulut, une fois de plus, d'avoir accepté ce qu'elle appelait une mascarade.

Comment les épouses des parfumeurs la recevraient ne la tourmentait pas. Elle ne se souciait plus, depuis longtemps, de l'opinion que l'on pouvait avoir d'elle. Bien sûr tous, ou presque, savaient son histoire et devaient même l'agrémenter de quelques belles inventions. Mais puisque Guillaume ne redoutait pas de complications dues aux bavardages d'une petite ville, elle n'avait pas de raison d'attacher plus d'importance que lui à tout cela.

Mme Rouméro-Dodds l'attendait dans le hall de l'hôpital, en uniforme, elle aussi.

Il y avait là, devant un grand drapeau français sous l'aile duquel on avait disposé les couleurs alliées de tailles diverses — sans doute ce que l'on avait pu trouver ici —, plusieurs dames de blanc vêtues, chevelure dissimulée sous leur voile et croix rouge au-dessus du front. L'air sentait le parquet bien ciré et, sur les murs clairs et ripolinés de frais, le soleil d'hiver éclairait une carte de l'Europe.

On parlait beaucoup. Ces dames s'étaient entretenues du stade actuel de la guerre, dite désormais de tranchées, et, maintenant, on se félicitait qu'enfin la tenue de l'armée française soit changée. Le drap bleu horizon — bandes molletières et gourdes assorties de couleur —, le casque remplaçant le képi et sa calotte de fer, mettait enfin nos soldats à égalité de protection avec les Allemands.

Mme Rouméro-Dodds, que la récente victoire navale anglaise aux îles Falkland comblait de fierté et qui s'était délectée à répéter qu'ainsi les deux plus belles unités allemandes, le *Gneisenau* et le *Scharnhorst*, étaient enfouies à jamais au fond de l'Atlantique, précisait qu'il n'y aurait pas eu autant de pertes à la bataille de la Marne si le drap bleu horizon y avait déjà remplacé le garance, lorsqu'elle se tut pour regarder qui entrait, sans être attendu, par la porte qu'ouvrait précipitamment le gardien, calot à la main et échine courbée.

C'était la vice-présidente de la Croix-Rouge de Nice, venue apporter aux blessés et convalescents de l'hôpital de Grasse leur part de l'énorme envoi de gibier qu'un éleveur de Sologne, d'origine niçoise, avait adressé à sa ville, en recommandant de le répartir équitablement entre plusieurs établissements hospitaliers de la région.

Mme la vice-présidente, en uniforme éclatant de blancheur, était encadrée de quatre porteiris dont les ronds et larges paniers de tête débordaient de faisans et de perdreaux, donnant l'impression qu'elles étaient coiffées de chapeaux hérissés de pattes, de plumes et de becs d'oiseaux. On se fut presque attendu à ce que cela piaille ou s'envole.

Qu'elles aient sur la tête fleurs, légumes ou gibier,

les porteuses niçoises conservaient toujours leur allure hiératique, et on pouvait imaginer qu'elles avaient dû, dans la calèche qui les avait amenées, être aussi impassibles, assises avec leur panier sur leurs genoux, que maintenant où, debout, dressées de toute leur belle taille et la tête couronnée, elles attendaient qu'on leur dise où déposer leur fardeau.

Bien que cette arrivée fût spectaculaire, ce n'était pas son côté « entrée en scène bien réglée » qui rendait Mme Rouméro-Dodds muette de saisissement. C'était, tout simplement, que Mme la vice-présidente de Nice était Louise-Armande Garlande qui, de son pas aussi noble que celui de ses porteuses, s'avançait, non seulement vers Emily, mais encore et surtout vers Sorenza.

On s'était parfois demandé, dans Grasse, ce qui se passerait si *elles* se rencontraient.

Pendant les minutes qui suivirent, la guerre, si présente dans chaque esprit, fut oubliée, à l'hôpital de Grasse, par une poignée de dames pour qui seul l'instant présent compta. Étaient en ligne, non plus les Allemands et les Français, mais Mme Guillaume Garlande qui, bien qu'habitant Nice et séparée de son mari, n'en était pas moins l'épouse légitime du premier parfumeur de la ville, et maîtresse Sorenza, cultivatrice d'un modeste territoire à fleurs dénommé la Croix-de-Lumière, veuve d'on ne savait plus trop qui, et « favorite » en titre d'un homme entraîné par elle hors du droit chemin. Pour donner plus de saveur encore à la situation, les deux rivales, on en était presque sûr, avaient une proche parenté. Il n'était, pour s'en convaincre, que de les regarder. Et le révélateur parfait de cette ressemblance était l'uniforme. Robes et coiffures identiques faisaient apparaître avec éclat toutes les similitudes des deux jeunes femmes.

Laquelle était la plus belle ? On ne pouvait dire. Laquelle avait le plus de distinction ? Impossible encore de se prononcer. Tout au plus accorda-t-on à Louise-Armande une délicate et aristocratique pâleur du teint que celui, plus ambré, de Sorenza n'avait pas.

Mais il fallait aussitôt admettre que ce poudroiement d'or sur ce beau visage de brune ne faisait qu'en accroître la beauté. Quant aux yeux ? La différence était peut-être là. Et, malgré la sympathie que ces dames des parfums pouvaient accorder à l'une des leurs en passant, généreusement, au-dessus de son genre de vie discutable et jugé responsable des incartades de son mari, Grassois de bonne souche et de solides vertus, malgré, donc, une confraternité qui allait de soi, il fallait admettre que le sombre velours des prunelles de Mme Garlande était plus dur, moins charmeur que celui de maîtresse Sorenza. Même dans cet affrontement, combat singulier lourd de conséquences, la douleur sereine et sans mièvrerie du regard de la jeune femme ne se démentait pas. De là à comprendre la préférence de Guillaume Garlande, il n'y avait qu'un pas qui ne fut pas franchi parce que ces doux yeux-là étaient aussi dangereux pour la paix des foyers que le pourridié pour le jasmin. Seule Migueline Roussel, une très jeune femme nouvellement mariée, amoureuse et heureuse, s'attendrit sur le destin de Sorenza et se laissa aller à rêver et à comprendre combien le beau Guillaume Garlande devait aimer cette délicieuse personne qui était là, discrète et sereine, plutôt que cette dame autoritaire s'adressant à Mme Rouméro-Dodds avec une condescendance évidente, dont on n'ignorait pas l'origine. Et comme, à ce moment précis, Migueline, croisant le regard de Sorenza, lui adressait un sourire où il entrait à la fois de l'admiration, de la compréhension et, peut-être même, une larme de compassion, il lui en fut rendu un autre, éblouissant, intercepté au passage et traduit de différentes manières. Louise-Armande et ces dames le jugèrent provocant et Emily s'affligea de son inopportunité.

Seule encore, Migueline Roussel l'apprécia à sa vraie valeur : c'était le sourire d'une personne qui s'élevait au-dessus des médiocrités de la vie, essayait de faire au mieux avec ce que cette vie lui accordait, recevait un sourire et, généreusement, le rendait au centuple. Migueline se dit qu'elle aimerait devenir l'amie de Sorenza.

Emily ayant supprimé les présentations — « vous vous connaissez toutes, n'est-ce pas, mesdames ? » —, on put rapidement passer dans la grande salle des convalescents afin de leur montrer les paniers de gibier.

Sorenza et Louise-Armande ne s'étaient pas adressé la parole ni tendu la main. Elles s'étaient tout dit dans un regard.

Emily venait de passer deux heures chez ses amies Honorade et Lazarie et elle avait raconté la mémorable journée.

— Jusqu'à ma mort je me souviendrai de cette arrivée de Louise-Armande furieuse en dedans — je la connais bien — mais apparemment souriante au milieu de son gibier — entre nous, déjà faisandé ! — et de Sorenza aussi à son aise que dans son champ de roses. Vous le pensez bien, si j'avais pu supposer, un seul instant, qu'*elles* risquaient de se rencontrer, jamais je n'aurais insisté pour que notre petite vienne à l'hôpital ! Qui aurait pu deviner que ce Niçois-Solognot allait nous déverser deux cents perdreaux et faisans qui allaient occasionner un drame à Grasse ?

— Qu'est-ce qui lui a pris, à celui-là, de venir nous compliquer la vie ?

Emily partie, les demoiselles Beauval en avaient bien pour deux heures encore à commenter l'événement.

— Sans Emily on n'aurait rien su ! Sorenza est rentrée ici comme si de rien n'était, s'est déshabillée et a rangé l'uniforme dans une boîte. Je te paye des nèfles si elle le ressort jamais de là.

— Elle aurait pu nous dire, au moins, un mot sur tout ce pastis. Tu vois, hier, quand elle est revenue, j'ai compris que notre fille, c'est à peine si nous la connaissons.

— Ne dis pas ça. Le plus beau d'elle, on le connaît.

Elle a l'âme aussi belle que le visage mais... comment dire ? Sa façon de se la vivre, sa vie, je me demande où elle va la chercher. Elle n'est *jamais*, comme on serait nous, par exemple, dans sa situation. Toi, face à la Louise-Armande, tu aurais fait quoi ?

— Laisse-moi réfléchir.

— Je te laisse, mais je peux te le dire, ce que tu vas me répondre. Tu vas me raconter qu'à nous voir nous, devant la crème des dames de Grasse avec des regards en lance-flammes à nous brûler le visage, et le cœur battant comme si on était montées du tout en bas de la ville jusqu'au tout en haut en courant, et à sentir encore, en plus, les yeux de la Louise-Armande piquant comme des poivrons et à ne pas savoir qui nous tendrait la main pour nous sortir de ce nid d'épines, on se serait sauvées. Parce que ce qui a dû se passer dans le cœur de Sorenza et dans sa tête, et peut-être même dans ses jambes — moi, je ne sais pas si je ne serais pas tombée —, c'était le plus terrible coup de mistral jamais ressenti ! Qu'est-ce que je dis, c'était un cyclone, un tremblement de terre c'était de quoi éclater en dix mille miettes, sûre de ne pas pouvoir en recoller deux ensemble après.

— De tout ce qu'a dit la miss — tiens il y a longtemps qu'on ne se l'appelle plus comme ça notre première pharmacienne de la ville ! — oui, du grand déroulement de ce cataclysme, ce qui m'a le plus retournée, c'est le coup de la partie de loto.

— Raconte-moi ça clairement, elle a un peu tout embrouillé, Mme Rouméro-Dodds... toujours du Lancashire.

— Quand les militaires convalescents ont eu fini de regarder les oiseaux et de parler, forcément de chasse, et, aussi, pardi, des recettes pour les accommoder, tu la connais, la Dodds, elle a proposé de jouer au loto. On me dirait qu'elle s'occupe de distraire les convalescents histoire de taper le carton par-ci, aligner les dominos par-là, que je le croirais. Bref, il y avait cinq ou six tables de loto. Sorenza à l'une, et Mme Garlande à une autre. Parce qu'elle voulait aider à distraire aussi, Mme la vice-présidente, pour que son uniforme lui serve à quelque chose ! Alors, il paraît qu'à un moment où la boule n° 14 sortait d'un sac, une dame a dit, ce que nous disons tous ici : « 14, l'homme fort ! » Et il paraît aussi qu'on aurait entendu Sorenza ajouter, comme machinalement, par habitude : « qui tua le diable à coups de torchon ! » Tu sais qu'elle nous a répété souvent que la maîtresse de San-Vitale disait ainsi, pour s'amuser. Alors à ce moment, Louise-Armande, qui avait entendu sans voir qui parlait, a demandé : « Qui vient de dire cela ? » Sorenza a répondu : « C'est moi. »

« Et elles se sont regardées. Eh bien, je ne sais pas ce que j'aurais donné pour voir ce regard-là ! Parce que c'était quoi, ce « diable tué à coups de torchon », sinon le souvenir de leur enfance à toutes les deux ? Crois-moi, ça a dû leur faire un coup de sentiment. »

— Un peu comme nous si je te dis : « Tu te le rappelles, notre grand-pa, quand nous étions pitchounes et qu'il nous disait — là-bas, sur la colline où il avait son mas — quand nous ne nous étions pas levées assez vite à l'arrivée d'un visiteur : "Hé ! les filles, vous attendez quoi pour lui apporter le pain et le couteau à cet envoyé de Dieu ? Qu'il vous ait jeté l'offense d'aller se les faire offrir ailleurs ?"» Vé ça nous fait tout doux d'y repenser, à l'aïeul, et peut-être que ça leur a fait de même, va savoir ! Peut-être elles ont revu alors celle que Sorenza appelle la « vieille maîtresse » et qui serait leur grand-mère à toutes les deux ? Avec une Sorenza qui parle si peu, on ne saura jamais si un mistralet de tendres souvenirs n'a pas rafraîchi leurs cœurs.

— De tout ça, je me demande ce qui va en arriver aux oreilles de M. Guillaume Garlande.

— Peut-être rien, qui sait ! Mariée, on dit tout à son mari, ou seulement la moitié, ou même le quart ?

— Ou le double ! Il doit y en avoir aussi qui lui cassent la tête à leur mari, à trop en dire, et la Louise-Armande ferait des scènes à en ébranler les alambics de leur usine que ça ne m'étonnerait pas.

— Ou alors, elle le regarde, droit dans les yeux, le toise, comme on dit dans les livres, et sort, comme fait, au théâtre, dans *Le Maître de forges*, la fille de la comtesse, avec une dignité grande comme une montagne.

Les lettres de Délia disaient que son institution, repliée dans la campagne lyonnaise, ne manquait de rien. Les pensionnaires étaient mieux nourries encore qu'à Paris. Un peu de savon pourtant lui ferait plaisir. Pour l'offrir à ses meilleures amies qui, la sachant de Grasse, rêvaient de savonnettes parfumées. Elle ne pouvait plus suivre, bien entendu, ses cours au Conservatoire, mais l'un des professeurs de musique était replié ici aussi, et elle travaillait toujours autant son piano et son harmonie. À Lazarie, elle donnait des recettes lyonnaises et elle avait écrit à son grand-pa Broussoux pour lui parler des cloches et carillons qu'elle entendait chaque jour.

Il leur avait été donné un enseignement de secours aux blessés. Elle savait faire les pansements, les piqûres et, si des convois de malheureuses victimes arrivaient jusqu'à sa campagne, elle saurait leur venir en aide. Il y avait un énorme saint-bernard au pensionnat qui, en attendant, se laissait avec placidité panser pattes avant et pattes arrière. C'était un excellent exercice de pratique.

Elle avait décrit les beaux jours de cueillette des champs de roses et de jasmins dans l'une de ses compositions françaises et les filles de sa classe voulaient venir, lorsque la guerre serait finie, vérifier que tout le pays sentait aussi bon que leur mouchoir quand elles y vaporisaient, en cachette, quelques gouttes d'eau de rose. Les bonnes sœurs interdisaient les parfums, mais Agnès, son amie, disait que c'était la meilleure façon de les leur faire adorer plus encore dès la sortie du pensionnat

Bébé Louis-Guillaume, que l'on appelait Lougui, avait cinq ans maintenant. Il avait quitté sa nourrice en hurlant de désespoir. Honorade et Lazarie avaient profité de son désarroi pour capter son cœur. Il couchait auprès d'elles. Son petit lit à roulettes était un soir côté Lazarie, un soir côté Honorade. Au matin, celle qui était de surveillance jurait n'avoir pas fermé l'œil, mais les trois occupants de la chambre avaient dormi sans interruption du crépuscule à l'aube.

On se couchait tôt à la Croix-de-Lumière, pour économiser bougies et pétrole, et, surtout, parce que, dès l'aube, Sorenza était aux champs et Tina sur le chemin de son usine.

Sorenza travaillait à faire pousser ses fleurs plus de quinze heures, et Tina à les traiter entre dix et quatorze heures, selon la saison. La jeune femme était employée à l'enfleurage. Elle « mettait en pommade », disait-elle. Elle disait aussi, en riant à son habitude, et en chassant cette mèche blonde qui s'entêtait à lui barrer le front :

— Je ne suis pas encore acceptée par les deux clans de l'enfleurage, ceux des deux familles qui ont là, huit de leurs femmes l'un, douze l'autre. Elles s'entendent entre elles, et font la loi. Si la semaine prochaine elles continuent à me tracasser, j'irai trouver la C.G.T.

— Qu'est-ce que vous racontez là ? disait alors Honorade en relevant un nez accusateur, C.G.T., c'est quoi ?

— La Confédération générale du travail, pardi !

Comme le disait Lazarie, le soleil ne brillait pas toujours entre Tina et Honorade. Et Honorade disait aussi qu'il y avait souvent des éclairs orageux entre Tina et Lazarie. Tout venait de ce que Mlles Beauval, à peu près résignées à supporter la jeune femme avant la venue du petit Louis-Guillaume, ne se résignaient pas à voir l'enfant rire avec Tina comme il ne riait avec personne. Alors les deux sœurs disaient :

— Nous sommes sûres que, dans notre dos, elle lui fait des grimaces grossières qui l'amusent. Il est innocent, ce Jésus !

Mais on n'avait jamais su quelles pouvaient bien être ces grimaces. Et, soudain, Tina devint une héroïne, alors Honorade et Lazarie l'embrassèrent en pleurant.

L'acte de bravoure de Tina fut de revenir, un soir, de l'usine avec une livre de graisse, qu'elle avait volée.

— Toutes le font. Pourquoi pas moi ?

— Une livre de saindoux !

— Et quel saindoux ! Le plus fin, le plus pur, arrivé directement d'Amérique, du *neutral lard*, comme ils disent, et subtilisé avant d'être mélangé au benjoin[1].

— Et... vous pourrez en avoir souvent, ou c'est juste une... exception ?

— J'en aurai chaque fois que ce sera mon tour. Quand je vous disais que je n'étais pas encore adoptée par les deux clans, cela voulait dire qu'ils ne me reconnaissaient pas encore le droit de voler comme eux. On gardera tout pour le petit.

Car Louis-Guillaume avait été en nourrice chez la mère du charcutier de Plascassier qui l'approvisionnait en graisse de porc pour ses pommes de terre sautées dont l'enfant raffolait. Rousseline lui en avait fait à l'huile d'olive mais il disait : « C'est pas pareil, chez maman Etiennette c'était meilleur. » Et il n'était pas prévu, dans le budget de Sorenza, de franchir le seuil d'une charcuterie. Encore moins depuis la guerre.

— N'empêche qu'elle vole, cette fille, conclut Honorade.

— Oh ! pour le petit !

— C'est du vol quand même.

— Pourquoi Sorenza ne veut pas que nous achetions, nous, ce qu'aime le pitchoune ?

— Elle veut que nous gardions notre argent pour ses études.

— Elle ne sait pas que nous en avons beaucoup ? Notre emprunt russe, on l'a bien vendu.

— Il ne faut pas qu'elle le sache. Elle nous ferait

1. Pour faire disparaître l'odeur de la graisse, on la parfumait au benjoin

acheter de la terre et, Bonne Mère, on en a assez comme ça à se casser les reins aux cueillettes !

— Toi, les cueillettes, on dirait que tu n'y mets plus le cœur !

— Ah ! j'aimerais y arriver le matin, à la fraîche, dans le champ de jasmin, m'asseoir et raconter mes histoires.

— Eh ! ma fille, les histoires, c'est la gâterie de l'huile et de l'anchois, et la cueillette, c'est le pain.

— C'est le pain, comme tu dis. Et pourvu qu'il ne nous manque pas ! Va savoir si les parfumeurs de Paris vont continuer à acheter les essences et les eaux de nos fleurs, parce que s'ils arrêtent, ce sera la ruine dans le pays.

Il ne semblait pas que ce le fût. Les récoltes de 1915 se vendirent toutes et bien. La rose était même montée jusqu'à deux francs le kilo, alors qu'elle n'en valait qu'un en 1914. Et les tubéreuses atteignirent trois francs. La ville reprenait espoir, quand une autre angoisse l'étreignit : on allait manquer de charbon. Avec quoi les parfumeurs chargeraient-ils le feu des chaudières ? Mais, là encore, le bruit n'était pas fondé. Certes, si la guerre durait des années, cela pourrait arriver, mais la France avait d'importantes réserves de combustible. On en eut la preuve le matin où M. Girard, le parfumeur de la rue de l'Oratoire, vint à la Croix-de-Lumière demander à parler à M. Escoffier.

Et qui c'était, ce M. Escoffier ?

C'était Hilarion.

M. Girard, dont le chauffeur de chaudière était mobilisé et se battait du côté de Beauvais, tout là-haut, dans le Nord, venait demander à Hilarion de le remplacer.

— Et pourquoi à Hilarion ? dit Lazarie.

— Parce que Hilarion Escoffier était l'un des meilleurs chauffeurs de chaudière, autrefois.

— Tu vois ça, Honorade ? Tu crois qu'il nous l'aurait dit ? Pour une catastrophe, c'en est une ! Sans lui, Sorenza sera comme si on lui avait coupé un bras.

— Et pourquoi tu crois qu'il va aller chez Girard ?

— Parce qu'il ira, je le sens.

Hilarion y alla, en effet.

Lorsqu'il arriva des champs, il apprit la visite et il devint tout pâle. « Ah ! » fit-il, et il s'assit sur sa chaise de paille, à la cuisine, les jambes coupées. C'était comme une caresse de souvenirs de son métier qui lui montait au cœur. « Ah ! » dit-il encore avant de regarder sa Rousseline. Car c'était pour l'amour d'elle qu'il avait cessé d'être au feu. Elle, elle n'aimait pas ça, le feu, elle aimait les champs, les arbres et les plantes. Et lui, sans le feu de ses cheveux devant ses yeux, il était aveugle. Alors...

Et maintenant ?

Il la regardait, la Rousseline dont le feu de la chevelure était devenu, avec les ans, couleur de cendre. C'était à elle de décider. Elle dit :

— Si les chaudières ne marchent plus, à quoi servira que les fleurs poussent ? Vas-y, Hilarion. Mais tu es bien vieux, mon pauvre. Sec comme un sarment que tu es, sûr que tu risques de brûler plus vite que ton charbon.

Ce soir-là, Hilarion Escoffier, autrefois chauffeur de chaudière chez Molinard, avait eu son moment de gloire. Sorenza ne savait pas encore par qui elle le remplacerait — si elle y arrivait — mais, à le voir aussi fier que s'il partait à la guerre, elle l'invita à parler de ses feux. Alors, le rouge aux pommettes d'excitation, il avait dit :

— Nous étions quarante chauffeurs dans la ville et sûr qu'en enfer il n'y a pas autant de bons pelleteurs ! Sûr encore qu'on avait aussi chaud que là en bas, mais attention, tout dépendait de nous. Une grève aux feux et ceux qui travaillaient à chaud pouvaient s'en retourner et les fleurs mourir avant d'avoir servi. Sans nous, faiseurs de hautes flammes, pas de vapeur pour les alambics. Ah ! vous auriez vu ce travail ! Et comme c'était beau, le noir du charbon, le rouge des flammes et le blanc de la fleur d'oranger. Je m'enchantais à regarder pelleter ce blanc-là. On le jetait haut pour l'aérer et l'empêcher de s'échauffer avant le moment voulu, et c'était à qui ferait la plus haute flamme devant les gros alambics qui attendaient leur charge de fleurs, comme qui aurait dit des ogres de la chair fraîche. Et, peut-être, la pensée nous venait que le Seigneur a tout donné au blanc, la beauté et le parfum, et rien au noir.

— Non, avait dit Rousseline, ton noir, il te donne ce beau feu de rouge et d'or que tu vas t'en aller retrouver avec gourmandise. La fleur, quand tes chaudières l'ont cuite, elle a perdu son blanc et sa belle odeur.

— Oh ! Mais elle parfume encore, même morte ! Quand je m'en revenais de mes feux, je la regardais cette boue de fleurs cuites qui courait dans le ruisseau vers l'égout et elle me tenait encore compagnie de son parfum, comme qui aurait dit un dernier soupir de sa belle odeur.

Il partait, le matin, avant Tina. Parce que les chauffeurs doivent arriver les premiers, pour prendre la pelle à ceux qui ont activé le feu toute la nuit.

Sorenza engagea une femme. Une solide Italienne ignorant encore le français, et heureuse de parler sa langue avec sa nouvelle maîtresse. Chez ceux qu'elle venait de quitter, elle voyait, disait-elle, qu'on lui reprochait des choses qui se passaient à la guerre, mais qu'elle ne comprenait pas bien. Un jour même, chez le boulanger et devant les pains sortis du four, on lui avait dit qu'il n'y en avait pas à vendre aux Italiens. Et lorsque Sorenza lui annonça que son pays allait se battre aux côtés de la France, elle soupira : « Ça fera des morts en plus, mais pour l'honneur, il le faut. »

L'Italie avait déclaré la guerre à l'Autriche-Hongrie, au plein de la récolte des roses. Une belle récolte et une belle nouvelle. Ce jour-là, Sorenza était revenue en hâte à la maison chercher des fiasques de vin. On fêterait l'événement dès le dernier sac emmené par le ramasseur de fleurs.

Ses cueilleurs et elle levaient leur verre « à la victoire ! » lorsque Guillaume était arrivé à cheval et au galop. Il voulait voir la joie de Sorenza qu'il sentait préoccupée ces derniers temps par les hésitations de son pays d'origine.

Elle l'avait accueilli avec son même délicieux sourire, sans lui faire remarquer qu'ils ne s'étaient pas vus depuis dix-neuf jours, et qu'il avait sûrement saisi ce prétexte de grand événement à annoncer pour faire oublier plus facilement son long silence.

À quelque temps de là, Guillaume dit qu'il pouvait s'absenter vingt-quatre heures. Ils iraient les passer dans leur maison de pêcheur.

Sorenza devait toujours être prête à dire oui sans avoir à considérer jamais ses propres obligations, mais ne lui en voulait pas.

Ils bavardèrent longtemps, dans la nuit, sur la plage, assis serrés l'un contre l'autre et, comme l'humidité la faisait frissonner, il était allé chercher une couverture dont ils s'étaient enveloppés tous deux.

Il lui parla beaucoup de son fils. Petit-Guillaume avait seize ans et ne rêvait que de s'engager. Il le laisserait faire, dès qu'il aurait l'âge d'être enrôlé volontaire. Lui-même, s'il l'avait pu...

Elle devinait que sa mobilisation à son usine lui pesait. Peut-être même souffrait-il de cette façon de faire la guerre, épargné par les souffrances qu'enduraient les autres hommes. Il eut soudain un rire qui sonnait un peu faux pour dire :

— Savez-vous ce que m'a assené Lazarie, en me regardant bien dans les yeux ? « J'espère, monsieur Garlande, que dans vos usines on ne fabrique pas en ce moment de ces horribles gaz asphyxiants comme ceux que les Boches ont envoyés sur nos pauvres fantassins à Ypres ? » Je lui ai juré que je ne travaillais que pour sa chère aviation, mais elle a insisté : « Quand on commence à la faire, cette chimie, va savoir si on peut l'arrêter ! »

Ils rirent, mais sans trop de conviction.

Ils s'aimèrent avec une douceur un peu triste, qui

témoignait de leur inquiétude et de leur désarroi. Lorsqu'ils se quittèrent, ils sentirent qu'une immense tendresse les unissait. Il y avait temps pour tout dans l'amour et ils vivaient en ce moment cette douce complicité donnée à ceux qui s'aimaient profondément.

Et, un matin, Guillaume surgit à l'improviste à la Croix-de-Lumière. Il voulait voir Sorenza. Lazarie faisait déjeuner Lougui. Malgré son air préoccupé et l'inquiétude qui paraissait l'étreindre, Guillaume, en regardant à peine l'enfant, demanda néanmoins :

— Qui est-ce ?

Lazarie se contenta de dire à mi-voix :

— Tina...

Elle n'osa rien ajouter. Le petit aurait entendu, compris et certainement réagi.

Elle se persuada, par la suite, qu'elle avait à peine menti, ce discret « Tina » ne voulait pas dire grand-chose tout en ayant à jamais simplifié la situation. S'il arrivait, un jour, que Guillaume entende le garçon appeler Sorenza maman, il serait facile d'expliquer qu'élevé dans cette maison il en prenait toutes les femmes pour mères. Et, lorsque Honorade vint la rejoindre, Guillaume parti, elle lui dit, assez contente d'elle :

— Ça y est ! J'ai dit à M. Garlande que le petit était de Tina. On n'aura plus à trembler qu'il aperçoive notre Jésus chaque fois qu'il vient.

— Seigneur, qu'est-ce que ça va donner plus tard, cette grande tromperie ?

— Ma fille, avec la guerre, plus rien n'a d'importance. Après, on verra bien.

— Tu le comprends, toi, que Sorenza puisse garder cette énorme chose sur le cœur sans que ça le lui écrase ?

— Tu as dit ça au moins cent fois.

— Eh ! Je le dirai mille si je veux ! Je peux pas comprendre et je comprendrai ja-mais.

— Et qu'est-ce que ça changerait si le père savait ? Rien ! Le petit aurait mangé la même purée de pommes de terre et bu le même verre d'eau avec sa même goutte d'anis, comme il aime. Parce qu'il serait assis là, à la même place, cet enfant, si son père savait qui il est. Seulement, un jour, il pourrait dire, le père : « Et maintenant je veux mon fils pour mon usine. » Ou pour Dieu seul sait quoi ! Peut-être pour cette chimie de malheur. Tu le voudrais qu'un jour ce Jésus fabrique des gaz asphyxiants pour étouffer l'humanité ?

Guillaume cherchait Sorenza pour lui dire son tourment. Petit-Guillaume était parti s'engager à Nice, en trichant sur son âge. Mais il n'avait pas réussi à convaincre ceux du bureau de recrutement. Louise-Armande avait été prévenue, l'enfant était chez elle et Guillaume allait le ramener. Mais il savait bien qu'à la première occasion, et en s'y prenant mieux, son fils recommencerait. Il ne lui dit pas que le garçon ne pouvait plus supporter d'entendre : « Et pendant que nos pères se font casser la gueule, le tien s'enrichit en fournisseur de l'armée. » Elle le devina, à peu de chose près.

Que pouvait-elle faire pour Guillaume ? Comment l'aider ? Elle sentait son impuissance et s'en désolait.

Elle l'accompagna, à pied, jusqu'à l'entrée de la ville. C'était elle qui tenait le cheval par la bride. Elle ne pouvait s'empêcher de penser qu'ils étaient là, Guillaume et elle, comme un vrai couple. Et, surtout, que l'homme qu'elle aimait était accouru vers elle dans son malheur.

Il y eut les offensives du généralissime Joffre en Champagne, en Argonne, en Artois. Il y eut Verdun — la plus grande bataille de la guerre —, les attaques de la Somme, les premières escadrilles françaises de bombardement, les premiers chars d'assaut anglais et l'Amérique qui vint au secours de la France. Il y eut, sans relâche, l'immense et infinie peine des hommes et leurs souffrances et tant et tant de morts... Mais les fleurs continuaient à pousser à Grasse, les roses et les jasmins sentaient tous les délices, les lavandes bleuissaient la montagne et les cassies piquaient toujours. Toujours aussi les hautes cheminées dressaient leurs fiers panaches plus indifférents encore que les nuages aux malheurs du monde. Et, comme beaucoup de femmes déjà, dans la ville et les campagnes, avaient assorti la couleur de leurs vêtements à celle de leur cœur, à voir tant de robes noires on ne savait plus qui venait encore de mourir et à quelle porte M. le maire ou MM. ses adjoints avaient frappé avec le télégramme apportant le malheur dans une famille, dans une autre, et une autre encore...

Et lorsqu'on oubliait, un moment, la mort, on s'apercevait que le sucre manquait, ou la farine, et que l'abdication du tsar et l'effondrement de son pays ruinaient tous les porteurs de bons d'emprunts russes en France.

Mlles Beauval ne perçurent pas immédiatement les conséquences de l'arrivée à Petrograd de M. Lénine en wagon plombé. Il leur vint tout d'abord à l'esprit que M. Nègre, le confiseur, perdait la clientèle de la cour de Russie. Plus de petits chinois confits à expédier à Saint-Pétersbourg. C'était une page de leur histoire qui se tournait. Puis soudain, elles comprirent. *Et si elles n'avaient pas vendu leurs emprunts russes*, achetés avec la vente de la maison de la rue de l'Oratoire, l'héritage du grand-père postillon-épicier se serait envolé ? Elles en furent sans voix un moment. Et, peu à peu, il leur vint, non pas la conviction qu'elles avaient eu de la chance — n'importe qui pouvait avoir de la chance — mais la certitude qu'elles étaient d'une remarquable, sinon géniale, perspicacité. Lorsqu'elles surent combien de familles, en ville, devaient aussi porter le deuil de leur fortune, la compassion qu'elles leur dispensèrent n'atténua guère la croissance de leur autosatisfaction. L'apothéose fut atteinte lorsque leur notaire ne ménagea pas ses éloges.

Cette fortune, qu'elles avaient failli perdre, leur fut

dès lors plus précieuse encore. Elles restèrent un soir éveillées bien tard, assises dans leur lit, crayon et papier en main, à compter et recompter pour arriver à conclure que leur petit-fils, leur Louis-Guillaume, pourrait, grâce à elles, recevoir une éducation et une instruction de prince. Et mieux encore que s'il était officiellement Garlande ! conclurent-elles en rangeant leurs comptes.

Elles n'avaient, dans ceux-ci, inscrit pour elles que le seul prix de leurs enterrements et encore, de troisième classe, ajoutant en riant :

— Si nous savons être aussi malignes alors que pour les emprunts russes, nous nous arrangerons peut-être pour mourir ensemble, ou à un ou deux jours de distance ; ça couperait les frais de moitié.

Elles essayèrent de faire faire des économies à Sorenza. Elles viendraient s'ajouter à leur fortune. Dans leurs calculs, elles n'avaient pas réussi à budgéter le tour du monde de Lougui qu'elles jugeaient indispensable. Elles commencèrent dès lors à reprocher l'excès d'huile dans la salade ou d'œufs dans l'omelette. Mais, surtout, elles décidèrent de ne plus accueillir personne de passage aux heures des repas de midi. Sorenza n'étant pas là, elles étaient libres de leurs actes. Ce fut Jules-César qui inaugura ce nouveau régime. Mais à peine l'avaient-elles renvoyé qu'elles lui coururent après pour le ramener devant la grande table et un ragoût d'escargots. C'était, tout compte fait, un plat qui ne coûtait que le mal de se baisser vers la terre après la pluie.

Le père Broussoux prit froid un soir où il s'endormit sur le vieux banc vert en regardant les lumières de la ville. Depuis le départ de Délia, il venait ainsi souvent s'asseoir là, et parfois, il parlait tout seul.

Le médecin amené par Emily ne cacha pas qu'une congestion pulmonaire à son âge laissait peu d'espoir. Et ce fut Emily encore qui, avec l'accord de Sorenza, fit revenir Délia. Il fallait donner au pauvre homme la joie de revoir sa petite avant de s'en aller.

Elle arriva très vite, escortée d'une religieuse qui repartirait avec elle et qui s'en fut loger à la Visitation.

On n'avait pas vu Délia depuis six mois. Elle avait encore grandi et changé de coiffure. C'était une jeune fille.

Le père Broussoux avait été préparé à sa venue. On avait craint qu'une telle surprise ne fût fatale à son cœur affaibli.

Ils furent laissés seuls. C'était l'ordre d'Emily, trop de monde dans sa chambre le fatiguerait.

— Tu vois, petite, dit-il, je m'en vais avec un gros regret. Je n'entendrai pas les cloches sonner la paix. Mais tu écouteras et pour toi et pour moi. Pense un peu, c'est *toutes* les cloches de France et *toutes* celles des pays alliés qui chanteront la victoire en même temps. Sais-tu qu'on ne peut pas compter ça, c'est trop. Dis-moi quel concert, comme tu dis, est écouté par tant de gens en même temps ? Aucun. C'est kolossal, pour parler boche... Et sais-tu que je ne suis qu'une bête, parce que ce 2 août à 5 heures du soir, quand le tocsin a annoncé le début de la guerre, je n'ai pas compris que c'était dans toute la France que les cloches pleuraient. Si j'avais su, j'aurais mieux tendu l'oreille...

Elle ouvrit la porte de la chambre qui donnait sur la cuisine où se trouvait toujours le piano. Il avait régulièrement été accordé, comme l'avait promis le père Broussoux. Elle joua longtemps pour son vieil ami. C'était leur manière de se parler avec tendresse.

Le lendemain, il lui parut plus faible encore, mais il put lui chuchoter :

— Quand je te le disais, que je n'étais qu'une bête ! Pense un peu, je m'escagassais le cœur à me répéter que je n'entendrais pas les cloches de la victoire, mais bougre de couillon que je suis, au contraire, de là où je serai, je les entendrai *toutes*, toutes à la fois, et celles de la France et les anglaises, les italiennes... et même celles d'Amérique, puisque je serai Là-haut, au-dessus d'elles...

Il mourut en tenant la main de sa petite et ce fut Sorenza qui lui ferma les yeux.

— Tu vois, disait Lazarie à sa sœur, en pleurant, on l'aimait bien plus qu'on ne croyait.

— On aime toujours plus qu'on croit, mais le Seigneur ne nous le fait pas trop savoir parce qu'on en aurait le cœur tout embouteillé.

Sorenza put garder sa fille deux jours encore après l'enterrement. Honorade aurait voulu un mois entier. La petite avait besoin d'être fortifiée, elle était longue et maigre à faire peur. Et pour faire avaler un bon verre de sang réparateur aux plus récalcitrants, Rousseline avait une recette qui, brevetée, eût fait sa fortune. Elle amenait ses sarments de vigne au rouge, elle grillait dessus très superficiellement le morceau de viande qui devait donner son sang. Puis elle pressait dans un petit pressoir à vis fabriqué par Hilarion. Le verre de sang, parfumé à la viande grillée et aux herbes du jardin, n'était plus un verre de sang, mais un verre de jus de rôti. Si la petite en avalait suffisamment, elle repartirait fraîche et rose.

Sorenza regardait son enfant. Maintenant la ressemblance était grande entre Manfred von Ritter et Délia, et elle pensait à cet homme plus qu'elle ne l'aurait souhaité. Où était-il dans le bouleversement que le monde endurait ? Elle avait voulu un enfant de lui pour cultiver ses fleurs, quand elle ne serait plus là. Il lui avait donné une jolie et douce créature vouée à la musique, et il tirait peut-être en ce moment même sur ceux qui étaient ses amis à Paris, hier. Il y avait des jours où elle pensait ne plus croire en Dieu.

Délia jouait avec Louis-Guillaume et Sorenza les regardait et les écoutait.

Ils étaient aussi différents qu'il est possible. Elle blonde et rose avec son regard de ce vert frais et gai des premières pousses de l'oranger, lui brun de cheveux, d'yeux et de peau. Mais ce qu'ils avaient de commun, c'était cette joie de vivre, d'apprendre, de jouer, de s'enchanter, comme disait Lazarie.

Délia était encore bien meurtrie par la mort de son grand-pa Broussoux, mais Louis-Guillaume parvenait à la faire rire en parlant comme tante Lazarie qui lui avait communiqué sa passion de l'aviation.

— Les avions vont gagner la guerre parce que maintenant Pégoud[1] est là-haut avec le bon Dieu, tu comprends qu'il est tout près des aviateurs et qu'il peut les aider à détruire les taubens des Boches.

— Tu veux être aviateur, quand tu seras grand ?

— Non, parce que je dois travailler aux fleurs.

— Tu aimes les fleurs ?

— Tante Honorade est sûre que si on ne les aime pas, c'est qu'on est un mécréant. Tu sais ce que ça veut dire, au moins ?

Elle répondait qu'elle savait et riait.

— Tante Lazarie me dit que je vais aller étudier dans les écoles de fleurs du monde entier. Même en Amérique. Je voyagerai en train, en paquebot, pour aller partout et, quand je reviendrai, maman me dira : « Maintenant tu vas prendre ma place et tu seras le maître ici. »

Il serait le maître en effet. Elle l'avait tout de même eu, celui qui continuerait à cultiver ses roses. Et il était doux de le devoir à Guillaume.

Au matin de son départ, Délia vit arriver Mme Rouméro-Dodds qui la conduirait au train dans son tilbury. Elle apportait des boîtes de savon parfumé, des boules de gomme et des recommandations. Celles-ci se terminèrent sur un :

— Travaille beaucoup, mignonne, travaille sans relâche, ne néglige aucun effort. Comme dit mon

[1] As de l'aviation française abattu en août 1915.

grand Dickens, « l'effort est l'essence du génie », ne l'oublie jamais.

Petit-Guillaume s'enrôla le 2 mars 1918 et tomba devant les hauteurs de Reims délivrées le 28 septembre au matin. La nouvelle arriva le 30 et fit le tour des usines et de la ville. Hilarion et Tina l'apprirent en même temps et coururent jusqu'au champ de cassies dont Sorenza surveillait la cueillette des dernières fleurs. Ils étaient à pied et furent rejoints sur la route par Emily dans son tilbury.

Sorenza les aperçut tous les trois et pâlit. Il y avait eu récemment une explosion et un incendie aux Établissements Garlande. Ce fut à un accident arrivé à Guillaume qu'elle pensa d'abord.

Quand elle sut, elle s'élança sur le chemin qui menait à la ville sans même enlever son grand tablier blanc replié en poche et plein des boules d'or de la cassie qu'elle semait en courant, laissant derrière elle une trace lumineuse. Elle courait sans entendre Emily lui dire de s'arrêter et proposer de la conduire là-bas avec sa voiture. Dans son émotion, Emily parlait anglais.

Sorenza se fit déposer bien avant la maison des Garlande. Elle ne voulait pas de la brave Emily lorsqu'elle annoncerait à Guillaume qu'il avait un autre fils. Personne jamais ne remplacerait Petit-Guillaume, mais Lougui, un jour, saurait lui rendre un peu de l'affection perdue...

Bien sûr, elle ne lui ferait pas cet aveu tout de suite, pas dès qu'elle se jetterait dans ses bras, mais plus tard, doucement, lorsqu'ils seraient l'un contre l'autre et qu'elle s'efforcerait d'apaiser sa douleur sous ses baisers.

Elle avait voulu garder l'enfant pour elle et pour ses fleurs. Elle s'en repentait, elle aurait dû, déjà depuis longtemps, avouer... À moins que tout cela n'ait été voulu ainsi par Dieu, pour offrir cette joie, aujourd'hui, à Guillaume dans sa grande peine ?

Comme elle était à vingt mètres de la maison, elle vit une voiture s'arrêter devant le portail. Une de ces voitures automobiles, la plus belle qu'elle eût jamais admirée. Le chauffeur en livrée en descendait et ouvrait la portière à une dame.

C'était Louise-Armande.

La porte de la maison s'ouvrit à cet instant, Guillaume s'avança vers sa femme, lui tendit les bras et elle s'y jeta, en pleurant.

Il garda son bras autour de ses épaules pour la faire entrer et la porte se referma sur eux.

Sorenza ne repartit pas immédiatement. Elle s'avança un peu plus vers la maison, comme irrésistiblement attirée par elle. Ce qui se passait derrière ces murs, entre deux époux séparés qu'une grande douleur venait de rapprocher, cela, pourtant, ne la concernait plus, mais, soudain, lui revenait en mémoire la petite aventure d'autrefois, sa course à travers la ville, pour rattraper la morue salée volée dans la fontaine, l'habit taché de Guillaume, et Guillaume les laissant tous, là devant sa porte — tous ceux qui avaient poursuivi le voleur — et entrant dans sa belle maison où on ne pouvait le suivre. Ni autrefois ni aujourd'hui. Et Louis-Guillaume n'aurait jamais un droit d'entrée lui non plus.

Elle se demandait, en s'en retournant vers la Croix-de-Lumière si, d'autre façon, elle n'était pas présente quand même dans cette maison en ce moment. Peut-être aussi présente que si elle eût été assise face à eux, dans le grand salon où, lui avait dit Guillaume un jour, les portraits de ses ancêtres imposaient les couleurs ternes de leurs vertus et de l'orgueil de leur caste. Elle entrait sans doute ainsi dans la grande peine de Guillaume et de Louise-Armande comme une importune, les empêchant d'être tout à fait unis. Elle était une tache sur leur chagrin.

Elle avait peu connu Petit-Guillaume — portant mal

son nom depuis qu'il dépassait le mètre quatre-vingts ! —, elle l'avait rencontré une ou deux fois l'an, lorsqu'il passait à cheval sur la route de Magagnosc ou se rendait à un romérage. Elle reconnaissait alors son rire parmi beaucoup d'autres.

Il ressemblait à celui de son père.

Elle l'avait ainsi, de loin en loin, vu grandir, avait surpris ses attitudes nouvelles, entendu sa voix changer. Seul n'avait guère changé chez lui ce bon sourire un peu émerveillé qu'il tenait de son oncle Delphin. Par moments, il arrivait à Louis-Guillaume d'en esquisser de presque semblables...

Honorade et Lazarie attendaient Sorenza :

— Alors ? dirent-elles.

— Rien, je ne l'ai pas vu.

Elle n'avait pas envie d'en dire plus. Elle les embrassa, monta à sa chambre.

Le souvenir du petit Amédéo l'enveloppa d'une douceur bienfaisante. Les plus grandes douleurs s'estompaient, trouvaient un jour leur place définitive au fond du cœur, présences constantes et apaisées.

Mais ce n'était pas vers elle que Guillaume était allé, pour partager son grand malheur. C'est ce qui s'imposa à elle, dès son réveil, le jour suivant.

Comme Petit-Guillaume était mort à son arrivée à l'hôpital de Reims, Guillaume Aîné avait pu obtenir de s'y rendre et y attendait son fils. Sorenza reçut une courte lettre laissant espérer un retour rapide. Elle apprit que Louise-Armande avait accompagné son mari. Toute la ville l'avait vue partir, vêtue de son uniforme d'infirmière-major, sans doute pour faciliter son déplacement.

Les événements s'accéléraient. Partout sur le front occidental les victoires alliées se succédaient et les armées allemandes refluaient vers le Rhin ou sur la

Meuse. Partout l'ennemi capitulait. Mais Guillaume était toujours, sinon à Reims, du moins à Paris.

Ce fut Delphin Garlande qui vint donner de ses nouvelles à Sorenza. En voisin. Il achevait d'aménager un petit mas — héritage d'une vieille cousine — à quelques centaines de mètres de la Croix-de-Lumière où il arriva un jour de rauba-capéu (arrache-chapeau) conduit, dit-il, par le vent.

— Un bon vent, remarqua Honorade avec courtoisie.

Delphin expliqua sa décision, prise après sa grosse bronchite, de passer désormais plus de temps ici qu'à Grasse. Et, en attendant le retour des champs de Sorenza, ils parlèrent fleurs et parfums. Comme la « grosse bronchite » ne se laissait pas encore oublier tout à fait, Honorade servit au convalescent une infusion de « quatre fleurs », excellente pour la toux et dont elle améliorait le goût, un peu poussiéreux, disait-elle, par un mélange, de sa composition, de fleurs d'oranger, de pétales de rose et de miel. Les deux sœurs offrirent, sans trop insister — on ne pouvait se le permettre avec ce monsieur portant monocle mieux encore que le grand-duc Vladimir de Russie —, le partage de leur soupe au pistou. Et M. Delphin Garlande accepta.

Lorsque Sorenza entra, l'oncle de Guillaume la regarda s'avancer vers lui. Il ne l'avait pas vue de près depuis bien longtemps. Il lui sembla, à cet instant, comprendre enfin tout à fait l'expression toscane « soave austero ». La jeune femme qu'il avait en face de lui la résumait parfaitement, cette suave austérité. Il y avait, il s'en apercevait aujourd'hui une dualité en elle qui n'avait pas dû faciliter les amours de son neveu. À une chair pleine et dorée, au doux modelé d'un visage, au tendre dessin des lèvres, à la douceur noire du regard, s'opposaient la rigueur voulue du vêtement de toile grise, celle de la coiffure et une certaine raideur offensive de l'attitude, créant un criant désaccord. Le même qu'ici entre la rudesse farouche des roches des Alpilles et le tendre bleu du ciel vers lequel elles se dressaient, dans la joie d'or du soleil, les parfums et les couleurs des fleurs. Et M. Delphin Garlande, hôte fréquent des salons de Paris et des cours européennes, familier d'aristocratiques belles dames, se sentit soudain intimidé devant la pureté du regard de cette petite cultivatrice, cette *jardinière*, comme elle se désignait elle-même, présidant cette table avec une dignité souveraine.

On eut de la soupe au pistou, du pain et, au dessert, des figues. Les mets les plus raffinés, servis dans les plus superbes des salles à manger de château, n'auraient pas paru plus délectables en cet instant à Delphin. Le cadre austère, l'attitude gracieuse et grave à la fois de l'hôtesse, ce respect que l'on sentait chez chacun pour la nourriture qu'il recevait, tout était ici, dans sa simplicité, empreint d'une grande noblesse.

On parla encore fleurs, récoltes, cueillettes, essences et parfums, pour distraire Delphin après l'avoir écouté évoquer Petit-Guillaume qu'il avait adoré. Lazarie saisit le passage d'un ange pour glisser un rappel du flair Beauval en matière de placement financier. Sans cesse, d'ailleurs, le monocle de Delphin lui rappelait le grand-duc Vladimir et la Russie :

— Voyez-vous, monsieur, quelle confiance accorder à des gens qui, d'un côté, vous empruntaient votre argent pour aider leur pauvre peuple à sortir de la misère et, de l'autre, allaient perdre cet argent au baccara, à Nice ou à Monte-Carlo, avec quelques-unes de ces dix mille femmes de peu qui rôdaient autour d'eux ? Car il y en avait dix mille à Nice, on l'a su !... Oh ! nous avions bien de l'estime pour Sa Majesté la tsarine et ça nous a fait beaucoup de peine de vendre, mais que voulez-vous !...

— Vous avez été bien plus perspicaces que moi, mesdemoiselles !

— Vous *en* aviez ?

— J'en ai même toujours. Je garde ces papiers en souvenir.

Ce fut seulement à l'heure de l'infusion que Delphin dit enfin, comme il aurait parlé du temps, ce qu'il était venu dire :

— Mon neveu sera de retour dans le courant du mois prochain.

— Lazarie, tu penses quoi, de cette visite ?

— Eh ! Comme toi, que ça veut dire quelque chose. Mais quoi ?

— Si la Louise-Armande ne s'était pas remise sur son trône, on pourrait croire à une préparation du terrain, peut-être pour un... rapprochement.

— S'il revient, on l'étudiera mieux.

Delphin revint. Honorade et Lazarie pensaient qu'il devait se sentir bien triste chez lui, à repenser sans cesse à son petit-neveu. Il maigrissait beaucoup d'ailleurs. Il devait manquer d'appétit seul, dans son mas, ou dans la grande maison de Grasse. À la Croix-de-Lumière, on le forçait à s'alimenter. On gardait, pour le jour où il arrivait, une ration de sucre. Ces demoiselles firent même, à son intention, une démarche qui leur coûta : elles allèrent quémander une demi-livre de fruits confits chez leur ancien patron confiseur. Elles obtinrent des cerises qu'elles offrirent en disant :

— Voyez-vous, monsieur, autrefois, parmi les fruits confits, les cerises étaient ce que l'on aimait le moins. Vrai, c'était ce qui avait le goût le plus fade comparé à celui des chinois, des abricots ou même des poires, c'était un peu comme du carton sucré. Et bien, goûtez-les, et dites-nous si elles ne sont pas délicieuses, maintenant, avec ces restrictions que nous avons, et qui font mieux apprécier ? Et même, lorsque la guerre sera finie, je me demande si tout ne va pas être comme les cerises confites, tellement meilleur qu'avant.

On pleura beaucoup à la Croix-de-Lumière, le 11 novembre 1918, à 11 heures, dès que le « cessez-le-feu » de la Grande Guerre ébranla toutes les cloches. On pleura de bonheur. Et comme Delphin arrivait en courant, sans monocle et sa cravate mal nouée — signes de grande agitation —, on pleura avec lui sur Petit-

Guillaume qui, à un mois près, aurait été épargné. On pleura aussi l'absence du père Broussoux qui aurait écouté avec tant de joie ses carillons.

Guillaume ne revint pas à la date prévue. Atteint de grippe espagnole, il s'en remettait lentement.

Louise-Armande, en le soignant, avait été contaminée et bien malade elle aussi.

Sans doute parce qu'il était encore mal portant à son retour, Guillaume tarda à se rendre à la Croix-de-Lumière. Delphin, en revanche, arrivait, dès le matin, un bouquet à la main ou une bonne bouteille dans la poche d'une étonnante houppelande rapportée d'Écosse et qui lui permettait d'affronter les mistrals les plus courroucés. Et il venait de plus en plus souvent. Il était là à la réapparition de Jules-César, retour de Cannes, où il était allé, à pied, respirer l'air de la mer et de la fête. Là aussi pour la visite de Mme Rouméro-Dodds, nantie d'un sirop enfin arrivé de Londres à son intention. Là encore, lorsque le peintre des cassies et du tournesol « leur tomba dessus à les escagasser sous le poids de ses malheurs », dit Lazarie, tant il en avait eu. Gazé dès 1915, à Ypres, il avait traîné d'hôpital en hôpital où il avait tenté de survivre à de multiples traitements nouveaux le délabrant chaque fois un peu plus. Il devait toutefois s'estimer heureux d'avoir sauvé ses deux yeux et ses deux mains, s'il avait perdu le goût, l'odorat et même un peu l'ouïe ! Il s'était juré, en chemin, de faire, qu'elle le veuille ou non, le portrait de maîtresse Sorenza. Et il le ferait. Il eut une aide inespérée en Delphin qui lui commanda ce portrait et en paya le prix avant même qu'il fût commencé.

— Vous n'allez pas m'obliger à rendre ces cinquante louis à ce mécène ? Vous poserez ? C'est promis ?

Alors, Sorenza céda.

Delphin choisit le paysage qui servirait de fond au tableau et les coloris de la robe et du fichu provençal, mais Sorenza imposa, et sans admettre que l'on en discutât, la charge de fleurs d'une porteiris de Nice sur son grand et plat chapeau de paille. Elle voulait des roses, des jasmins et des lavandes... On en était là lorsqu'on entendit une petite voix qui disait :

— Au mois de décembre, il n'y a pas de roses, pas de jasmin, rien...

C'était Louis-Guillaume, âgé de huit ans maintenant et arrivant de son pensionnat de Grasse, qui intervenait avec à-propos.

Personne, en effet, dans le feu de la discussion, n'avait encore pensé que l'on était en plein hiver.

Delphin regardait, songeur, ce bel enfant en sarrau noir à col blanc et lavallière bleue. Puis il enleva, essuya et remit son monocle pour l'examiner plus encore, sans rien dire. Il parut, ensuite, écouter le peintre avec attention, mais il reposait, périodiquement, ses yeux sur le petit garçon.

Marcellin Roumère disait :

— Je ferai le portrait dès maintenant et le chapeau fleuri plus tard, avec les premières cueillettes de mai.

— Comme ça, murmura Lazarie à sa sœur, nous voilà avec une arapède sur le dos jusqu'à l'été ! S'il coûte cinquante louis à M. Delphin Garlande, ce portrait, combien de pistous et de bouillabaisses il nous coûtera, à nous ?

Car, très étrangement, le peintre recouvrait l'odorat et le goût grâce à la nourriture provençale. Il disait : « Dans le Nord, avec leur cuisine blanche et fade, je serais resté à demi mort, mais ici, je refleuris ! » Et qui, en cette fin d'année 1918, aurait refusé à un valeureux poilu gazé le moyen de guérir ses infirmités ?

On entrait d'ailleurs dans l'époque où, le disait Lazarie, tout allait avoir, comme les cerises confites, de plus en plus de goût et il fallait bien que ce pauvre artiste en profite, le malheureux.

Personne n'avait vu l'éclair de joie qui avait traversé les yeux de Sorenza lorsque Louis-Guillaume, de sa petite voix un peu chantante, avait fait remarquer qu'il serait difficile de remplir un panier de roses et de jasmins en plein mois de décembre.

Lorsqu'elle vint ce soir-là dans la chambre de l'enfant vérifier qu'il dormait bien, elle le contempla un long moment avec joie et fierté. Elle aurait en lui, un jour, l'homme qu'il lui fallait pour ses fleurs.

À son habitude, Guillaume arriva un soir à l'improviste et entraîna Sorenza vers la mer. Il pouvait prendre un jour de repos, ils le passeraient ensemble. Cela voulait dire pour elle mettre sur pied, en une demi-heure à peine, le changement de programme pour ses travaux des champs du lendemain, donner des ordres, courir ici et là, s'affairer, constater son impuissance à tout arriver à régler et se dire, en riant : « Je pars ce soir avec lui, je l'aime, et tant pis pour le reste. »

Ils étaient assis côte à côte, devant un feu de pommes de pin dans leur maison de pêcheur, et elle le regardait. Il avait maigri, il était pâle encore et comme terni par son chagrin. Elle faillit lui dire qui était le petit garçon qui passait pour le fils de Tina. Elle se tut, une fois encore. Car Delphin avait annoncé le retour de Louise-Armande à Grasse. Même si leur entente n'était qu'apparente, il n'y avait pas de place pour son enfant dans la vie de Guillaume Garlande et de sa femme. Mais elle avait envie de parler de lui, elle aurait aimé dire son intelligence, sa précocité. Elle aurait aimé le faire admirer dans son uniforme d'écolier avec ce joli col blanc que Rousseline changeait chaque jour. Elle aurait aimé dire qu'il adorait les fleurs... alors elle tendit sa bouche à Guillaume pour s'empêcher de parler.

1932-1935

## 1

— Elles étaient toutes deux sous le platane. Une affection leur était venue pour lui depuis deux ou trois ans, depuis qu'elles supportaient moins bien la chaleur et recherchaient plus souvent la caresse de l'ombre.

Cette ombre, l'arbre l'étendait derrière la maison où il avait été longtemps négligé, car il ne donnait ni roses, ni olives, ni figues. On était passé devant lui sans trop le remarquer, sauf à l'automne et pour se plaindre alors de tant de feuilles à ramasser. Mais, depuis que ces demoiselles l'utilisaient, on lui accordait de la considération et même de l'admiration. Vrai, voilà déjà qu'il était plus haut que la maison, celui-là, fier de chatouiller le toit ou de lui faire une tignasse tout en blondeur, dès septembre venu !

Elles étaient là, se confiant à sa garde, comme les violettes sous l'olivier, dans le chant des cigales et dans un bonheur de fraîcheur qui leur faisait pousser de petits soupirs de contentement.

Depuis l'évolution brutale de la cataracte d'Honorade, Lazarie voyait désormais pour deux. Elle disait :

— Notre campagne est dans son plus gracieux en ce moment. Les coulées de roses, cette année, on peut les appeler des torrents.

Elle allait dire : « Ah ! Que je m'enchante à les regarder, nos prairies de fleurs », mais elle était parvenue à tordre le cou, comme elle disait, aux paroles qui auraient noirci le peu de clair vivant encore dans les yeux d'Honorade. Alors elle ajoutait plutôt :

— Avec le pliant que Sorenza t'a acheté *Au grand bazar*, tu seras comme une reine demain, pendant la cueillette, assise sous ton ombrelle à nous dire tes histoires. En vraie vérité, on peut avouer que tu as toujours voulu ça, les mains croisées et travailler de la tête et de la langue.

— À quoi tu penses encore ?

— À quelque chose qui me trotte par la tête depuis que je me suis laissé dire combien ce parfum Joy, de M. Patou, il se mange de millions et de millions de fleurs de jasmin à lui tout seul. Tellement de millions que si on avait, toi et moi, un petit sou à chaque on serait plus à l'aise qu'avec des pépites de leur Colorado, là-bas... Note que, peut-être, ils exagèrent, à Paris...

— Non, c'est une vraie vérité. J'ai entendu M. Delphin le dire, que ce Joy, c'est un dévorant de jasmins et de roses comme on n'a jamais vu.

— Alors, aux prochaines cueillettes, je les estomaque avec les milliards de fleurs qu'il faut pour remplir un petit flacon si petit que si c'était de l'eau qu'il contenait il n'y aurait même pas de quoi se rincer la bouche.

— Et tu diras quoi d'autre ? Parce que, après une grande surprise comme celle-là, toutes les oreilles seront dressées vers toi comme les tournesols vers le soleil.

— Tu fais bien de parler d'oreilles. Je leur dirai qu'une seule goutte de ce parfum derrière elles ce doit être — qui sait ! — comme de passer toute une nuit couchée au milieu du champ où on cueille en ce moment... Honorade, tu n'as pas rêvé, toi aussi, de dormir une fois, une seule, dans le grand parfum de millions de jasmins, sous la lune ?

— Si tu l'as rêvé, toi, pourquoi je ne l'aurais pas rêvé, moi ?

— Qui j'entends ?

— Le facteur, peut-être. C'est son heure, si on ne lui a pas trop servi de merenda[1] sur le chemin.

— Non, c'est une automobile.

C'en était une, en effet, d'où descendait une dame à jupe courte et petit chapeau sans bord emboîtant bien la tête.

— Qui on attend ?

On n'attendait personne, et surtout pas Délia, et encore moins cette Délia-là, jeune dame élégante, en gants blancs et avec de si belles chaussures. Ah ! si Honorade avait pu voir comme ils étaient fins, délicats, ces richelieus...

— D'où tu arrives, ma belle, sans prévenir et comme ça, tout en blanc, mieux qu'une communiante ?

Délia arrivait de Paris, de Londres, de Vienne, où elle avait donné des concerts et elle venait jouer à Nice. On irait tous ensemble l'y accompagner.

— Comme ça, tout de suite ?

— Non, dans trois jours seulement !

Elle riait, cette jolie dame, elle embrassait, elle cajolait. Honorade passait une main sur son visage et disait :

— Comme tu es belle, mignonne.

— Et maman ?

— Où veux-tu ? Dans ses fleurs, pardi ! Ah ! c'est qu'elle en a des champs et des champs maintenant. Il en débordera de travail, ton frère, quand il reviendra. Hé ! lui aussi il fait les villes étrangères. Il est en Angleterre et après il ira à Saint Louis du Missouri, aux Amériques, tu connais ? À l'heure qu'il est, il étudie les plantes partout dans le monde, ou presque.

Délia enlevait son chapeau, secouait ses cheveux courts et blonds, respirait à grands traits le parfum des roses, disait : « Enfin, me revoilà chez moi ! », sautait au cou de Rousseline, buvait un verre d'eau fraîche et annonçait :

— Je vais *la* voir, je ne peux pas attendre.

1. Merenda : collation du matin ou du soir.

Délia enfuie, Honorade demandait :

— Dis-moi comment elle est.

— Belle comme le soleil... mais elle en a coupé, de son soleil ! Elle a les cheveux tout courts, à la Jeanne d'Arc, comme elles disent maintenant.

— À qui elle ressemble ?

— Au musicien, peut-être, mais pas à Sorenza.

— Ça lui fait quel âge ?

— Dans les trente. C'est à n'y pas croire.

Mère et fille revenaient, se tenant par la taille.

Delphin arriva aussi. Il ajusta son monocle, émit des « Oh ! Oh ! » qui firent rire et, après un frémissement de narine, affirma :

— Shalimar ! Vous sentez Shalimar, de Guerlain, mademoiselle. C'est un parfum aussi beau qu'une grande musique, n'est-ce pas ?

Elle souriait, un peu rêveuse. Oui, c'était aussi beau, aussi bon.

Alors ils parlèrent de Paris, de ses parfums et des « enchanteurs » qui les composaient.

— Tu l'as vu, M. Guerlain, ma belle ?

— Non.

— Il n'est pas allé à tes concerts ?

— Peut-être, je ne sais pas.

— Alors, qu'est-ce que tu sais ? Mais ces Guerlain, Coty, Houbigant et quelques autres, il n'y a pas plus important qu'eux. Tu devrais les inviter aux toutes premières places, c'est grâce à eux que nous vivons ici, et c'est eux qui enchantent le monde. Demande à M. Delphin... Pour le faire, ton Shalimar, il faut être quelqu'un. Sûr que, sans nos fleurs, on ne pourrait rien, mais avec elles, on devient fée... Tiens, pourquoi il n'y a pas de fée au masculin ? Par exemple ! Je ne m'en étais pas encore aperçue. Mais c'est le seul nom qu'on nous a donné pour nous toutes seules ! Ce que c'est que la vie, on parle, on parle et on ne remarque rien... Bon, pour en revenir à M. Guerlain, je vais te faire une comparaison : donne, à n'importe qui, de la rascasse, de la langouste, du congre et tous les trésors de la mer, plus les herbes des collines et l'ail et le soleil, tout ça vivant, pétillant et on t'en fera une bonne soupe, c'est sûr, mais donne la même chose à la Rousseline et elle te lance un feu d'artifice de saveurs à en mourir de bonheur. Pareil pour les roses, les jasmins et le Shalimar au bout du compte

— Ma fille, ne mélange pas l'ail et le jasmin, dit Honorade.

— Et pourquoi je le ferai pas ? Il pousse où, le jasmin ? Elle pousse où, la rose de mai ? Chez nous, entre la mer, le ciel, les cigales et l'aïoli... Même si tu le veux pas, c'est comme ça. Monsieur Delphin, j'ai raison ou j'ai pas raison ?

Delphin approuvait et disait :

— Bon Dious, à vous entendre parler bouillabaisse, j'ai faim ! Je n'ai de l'appétit qu'ici.

Honorées, radieuses, émues, Mlles Beauval avaient alors envie d'embrasser M. Delphin. Elles se contenaient et le faisaient passer à table, avec les marques de déférence dues à son rang.

Lui, humant le divin accord des arômes du fassum trônant déjà au milieu de la grande table, se disait qu'il n'y avait au monde que l'ineffable Lazarie pour oser rapprocher l'alchimie-bouillabaisse et l'alchimie-Shalimar. Et pendant que Sorenza traçait une croix au couteau au dos de la miche de pain dorée et farinée avant de tailler les tranches de chacun, il s'amusa — l'œil brillant de malice derrière son monocle — à comparer : eau de mer, rascasse, langouste, anguille, congre, algue, varech, thym, laurier — et il en passait — à : rose, jasmin, iris, bergamote, santal, vétiver, patchouli, opopanax, vanille, civette, et il en oubliait là aussi. Qui d'ailleurs connaissait la vraie composition du parfum hormis son compositeur ?

Il contemplait la blonde Délia, dont la flamme verte du regard disait la joie de retrouver la table familiale et les chères habitudes.

— C'est bon la vie, n'est-ce pas ? lui dit-il. La musique, les parfums, les fleurs, le soleil... il allait ajouter : et l'amour.

Mais Guillaume n'était pas venu à la Croix-de-Lumière depuis plus de quinze jours, alors il s'abstint.

Il y eut le concert de Délia à Nice. Guillaume et Delphin y conduisirent Sorenza et les deux vieilles demoiselles. Un événement, un bonheur, mille émotions. On en parla tout l'hiver suivant à la veillée devant les feux de grisons.

— Parce que, disait Lazarie, étonné on ne l'avait pas été, la petite était un prodige, on le savait depuis toujours et c'était normal qu'elle en soit arrivée là. Mais tout ce qui était autour on n'avait pas pu l'imaginer avant cet après-midi-là. Cette salle du Casino pleine de si beau monde et ce silence avant que la musique commence. Un silence à croire que Dieu allait vous lire le programme — où il y avait le nom de Délia en lettres d'or — et ces milliers d'yeux posés sur la petite si blonde, comme des mouches sur le miel, et autant d'oreilles qui attendaient, dressées. Ah ! le courage qu'il fallait pour faire face à tout ça ! Mais les belles mains de Délia étaient si courageuses. Elles se mettaient à courir, à sauter comme des fleurs roses sous le vent, sur ces quantités de touches blanches, et sans jamais se tromper. C'était beau, la musique ! Il avait raison, le vieux Broussoux.

Mais Lazarie disait aussi :

— Honorade, tu sais ce qui m'a fait peine, ce jour-là ? Une peine plus grande encore dans la musique, parce que, va savoir pourquoi, quand on pense du triste, c'est plus triste encore avec le piano. Donc ce qui m'a fait peine, c'était, à un moment, de voir les mains de Sorenza. Elle avait enlevé ses gants et les griffures, les égratignures, le brun du soleil, tout ça, tout à coup, sautait aux yeux. À ceux de Sorenza aussi, sûr. Alors elle a vite remis ses gants, parce qu'elle était assise à côté de Guillaume et qu'il pouvait voir ses pauvres mains.

— Mais il les voit ici. Il la voit travailler aux champs.

— Ici, c'est pas pareil. Ici, c'est la terre qu'on piétine et pas les dalles de marbre du Casino avec tout ce monde si chic dessus, des dames emplumées et emperlousées. Ici, on ne remarque pas des choses qui te sautent dessus là-bas et te font, vite, remettre les gants

— Tu crois que c'est à cause de ça qu'il vient moins souvent, M. Garlande ?

— Va savoir !

— Et le musicien, qu'est-ce qu'il devient, à ton avis ?

— Il s'occupe toujours de Délia. Il lui a loué un appartement à Paris. On aurait pu le croire ruiné par la guerre, mais non.

— Et comment il est avec la petite ?

— Impeccable, comme dit Emily.

— À propos de Mme Rouméro-Dodds, elle a enterré un cousin à sirops et pilules, mais il lui en reste encore un autre sur les bras. Et deux fois plus malade que le premier.

— Alors il va mourir aussi. Tu la vois, si elle héritait du château des Honorables !

— C'est pour le coup qu'on dirait qu'elle « se croit », la pauvre, alors qu'elle aurait le tas de vieilles pierres à faire tenir debout et qu'il lui faudrait en vendre, des tonnes de boules de gomme, pour y arriver !

Avant de quitter la Croix-de-Lumière, Délia demanda :

— Tante Honorade, redites-nous l'histoire que j'aimais tant. Celle de la petite Norette. Je voudrais composer une cantate à la gloire de ma ville, de ses fleurs, de ses parfums, ou du moins essayer. Vous vous souvenez encore de *Norette-la-Malicieuse* ?

— Ah ! celle-là ce n'était pas une Marie-des-chagrins ! Et tu sais pourquoi, petite ? Parce qu'elle avait décidé un jour où elle avait dû en avoir assez de croquer de la misère tartinée sur une croûte de pain dur.

— Non, ce n'est pas le vrai commencement. Dites-moi d'abord comment elle se battait avec la terre, le vent, la pluie et le soleil. Commencez quand elle disait, en regardant son champ qu'elle venait de planter en jasmins : « Je me jure, devant le bon Dieu et ses saints, devant notre Vierge Marie et toutes les femmes bénies du ciel, je me jure de travailler chaque jour que Dieu fera pour qu'il me tombe des millions d'étoiles blanches ici, dès l'été venu. Alors il y aura des miches fraîches dans ma huche, un bocal d'anchois sur mon étagère et de l'aïoli dans mon assiette à chaque fête de notre église. »

— Tu connais l'histoire mieux que moi, ma fille... Bon, elle avait dit ça pour se donner force et courage à remuer sa terre après que, ses pauvres vieux mis dans la tombe, elle était restée seule maîtresse de leurs planches[1]. Il fallait la voir se donner de la peine dès avant l'aube première et longtemps après l'achevée du jour. Mais on aurait cru, à la regarder s'en aller vers ses deux terrasses en chantant, qu'elle courait sur les chemins du paradis. Et si mignonne avec sa taille bien prise dans ses jupes et tabliers de coton, et si jolie sous son grand chapeau de paille. Ah, ce capéu de nos filles, comme il est orgueilleux de donner son ombre à leurs beaux visages et de faire leurs yeux plus mystérieux encore. Et notre Norette-la-Malicieuse, sais-tu ce qu'elle mettait dans le fond de sa calotte ? Selon la saison, pétales de rose, de jasmin ou boules de cassie, qui lui faisaient la nuit de ses cheveux toute parfumée.

— Comme maman !

— Tout juste comme elle.

— Quand elle m'embrassait le soir, je fermais les yeux et je savais à quelles fleurs elle avait travaillé.

— La petite Norette, elle, n'avait plus personne à embrasser. Oh ! Elle aurait bien eu des galants, à en

1. Terrasses.

veux-tu en voilà, tant elle était plaisante, mais elle avait sa dignité et voulait attendre d'avoir un sac de pièces blanches à dépenser pour arriver au mariage avec le trousseau de celles qui sont de familles de courage et d'épargne.

— Vous avez oublié de dire pourquoi on l'appelait la Malicieuse.

— Eh, parce qu'on voyait tout de suite, dans les sourires de sa bouche et de ses yeux, que c'en était une qui savait, des trois sous de marchandises qu'elle avait dans son panier, en tirer six ! Il fallait la voir, dès qu'elle arrivait au marché de la place Aux-Aires, se mettre en position de séduction. D'abord elle ne s'alignait pas avec les autres, vieilles ou jeunes, en file d'hirondelles jacassantes, pour attendre les chalands. Elle, elle avait décidé que la fontaine était sienne et qu'elles allaient chanter ensemble pendant le temps de fête du marché et c'était un beau tableau de la voir tendre vers ceux qui passaient l'un de ses paniers, elle en faisait comme une offrande à Jésus au soir de la Nativité, dans la crèche.

— N'oubliez pas de dire ce qu'elle chantait. Vous oubliez toujours.

— Pardi, pour te le laisser ! Tu le sais mieux que moi et la musique c'est ta partie.

— Elle chantait : « Qui veut mes jujubes rouges et doux comme des baisers ? » ou « Qui veut mes amandes fraîches caressées de velours vert ? » Et la fontaine riait avec elle de tous ses jets de perles.

— Mais ce qu'elle vendait sur le marché aux patronnes des petites parfumeries, ou aux cuisinières des grandes, n'était que maigres profits. Les cueillettes chez les propriétaires d'importance et, surtout, sa récolte de jasmin, la première récolte de ses fleurs à elle, voilà ce qui lui permettrait le pain blanc et les anchois. Aussi, quand arrivèrent les chaleurs de juillet et l'attente de l'épanouissement de ses milliers de fleurs, elle fut dans la grande espérance de sa fortune. Chaque matin elle courait jusqu'à ses terrasses et ses yeux faisaient leurs farandoles parmi les plants verts et brillants où pointaient les étoiles blanches. Et chaque soir, elle y revenait pour le parfum dégagé à l'achevée de la journée. Alors, elle la respirait sa fortune, à s'en faire déborder les poumons.

« C'est peu dire qu'elle les avait câlinés, ses jasmins ! Greffer, butter, débutter et nourrir de ces bons engrais qui sont le quinquina des plantes. Et quand ce n'était pas assez de l'eau du ciel, elle leur donnait celle de son puits, à s'en user les mains à la corde du seau. C'était sûr qu'à tant de bons soins ils allaient répondre de belle manière et offrir la grande récompense blanche et parfumée qu'elle attendait.

« Aussi, quand elle se vit, au premier matin de cueillette, quand tous les graillés claironnaient à qui les plus sonores, à qui les plus joyeux appels au travail, quand elle se vit au milieu de toutes ses petites étoiles blanches, elle en ressentit le bon orgueil de celui qui a fait ce qu'il devait et reçoit son dû. Et tu le sais, petite, ce dû, chez nous, il est plus beau que partout ailleurs. Tu t'es penchée vers la terre, des jours et des jours, et voilà que le bon Dieu et son soleil et sa pluie aidant, il en sort une moisson de féerie. Même le champ de blé si riche de son or, ce n'est jamais aussi superbe qu'un champ de nos fleurs. Alors elle pensait à tout ça, la petite Norette, et elle se disait qu'elle avait bien du bonheur de s'avancer parmi ses espalières pour cueillir enfin et à deux mains de quoi vivre l'hiver à venir.

« Au long du jour, en chantant, elle s'employait à gonfler la poche de son tablier et à emplir ensuite un grand panier. Et le soleil couché, elle partait vers la ville avec sa récolte bien droite sur sa tête. Malgré le poids qui pesait sur elle, ses sabots voletaient en cadence, elle se sentait, elle aussi, dans le plein épanouissement de sa petite personne, pareille à ses fleurs, et dansant tous pétales au vent. »

— Ici je me souviens que je vous disais toujours : « Ils sont heureux, n'est-ce pas, nos jasmins et nos roses quand ils sont ouverts bien grands au soleil ou à la rosée ? Ils ne savent pas qu'ils vont mourir ? »

— Et je te répondais : « Les fleurs de Grasse ne meurent pas, ma belle, elles font un petit tour dans les alambics qui les font passer des champs à la parfumerie. Et elles en sont fières. » Ça, la jolie Norette le savait et elle en avait de l'orgueil, elle aussi... alors, ma fille, c'est avec l'histoire de ma Norette que tu voudrais faire un opéra ? C'est ça qui serait beau.

— Il y aurait aussi les grandes cheminées, et un bel amour comme...

— Comme celui de ta mère ?

— Peut-être. Tante Honorade, dites-moi, elle est... Elle est heureuse, ou malheureuse ?

— Tu sais que je n'y vois plus bien clair, ma pitchoune. Et puis ta mère, tu la connais, elle ne parle pas beaucoup, qui sait ce qu'elle a tout au fond de son cœur ?

Il y eut un silence. On entendait les cigales, et au loin les aboiements d'un chien.

Puis en souriant, avec cette douceur qui était en elle, aussi bien dans sa voix que dans ses gestes ou dans le vert de son regard, Délia dit, rêveuse :

— Au fond de son cœur ? Il y a des fleurs.

Le 19 juin 1932 devait avoir lieu la célébration du bicentenaire de Fragonard. Toute la ville parlait de cette fête. Honorade et Lazarie auraient aimé y être invitées. Sorenza demanda à Guillaume d'essayer de leur obtenir d'entrer dans le bel hôtel de Cabris où se donnait la réception. Il le fit et ces demoiselles sortirent de leurs housses les robes qui y dormaient depuis le dernier mariage auquel elles avaient assisté, celui de Guillaume et de Louise-Armande.

L'invitation était pour « la cinquième heure après-midi ». Mlles Beauval, assises dans le jardin de l'hôtel, virent arriver fifres et tambourins que suivaient les invités de la marquise de Cabris costumés en seigneurs et dames de la cour de Louis XV, têtes poudrées, robes à paniers, habits de cour, épée au côté.

Superbes. Puis concours de costumes. Les robes de ces dames étaient des vraies, d'autrefois, et on ne savait qui était la plus élégante. Quant au buffet, il s'ornait de pyramides de fruits confits presque aussi beaux que ceux du temps de Frédéric. Il y était, à cette fête, le Frédéric et avec sa Séverine. Mais seulement dans la foule. Ils avaient bien vieilli tous les deux. Lui commençait à boiter. Eh ! il l'avait tant montée et descendue, sa ville de Grasse !

Une belle fête. Dès demain, elles écriraient un mot de remerciement à M. Garlande pour leur avoir obtenu des invitations.

Cela était le compte rendu officiel. Entre elles, à leur coucher, ce fut autre chose.

— Pourvu que Sorenza n'apprenne jamais !

— Qui veux-tu qui vienne lui raconter ça ?

— Une mauvaise, une jalouse. Il y en a partout.

— Pas dans ses roses et ses jasmins. Les dames de la ville, celles qui pourraient parler, n'y viennent jamais.

— Pourquoi il a fait ça, s'il aime Sorenza ?

— Les hommes, ma fille, pourquoi ils font ci, pourquoi ils font ça, va savoir ?

— Avant de l'embrasser, cette dame, derrière la statue de Fragonard et sans même beaucoup regarder si on ne les voyait pas, il avait beaucoup dansé avec elle.

— Et aussi beaucoup parlé, sur le grand canapé, entre deux portes, au buffet et dans le jardin.

— Et aussi dans son cou ! Toujours il lui parlait tout bas et tout près.

— Tu sais qui c'est, elle ?

— Je crois que c'est la femme d'un nouveau parfumeur. Elle vient de Paris

— Ah ! Je me disais aussi, c'en est pas une de chez nous, celle-là.

— Elle va peut-être repartir.

— Pourquoi tu voudrais, si elle vient juste d'arriver ? Et elle va aimer Grasse. Qui n'aime pas Grasse ?

— Qu'elle aime Grasse, si elle veut, mais qu'elle

ne vole pas M. Garlande à Sorenza. Ça, ce serait une trop grande tristesse.

Le lendemain même du bicentenaire, Guillaume surgit à la Croix-de-Lumière et y demanda à dîner. Il était gai, bavard, il avait apporté du champagne. Il venait de racheter l'usine d'un confrère en dépôt de bilan et on allait fêter ce nouvel agrandissement des Établissements Garlande. Il fut plein d'entrain pendant toute la journée et enleva Sorenza dans sa nouvelle automobile pour aller avec elle au bord de l'eau.

Quand ils furent partis, Honorade soupira :

— Va y comprendre quelque chose.

Lazarie n'y comprenait rien non plus. Si ce n'était qu'en effet, avec les hommes, il valait mieux ne pas trop réfléchir. Mais Honorade y revenait.

— Tu peux m'expliquer ce que c'est l'amour.

— Non. Je crois que ça s'explique pas

Pour le jour de sa fête, Delphin offrit un flacon de parfum à Lazarie. Elle le déboucha devant lui.

— Ça sent tous les délices du paradis... que l'on aurait un peu et même un peu beaucoup épicés. *Vol de nuit*, quel joli nom !

— Ce dernier-né de la maison Guerlain — à base de roses, de jasmins et de violettes de chez nous —, je l'ai fait venir de Paris pour vous, mademoiselle Lazarie, disait Delphin, parce que je sais votre passion de l'aviation. Savez-vous qu'il a été créé en hommage à votre héros, Antoine de Saint-Exupéry, et à la compagnie Air France ?

Lazarie exultait.

— Étudiez le flacon, voyez-vous, dans le dessin du cristal, tourner l'hélice ? disait encore Delphin.

Elle voyait. Elle l'avait toujours dit : l'avenir, c'était l'aviation. Même M. Guerlain en convenait.

2

Lazarie revenait de Grasse. Elle y était allée faire réparer deux vieilles paires de chaussures qu'autrefois, quand Louis-Guillaume ne parcourait pas le monde, elle aurait remplacées par des neuves. Mais vingt francs de plus pour le petit, cela voulait dire un morceau de voyage en plus, ou un gilet, ou un chapeau, ou, précisément, une belle paire de chaussures, mais pour lui. Hilarion avait proposé de se charger de la course. Il était bien brave, l'Hilarion, mais il ne saurait jamais insister pour que le fils du cordonnier — le père, hélas, était mort —, le Marcel, si peu minutieux, fasse des semelles légères qui ne transforment pas ces escarpins en godillots. En sortant de l'échoppe, elle avait vu les délégués des cultivateurs entrer aux Établissements Garlande. Quelque chose d'intéressant, peut-être même d'important, se passait. Elle s'était assise sur un morceau de parapet et avait attendu, puis parlé avec l'un des délégués de ses amis à sa sortie de l'usine. Il lui avait tout raconté et elle rentrait pétillante. Sûre de faire plus plaisir à Honorade avec son histoire qu'avec les fougassettes encore chaudes qu'elle lui rapportait. Et maintenant, elle disait :

— Ma fille, ils étaient six. D'allures tu aurais cru qu'ils allaient à la noce. Ils avaient tous l'habit noir de leur mariage et la chemise plus blanche encore que la fleur d'oranger. Ils avaient aussi le beau chapeau. Mais que je meure si je mens, le chapeau, *ils ne l'ont pas soulevé*, en entrant chez le patron. Ils se le sont gardé vissé sur la tête. Certains, même, se l'enfonçaient encore un peu plus, de temps en temps, comme si le mistral soufflait dans le bureau de M. Garlande et qu'ils aient peur d'un coup de rauba-capéu. Et pourquoi ça ? Je te le donne en mille : parce qu'ils avaient décidé de ne pas saluer ! Écoute bien, ils avaient dit, avant d'entrer chez le mestré : Rappelez-vous l'autrefois, les amis, quand nos pères nous obligeaient à nous découvrir chaque fois que nous passions devant la fabrique. Ce temps-là est fini, il n'y a plus à être chapeau bas face aux mestrés, plus jamais. Ils se sont enrichis de tout ce qui nous a fait pauvres et maintenant ça doit changer. L'échine, on ne la courbe plus, et haut la tête avec le chapeau dessus ! Alors le vieux Girardet, le père, le Pamphile, s'est tourné vers Soubeyron, celui qui parlait et dirigeait la délégation, et il a dit : Non ! Ces manières-là, c'est pas à ma convenance. Moi aussi, je veux dix francs du kilo pour mes roses, mais dans la politesse et le respect dû au mestré. Puis il s'est retourné et il a soulevé le chapeau, devant le buste de marbre de M. Garlande, l'ancêtre, fier dans sa pierre. Et il est parti.

Le Soubeyron, un petit moment, surpris comme si une hirondelle avait osé lui pisser dessus, a sorti le mouchoir, s'est essuyé la transpiration de sa grosse figure et de sa moustache et a dit :

— Il y en aura toujours pour aimer s'agenouiller et recevoir des coups de pied au cul. Que ceux-là suivent le Pamphile.

Mais les autres sont restés.

— Et ils ont vendu à dix francs ?

— Non. Seulement dix sous de plus que l'an passé. Mais ils ont dit que ces dix sous-là, c'était déjà un grand souffle qui agitait le drapeau de leur révolte.

— Quelle tête il devait faire, M. Garlande ?

— La même que celle du buste en pierre de son arrière-grand-père, sûr. Une tête à dire : Nous, les parfumeurs, décidons du prix de la rose et déciderons toujours. Parlez, je vous écoute, mais cela ne changera rien à ma décision : dix sous de plus et rien d'autre.

— Tu crois qu'il nous en parlera de cette affaire quand il viendra déjeuner, M. Garlande ?

— Et quoi encore ? Comme si on ne vendait pas des roses, nous aussi ! Même si elle ne va jamais dans son bureau, notre Sorenza, elle est aux côtés de ceux de la délégation de ce matin, et il le sait.

— Des fois, il m'arrive de me dire qu'elle et lui sont aussi différents que l'eau et le feu.

— Va savoir si c'est pas pour ça qu'ils s'aiment ? L'amour c'est plus surprenant encore qu'on croit.

— N'empêche qu'elle ne lui vendra jamais ses fleurs, les plus belles de Grasse. Elle a l'amour d'un côté et les roses de l'autre.

— Je suis sûre qu'à lui, ça lui fait peine, cette situation.

Elles regardèrent Guillaume Garlande avec grande attention, ce matin-là, lorsqu'il passa à la Croix-de-Lumière. Et elles ne pouvaient s'empêcher de comparer le « visage de pierre » qu'avait eu Guillaume dans son usine, face aux délégués, à celui qu'il avait maintenant en regardant si tendrement Sorenza, ou en fredonnant le petit air composé par Délia, autrefois, et intitulé *Les hautes cheminées se font la guerre.*

— C'est vrai ! Il y a ça aussi, entre eux, les parfumeurs. Leurs luttes pour se placer l'un devant l'autre, c'est peut-être pas vraiment la guerre, mais presque... Tiens, celles qui doivent rire de tout ça, c'est les fleurs.

Des stores de toile écrue arrêtaient les flots de lumière frappant les fenêtres de la bibliothèque, ouvertes sur la pente de Grasse.

Le vieux M. Martinon s'était retiré avec sa discrétion coutumière et Guillaume faisait entrer Gabriel Carrera, l'un de ses deux chimistes. Il l'obligeait à s'asseoir — l'homme était irritant à ne pouvoir parler qu'en gesticulant et en marchant. Enfin assis, Carrera accepta un verre de vermouth. C'était un gros sanguin, irritable et têtu. Guillaume se disait parfois que son énorme moustache noire, plantée sur le constant cramoisi de son visage, devait terrifier ses enfants. Carrera croyait en la chimie comme on croit en Dieu. Il maniait fioles et cornues avec une délicatesse qui surprenait toujours tant ses grosses pattes auraient mieux convenu à un boucher qu'à un scientifique. Il était l'opposé radical du second ingénieur chimiste de l'établissement, un homme petit, mince, sec même, et qui était aussi placide que celui-ci était bouillant.

Il avait été difficile d'arracher Carrera à son laboratoire, mais Guillaume pensait que, loin de ses fioles et de ses estagnons, il serait peut-être plus malléable et finirait par oublier quelques instants son idée fixe.

Illusion ! Il la reprenait déjà en reposant son verre vide sans voir que le vin faisait une tache sur le bois précieux du bureau plat d'époque Louis XV et venant de l'ancêtre Garlande.

— Je vous le répète, patron, nous ne serons le premier établissement de produits de parfumerie de Grasse, et même du monde, que si nous nous efforçons, au plus vite, de nous passer des fleurs. Nous pouvons *tout* faire sans elles.

— Carrera, vous savez bien que non !

— Que si, monsieur, que si ! Enfin, cette couillonnade de fabriquer des essences de fleurs qui vous reviennent jusqu'à trente francs le gramme, vous croyez qu'elle peut durer longtemps ? Qui n'avance pas recule, vous le savez mieux que moi. Les Établissements Garlande ont toujours avancé, en première ligne, baïonnette au canon. Et maintenant ? Eh, maintenant, je ne crains pas de le dire, le front recule, monsieur, le front recule. Si nous n'y prenons garde, ce sera la retraite, honteuse et mortelle. Regardez les Chiris, les Roure, ils se préparent, eux... ils prévoient de nouveaux laboratoires.

— Ils emploient encore la même quantité de fleurs que nous.

— Que vous croyez, monsieur ! Écoutez, nous

sommes à la charnière entre parfums naturels et parfums synthétiques, c'est l'évidence. Parce que nous avons cette chance, extraordinaire, de pouvoir i-mi-ter. Ah ! si nous étions minotiers, par exemple, je ne dis pas, il faudrait se plier aux lois de la nature, la chimie ne sait pas encore remplacer le blé, mais à nous, la fleur a tracé le chemin et la chimie nous construit la route, la grande route. Vous le savez, tout cela... tenez, prenez encore la teinture : fini l'indigo et la garance ! Le bleu et le rouge, on les fait chimiquement. Par pitié, monsieur Garlande, écoutez-moi, *il faudra se passer des plantes*. Fini les fleurs et tout leur train de complications. Enfin, vos comptes, vous les avez vus ? La rose à neuf francs le kilo, le jasmin à trente ! Et où allons-nous avec ça ? À la ruine.

Guillaume ne l'interrompit pas. On devait laisser Carrera cracher tout son fanatisme scientifique jusqu'à la dernière goutte. Bientôt, le silence de la pièce, le mutisme du patron finiraient par le gêner, puis lui faire, peu à peu, perdre sa jactance. Alors on pourrait discuter. Et finir par refuser la création du nouveau laboratoire demandé.

Ce moment arriva. Guillaume dit, en souriant :

— Ainsi, plus de roses, mais de l'alcool phénylétique. Plus de jasmin, mais du butyrate de benzyle. Plus de géranium, mais de l'oxyde de phényle cristallisé. Plus de trèfle, mais du salicylate d'amyle. Et j'en passe. Voilà donc ce que vous voulez ?

— Refaire la nature, oui, monsieur !

Guillaume abandonna son fauteuil, tira les stores, ouvrit les fenêtres.

On était au plein de la récolte des roses, leur parfum, venu de la salle de tri des fleurs, pénétra dans la pièce avec force, l'envahit tout entière, attaquant jusqu'aux derniers livres là-haut, ceux aux reliures anciennes et aux ors ternis.

Guillaume souriait, mais avec un peu de tristesse. Tout n'était pas à rejeter dans ce que disait Gabriel Carrera. Hélas ! Il dit pourtant, simulant une grande aspiration de l'air embaumé :

— Et vous croyez que nous pourrons nous passer de cela ?

— Parfaitement, monsieur.

— Et vous croyez aussi que nos grands parfumeurs se contenteraient uniquement de produits de synthèse ?

— Ils ont leurs prix de revient à considérer, patron, ils savent compter. Et s'ils ne savent pas encore, ils ne vont pas tarder à apprendre.

Gabriel Carrera reparti, Guillaume resta un moment encore dans la bibliothèque. Elle était toujours sa pièce préférée. Lorsqu'il avait fait construire la villa Saint-Guillaume, sur les hauteurs dominant Grasse, il n'avait pas voulu déménager ses livres. Là ils avaient été et classés et rangés dès qu'ils étaient devenus propriété Garlande, là ils resteraient, au moins de son vivant. Il soupira : qui en prendrait soin, plus tard ?

L'usine s'était agrandie sur la maison d'autrefois, son bureau était maintenant dans le salon des portraits et la bibliothèque y était attenante. Il avait gardé aussi la salle à manger pour en faire une chambre où il couchait souvent. La villa Saint-Guillaume était surtout à sa femme... quand elle n'était pas à Florence ou à New York. Elle avait sa vie, il avait la sienne. Louise-Armande, elle aussi, était favorable à la chimie. Elle avait fait sienne la formule de l'un des personnages d'un roman[1] sur Grasse et ses fleurs : « La culture du jasmin lui semblait un attentat à l'intelligence humaine en qui était la possibilité de refaire la nature », et elle ajoutait que le succès en parfumerie passait par les matières nouvelles. Elle avait dû répéter cent fois les noms barbares des bares des produits de synthèse, pour être aussi à l'aise avec l'aldéhyde décyclique qui donnait le goût d'oranger ou celui d'acétate de linalyte évoquant la bergamote. En fait, il en était sûr, elle ne se passionnait pour la chimie que parce qu'elle l'y sentait réticent... à moins qu'elle n'ait eu dernièrement un amant chimiste.

1. *Le Cantique des cantiques*, Pierre Hamp, N.R.F.

Il eut envie, soudain, de voir Sorenza. Elle devait être en pleine cueillette de ses roses. C'était précisément là qu'il voulait la retrouver en ce moment. Elle vivante, il savait que les fleurs ne seraient jamais vaincues.

Pour la rejoindre, il passa devant les jardins et les champs d'où montaient les bruits habituels aux temps des cueillettes. Les femmes et les enfants de la ville parlaient, riaient, criaient, chantaient parmi les roses. Et ils cueillaient comme ils parlaient, riaient, criaient, chantaient, respiraient. Cueillir des roses et des jasmins était leur vie et la vie de Grasse. Qui jamais pourrait empêcher cela ? Même pas la toute-puissante chimie dans sa marche victorieuse.

Un joli spectacle l'attendait dans le champ de roses de Sorenza. Deux petites cueilleuses, deux pauvresses de sept et huit ans, sans doute bohémiennes, s'étaient introduites dans la resserre où se trouvaient les grands sacs de jute pleins de roses prêts à être enlevés par le courtier. Elles s'y étaient introduites après avoir emporté les chiffons leur servant de robe. Elles avaient enlevé aussi, et répandu autour d'elles, le trop-plein qui les empêchait d'entrer dans le sac. Lorsque, inopinément, Sorenza avait pénétré dans la pièce, elle n'avait vu alors que deux têtes ébouriffées dépassant des sacs, le reste des petits corps baignait dans les roses. Elle extirpait les fillettes de leur bain de fleurs lorsque Guillaume était arrivé, faisant fuir les enfants effarouchées.

— Tu ne les as pas grondées ?

— Comment aurais-je pu ? dit-elle en lui souriant

Alors il la renversa sur les roses répandues à terre, et, sans souci de qui pouvait entrer là, il la prit en disant : « Comme la première fois... comme la première fois, tu te souviens ? »

Il avait, en la déshabillant, fait sauter les deux boutons de son corsage, et il la regardait maintenant épingler des roses à leur place afin qu'on ne vît pas les dégâts de sa toilette. Elle agissait avec calme et précision et elle était bien belle, dans les derniers rayons du couchant. Quel âge avait-elle ? Il ne savait plus. Quarante-cinq, quarante-six ans ?

Comme il s'en allait, il l'entendit répondre à un paysan qui avait dû lui parler du prix des roses :

— Ne demandons pas trop. Le jour où ils les trouveront bien chères, ils s'en passeront.

Elle avait raison. Elle était la sagesse même. Elle était la seule femme qu'il aurait vraiment aimée.

Il se coucha, ce soir-là, le corps imprégné encore du parfum des roses. Il rêva de Sorenza et se leva décidé à annuler ce dîner à Cannes avec cette petite parfumeuse qui commençait à devenir envahissante. Jamais Sorenza n'aurait commis l'erreur de le harceler comme le faisait Corinne.

Dès qu'elle aurait fini ses cueillettes des roses, dès que le coup de feu serait passé ici, ils partiraient quelque temps, Sorenza et lui, dans leur maison de pêcheur.

L'épidémie de fièvre typhoïde, qui devait, cette année-là, sévir dans l'Italie du Sud, n'était pas encore officiellement déclarée lorsque le yacht de Lady Caithness, venant de Cannes, et où se trouvaient Louise-Armande et les dix-huit personnes formant ce qu'elle appelait sa bande, accosta à Naples. Pourtant, la maladie avait déjà fait nombre de victimes et il fallut y ajouter, trois semaines plus tard, cinq des passagers d'*Arion IV*, dont Louise-Armande Garlande.

Au-dessus de Florence, à Fiesole, où la jeune femme croyait entrer en convalescence, une hémorragie soudaine — fréquente séquelle de la maladie — l'emporta en quelques heures.

La villa de la contessa Rospolli sur les hauteurs de Fiesole, où les passagers d'*Arion IV* devaient passer une partie du printemps, grouillait d'invités et de serviteurs qui, s'ils s'étaient imposé un silence de circonstance, n'avaient pu en obtenir autant ni de la meute de sloughis et de barzoïs de la contessa, ni de la multitude d'oiseaux gazouillant dans les volières répandues en abondance dans l'immense maison. Et Guillaume, dès son arrivée, put se dire, avec une tristesse amère, que sa femme était morte parmi tout ce qu'elle avait aimé, l'agitation, le bruit, le luxe outrancier et le factice de la vie.

Fiesole faisait partie, avec quelques autres prestigieux points du monde — le Taj Mahal, la villa d'Este ou la Corne d'or —, des lieux privilégiés dont Louise-Armande avait dit souvent qu'elle aimerait y passer son éternité. Elle en avait parlé aussi à Perdita Rospolli qui facilita l'achat d'une concession dans le cimetière du village et couvrit sa tombe de roses.

Guillaume, bien qu'il eût fait diligence, n'avait pu arriver à Florence avant la mise en bière. L'épidémie s'amplifiait et les autorités italiennes prenaient de sévères mesures dont celles d'enterrements accélérés. Il en fut affecté. Il aurait aimé revoir sa femme une dernière fois. Un cauchemar, la nuit qui suivit les funérailles, le fit souffrir devant la dépouille d'une belle créature vêtue de blanc, ses longs cheveux noirs la recouvrant presque, et dont il ne savait si elle était Louise-Armande ou Sorenza.

Delphin, terrassé par un accès de goutte prétendu totalement immérité — « je ne bois guère et mange tout juste à ma faim » —, n'avait pas accompagné son neveu. Il le regrettait et, dès qu'il put marcher, il partit pour l'Italie. La contessa Rospolli était une vieille amie, il passerait une quinzaine chez elle et irait ainsi sur la tombe de sa nièce. Il devenait sentimental avec l'âge et il emporta des roses de mai à planter autour de la chapelle élevée à la mémoire de Louise-Armande.

— Tu vois ça, dit Lazarie à Honorade. Il cajole Sorenza et, tout à coup, il s'en va porter des roses à *l'autre* !

— Il a bon cœur.

— Il a, surtout, que c'est sa nièce et sa famille, et que Sorenza ne lui est rien.

— Pourquoi tu t'emballes ? Et le respect des morts ?

— Ah ! Tu as raison. Mais c'est dans ces moments de tristesse qu'on voit les différences et la profondeur des raisons qui séparent sur notre terre les grands et les petits.

— Maintenant M. Garlande est veuf, dit Honorade, songeuse.

— Et alors ?

— Alors rien. Attendons.

Guillaume ne rentra à Grasse que pour en repartir pour Sofia où il avait à traiter un marché de roses de Bulgarie. Pendant ce temps, Louis-Guillaume, après avoir achevé sa seconde année passée à l'École d'horticulture de Kew, près de Londres, et avant d'accomplir son dernier stage au Jardin botanique de Saint Louis, dans le Missouri, fit un séjour à Grasse. Le déroulement de ces études, très scientifiques, avait été pensé et organisé par Mme Rouméro-Dodds après examen approfondi de l'enseignement de l'horticulture dans le monde.

Dès qu'elles virent Louis-Guillaume, Mlles Beauval purent se féliciter que Delphin Garlande soit en Italie. Pendant ces années passées en Grande-Bretagne — Emily avait interdit tout retour à Grasse pour que son filleul n'interrompît pas sa pratique de la langue anglaise —, Louis-Guillaume avait beaucoup changé et sa ressemblance avec son père s'était accentuée. Même sans son monocle, Delphin en aurait sursauté !

Louis-Guillaume était passé par Paris et celles qu'il appelait ses deux grand-mères ne cessaient de l'interroger. L'Angleterre et l'Amérique ne disaient pas grand-chose à Honorade et à Lazarie, mais Paris !

— Fils, ce tombeau de l'Empereur, aux Invalides, tu m'as dit qu'il est taillé dans une belle pierre rouge, comment l'appelles-tu, déjà ?

— Du porphyre.

— Alors, tu peux me jurer que tu l'as déposé sur le porphyre, le bouquet de renoncules que je t'ai recommandé d'offrir en souvenir ? Parce que je te connais, tu dis : « Oui, oui, grand-mère, je le ferai », et je ne sais même pas si tu m'as seulement écoutée. Comment tu as pu te mettre tant de science dans la tête en écoutant si peu, je me pose la question. Sans doute que dans tes écoles tu écoutais mieux.

— Je peux te le jurer, j'ai posé les renoncules juste au pied du tombeau. C'est défendu mais je l'ai fait, dès que le gardien a eu le dos tourné.

— Et en les mettant là, tu ne t'es pas demandé pourquoi le grand Empereur aimait tant les renoncules, jolies, je ne dis pas, mais qui ne sentent rien ?

— Non.

— Dommage, parce que peut-être, toi qui es un savant maintenant, tu m'aurais trouvé la réponse à la question que je me pose depuis longtemps : pourquoi le plus grand de tous les hommes n'aimait pas les parfums ?

— Mais son eau de Cologne ? Il l'adorait, sa Jean-Marie Farina ?... Et les pastilles odorantes de chez Houbigant qui brûlaient dans une cassolette à son chevet, à Sainte-Hélène ?

— Alors, il aurait dû préférer les roses et les freesias aux renoncules... Et, dis-moi encore, tu l'as bien soulevé, ton chapeau, chaque fois que tu passais devant les Invalides ?

— Chaque fois. Mais tu sais, je n'y suis pas passé souvent, c'est grand, Paris !

Sans trop savoir ce qu'elle disait, l'esprit ailleurs, Lazarie répéta :

— Oui, c'est grand...

Alors Louis-Guillaume lui demanda :

— Quelque chose ne va pas ?

— C'est cette histoire de renoncules qu'on lui a mises dans son cercueil pour lui faire plaisir, puisque c'était sa préférence, qui me tracasse. Va savoir, peut-être que le plus grand des empereurs n'avait pas de

« nez »... À propos de nez et d'empereur, tu l'as vu, M. Guerlain ?

— On ne rencontre pas M. Guerlain comme ça, en pleine rue, par hasard.

— Mais alors, qu'est-ce que tu as fait à Paris, si tu es à peine allé une ou deux fois saluer l'Empereur et si tu n'as pas salué M. Guerlain ? Mais tu as peut-être vu M. Houbigant, ou M. Coty ?

— Ah ! sur M. Coty, je peux t'en raconter une bien bonne. Quand il s'est ruiné...

— Il est pauvre, M. Coty ? Cet homme qui a été un si grand parfumeur est ruiné ? Mais comment il tourne, le monde ?

— Laisse-moi te raconter la suite qui est si drôle. Donc, quand on a appris, à Paris, que M. Coty avait perdu sa fortune, le dessinateur Forain a dit : « Eh bien, maintenant, ça change, l'odeur n'a plus d'argent ! »

Comme Lazarie ne réagissait pas, Louis-Guillaume lui demanda :

— Tu ne ris pas ?

— Non, je n'aime pas que mon petit-fils rie parce qu'on se moque à Paris d'un homme qui nous a acheté ici pour des mille et des cents de nos produits. Ici, à Grasse, on n'aurait pas plaisanté ce grand parfumeur. Ici, le parfum et les parfumeurs, c'est sacré. Je me demande si la Rouméro-Dodds, qui a choisi toutes tes études, n'a pas oublié quelque chose à t'apprendre.

— Grand-mère, c'était une plaisanterie.

— Il y a des choses avec lesquelles on ne plaisante pas, petit. Et dans cette Amérique où tu vas aller, tâche de bien te conduire. Un Grassois doit montrer qu'il est quelqu'un... Allez, va voir ta mère qui t'attend. Mais n'oublie jamais ce que je t'ai dit.

Il l'embrassait, elle se laissait faire, ravie, apparemment encore grondeuse, mais si orgueilleuse de ce beau grand garçon qui sentait bon la santé et la jeunesse. Elle s'enchantait de l'avoir bercé, nourri, aimé. Ce mètre quatre-vingts de muscles et de chair lui devait bien quelque chose, à elle aussi. Elle apostropha Honorade qui entrait dans la chambre :

— Sainte Vierge ! Je connais peu de vieilles filles qui aient eu autant d'enfants que nous ! Et tu veux que je te dise : dans le ventre de la mère il ne fait que passer, le petit, après c'est dans le cœur qu'on se le fabrique

Pour être grande, la fierté de Sorenza n'en était pas moins discrète. Elle contemplait son fils et l'écoutait pendant qu'ils faisaient ensemble le tour de leurs champs. Puis elle interrogea :

— Les jasmins d'Algérie, tu les as vus ? Sont-ils plus beaux que les nôtres ?

— Pas plus.

Ils parlèrent alors, comme ils auraient parlé d'amis fidèles, de ces fleurs qui ne cessent pas de vivre après la cueillette et qui, dans la graisse où on les couche, donnent si généreusement leur parfum. Et ces petites étoiles blanches s'ouvrant, au crépuscule, dans un éclatement de senteurs suaves les laissaient à la fois émerveillés et songeurs. Louis-Guillaume dit en riant soudain :

— Je veux bien continuer à faire le jardinier errant, c'est amusant et même passionnant. Mais ce que je pensais au départ, je le penserai au retour, aucune terre de par le monde ne supplantera jamais celle de Grasse. J'ai vu de splendides jardins, j'ai peut-être entrevu quelques secrets des plantes, mais rien n'égalera jamais nos fleurs. Ces immenses ailes de parfum qui volent autour de nous, qui embaument notre vie, elles n'ont jamais joué les oiseaux migrateurs, elles ne sont jamais allées ailleurs.

— Fils, tu le sais, maintenant, pourquoi les fleurs sentent bon ?

— Non.

Honorade disait à sa sœur :

— Je ne vois pas clair, mais je sens, et même ce qui n'est pas du parfum. Et j'ai senti que le petit s'intéresse autant à la fabrication des essences qu'à la culture des fleurs.

— Et comment tu as senti ça, toi ?

— Je te le dirai pas. Trouve toute seule.

— Je ne chercherai pas. Parce que je ne veux pas trouver. Parce que je ne veux pas fendre le cœur de Sorenza.

Guillaume revint de Bulgarie, repartit en Algérie, revint encore et emmena un soir Sorenza dans leur petite maison au bord de l'eau. Il avait apporté une bouteille de champagne, les chocolats pralinés qu'elle aimait et il lui demanda de l'épouser.

Elle le regarda un long moment avant de répondre. Puis elle regarda aussi cet œillet d'un jaune très pâle qu'il avait mis à sa boutonnière. C'était une superbe fleur. On en cultivait désormais quelques pieds dans les jardins de sa villa Saint-Guillaume, uniquement pour lui. En hiver, une serre toute spéciale prenait la relève.

Comme elle ne répondait toujours pas, il lui prit la main tendrement, dit qu'il avait besoin d'elle et qu'elle devait cesser d'avoir ces idées dépassées sur de soi-disant obstacles à leur bonheur. Il lui affirma, une fois de plus, n'avoir jamais aimé qu'elle.

Elle lui souriait, avec tendresse, elle aussi. Et elle regardait toujours l'œillet jaune pâle. C'était là une jolie fleur apparemment innocente mais bavarde. Elle disait tout ce qui empêcherait toujours une union officielle entre Guillaume Garlande et maîtresse Sorenza. Elle parlait de ce monsieur élégant, arpentant la Croisette à Cannes, ou la Promenade des Anglais à Nice, ou pénétrant dans les beaux salons de Paris et de New York. Elle disait aussi les réceptions mondaines avec des dames empanachées aux regards ironiques, méprisants même, et les voyages dans les cabines de luxe des grands paquebots, avec trop de gens. Elle disait mille choses encore... sauf la vie à la Croix-de-Lumière ou dans les champs de fleurs... elle disait, enfin, combien de fois elle serait oubliée ou se fanerait dans la chambre d'une jolie personne, et d'une autre, et d'une autre... ou pis encore, combien de fois, irrité, se repentant d'avoir fait la sottise d'épouser une paysanne, le beau monsieur la mettrait avec mélancolie, ou peut-être même avec rage, à sa boutonnière,.

Il pleura, elle le consola. Elle resterait sa meilleure amie, elle serait toujours là quand il aurait besoin d'elle. Toujours. Elle faillit lui offrir Louis-Guillaume. Mais le garda. M. Guillaume Garlande, de Grasse, avait tout. Elle n'avait que ses mains, son fils et ses fleurs.

Elle éprouva le besoin de parler. Elle raconta à Honorade et Lazarie, qui lui dirent :

— Tu n'auras jamais de regrets ?

— Si. Je les ai déjà.

— Alors ?

— Alors, rien.

— Tu as pensé à Louis-Guillaume ?

— J'y ai pensé, précisément.

— Cette petite, tu la comprends, toi ?

— Je crois. Elle a trop d'orgueil. Un peu c'est bien, trop ça te piétine le cœur et l'avenir.

— Mais c'est beau, l'orgueil

— Je te dis pas non.

Honorade se leva, prit sa canne et soudain en donna un grand coup sur les tommettes rouges :

— Et si c'était pas de l'orgueil ?

— Alors ce serait quoi ?

— Peut-être seulement... de l'amour ?

— Tu crois ? de l'amour ? Ah ! l'amour...

Avant de partir pour l'Amérique, Guillaume vint à la Croix-de-Lumière. Il était splendide et son œillet jaune pâle plus beau encore que d'habitude. On lui en fit compliment. Son jardinier, dit-il, en améliorait des plants de plus en plus.

Comme il admirait son portrait qu'avait fait, autrefois, le peintre voyageur, Sorenza le lui offrit. Il remercia, attendri, voilà qui lui tiendrait compagnie dans sa grande maison vide. Mais comme il l'embrassait, elle sentit un relent de patchouli imprégné dans le tweed de son costume. Une petite ou une grande dame de Nice ou d'ailleurs devait aimer les parfums violents.

Il voulut l'emmener au bord de l'eau. Elle prétexta un travail urgent, il n'insista pas, il avait ses bagages à faire, lui aussi.

# 3

Le 19 mai 1935, on inaugurait à New York, 1 East 70th Street, ce qui, désormais, s'appellerait *The Frick Collection.*

Dans l'ambiance de l'hôtel particulier qu'avaient occupé M. et Mme Henry Clay Frick, il y aurait ainsi un musée où d'incomparables meubles du XVIIIe siècle français servaient de cadre à une collection de peintures des grands maîtres européens.

Les panneaux d'Honoré Fragonard, commandés par Mme du Barry, refusés par elle, légués aux cousins de l'artiste, les Maubert-Malvilan de Grasse, restés sur les murs de leur maison pendant près de cent dix ans, vendus au marchand anglais Wertheimer puis au banquier américain Pierpont-Morgan, cédés par celui-ci à l'un des plus célèbres marchands de tableaux du monde, Lord Duveen, et revendus en 1915 à Henry Clay Frick, étaient la vedette de cette inauguration.

Ce que certains appelaient *Le Roman d'amour de la jeunesse*, d'autres *L'Évolution de l'amour chez la femme* et les Américains *The Progress of Love*, sous forme de très hauts panneaux, de trumeaux et d'entre-fenêtres, formait désormais la décoration du plus grand salon et la pièce maîtresse du musée.

Tout New York serait là dans deux ou trois heures. Les fleuristes achevaient leur décoration et les traiteurs leurs buffets.

Deux hommes, dans le doux soleil de cette matinée de printemps, l'un venant de l'hôtel Waldorf, l'autre à peine sorti de Central Station, se dirigeaient vers la 70e rue.

Le premier était Guillaume Garlande, venu pour sa tournée d'inspection annuelle aux Etats-Unis et qui avait reçu le bristol le conviant, en tant qu'éminente personnalité grassoise, à venir assister à la présentation au public américain de ce qui avait fait la gloire de sa ville natale. Mais, comme le paquebot qui devait le ramener en France partait tout juste dans trois heures, il arrivait en avance et avec l'intention de ne pas s'attarder.

L'autre, pour les mêmes raisons, se hâtait aussi. Il n'avait pas reçu d'invitation, mais l'ordre, péremptoire, de deux vieilles demoiselles dont la tendresse et l'affection avaient embelli son enfance : il devait, *absolument*, se rendre à cette inauguration. Elles en savaient la date, annoncée dans *L'Illustration*. Et qu'on ne leur raconte pas que c'était impossible, un Grassois aurait toujours le droit d'aller contempler les œuvres du plus célèbre de ses compatriotes.

Impossible ? Ça l'aurait presque été, mais le directeur de l'École d'horticulture de Saint Louis, où Louis-Guillaume venait de faire un stage, avait bien voulu essayer d'obtenir une invitation et il l'avait eue.

À un quart d'heure d'intervalle, les deux hommes traversèrent le péristyle aux belles colonnades de l'hôtel d'Henry Clay Frick et se dirigèrent vers le grand salon, après avoir franchi plusieurs barrages de contrôle.

Guillaume Garlande avait revu, quelque vingt ans auparavant, la série des Fragonard chez les Pierpont-Morgan, mais au milieu d'une centaine d'invités qui lui avaient gâché ce moment. Cette fois-ci, il était seul — surveillé toutefois par deux détectives —, le salon lui appartenait et il pouvait y introduire ses souvenirs. Sorenza à seize ans assise près d'une fenêtre et tournant le dos à la jeune demoiselle peinte sur son escarpolette. Sorenza décidant, soudain, de s'en aller et passant devant ces panneaux, les regardant à peine, comme elle l'avait à peine regardé, lui. Et pourtant, elle l'aimait déjà, elle le lui avait avoué bien plus tard. Il connaissait si bien cette force de retenir ses passions qui l'habitait. Cette pudeur de ses sentiments, ces bouillonnements qui étaient en elle et qu'elle réfrénait, depuis toujours, jusqu'aux rares moments où, n'y tenant plus, elle se laissait aller et n'était plus qu'amour fou. Il chercha du regard le panneau intitulé *L'Amant couronné*, le trouva derrière lui et le contempla longtemps. Comme la jeune fille qui était là, posant sur la tête du garçon qui s'agenouillait devant elle une couronne de fleurs, Sorenza lui en avait tressé une, autrefois, dans leur cabane jonchée de roses. Alors, il la lui avait prise et c'était elle, si belle, nue sur son tapis de pétales, qu'il avait couronnée. Si on pouvait choisir l'image que l'on aimerait avoir sous les yeux au moment de sa mort, c'était celle-là qu'il choisirait. Il eut un sourire, empreint de l'émotion qui l'habitait, au rappel de ce que lui avait dit, à cette époque, l'oncle Delphin : « Tu es là, mon ami, devant les œuvres d'un poète, qui a aimé la jeunesse, la beauté et peint la volupté, mais aussi la tendresse. »

Tendresse. Guillaume garda le mot en lui, s'en imprégna le cœur, le déversa dans un autre sourire, qui dans cette pièce dorée, précieuse, ne s'adressait qu'à une femme appelée Sorenza, et qui là-bas, de l'autre côté de la terre, vivait parmi ses fleurs. Tendresse était un mot qui n'était que pour elle...

Et maintenant, il fallait partir, il ne pouvait attendre plus. Il féliciterait le secrétaire d'État américain ou le maire ou n'importe qui, par lettre. S'il était en retard à l'embarquement, il s'énerverait et ferait une mauvaise traversée. Il avait passé l'âge de courir et de se presser.

C'est alors qu'il se détournait pour avoir une dernière vision d'ensemble de la pièce qu'il *le* vit et que son cœur fit un bond dans sa poitrine : ce jeune homme, c'était... lui, c'était lui, Guillaume Garlande, il y avait plus de trente ans et dans le même décor !

Il voulut, se sentant pris de vertige, s'emparer de

l'un des sièges qui étaient là. Mais un gardien se précipita pour l'en empêcher. On n'avait pas le droit de s'asseoir. Alors Louis-Guillaume, voyant ce monsieur d'un certain âge, pâle et défait, s'avança pour le soutenir. Il le reconnut, pour l'avoir aperçu, lorsqu'il était plus jeune, deux ou trois fois dans Grasse.

— Pourriez-vous m'accompagner et me héler une voiture ? Je dois être au quai d'embarquement dans une heure, dit Guillaume Garlande.

— J'y vais aussi.

Maintenant, c'était Louis-Guillaume qui était ému, sans trop comprendre pourquoi encore.

Sorenza attendait son fils, « l'Américain » comme disaient les sœurs Beauval, après avoir dit « l'Anglais » et « l'Algérien » selon les pays où il avait fait ses stages. Emily, qui avait tant gâté son filleul aussi ajoutait qu'il serait le plus diplômé des « jardiniers » et qu'il allait mettre au point des nouveautés révolutionnant la culture. Tout était prêt ici pour lui. Vingt-cinq hectares des plus belles terres à fleurs de la région. Et la riche Mme veuve Rouméro l'attendait avec un projet d'investissement. Elle était prête à acheter les terres d'une affaire de parfumerie mise en liquidation. Il lui faudrait lutter avec les grands industriels grassois qui les voulaient aussi, mais elle avait décidé qu'elle gagnerait.

Sorenza attendait aussi. Sur le banc vert, au bord de sa première terrasse, et elle regardait la ville. Elle voyait là-bas la maison de Guillaume. Il était encore en voyage, lui aussi. Et lorsqu'il rentrerait, quand viendrait-il la voir ? Tant de gens l'invitaient. Tant de femmes surtout. Il avait pris l'habitude de sortir plus souvent, il disait : « Il faut surveiller les confrères. » Elle savait qu'on l'avait vu à Nice avec une nouvelle jolie dame blonde.

Une voiture s'arrêta devant la maison. Elle s'en irrita un instant, Louis-Guillaume arrivait en taxi, il prenait des habitudes de dépense. À son âge, qu'était-ce que quatre kilomètres ? Ah ! les bagages, il y avait, bien sûr, les bagages...

À cet instant elle *les* entendit parler. Elle se retourna lentement vers eux et les regarda s'avancer au-devant d'elle. Mais elle ne fit pas un mouvement dans leur direction. Elle attendit, le cœur battant et pâle, si pâle, comme si tout son sang s'était retiré d'elle.

Il y eut un silence. Long. Puis ce fut Louis-Guillaume qui dit, doucement :

— Maman...

Guillaume vint s'asseoir sur le banc. Il pleurait. Alors son fils vint s'asseoir aussi à côté de lui et prit sa main.

Elle ne vint pas tout de suite prendre l'autre main de Guillaume et qu'il lui tendait. Puis le fit.

Elle regardait à nouveau vers la ville et les grandes cheminées. Elle les avait toujours détestées. Peut-être avait-elle toujours su qu'elles lui arracheraient son fils.

Elle savait maintenant comment ils s'étaient rencontrés, les cinq jours de traversée qu'ils avaient passés ensemble et ce qu'ils s'étaient dit. Elle savait aussi que Louis-Guillaume avait avoué être attiré par la fabrication des matières odorantes. Bien sûr, il aimait la culture des fleurs, mais... Et puis il avait dit en souriant : « L'idéal est de les faire pousser et de les traiter ensuite et même aussi de fabriquer des produits élaborés. » L'ambitieux ! Il était bien Garlande ! Les Garlande n'aimaient pas les fleurs. Ils s'en seraient servis, sans plus.

# 4

Bien qu'elle fût tout aussi active qu'autrefois et que le travail ne lui manquât point, il lui semblait maintenant avoir le temps de rêver. C'était une impression assez surprenante, nouvelle en tout cas. Elle écoutait les longues rengaines du vent, regardait naître et mourir le soleil, s'ouvrir les fleurs. Et souvent elle restait bien avant dans la nuit, assise sur le vieux banc vert à compter les lumières de la ville. Lazarie lui disait :

— Rentre, ma fille, tu vas être ivre de lune !

Et parfois, à l'heure où tout étincelait et brûlait, il lui arrivait d'être immobile, longtemps, dans les éclatements d'or, à scruter l'horizon sans même penser à mettre sa capeline.

Quand elle vit arriver, un jour, le vieux colporteur, le dernier qui parcourût la région en gémissant sur la mort des villages de montagne, jadis pleins de vie, elle lui parla de son désir de posséder un crucifix. Un beau, un très beau à accrocher au-dessus de son lit.

Il le lui apporta, emmailloté dans un morceau de ceinture de flanelle rouge. C'était un superbe travail d'argent et de vermeil qu'elle paya sans sourciller. Elle soupçonnait le vieux de l'avoir, sans plus de scrupules, décroché pour le moins dans la chambre d'un prélat, peut-être même « emprunté » à une église ! Tout ne nous était-il pas seulement prêté sur cette terre ?

Il couronna désormais, flanqué de son brin de buis pascal, sa tête-de-lit.

Il lui vint aussi, à quelque temps de là, un goût pour

une pendule en bronze doré qu'elle avait vue en vitrine à Grasse. Elle l'acheta. On lui dit que les deux jeunes gens assis sous le palmier s'appelaient Paul et Virginie. Cela l'amusa et elle les regardait avec plaisir.

Elle aurait pu maintenant, si elle l'avait voulu, avoir une belle maison avec des meubles de riches, des velours et des soies. Mais cela ne la tentait pas.

En 1936, le maire de la ville l'avait complimentée sur la belle qualité de ses fleurs et leur tonnage important. Il n'avait pas su en dire le chiffre exact, s'était un peu embrouillé, avait attendu une aide qu'elle ne lui avait pas apportée. Elle le savait bien, elle, à une demi-livre près, le poids de sa récolte, mais qui avait besoin de le savoir aussi ? Qui s'y intéressait vraiment ? Ni Délia ni Louis-Guillaume.

Si on lui avait demandé comment elle avait, si régulièrement, grossi son bien, elle aurait pu répondre : « C'est le premier champ qui est le plus dur à avoir, après, c'est comme si les terres venaient presque toutes seules s'ajouter les unes aux autres, comme si elles voulaient être à vous et à personne d'autre. » Mais c'était là une réponse qu'elle eût savourée en silence avec un sourire intérieur de contentement et qui n'eût pas franchi ses lèvres. Qui eût-elle intéressé ? Ni Délia ni Louis-Guillaume, alors...

Elle eut, un jour, des nouvelles de Vienne. Sa fille lui annonçait le décès de Manfred von Ritter. Il était mort dans son sommeil d'une crise cardiaque. On avait joué son requiem à ses funérailles. Tous disaient à Vienne, comme à Paris, qu'il avait été l'un des plus grands compositeurs de ce siècle. Elle ajoutait être fière d'être sa fille. Car elle le savait maintenant. Le notaire en lui annonçant qu'elle héritait lui avait tout expliqué.

Tout ? se demanda Sorenza, avec l'esquisse d'un sourire.

Une lettre de Manfred pour elle était jointe à celle de Délia.

« Ma belle chérie,

« Permettez-moi une fois, une seule, de vous appeler ainsi. Il faut que vous le sachiez, quand vous lirez ces lignes, mon cœur que l'on m'a annoncé bien mal en point aura cessé de battre pour vous, pour notre enfant et pour la musique. Je fus un homme heureux, comblé par trois passions.

« Qui m'aurait dit, le jour où je partis à pied et sac au dos de ce domaine de mes ancêtres, désormais à Délia, que j'allais au-devant d'un amour aussi beau, aussi vrai, que celui que j'ai eu pour vous ? Je vous ai aimée à la seconde où je vous ai vue, et je mourrai en vous aimant toujours.

« On pourra dire : "Il l'a vue trois fois et s'en est contenté ?" Laissons dire. D'ailleurs, il y en eut une quatrième ! C'était en août, il y a deux ans. Le soir allait tomber et dans l'or du couchant vous m'êtes apparue alors que j'allais vers la Croix-de-Lumière. Pour vous dire quoi ? Peut-être vous demander de me laisser entrer un peu plus dans votre vie, peut-être seulement vous parler de notre enfant. Le destin déciderait.

« Vous avanciez vers moi. J'étais caché derrière un olivier — ces arbres auront joué un grand rôle dans notre amour ! —, vous avanciez, sans vous douter être observée.

« Vous portiez, sur votre tête, et dans un grand panier rond et plat, une mousse de jasmins. Les fleurs lançaient autour de vous leur parfum mêlé au vôtre — avez-vous jamais su à quel point embaumaient votre chair dorée et la nuit de vos cheveux ? Le spectacle que vous m'offriez était beau à en défaillir et j'allais me montrer lorsque je surpris votre regard. Il n'était pour personne de ce monde. Il était offert à l'air bleu traversé d'or rouge, au vent, aux parfums, à la nature entière... et je suis resté caché.

« Si Dieu m'est miséricordieux, c'est vous que je verrai, couronnée de jasmins, à mon moment dernier... »

Elle garda longtemps la lettre sur ses genoux en regardant là-bas, au loin, la mer qui scintillait. Tout était silence, parfum et sérénité.

Elle la rangea dans un coffret où déjà se trouvait un œillet jaune pâle desséché. Celui qu'elle avait pris un jour, dans la petite maison du bord de l'eau où Guillaume l'avait laissé à demi fané déjà, avant de repartir.

Elle demandait parfois une histoire à Honorade et à Lazarie. À deux veillées consécutives, elle réclama celle de Norette-la-Malicieuse. Puis, un matin, elle décida qu'il fallait une aide à Rousseline que ses rhumatismes accablaient. Elle la lui choisirait aux prochaines cueillettes de roses de mai. Rousseline n'en voulait point, mais comprit vite que ce n'était pas vraiment pour elle que l'on désirait une enfant ici.

Lorsque Sorenza vit la petite Vitalie, elle sut que ce serait celle-là.

Ressemblait-elle à la petite Sorenza d'autrefois ? Sûrement. Même air farouche, même ardeur au travail, et cette façon d'écouter Lazarie comme si les mots, les phrases qui arrivaient Jusqu'à elle étaient désormais sa propriété.

Elle venait de l'orphelinat et elle avait treize ans.

Sorenza la demanda. On la lui donna, après lui en avoir proposé d'autres. Celle-ci n'était pas la plus facile ni la plus docile et, pour tout dire, avouait la brave religieuse, elle n'aimait travailler qu'aux fleurs. Oh ! Pour ça elle ne refusait rien, elle allait des heures durant chercher les violettes à genoux, était adroite à rompre la rose sous le calice, savait tirer le jasmin à merveille et n'en était pas une à n'aimer que la tubéreuse parce qu'elle se laissait prendre à bonne hauteur sans fatigue. Mais pour le reste, elle n'avait pas beaucoup de goût.

Elles revinrent un soir de l'orphelinat à la Croix-de-Lumière, toutes formalités accomplies, désormais unies l'une à l'autre. Sorenza tenait la main de l'enfant dans la sienne.

C'était en juillet. Elles étaient parties tard de la ville et la lune déjà se levait. Vitalie avait suspendu son balluchon à un bâton auquel, sans doute par fantaisie, elle avait accroché une clochette de chèvre et la petite chanson les accompagnait, seule dans l'air calme où ni vent ni bruit ne la contrariait.

Tout était clarté argentée qui donnait à leurs visages, quand il leur arrivait de se regarder, des reflets de nacre bleue.

Elles allaient passer devant un champ de jasmin lorsque ses premières fleurs s'ouvrirent sous la lune et leur offrirent leur parfum.

— Le jasmin envoie son âme vers les étoiles et vers Dieu..., dit doucement la petite, et, entre deux rires de sa clochette, elle demanda : Pourquoi, maîtresse, les fleurs sentent-elles bon ?

— On ne le sait pas, Vitalie, c'est le grand, le beau secret.

1991

On fêtait encore le jasmin à Grasse. Guillaume, dixième du nom — petit-fils de Louis-Guillaume devenu Garlande par son adoption en 1937 —, seul héritier des *Établissements Garlande, de Grasse*, était là, lui aussi.

Il avait signé, depuis une semaine à peine, la vente de l'affaire de famille au groupe américain *World's Flavors and Fragrances.*

Et il était venu ici avec Elisabeth, sa jeune femme, dans l'intention de choisir ce qui, dans la villa Saint-Guillaume, valait d'être envoyé à l'appartement de Paris. Meubles, tableaux, livres, vaisselle, argenterie, il fallait tout trier, impitoyablement.

Ils en étaient aux tableaux. Là, aucun choix à faire, il fallait tout garder. Le nombre d'ancêtres impressionnait Elisabeth.

— Il y en a même en double, dit-elle en riant. Voilà deux portraits de la même dame. L'un en robe de soie de grand apparat, l'autre costumée en paysanne avec une corbeille de roses sur la tête.

— Il ne s'agit pas de la même.

— Mais elles se ressemblent tant ! Elles étaient sœurs jumelles ?

— Des demi-sœurs, je crois.

— Tu crois ? Tu n'es pas sûr ?

— Tu touches là, dit en riant à son tour Guillaume, à un secret de famille.

Quand elle eut tout appris, Elisabeth demanda encore :

— Et qu'est-elle devenue, celle des fleurs qui était ta grand-mère ?

— Elle est morte, bien sûr. Très âgée, on l'a trouvée un matin, assise sur le vieux banc d'où elle regardait la ville. Elle ne respirait plus. C'est Vitalie, son enfant adoptive, héritière de ses terres, qui les cultive toujours. Une maîtresse femme ! Elle vient de créer une entreprise qui exploite les derniers champs de fleurs de Grasse. Elle fournit Chanel, Guerlain et Patou. Après elle et une société de Pegomas, tout sera fini ici, pour les fleurs.

— Ne dis pas cela. C'est trop triste... Ah ! Vous n'auriez pas dû vendre.

— Compte-les donc, à l'heure qu'il est, les affaires de famille qui subsistent encore seules, sans capitaux étrangers.

— Nous sommes jeunes, riches et, je l'espère, courageux, pourquoi ne recommencerions-nous pas une petite exploitation ?

— Cultiver des fleurs qui valent quatre sous sur des terres qui valent de l'or... Et demain, qui en voudrait de nos fleurs alors qu'on imite si bien leur parfum ? Non, ma belle, tout cela agonise.

— Elle a des enfants, Vitalie ?

— Non. Et je suis son héritier. Mais ne rêve pas, je vendrai les terres.

— La belle dame au panier de roses sur la tête te maudira... et je ne veux pas avoir des enfants d'un homme maudit. Ni même vivre avec lui. Jure-moi que tu ne vendras jamais la Croix-de-Lumière pour y construire un immeuble, dit de rapport... mot affreux. Offre-la-moi... Nous y viendrons l'été... Tiens, je t'y servirai comme une paysanne corse, italienne ou provençale, quasiment à genoux...

Il n'en demandait pas tant ! Il promit, elle aurait sa Croix-de-Lumière lorsqu'il en serait propriétaire.

Il l'emmena la visiter.

Maîtresse Vitalie, une grande femme brune au regard grave, leur montra aussi la tombe d'un enfant dont elle dit que maîtresse Sorenza, un jour, l'avait fait ériger là.

— *Amédéo ?* Qui était-il ?

— Elle disait : « l'enfant de mon cœur », un petit frère, je crois, qu'elle avait beaucoup aimé. Ah ! c'était la meilleure des femmes, pas commode, mais toujours à vivre dans le droit de la vie. Elle a été ma mère. Voyez-vous, pour moi, elle est là, toujours. Quand je m'assieds sur ce banc où vous êtes, je la sens, elle sentait bon comme ses fleurs et je l'entends qui me dit : « Vitalie, tu prendras toujours soin *d'elles.* » Et souvent, je m'entends, moi, lui dire tout fort : « Oui, maîtresse, j'en prendrai toujours soin. »

Alors la vieille femme, regardant non pas Guillaume Garlande mais Elisabeth, dit :

— Et vous ? Le ferez-vous ?

— Je vous le promets.

Mais dans les yeux de Vitalie, posés sur la jolie et élégante jeune femme, il y avait tout le doute poignant de ceux qui veulent espérer, mais en savent l'inutilité.

Elle soupira.

— Allons, venez, dit-elle, entrons dans ma cuisine que je vous offre le pain et le couteau ou *elle* ne sera pas contente.

alexandrine garlande    guillaume 5

guillaume 6 tué en 1817

guillaume 5 —> sorenza 1882 +
1880 ?

louis guillaume 7e adopté en 87

8 et 9 ?

guillaume 10 —> Elisabeth    Vitalie

grand mère sorenza

*Achevé d'imprimer sur les presses de*

**BUSSIÈRE**

GROUPE CPI

*à Saint-Amand-Montrond (Cher)*
*en mars 2002*

POCKET - 12, avenue d'Italie - 75627 Paris Cedex 13
Tél. : 01-44-16-05-00

— N° d'imp. 21572. —
Dépôt légal : février 1999.

*Imprimé en France*

12, avenue d'Italie - 75627 Paris Cedex 13
Tél. : 01-44-16-05-00

— N° d'imp. 21572. —
Dépôt légal : février 1999.

Imprimé en France